MICAELA JARY
Das Kino am Jungfernstieg

Micaela Jary

Das Kino am Jungfernstieg

Roman

GOLDMANN

Sollte diese Publikation Links auf Webseiten Dritter enthalten,
so übernehmen wir für deren Inhalte keine Haftung,
da wir uns diese nicht zu eigen machen, sondern lediglich
auf deren Stand zum Zeitpunkt der Erstveröffentlichung verweisen.

Dieses Buch ist auch als E-Book erhältlich.

Verlagsgruppe Random House FSC® N001967

1. Auflage
Originalausgabe August 2019
Copyright © 2019 by Wilhelm GoldmannVerlag, München,
in der Verlagsgruppe Random House GmbH,
Neumarkter Str. 28, 81673 München
Gestaltung des Umschlags und der Umschlaginnenseiten:
UNO Werbeagentur München
Umschlagfoto: © Ildiko Neer/arcangel images,
FinePic® München, Julian Elliott Photography/gettyimages,
Vintage Germany/Katrin Schröder
Redaktion: Marion Voigt
BH · Herstellung: kw
Satz: KompetenzCenter; Mönchengladbach
Druck und Einband: CPI books GmbH, Leck
Printed in the Czech Republic
ISBN: 978-3-442-48848-3
www.goldmann-verlag.de

Besuchen Sie den Goldmann Verlag im Netz

Ein Film –
was kann das schon sein,
wenn es die Zensur erlaubt hat?

Kurt Tucholsky

Hamburg

Februar 1929

Prolog

Alles um sie her funkelte und glitzerte wie in einem Palast. Lili meinte, nie einen schöneren Raum gesehen zu haben als diesen Saal. Kein Wunder, dass ihr Vater mit stolzgeschwellter Brust herumlief. Wüsste sie es nicht besser, würde sie annehmen, er habe die Wandbespannungen aus schwerem rot-goldenem Brokat persönlich angebracht und die Kristalle an den schweren Lüstern und Appliken eigenhändig auf Hochglanz poliert, ebenso wie die im Licht schimmernde warme Mahagonieinfassung der Bestuhlung. Natürlich war er begeistert von seinem Filmtheater. Lili konnte sich nicht erinnern, ihn jemals so glücklich erlebt zu haben. Und gleichzeitig irgendwie majestätisch. Ihr Vater wirkte an diesem Nachmittag, an dem er seiner Frau und den Töchtern den Neubau im Erdgeschoss des Kontorhauses am Jungfernstieg zeigte, tatsächlich wie ein König in seinem Schloss.

Robert Wartenberg machte eine einladende Geste. »Bitte, nehmt Platz, meine Lieben. Ich habe eine Privatvorstellung für euch arrangiert. Ihr bekommt einen ganz neuen Film zu sehen, der gerade in Berlin Premiere gefeiert hat.«

»Wundervoll«, rief Lilis Mutter aus.

»Hoffentlich ist der Film auch jugendfrei«, zischte Hilde.

»Also, bitte!«, ermahnte Sophie Wartenberg ihre ältere Tochter.

»Ich meine ja nur, dass es für mich wohl besser wäre, wenn es sich nicht um einen Kinderfilm handeln würde«, rechtfertigte sich Hilde. »Wenn sich die Kleine amüsiert, langweile ich mich zu Tode, und wenn ich mich gut unterhalte, wird sie quengeln.« Hinter dem Rücken der Eltern zog sie Lili kurz und heftig an einem der blonden Zöpfe.

Lili biss die Zähne zusammen. Sie war es gewohnt, von Hilde schlecht behandelt zu werden. Die Zwanzigjährige stammte aus der ersten Ehe ihrer Mutter, ihr leiblicher Vater war im Großen Krieg gefallen, und manchmal meinte Lili zu verstehen, dass die Ältere ihr deswegen gram war. Hildes Vater war tot, Lilis Mama hatte einen neuen Mann gefunden, und Lilis Papa lebte. Einen anderen Grund für die deutliche Missgunst konnte es nicht geben. Die Ältere ärgerte ihre kleine Halbschwester, seit Lili denken konnte, und selbst Sophies gelegentliche Standpauken blieben wirkungslos. Mutti meinte, die Distanz zwischen ihren Töchtern sei eine Folge des Altersunterschieds von elf Jahren, doch Lili wollte sich mit dieser Erklärung nicht abfinden. Neulich hatte sie die Erwachsenen davon reden hören, dass Hilde mit einem jungen Mann ausging, der eine vielversprechende Karriere im Hotelgewerbe vor sich hatte. Hoffentlich heiratete der Verehrer sie schnell, damit Hilde aus dem Haus kam – und Lili endlich ihre Ruhe und die Eltern ganz für sich hatte. Allerdings musste das ein ziemlich dummer Mensch sein, wenn er sich in eine wie Hilde verguckte. Sie sah zwar hübsch aus, aber im Kopf hatte sie nichts als Stroh, fand Lili.

»Euer Vater hat sicher das Richtige ausgewählt«, sagte Sophie kühl.

Robert Wartenberg ignorierte die kleine Auseinandersetzung

zwischen Mutter und Tochter. »Ihr werdet gleich erleben, wie gut die moderne Technik funktioniert«, erklärte der stolze Kinobesitzer. »*Ich küsse Ihre Hand, Madame* – so der Titel – ist der erste deutsche Spielfilm mit einer Tonsequenz. Auch wenn es viele Kritiker gibt, der Tonfilm ist im Kommen, sage ich euch. Dafür lohnte es sich, ein bisschen mehr Geld für die Ausstattung auszugeben.«

Glücklicherweise sorgte Sophie dafür, dass Hilde zuerst in eine der Reihen in der Mitte des Kinosaals trat und sich in der Mitte auf einen der mit rotem Samt bezogenen Sessel setzte. Die Mutter folgte ihr, dann der Vater, der verstohlen nach Lilis Hand griff und sie auf diese Weise liebevoll hinter sich herzog. Das Beste aber war an der Sitzordnung, dass Lili weit entfernt von Hilde Platz nehmen durfte.

Während es sich die Neunjährige bequem machte, wurde der Vorhang an der Stirnseite des Raums wie von Zauberhand aufgezogen. Das Licht erlosch, und im nächsten Moment erklang Musik, Streicher spielten eine Melodie, und es kam Lili vor, als würde das Orchester hinter ihr stehen. Sie wandte den Kopf, aber da erstreckte sich nur ein endloses Halbdunkel. Das war wohl die Technik, von der ihr Vater gesprochen hatte.

Plötzlich flimmerten Bilder über die Wand, die der Bühnenvorhang freigegeben hatte. Lili saß zum ersten Mal in einem Lichtspielhaus. Sie sei noch zu klein, um einen Film anzusehen, hatte ihre Mutter bisher behauptet. Doch das war nun anscheinend anders, da ihr Papa, der sonst eigentlich mit Tee handelte, ein eigenes Kino besaß. Und Lili starrte auf die Leinwand, registrierte den Wechsel der Szenen, die Stimmen, die aus denselben Lautsprechern hallten wie die Musik, nahm Geräusche wahr, die etwa von dem Auto zu stammen schienen, das gerade durchs Bild fuhr, und sich doch nicht richtig einordnen ließen. Meist bewegten die Schauspieler nur die

Lippen, was Lili verwunderte, weil man den netten jungen Mann doch singen und Klavier spielen hörte. Aber als die schöne dunkelhaarige Frau mit den großen Augen, die ihm hinter einem Vorhang offenbar lauschte, etwas sagte, blieb die Tonanlage stumm. Wie machten die Leute vom Film das bloß?

Lilis Augen folgten den bewegten Bildern. Es war, als schüttete ein Zauberer leuchtende Sterne über ihr aus. Atemlos schaute sie auf ein Wunder und wünschte sich zu wissen, was dahintersteckte. Über dieser wichtigen Frage vergaß sie die Zeit, auch die Handlung glitt unbeachtet an ihr vorbei. Sie bemerkte kaum, wie ihre Mutter und Hilde hin und wieder lachten. Währenddessen zerbrach sie sich den Kopf darüber, wieso echt wirkende Menschen sich benahmen, als befänden sie sich mit ihr und ihrer Familie im Kinosaal, aber gleich darauf über eine Straße gingen, in einem Kaffeehaus saßen oder durch eine Wohnung spazierten. Irgendwann fiel ihr ein, dass das vermutlich so ähnlich war wie die Sache mit dem Fotografieren: Man war da und gleichzeitig nicht da. Wie Lili mit ihrer Schultüte in dem silbernen Rahmen auf Muttis Flügel. Ob es sich beim Film um eine Aneinanderreihung von Fotos handelte? So viele Bilder zusammenzukleben musste schwierig sein, aber es war bestimmt auch eine ziemlich aufregende Tätigkeit. Lili, die geschickte Hände besaß und gern bastelte, konnte sich das lebhaft vorstellen.

Enttäuscht las sie das Wörtchen »Ende« auf der Leinwand. War das Wunderwerk schon vorbei? Es hatte doch gerade erst angefangen. Im nächsten Moment gingen die Lichter im Kinosaal wieder an, und Sophie Wartenberg klatschte Beifall.

»Ein wunderbarer Film«, schwärmte sie. »Und diese Tonsequenz … hach!« Sie seufzte beseelt.

»Es ist fast, als würde Richard Tauber ›Ich küsse Ihre Hand,

Madame‹ singen«, meinte Hilde, und Lili staunte, dass sogar die ewig besserwisserische Halbschwester endlich einmal beeindruckt zu sein schien.

Sophie nickte. »Ja, es ist wirklich ganz wunderbar.«

»Aber natürlich ist es der Schauspieler Harry Liedtke, der sich am Klavier selbst begleitet«, fügte Hilde gönnerhaft hinzu.

»Nein, meine Liebe«, widersprach der Vater schmunzelnd, »du hast Richard Tauber tatsächlich singen hören. Die Szene mit Harry Liedtke wurde mit Taubers Gesang unterlegt.«

»So etwas kann man machen?« Hilde schnappte nach Luft. »Ist das nicht Betrug?«

»Es ist Illusion. Das ist der Kintopp.«

»Oh!«

»Papa«, Lili zupfte an seinem Ärmel. »Papa ...« Als er sich zu ihr umwandte, fragte sie: »Kann ich so etwas auch mal machen?«

»Was denn?«

»Einen Film. Ich meine ...« Lili suchte nach dem Wort, das ihr Vater eben benutzt hatte: »Kintopp.«

Hilde lachte schallend. »Wie hätte es anders sein sollen? Die Prinzessin möchte ein Filmstar werden.« Ihr Ton sagte ganz deutlich, dass sie Lili keineswegs für etwas Besonderes hielt.

»Lass doch das Kind«, seufzte Sophie, während sie sich von ihrem Sitz erhob. »Ich schlage vor, wir gehen jetzt einen Kaffee trinken. Was meinst du, Robert?«

»Einverstanden. Ich habe bereits gegenüber im Alsterpavillon einen Tisch für uns reservieren lassen. Also, kommt, meine Lieben. Lasst uns unsere erste Vorstellung im eigenen Haus feiern.«

Robert drehte sich um und rief in den Hintergrund: »Danke, Hans, das haben Sie sehr gut gemacht.« An seine Familie gewandt erklärte er:»Hans Seifert ist hier der Vorführer. Er sorgt dafür, dass die Filmrollen in der richtigen Reihenfolge in den Projektor eingelegt und ordentlich abgespielt werden.«

»Danke schön, Herr Seifert.« Sophie winkte dem unsichtbaren guten Geist zu.

Während Lili von ihrem Sitz rutschte, fasste sie einen Entschluss. Sie wollte mehr erfahren über die Menschen, die in einem Kino arbeiteten. Und über Filme. Sie erinnerte sich an Hildes bissige Bemerkung und fand es an der Zeit, das dumme Gerede der Älteren richtigzustellen. Auch wenn sie sich einen Tadel einhandeln sollte, weil sie vorlaut war und die Erwachsenen womöglich aufhielt.

»Papa!« Sie zupfte noch einmal am Ärmel ihres Vaters. »Papa, ich will keine Schauspielerin werden. Ich will einen Film *machen*. Das ist etwas anderes, als in einem Film zu spielen, oder?«

Hilde stieß einen entnervten Seufzer aus.

»Liebes, einen Film zu machen ist kein Beruf für eine Frau«, wandte ihre Mutter ein.

Ihr Vater beugte sich zu ihr herunter und strich ihr über den Blondschopf.»Es gibt Regisseure, Kameramänner und Drehbuchautoren, das sind sehr wichtige Leute bei einer Produktion, aber für ein hübsches junges Mädchen ist da kein Platz.«

Lili sah ihn erstaunt an.»Wieso? Gibt es denn keine Frauen, die beim Film arbeiten?«

»Doch. Natürlich. Aber außer den Schauspielerinnen sind es nicht so viele.«

Angesichts des schönen Traums, der gerade wie eine Seifenblase zu platzen drohte, füllten sich Lilis kornblumenblaue Augen mit Tränen.»Gibt es da wirklich gar keine Frauen?«

»Du könntest Kostüme schneidern«, schlug Hilde vor, die

genau wusste, dass Lilis Bastelarbeiten zwar ausgesprochen schön waren, die Jüngere aber nicht gut mit Nadel und Faden umgehen konnte.

Die erste Träne kullerte über Lilis Wange.

Zärtlich wischte Robert sie fort.

»Es gibt Cutterinnen«, erklärte er geduldig. »Weißt du, Lili, ein Film wird mit einer Kamera gedreht, und das Ganze heißt so, weil die Szenen auf einem Negativ aufgenommen werden. Ein Kameramann arbeitet letztlich wie ein Fotograf. Nur dass es sich nicht um ein Standbild, sondern um ein bewegtes Bild handelt. Die Schnittmeisterinnen, wie man die Cutterinnen auch nennt, kleben die Szenen zusammen, und daraus wird dann am Ende der Spielfilm, der in die Kinos kommt.«

Mit offenem Mund starrte Lili ihren Vater an. Die Tränen versiegten. Genau so hatte sie es sich doch gedacht. Sie strahlte. »Das möchte ich werden, Schnittmeisterin oder wie das heißt. Darf ich, Papa?«

Er wechselte einen amüsierten Blick mit ihrer Mutter, und beide schmunzelten.

»Darüber reden wir, wenn du groß bist. Jetzt gehen wir erst einmal rüber in den Alsterpavillon. Möchtest du eine Limonade oder lieber eine heiße Schokolade, Lili?«

»Meine Güte«, raunte Hilde, »wie kommt sie nur darauf, arbeiten gehen zu wollen? Aber wahrscheinlich weiß dieses Gör schon heute, dass es niemals einen Mann finden wird.«

Lili sah sich nach ihren Eltern um, doch die steckten die Köpfe zusammen und hatten Hildes Kommentar anscheinend nicht gehört. Sie reckte ihr Kinn. So leicht ließ sie sich ihren neuen Traum nicht ausreden. Auf einen Ehemann konnte sie gut verzichten. Ihr graute davor, einen Frosch küssen zu müssen, damit er sich in einen liebevollen Prinzen verwandelte. Ein Beruf, in dem sie basteln durfte, erschien ihr dagegen einfach wunderbar. Lili beschloss, so viel Zeit wie möglich im Kino zu verbringen und immer wieder Fragen zu stellen. Am besten, wenn Hilde nicht in der Nähe war. Und eines Tages wusste sie bestimmt genug, um Schnittmeisterin zu werden. Und sie musste niemals einen Frosch küssen.

Berlin

November 1946

1

»Ich muss nach Hamburg. Verstehen Sie?« Sie holte tief Luft und stieß dann ebenso eindringlich wie ungeduldig hervor: »Ich. Muss. Nach. Hamburg. Sofort.«

Der junge Mann in der khakibraunen Uniform des British Empire blickte Lili durch die Gläser seiner Hornbrille an. Er betrachtete sie weder wohlwollend noch direkt unfreundlich, sondern ließ ihr vielmehr ganz offenbar Gnade zuteilwerden, weil er sie anhörte. Ebenso deutlich brachte er jedoch zum Ausdruck, dass sie seine Geduld strapazierte und ihre Probleme ihn kaltließen.

Vielleicht lag es an ihrer Erscheinung, sinnierte sie. Obwohl sie als junges Mädchen durchaus hübsch gewesen war, hatten sich im Lauf der Jahre die Erfahrungen von Krieg, Leid und Not ebenso in ihr Gesicht gegraben, wie es unter glücklicheren Umständen Lachfältchen getan hätten. Hinzu kam, dass die Attribute, die angeborene Schönheit für gewöhnlich unterstrichen, für sie unerschwinglich geworden waren: Ein Friseurbesuch kam nicht infrage, ihr schulterlanges honigblondes Haar schnitt sie sich selbst mit einer stumpfen Küchenschere, der Kauf eines Lippenstifts, um ihren breiten ausdrucksvollen Mund zu betonen, war ebenso unmöglich wie der Erwerb von

Wimperntusche, mit der sie ihre blauen Augen einrahmen könnte, von modischer Garderobe ganz zu schweigen. Sie trug eine notdürftig ausgebesserte, viel zu weite dunkelblaue Hose und einen alten Tennispullover über einer doppelten Schicht Unterhemden gegen die in diesem Herbst früh einsetzende frostige Kälte. Darunter war sie so dünn, dass ihr Körper eine weibliche Figur nur noch erahnen ließ. Vermutlich wirkte sie auf den perfekt Deutsch sprechenden Engländer mit ihrer hochgewachsenen jungenhaften Gestalt wie ein Mannweib – ein Typus, der dem verhassten Bild der BDM-Scharführerin entsprach. Aber im Grunde waren ihr Äußerlichkeiten gleichgültig, es zählten andere Werte in diesen Zeiten. Nur in diesem Moment wünschte sie plötzlich, sie wäre zumindest schicker gekleidet, um ihren Gesamteindruck etwas zu verbessern.

Er schwieg eine Weile, dann verlangte er: »Bitte sprechen Sie nicht mit mir, als wäre ich schwachsinnig.«

Zu ihrem eigenen Entsetzen wurde ihr bewusst, dass sie sich eben genau des Tons einer *Nazisse* bedient hatte. Das war ihrer Aufregung und Sorge geschuldet, aber ganz sicher nicht ihrer Überzeugung. Doch der britische Offizier wusste nicht, dass sie Hitler und sein Regime ebenso hasste wie jedes Mitglied der alliierten Besatzungstruppen. Abgesehen von der Angst, die sie seit sieben Jahren durchlitt, hatte der Krieg ihr gleich zu Anfang die erste große Liebe und am Ende den Vater genommen. Und nun lag Lilis Mutter anscheinend im Sterben. Hildes Brief war so alarmierend gewesen, dass Lili sofort nach Hamburg fahren musste. Doch sie besaß keinen Interzonenpass, der sie gefahrlos über die Sektoren- und Zonengrenzen aus Berlin in die Hansestadt bringen würde. Seit die Russen im Sommer eine Durchreise durch die sowjetische Zone untersagt hatten, war es unmöglich, die alte Reichshauptstadt ohne Sondergenehmigung auf legalem Weg zu verlassen.

Lili war kurz vor Kriegsbeginn nach Berlin gekommen. Das Ziel, das sie schon als kleines Mädchen vor Augen gehabt hatte, zog sie nach der Mittleren Reife und der Ausbildung zur Fotografin hierher. Da in Hamburg keine Produktionsstätten existierten, versuchte sie ihr Glück im Zentrum der deutschsprachigen Filmwirtschaft. Ihre Mutter sah es nicht gern, dass Lili allein in der riesigen Stadt leben und auch noch arbeiten wollte, ihr Vater unterstützte jedoch ihre Pläne. Robert Wartenberg und der junge Mann, den Lili aus dem Kreis ihrer swingmusikbegeisterten Freunde kannte, waren die beiden Menschen, für die sie regelmäßig zurück an die Alster fuhr. Nach dem Polenfeldzug, in dem ihr Verlobter fiel, wurden ihre Besuche seltener, auch weil sie wusste, dass sie für ihre Mutter eine Enttäuschung darstellte. Und während Sophie die glanzvollen gesellschaftlichen Ereignisse besuchte, die ihre ältere Tochter Hilde als Ehefrau des neuen Direktors des Hotels Esplanade veranstaltete, und sich darüber grämte, ihre Jüngste nicht ebenfalls so gut verheiratet zu wissen, stieg Lili von einer kleinen Schnittassistentin zur Schnittmeisterin auf, die schließlich selbstständig einen Film *zusammenkleben* durfte, wie sie es sich damals im Kino ihrer Eltern am Jungfernstieg erträumt hatte.

»Entschuldigen Sie, bitte«, sagte sie endlich. Sie zwang sich zur Ruhe. Mit Hektik würde sie den Engländer sicher nicht dazu bringen, ihr zu helfen. »Meine Mutter ist schwer krank«, hob sie mit gesenkter Stimme an. »Deshalb muss ich unbedingt sofort nach Hamburg.«

Er nickte, und ihr fiel auf, dass der Braunton seiner Brillenfassung mit der Farbe seiner Locken korrespondierte. Eine Strähne fiel ihm bei der Bewegung in die Stirn, die er geistesabwesend zurückstrich. »Ich kann Ihre Sorge verstehen«, erwiderte er schließlich. »Aber warum kommen Sie zu mir? Ich bin nicht dafür zuständig, Ihnen einen Interzonenpass auszustellen.« Er machte eine Geste, als wollte er sein Dienstzimmer umarmen. »Das hier ist die Filmabteilung.«

»Ja. Ich weiß. Ich dachte nur, Sie könnten die Angelegenheit beschleunigen, weil wir doch ...«, sie stockte, dann fügte sie mutig hinzu: »... irgendwie Kollegen sind.«

»Tatsächlich?« Offenbar war er überrascht. Er nahm seine Brille ab, betrachtete sie nachdenklich, schob sie zurück auf seine schmale gerade Nase.

Wie schaffte es dieser Mann nur, sie ständig in Verlegenheit zu bringen? Nach dem ersten Fauxpas fand Lili nun, dass sie ein wenig größenwahnsinnig klang. Sie hatte nicht die geringste Ahnung, welche Voraussetzungen dieser britische Offizier aus Friedenszeiten mitbrachte, um einen Posten in der Filmabteilung zu bekleiden. Er war zwar sicher noch keine dreißig Jahre alt, aber das bedeutete natürlich nicht, dass er ein unbeschriebenes Blatt war. Vielmehr konnte er vom Filmstar bis zum Erfolgsregisseur so ziemlich alle Positionen vor und hinter der Kamera bekleidet haben. Für den Schnitt eines Spielfilms war er allerdings bestimmt nicht verantwortlich gewesen, diesen Beruf wählten ausschließlich Frauen. Also waren sie höchstens *irgendwie*, aber eigentlich keine Kollegen.

Andererseits hatte sie ihn aufgesucht, weil sich seit Einführung der neuen Bestimmungen die Wartezeit auf einen Interzonenpass ständig verlängerte. Der Andrang war enorm. Die Schlangen vor den Ausgabestellen waren inzwischen fast so lang wie die vor den Lebensmittelgeschäften, wenn es angeblich neue Waren gab. In den seltensten Fällen bekamen die Kunden gleich das Gewünschte, auf dem Amt ebenso wenig wie etwa in der Bäckerei. Da Lili jedoch so schnell wie möglich nach Hamburg reisen wollte, musste sie den üblichen Behördenweg umgehen. Deshalb hatte sie die Abteilung im britischen Hauptquartier am Fehrbelliner Platz aufgesucht, von der sie annahm, sie würde hier auf die verständnisvollsten und entgegenkommendsten Mitarbeiter treffen. Unter Filmleuten ließ sich doch bestimmt etwas regeln, hatte sie gedacht. Doch nun zweifelte sie ...

»Sie waren also Mitarbeiterin des Propagandaministeriums«, unterbrach der Engländer ihre Gedanken. Eine neue Facette seines Tonfalls erreichte sie: Nach Gnade, Borniertheit und einem sachten Anflug von Freundlichkeit lag nun Härte in seiner Stimme.

»Nein, um Himmels willen, nein. Ich war niemals Mitarbeiterin des Propagandaministeriums.« Lili rang die Hände, ihre Knie wurden vor Aufregung weich. Sie wünschte, sie könnte sich setzen. Doch da er sie nicht aufgefordert hatte, Platz zu nehmen, war sie stehen geblieben, während er von seinem Schreibtischstuhl zu ihr aufsah.

»Ich habe nicht für das Propagandaministerium gearbeitet«, wiederholte sie. »Jedenfalls nicht direkt. Ich meine, ich war bei der Ufa und bei der Terra, und die Produktionsgesellschaften waren verstaatlicht, aber ich war Schnittmeisterin, keine ...« Sie biss sich gerade noch rechtzeitig auf die Zunge, um nicht »Schreibtischtäterin« zu sagen. Das wäre definitiv die falsche Wortwahl, nachdem sie den Engländer als Kollegen bezeichnet hatte.

Ein Schmunzeln erhellte seine Züge. »Sie sind also Schneiderin«, resümierte er und fügte ein albernes: »Fräulein Kollegin« hinzu.

Jetzt machte er sich lustig über sie!

»Ich schneide Filme«, parierte sie. »Ich bin Cutterin. Auf Deutsch nennt man das Schnittmeisterin.«

»Oha, eine Cutterin.« Überraschenderweise wurde sein Lächeln breiter. »Da lag ich wohl falsch. Wie heißen Sie?«

»Lili Wartenberg ...« Sie unterbrach sich, um nach einem

Räuspern fortzufahren:»Das ist mein Mädchenname. Meine Papiere lauten auf Lili Paal.« Ihre Kriegstrauung war zu unwirklich gewesen. Obwohl über drei Jahre her, hatte sie sich bis heute weder an ihren Status als verheiratete Frau noch an den Namen ihres Mannes gewöhnen können. Sie hatte Albert Paal kaum gekannt und seit ihrer überstürzten Hochzeit nicht wiedergesehen.

»*Sie* sind das?«

»Ja«, erwiderte sie schlicht. Was sollte sie auch sonst sagen? Dass der Engländer von ihr gehört hatte, war nicht verwunderlich, nachdem sie im Frühjahr für einigen Wirbel in den nach dem Krieg verbliebenen Resten der Berliner Filmbranche gesorgt hatte. Es war höchstens erstaunlich, dass er sich so gut auskannte, immerhin war er ein subalterner Offizier und nicht der Leiter der Abteilung.

Er deutete auf den Besucherstuhl auf der anderen Seite seines Schreibtischs.»Setzen Sie sich, Frau Paal.«

»Danke«, murmelte sie. Zögernd nahm sie Platz. Sie wünschte, er würde keine so ernste Miene aufsetzen und sie damit weiter verunsichern.

Stumm sahen sie sich über den Tisch hinweg an. Es fiel Lili schwer, durch die Brillengläser den Ausdruck seiner Augen zu erkennen. Und es war nicht einfach für sie, sich in Geduld zu fassen. Sie hielt den Atem an, um nicht zuerst das Wort zu ergreifen, aus Furcht, wieder das Falsche zu sagen.

»Warum sind Sie hier?«, wiederholte er. Er war zweifellos neugierig, doch sein Ton hatte auch wieder an Härte gewonnen.»Bei Ihren Beziehungen zu den Sowjets frage ich mich, warum Sie bei der Überquerung der Zonengrenze die Hilfe der Briten benötigen.«

Sie ahnte, worauf er hinauswollte, doch sie rettete sich in den Behördenalltag.»Ich wohne im britischen Sektor.«

»Ach, tatsächlich? Wenn ich richtig informiert bin, arbeiten oder arbeiteten Sie bei den Russen.«

»Ich habe für die DEFA gearbeitet, die mit sowjetischer Genehmigung gegründete Deutsche Film AG. Das ist richtig. Warum machen Sie mir das zum Vorwurf?« Sie wusste, sie redete sich in Rage, und es war vielleicht ein Fehler, aber sie konnte nicht anders. »Ich liebe meinen Beruf. Der Film ist mein Leben. Es gibt doch keine andere Möglichkeit, in Berlin für das Kino zu arbeiten, als für die in der sowjetischen Zone ansässige Produktionsgesellschaft. Die Russen haben schließlich die Ateliers in Babelsberg und Johannisthal besetzt.«

»Erzählen Sie mir bitte nichts, was ich schon weiß«, schnappte der Engländer. »Korrigieren Sie mich, wenn ich falschliege, aber Ihre Tätigkeit für die DEFA betrifft keine neuen Filmproduktionen, sondern die Bearbeitung eines alten Negativs. Sie haben einen Film geschnitten, der noch im Krieg gedreht, aber nicht mehr fertiggestellt werden konnte. Und Sie haben den Streifen nicht nur vollendet, sondern zuvor überhaupt erst aufgestöbert. Richtig?«

Warum fühlte sich das alles plötzlich so falsch an? Der Mann in der khakifarbenen Uniform schaffte es, sie ins Unrecht zu setzen, obwohl sie sich keiner Schuld bewusst gewesen war. Zumindest anfangs nicht.

Durch Zufall hatte sie an einem ihrer letzten Arbeitstage vor Kriegsende erfahren, wo einige der Negative der noch bis zur letzten Szene abgedrehten Filme eingelagert werden sollten. Sie hatte nicht weiter darüber nachgedacht, zumal die Ereignisse sie überrollten. Erst als sich im vorigen Winter herumsprach, dass die Sowjets nicht mehr nur ihre eigenen Streifen in einer deutschen Synchronfassung in die wiedereröffneten Kinos bringen, sondern auch die Genehmigung für eine erste deutsche Nachkriegsproduktion erteilen wollten sowie die

Gründung einer Filmgesellschaft vorsahen, fragte sich Lili, was wohl aus den im Bombenhagel vergrabenen Zelluloidstreifen geworden war. Also machte sie sich auf die Suche – und wurde zu ihrer eigenen Überraschung fündig. Es war der letzte Film, den sie hätte schneiden sollen. Da sie keine Ahnung hatte, wer sich sonst dafür interessieren könnte, brachte sie die verwitterten Metalldosen in das alte Ufa-Haus am Krausenplatz, das sich jetzt in der sowjetischen Zone befand und in dem inzwischen die Verantwortlichen der jüngst gegründeten DEFA saßen.

»Es war *mein* Film«, rechtfertigte sie sich. »Ich kannte das Drehbuch und konnte die Szenen daher problemlos schneiden. Hätte ich ihn verrotten lassen sollen? Es ist eine so wundervolle Produktion, die ...«

»Wo haben Sie die Materialien gefunden?«, unterbrach er sie.

Sie wusste leider, worauf er hinauswollte. »Die Dosen waren neben der Sonnenuhr im Hindenburgpark vergraben ... ehm ... im Volkspark Wilmersdorf, wie er jetzt heißt ...«

»Dieser Platz liegt im britischen Sektor«, fiel er ihr ins Wort. Er beugte sich ein wenig vor, schob seine Brille zurecht und sah sie scharf an. »Wissen Sie, Frau Paal, durch die Übergabe der Negative an die Sowjets haben Sie dafür gesorgt, dass ein Beschluss des Alliierten Kontrollrats umgangen wird. Dieser besagt, dass sämtliche Filme als Beutegut der Militärregierung der jeweiligen Zone zustehen, wo die Materialien aufgefunden werden. Sie haben ganz klar das Gesetz gebrochen.«

Stumm senkte sie den Kopf.

»Nun könnte ich Sie verhaften lassen.«

Warum war sie nur an diesen Streber geraten? Er war nicht so attraktiv, wie sie anfangs angenommen hatte, er sah aus, wie sich ein Filmregisseur wahrscheinlich einen ehrgeizigen Studenten in Oxford oder Cambridge in britischer Uniform vorstellte. Ein Karrierist, dem sie sich unbeabsichtigt ausgeliefert hatte. Er kam ihr vor wie ein offenes Buch, denn die nächste Bemerkung hatte sie bereits erwartet:

»Ich habe gehört, dass Sie über mehr Filme Bescheid wissen, die angeblich verloren gegangen sind.«

»Sie sind gut informiert«, murmelte Lili überflüssigerweise. Natürlich war er das, sonst hätte er nicht gewusst, wo sie die ersten Materialien gefunden hatte. Aber letztlich sprachen sich derartig spektakuläre Neuigkeiten rasch herum. Ihre Branche war klein und bevölkert mit Selbstdarstellern, die gern den neuesten Klatsch teilten. Darüber hinaus gehörte nicht viel Fantasie dazu, sich zu überlegen, dass eine Frau, die das Versteck eines Negativs kannte, auch andere aufzufinden in der Lage war.

»Die anderen Materialien haben Sie aber noch nicht bei den Sowjets abgeliefert?«, insistierte er.

Sie schüttelte den Kopf.

»Wir Briten und unsere Freunde, die Amerikaner, sind mehr als die Russen daran interessiert, unsere eigenen Produktionen in die deutschen Kinos zu bringen. Aber wir verstehen, dass die Deutschen auch deutsche Spielfilme sehen wollen. Manche waren ja wohl nicht einmal schlecht. Wie auch immer, es ist ein großes Geschäft damit zu machen, und das können wir natürlich nicht der Seite überlassen, die sich im Kontrollrat gegen fast jeden unserer wirtschaftlich relevanten Vorschläge stemmt.«

Offenbar dozierte er auch noch gern. Für einen Collegeprofessor war er zu jung, aber vielleicht hatte er gerade sein Studium der Filmwissenschaft abgeschlossen, als er in den Krieg zog, und nun saß er hinter diesem Schreibtisch, anstatt endlich die Universitätslaufbahn anzutreten, von der er immer geträumt hatte. Das wäre ein gutes Drehbuch für einen Nachkriegsfilm, fuhr es Lili durch den Kopf. Der Absolvent, der nach vielen Jahren und schrecklichen Erfahrungen an seine alte Wirkungsstätte zurückkehrt und dort anknüpfen will, wo er aufgehört hat, und nun an der neuen Zeit scheitert ...

»Sie wollen also auf dem schnellsten Wege nach Hamburg fahren.«

Aus ihren Gedanken gerissen zuckte Lili zusammen.

»Warum haben Sie nicht alle Negative bei den Russen abgeliefert?«

Sein plötzlicher Themenwechsel irritierte sie. Die Fragen prasselten in so rascher und unerwarteter Folge auf sie nieder, dass sie kaum wusste, was sie antworten sollte. Unwillkürlich erwartete sie, dass er wieder das Wort ergriff, doch nun schwieg er. Da er ihr anscheinend die Zeit lassen wollte, sich zu sammeln, holte sie tief Luft und versuchte einen Moment, auf ihren Atem zu lauschen. Mit einem Mal fielen ihr die Geräusche auf, die aus dem Nachbarbüro hereindrangen: Hektisches Tippen auf einer Schreibmaschine, das Schrillen eines Telefons, hinter der Tür erklangen die polternden Schritte von Armeestiefeln. Diese Normalität beruhigte sie.

Lili hob den Blick. »Ein Film pro Besatzungsmacht reicht, finden Sie nicht?«

Der Engländer stutzte, dann lächelte er. »Sie haben Humor. Das gefällt mir.« Er wurde wieder ernst. »Wenn ich Sie richtig verstehe, hat das Vereinigte Königreich jetzt Ihrer Ansicht nach zumindest einen Zugriff gut. Wir diskutieren mal lieber nicht, ob das rechtens ist. Vielmehr würde mich interessieren, was Ihnen die Reise nach Hamburg wert ist. Womöglich alle Materialien, von deren Versteck Sie wissen?«

Erpressung, dachte Lili, das ist reine Erpressung. Eigentlich konnte es ihr ja gleichgültig sein, welcher Staat sich die alten deutschen Produktionen einverleibte. Hauptsache, die jeweiligen Rohfilme wurden fachgerecht behandelt und kopiert und einem breiten Publikum zugänglich gemacht. Gute Filme sollten nicht in Vergessenheit geraten oder sich irgendwann unbeachtet selbst zerstören.

Jedenfalls deutete seine Überlegung an, dass er bereit war, ihr für die Informationen einen Passierschein zu beschaffen. Sie befand sich also auf dem richtigen Weg. »Gegen wie viele Ortsangaben würden Sie einen Interzonenpass herausgeben?« Ihre Stimme klang erstaunlich gefasst, obwohl ihr das Herz vor Aufregung bis zum Hals schlug.

»Sie sprachen von einem Film pro Besatzungsmacht. Demnach bleiben noch drei. Befinden sich Ihre Verstecke alle im Raum Berlin, oder ließen sich Materialien auch in der britischen Zone in Westdeutschland auffinden?«

Im ersten Moment war sie verwirrt, doch dann dachte sie, dass er entweder dieselben Gerüchte gehört hatte wie sie – oder es war ein Bluff. »Ich weiß natürlich nicht, ob alle Negative noch dort sind, wo sie versteckt wurden. Die meisten liegen ja schon rund eineinhalb Jahre da. Vielleicht hat sie auch jemand anderer gefunden und weggeworfen ...«

»Das dürfte ein hübsches Feuerwerk gegeben haben. Zelluloid ist hochexplosiv, nicht wahr?«

»Nur, wenn es sich selbst entzündet oder angesteckt wird.«

»Hoffen wir, dass das nicht passiert ist.«

»Ja.«

»Also?«

»Was?«

»Wo in der britischen Zone liegen die Materialien?«

Sie seufzte. »In Lübeck-Travemünde. Ein paar Filmschaffende haben sich kurz vor Kriegsende zu Dreharbeiten, die niemals stattfanden, an die Ostsee geflüchtet, um nicht doch noch eingezogen zu werden. Angeblich hatten sie einige Rollen ungeschnittener Filme im Gepäck.«

»Die Welt der Buddenbrooks erscheint mir reichlich symbolträchtig als Versteck. Und die Ostsee soll ja einen ganz eigenen Zauber besitzen, waren Sie schon einmal dort?«

Für eine Plauderei über die Schönheit des Baltischen Meers hatte sie keine Geduld. Wahrscheinlich hatte sie den falschen Weg gewählt. Die Zeit, die sie mit diesem Engländer bei einer Unterhaltung verbrachte, als befänden sie sich zum Tee in einem Herrenhaus, hätte sie auch dazu nutzen können, sich in die Schlange an der Ausweisstelle einzureihen. Offenbar wollte er ihr nur Informationen entlocken, konnte ihr aber wohl tatsächlich nicht helfen. Es wäre sogar verständlich, dass ein Filmoffizier sich nicht in Passangelegenheiten mischen durfte. In ihrer blinden Sorge war sie so dumm gewesen.

Brüsk stand Lili auf. »Ich bin Hamburgerin, natürlich war ich schon einmal an der Ostsee. Das ist aber gerade nicht mein Ziel. Ich muss nach Hause, weil meine Mutter vielleicht im Sterben liegt, und nicht nach Travemünde, um Negative zu suchen. Bitte entschuldigen Sie, dass ich Sie mit meiner Sache belästigt habe.«

Ihr Monolog schien ihn zu verblüffen. Er starrte sie an, nahm die Brille ab, schaute, setzte sie wieder auf – und sagte nichts.

Enttäuscht und gleichzeitig verärgert über ihre eigene Dummheit wandte sie sich zum Gehen.

»Warten Sie!« Sein Stuhl knarrte, als er aufsprang. »Ich hatte wohl vergessen zu erwähnen, dass ich übermorgen nach Hamburg fahren muss und Sie mich begleiten können.«

Nun war es an ihr, vollkommen baff zu sein.

Er lächelte sie aufmunternd an. »Da sich in Hamburg eine neue Filmszene zu bilden beginnt, wurde ich zur dortigen *Film*

Section kommandiert. Ich trete meine Reise übermorgen an und könnte eine Sekretärin in meiner Begleitung gebrauchen.« Lili stockte der Atem. Seine Worte klangen nach einem Wunder. Am liebsten wäre sie ihm dafür um den Hals gefallen, aber die praktischen Überlegungen drängten in den Vordergrund. »Ich habe keine Papiere ...«

»Die bekommen Sie.« Jetzt grinste er breit und wirkte dabei nicht mehr wie ein Student, sondern wie ein Schuljunge, dem ein Streich gelungen war. »Wir fahren übrigens mit dem Interzonenschnellzug ab Bahnhof Zoologischer Garten.«

Sie hatte geahnt, dass es einen Haken gab. Anscheinend wusste der Engländer nicht, wie privilegiert er war. Enttäuscht schüttelte sie den Kopf. »Diese Verbindung darf ich als Deutsche nicht benutzen, die ist für Ausländer reserviert.«

»Meine Sekretärin bekommt selbstverständlich eine Sondergenehmigung. Sie sind schließlich so tüchtig, dass ich nicht einmal auf der Bahnreise auf Sie verzichten kann.«

Es war unfassbar. Doch statt ohne Zögern anzunehmen, was er ihr bot, kamen ihr erneut Zweifel. »Warum tun Sie das?«, hauchte sie.

»Ich bin ein Filmfan wie Sie und würde gern retten, was sich zu retten lohnt. Oder anklagen, wo es sein muss, wenn ein Streifen eine deutliche politische Botschaft enthält. Jedenfalls möchte ich in keinem Fall, dass die alten Negative in die falschen Hände geraten. Deshalb werden wir beide zu gegebener Zeit einen netten kleinen Ausflug nach Lübeck-Travemünde unternehmen.«

Er bückte sich zu seinem Schreibtisch, nahm einen Notizblock und einen Stift auf und hielt ihr beides hin. »Vorher sollte ich allerdings Ihre persönlichen Angaben haben, Name, Adresse, Geburtsdatum und so weiter. Sonst kann ich Ihnen keinen Interzonenpass mit Sondergenehmigung besorgen.«

Mit vor Erleichterung und Erregung zitternder Hand griff sie danach. »Danke«, stieß sie hervor. »Ich danke Ihnen sehr … äh …« Ihre Augen suchten seinen Uniformrock nach einem Hinweis auf seinen genauen Dienstgrad ab. Den und seinen Namen, der an einem Schild außen an der Tür stand, hatte sie kaum wahrgenommen und beim Eintreten in sein Büro schon vergessen.

»Ich heiße John Fontaine, Captain Fontaine. Willkommen in meinem Stab, Lili Paal.«

2

Es blieben Lili keine achtundvierzig Stunden mehr in Berlin, bevor sie ihren neuen Chef am Bahnhof Zoo treffen sollte. In dieser Zeit packte sie ihre Habseligkeiten zusammen und beschwor ihre Untermieterinnen, eine junge Schauspielerin und eine ehemalige Souffleuse vom Schiller-Theater, dass sie in ihrer Abwesenheit keine weitere Einquartierung duldete, obwohl jeder Quadratmeter intakter Wohnraum in Berlin heiß begehrt war. Der Interzonenpass besaß üblicherweise eine Gültigkeit von nur dreißig Tagen, sie würde also lange vor Jahresende zurückkommen und dann wieder ihr Zuhause beziehen.

Ihre kleine Wohnung befand sich unter dem Dach in einem Mehrfamilienhaus an der Detmolder Straße in Wilmersdorf nahe dem Kaiserplatz und der einer Trümmerwüste ähnelnden Kaiserallee. Es war ein Wunder, dass ihre beiden Zimmer die schweren Luftangriffe fast unbeschädigt überstanden hatten, immerhin war ein Seitenflügel des Hauses getroffen worden und ausgebrannt, Teile der Fassade an dem Gebäude waren weggebrochen, aber ihr Treppenaufgang und die Außenmauern ihrer Bleibe waren intakt, nur die Fenster waren zerborsten. Das war in diesen Zeiten ein kleiner Luxus, jedenfalls hatte sie deutlich mehr Glück gehabt als ihre Mutter in Hamburg.

Zu wissen, dass sie nie mehr in die Reihenvilla zurückkehren konnte, in der sie ihre Kindheit und Jugend verbracht hatte, machte Lili traurig. Wartenbergs waren ausgebombt, woraufhin Sophie und für kurze Zeit auch noch Robert bei Hilde und deren Familie untergekommen waren. Lili bezweifelte, dass ihre Halbschwester von sich aus so viel Großzügigkeit walten ließ, sie meinte vielmehr, dass jemand in der zuständigen Behörde nachgeholfen hatte. Der Zwangswohnraumbewirtschaftung musste sich Peter Westphal, Hildes Ehemann, gewiss schon unter den Nazis beugen und unter den Besatzern erst recht. Zu dritt – Hilde, Peter und die knapp sechzehnjährige Gesa – bewohnten die Westphals eine Sechszimmerwohnung, die mit ihren schlossähnlichen Ausmaßen in der gegebenen Situation geradezu nach Untermietern verlangte, ausgebombten Hamburgern, Flüchtlingen aus dem Osten, Heimatlosen, Rückkehrern. Da waren die eigene Mutter und Schwiegermutter sowie der Stief- beziehungsweise Schwiegervater sicher die angenehmere oder zumindest naheliegende Wahl. Ihre eigenen Besuche bei Westphals konnte Lili an einer Hand abzählen, ihr Verhältnis zu Hilde war nicht so, dass sie sich oft gesehen hatten, und wenn, dann eher bei ihren Eltern. Doch nun wohnte Sophie dort, und Lili würde bei ihr unterkommen müssen.

Lili hatte nicht die geringste Ahnung, wie ihre Mutter mit den dramatischen Veränderungen in ihrem Leben wirklich zurechtkam. Im Zweiten Weltkrieg zum zweiten Mal Witwe zu werden hatte Sophie stark mitgenommen. Das wusste Lili, obwohl sie in den vergangenen drei Jahren nicht mehr nach Hamburg gefahren war. Nach dem Feuersturm im Sommer 1943 war eine private Reise in die Hansestadt kaum möglich gewesen. Nicht einmal der Beerdigung ihres Vaters hatte Lili beiwohnen können, in den letzten Kriegstagen war an eine Fahrt aus der von der Roten Armee eingekesselten Reichshauptstadt nicht zu denken. Auch nachdem sich die Verhältnisse in Berlin durch den Einmarsch der Westalliierten und die Aufteilung in Sektoren einigermaßen zu normalisieren begannen, waren Bahnfahrten so gut wie unmöglich, zumal die Sowjets die Grenzen inzwischen geschlossen hatten. Allerdings konnten Briefe zuverlässig verschickt werden, und auch Telegramme fanden ihren schnellen Weg zum Adressaten. Auf diese Weise hatte Lili von Hilde erfahren, dass ihre Mutter schwer krank war. Hilde rechnete sogar mit dem Schlimmsten – sie befürchtete, Sophie könnte den Gashahn aufdrehen und sich das Leben nehmen.

Die düstere Stimmung, die Lili bei der Erinnerung an Hildes Brief erfasste, verflog, als sie an die Fahrt im Nord-Express dachte. Die würde erheblich angenehmer verlaufen als die beschwerliche Verbindung, die mit vielen Haltestationen manchmal bis zu zwanzig Stunden auf der dreihundert Kilometer langen Strecke dauerte. Viele Gleise waren noch zerstört, und die Eisenbahn fuhr nur unregelmäßig, sodass die für Deutsche zugelassenen Züge meist überfüllt und ohne die geringste Bequemlichkeit waren. Für Ausländer galten andere Maßstäbe, vor allem für einen britischen Besatzungsoffizier wie Captain Fontaine nebst Sekretärin. Lili schmunzelte bei dem Gedanken an ihre neue Rolle.

Zu Fuß machte sie sich frühzeitig auf den Weg, um zur verabredeten Zeit pünktlich am Bahnhof zu sein. Durch die Ruinen der Kaiserallee zog ein kalter Wind, leichter Nieselregen senkte sich über die Trümmerlandschaft. Es war kaum zu glauben, dass rechts und links von der langen Verbindungsachse Straßen abgingen, deren Häuserzeilen der Zerstörung getrotzt hatten. Lili kannte diesen Weg wie ihre Westentasche. Als Kind hatte sie Erich Kästners *Emil und die Detektive* verschlungen, und die Geschichte spielte überwiegend in der Kaiserallee. Im Kino ihrer Eltern am Jungfernstieg hatte sie die Verfilmung gesehen. Bald nach ihrer Ankunft in Berlin war sie tatsächlich zu dieser Straße gewandert, ließ sich dann aber mehr von den Lichtspielhäusern beeindrucken, allen voran das Atrium. Es war etwas ganz Besonderes, ein Gebäude, dem Kolosseum in Rom nachempfunden, für über zweitausend Leute, mit allen technischen Raffinessen ausgestattet und atemberaubender innenarchitektonischer Schönheit. Von Bomben getroffen war es bis auf die Mauern des Erdgeschosses niedergebrannt. Lili marschierte an der Ruine mit einer gewissen Wehmut vorbei, für die sie sich aber sofort im Stillen schalt, denn es war so vieles zerstört, worum es sich weinen ließ. Wie es in Hamburg nach den verheerenden Fliegerangriffen aussah, konnte sie noch nicht einmal ahnen. Der Frage, wie sie sich fühlen würde, wenn sie vor dem Steinhaufen stand, unter dem ihre Kindheits- und Jugenderinnerungen begraben lagen, widmete sie sich besser nicht. Wahrscheinlich würde sie nicht einmal mehr hingehen, um zu schauen, was übrig war. Im Moment war nur wichtig, dass sie sich um ihre Mutter kümmerte. Sie musste dankbar sein, die schnellste und beste Reisemöglichkeit gefunden zu haben. Und sie musste nach vorn schauen, sich überlegen, wie sie mit Captain Fontaine nach den verlorenen Negativen suchen sollte, denn die Hinweise darauf waren nicht ganz so klar wie bei der Sonnenuhr in dem Park, den sie ebenfalls in Richtung Zoo passierte.

Vor dem Bahnhof herrschte ein unübersichtliches Durcheinander. Im Schatten des wie ein Stahlgerippe wirkenden Dachs der Fernbahnhalle, das man nach dem Umbau unmittelbar vor dem Krieg zu verglasen vergessen hatte, gingen die Schieber eifrig dem Schwarzmarkthandel nach. Lili kannte die verstohlenen Blicke und den gleichgültig wirkenden Gang, den Griff in eine Tasche und den raschen Wechsel der Tauschwaren in eine andere Hand. Obwohl diese Art des Einkaufs verboten war, konnte niemand ohne den Schwarzen Markt überleben, die von den Besatzern bewilligten Essensrationen waren zu gering und wurden selbst auf die offiziellen Lebensmittelkarten nicht immer voll ausgegeben. Der Hunger war auch Lilis ständiger Begleiter, obwohl es ihr während der Arbeit für die DEFA besser gegangen war, weil die Russen größere Rationen verteilten. Schlimmer noch erging es den Flüchtlingen, ausgemergelten Menschen, die an ihren ratlosen, verstörten Mienen zu erkennen waren und an der dunklen Kleidung, die noch schäbiger war als die der Berliner. Sie standen ebenso heimatlos wie hilflos herum, weil sie nicht wussten, wohin. Wohlgenährt in ihren schnittigen Uniformen wirkten vor allem die Soldaten aus den Vereinigten Staaten von Amerika, aber auch Briten und Franzosen wurden wohl meistens satt, allerdings hatten die in ihren eigenen Ländern mit einer schlechten, wenn auch nicht ganz so schlechten Versorgungslage zu kämpfen. Jedenfalls wirkten alle Besatzer – auf dem Platz zwischen Zoologischem Garten und Mittelgleis ebenso wie an jedem anderen Ort in Berlin – wie Geschöpfe aus dem Schlaraffenland.

Wahrscheinlich himmelten deshalb so viele deutsche junge Frauen die siegreichen Soldaten an, fuhr es Lili durch den Kopf. Allerdings waren manche von ihnen tatsächlich hübsche Kerle. Dieser jungenhafte, etwas schelmische studentische Ausdruck, der John Fontaine anhaftete, war ziemlich attraktiv, wie sie sich im Nachhinein eingestand, nachdem ihr anfänglicher Zorn und ihr Unverständnis schließlich der Freude über die Reisemöglichkeit gewichen waren. Wenn sie sich mit etwas anderem als der Sorge um ihre Mutter beschäftigen wollte, wäre der in der britischen Filmabteilung arbeitende Captain durchaus einen Gedanken wert.

Lili kämpfte sich durch das überfüllte Bahnhofsgebäude zu dem Treppenaufgang zum Mittelgleis, von dem in einer Viertelstunde der Schnellzug nach Hamburg abgehen sollte. Vom Eingangsportal wehte die Musik einer Drehorgel durch das Gebäude, alte Berliner Lieder aus dem Kaiserreich, die wohl jeder mitsingen konnte, aber sich niemand mehr mitzusingen getraute. Nach ein paar Schritten wurde der Leierkasten leiser, als Lili die Scharen dunkler dünner Gestalten hinter sich ließ und sich in die Schlange vor dem Bahnsteig einreihte, zwischen besser genährten Armeeangehörigen in perfekten Uniformen und Zivilisten in gut sitzenden Anzügen und wärmenden Mänteln, die nicht dutzendfach geflickt waren. Sie spürte, wie sie mit verwunderten oder neugierigen Blicken gemustert wurde. Aber sie hielt den Kopf hoch und blickte nicht nach rechts oder links, um sich die eigene Unsicherheit nicht anmerken zu lassen.

»Stop!« Ein Wachmann stellte sich ihr in den Weg. »Deutsche haben hier keinen Zutritt, der Zug ist für Reisende aus dem Ausland reserviert.«

Lili nickte. »Ich bin mit Captain Fontaine von der britischen Filmabteilung unterwegs.«

»Aha.« Der Mann sah sich demonstrativ um. »Und? Wo ist Ihr Begleiter?«

Bisher hatte sie ihren Treffpunkt für selbstverständlich gehalten, langsam stellten sich Zweifel ein. Dennoch erwiderte sie ruhig und klar: »Wir sind am Zug verabredet.«

»Ohne eine Fahrkarte kommt hier niemand durch. Außerdem brauchen Sie eine Sondergenehmigung, Fräulein. Wenn Sie beides haben, lasse ich Sie passieren.«

Hinter ihr entstand Unruhe. Die anderen Reisenden, vornehmlich Männer, fühlten sich aufgehalten und wollten nicht warten. »Go on, lady«, drängte lautstark ein GI.

Du lieber Himmel, war das peinlich! Für Lili, die es hasste, in Situationen wie dieser aufzufallen, wurde es unangenehm.

Sie räusperte sich verlegen. »Captain Fontaine hat meine Papiere. Er bringt sie mit. Zum Zug«, fügte sie schwach hinzu, sich der Ausweglosigkeit plötzlich bewusst. Wenn John Fontaine bereits am Gleis auf sie wartete und sie nicht zu ihm durchkam, würde er möglicherweise glauben, sie habe es sich anders überlegt. Und dann war diese einmalige Chance vertan.

»Bitte, lassen Sie mich durch«, flehte sie.

»Ick habe meine Vorschriften, Fräulein. Ohne Fahrkarte und Sonderjenehmigung lasse ich Sie nicht auf den Bahnsteig.« Der Wachmann lächelte sie mitleidig an, machte aber eine eindeutige Handbewegung, die besagte, dass sie verschwinden sollte.

»Aber Captain Fontaine …«, hob sie an.

»Kenne ich nicht«, unterbrach er sie. »Nun gehen Sie mal zur Seite, und halten Sie die Leute nicht auf, die eine Reiseerlaubnis besitzen.«

»Ich …« Sie biss sich auf die Zunge. Statt weiterzusprechen, trat sie aus der Schlange und an das Geländer.

Was sollte sie jetzt tun? Wenn sie sich die Treppe hinabstürzte, würde sie für einige Unruhe sorgen und John Fontaine, der neben dem Nord-Express auf sie wartete, sicher auf sich aufmerksam machen. Genauso gut konnte sie sich jedoch dabei den Hals brechen. Im nächsten Moment schalt sie sich still für ihre Gedanken. Sie sollte lieber einen Ausweg aus ihrer misslichen Lage finden. Dann dachte sie, ein englischer Offizier würde wissen, dass man sie ohne Papiere nicht zum Interzonenschnellzug vorließ. Wenn er nun gar nicht kam …! Lili wurde schwindelig, und sie befürchtete einen Moment lang, ihre Knie würden nachgeben. Mit beiden Händen umklammerte sie das Treppengeländer, um sich abzustützen.

Sie brauchte nicht ständig hinzusehen, um zu bemerken, wie sich der Stau am Aufgang zum Gleis aufzulösen begann. Leises Stimmengemurmel, Füßescharren, ein Blick in ihre Richtung. Irgendjemand murmelte: »Die jungen Dinger glauben doch wirklich jedes Märchen, das ihnen aufgetischt wird«, und ihr Herz zog sich zusammen, weil der Mann wahrscheinlich recht hatte. Die Minuten verstrichen, und es wurde immer offensichtlicher, dass Captain John Fontaine sie belogen hatte – warum auch immer. Wenn sie doch nur nicht schon Hilde ein Telegramm mit ihrer Ankunftszeit geschickt hätte! Der ungeliebten Halbschwester gegenüber zugeben zu müssen, dass sie auf den Arm genommen worden war, schmerzte fast genauso wie die Tatsache, nichts für die Mutter tun zu können und vielleicht zu spät zu kommen. Dennoch war die Vorstellung, Sophie niemals wiederzusehen, mehr, als sie im Moment verkraften konnte.

Mit hängenden Schultern trat Lili den Rückweg an. Ihre Augen füllten sich mit Tränen, und sie musste aufpassen, nicht ins Leere zu treten, als sie Stufe um Stufe langsam hinunter in Richtung Eingangshalle zu ihren deutschen Landsleuten trottete.

»Was machen Sie denn da? Wo wollen Sie hin?« Eine Hand schloss sich um ihren Arm. »Kommen Sie, kommen Sie!«

Der Griff tat ihr weh, seine Finger bohrten sich durch Mantel und Pullover in ihr Fleisch. Unfähig zu begreifen, was mit ihr geschah, ließ sie sich mitzerren. Sie hatte Mühe, nicht über ihre eigenen Füße zu stolpern. Durch den Tränenschleier sah sie kaum, wohin sie trat. Aber es ging treppauf.

»Wir müssen uns beeilen, sonst fährt uns der Zug vor der Nase weg.«

»Na, da sind Sie ja schon wieder«, stellte der Wachmann beim Blick auf Lili fest.

»Wie bitte?«, fragte John Fontaine indigniert.

Lili schloss die Augen. Es konnte nicht sein, dass er zu spät gekommen war und sie erlöste.

In der festen Meinung, einem Tagtraum aufzusitzen, hob sie

die Lider. Doch als sie die Tränen fortblinzelte, sah sie, wie der Wachmann gewissenhaft Fahrkarten und Papiere prüfte. Sie spürte die wachsende Unruhe des Mannes neben sich und hatte Mühe, das hysterische Gelächter zu unterdrücken, das in ihr aufstieg.

»Machen Sie schnell, wenn Sie nicht aufspringen wollen«, riet der Wachmann, als er die Unterlagen zurückgab.

»In der Tat«, schnappte der Engländer, nahm die Reisedokumente wieder an sich und griff nach Lilis Hand.

Er brauchte sie nicht mehr mit sich zu zerren, sie bemühte sich von allein, mit ihm Schritt zu halten. Der Rucksack mit ihren Sachen, der sich beim Verlassen der Wohnung leicht angefühlt hatte, zog ihr nun die Schultern herunter. Lili spürte plötzlich jeden Muskel und jeden Knochen einzeln. Doch sie lief an Captain Fontaines Seite hinauf zum Mittelgleis. Als sie oben ankamen, fielen die ersten Waggontüren mit einem dumpfen Geräusch ins Schloss. Ein Schaffner in der dunkelblauen Uniform der Reichsbahn wanderte am Bahnsteig entlang, schwenkte die Kelle, die die Abfahrt signalisierte.

Atemlos erreichten die beiden letzten Passagiere die Plattform am hinteren Ende der Eisenbahn. Fontaine schwang sich auf die Bühne. In diesem Moment erklang ein schriller Pfiff. Stampfend und ächzend setzte sich der Zug in Bewegung, Rauchschwaden hüllten den Bahnsteig ein.

»Spring!«, brüllte Fontaine.

Lilis Beine drohten ihr den Dienst zu versagen. Nicht nur wegen der körperlichen Anstrengung, die Aufregung setzte ihr noch mehr zu. Sie zwang sich zur Konzentration auf die Eisenfläche, auf den Haltegriff und auf Fontaines Hand. Langsam entfernte sich die Plattform von ihr. Sie holte tief Luft, setzte zum Dauerlauf an – und stieß sich vom Boden ab. Seltsamerweise war es ihr in dieser Sekunde gleichgültig, ob sie zwischen den Rädern landen würde. Nur nicht zurückbleiben, hämmerte es in ihrem Kopf. Da bekamen ihre Füße in den klobigen Wanderschuhen wieder Halt. Sie schwankte – und sank nach vorn.

»Na, na, na«, meinte Fontaine, während er sie aus seiner reaktionsschnellen Umarmung befreite, »ich dachte immer, die deutschen Mädels wären beim BDM zu Höchstleistungen trainiert worden.«

Lili wischte sich über die feuchten Augen. »Auf fahrende Züge aufzuspringen gehörte nicht zu meinen Disziplinen. Im Tennis war ich besser.«

»Hatte ich schon erwähnt, dass ich Ihren Humor mag?« Lachend öffnete er die Glastür, die von der Plattform in ein Abteil führte. »Kommen Sie, lassen Sie uns unsere Plätze finden. Ich fürchte, der Zug ist ziemlich voll.«

3

John Fontaine förderte aus seiner Aktentasche, die eher wie ein alter Arztkoffer aussah, eine Thermoskanne zutage. »Möchten Sie einen Tee?«, fragte er höflich. Lili hörte ihn kaum. Sie erholte sich noch von der unerwarteten Begegnung mit einem sowjetischen Unteroffizier, der plötzlich in ihrem Abteil aufgetaucht war und nach den Fahrkarten und Ausweisen verlangte. Während diese Aufforderung für ihre Mitreisenden selbstverständlich zu sein schien und mit gelangweiltem Interesse hingenommen wurde, klopfte ihr Herz wie nach einem Dauerlauf. Nervös beobachtete sie, wie Captain Fontaine ihren Interzonenpass und ihr Billett mit seinen Papieren vorzeigte. Mit erstauntem Gesichtsausdruck betrachtete der Russe die Dokumente, sagte schlicht »*Da*« und gab sie zurück. Dann verschwand er. Eine der wohl üblichen Kontrollen, nichts, worüber es sich aufregen ließ. Außer Lili hatte natürlich keiner der Männer neben ihr befürchten müssen, des Zugs verwiesen oder verhaftet zu werden.

Mit ihr und dem Engländer saßen noch drei Zivilisten in dem Abteil, die ihre lebhafte Unterhaltung nach Verschwinden des Rotarmisten fortsetzten. Eine Unterhaltung, die Lili mit gemischten Gefühlen verfolgte. Sie hatte Englisch – wie fast alle Hamburger – in der Schule gelernt und ihre Kenntnisse durch die Texte zu den beliebten Swingmelodien verbessert. Offenbar waren die Männer Pressevertreter, da der augenscheinlich Älteste eine Fotoausrüstung bei sich trug, mit der er ständig herumhantierte. Ein offener Lederkoffer stand auf seinen Knien, und mal inspizierte er das Blitzlicht, dann zählte er die Filmrollen durch, strich über das kleine Gehäuse einer Leica, die er sicher auf dem schwarzen Markt erstanden oder irgendwo beschlagnahmt hatte. Die beiden anderen unterhielten sich, ohne auf ihre Mitreisenden Rücksicht zu nehmen.

»Weißt du, warum die Deutschen sagen, unter Hitler sei es ihnen besser ergangen?«

Sein Kollege grinste in Erwartung eines guten Witzes und schüttelte den Kopf.

»Weil sie bei Hitler fünf Scheiben Brot täglich zu essen bekamen. Unter den Besatzern bekommen sie nur zwei Scheiben pro Tag. Natürlich ging es ihnen da als Nazis besser.«

Das folgende Gelächter bohrte sich in Lilis Seele. Prompt knurrte ihr Magen.

»Hier«, Fontaine hielt ihr einen Becher hin, aus dem Dampf aufstieg, »trinken Sie einen Schluck Tee. Noch ist er heiß.«

»Danke.« Ihre Hände schlossen sich um das Gefäß, und obwohl sie kurz fürchtete, sich die Finger zu verbrennen, hielt sie es fest. Vorsichtig pustete sie in die bernsteinbraune Flüssigkeit.

Ihr Gegenüber schraubte das Objektiv von dem Fotoapparat und ersetzte es durch ein anderes. Dann hob er die Kamera vor sein Auge und blickte durch den Sucher, als wollte er Lili fotografieren.

»*No photos, please*«, sagte Fontaine mit einer energischen, fast bedrohlichen Stimme, die Lili verwundert aufschauen ließ. Sie hatte nicht erwartet, dass er so deutlich werden könnte. Und sie fand seine Reaktion etwas übertrieben. Unwillkürlich lächelte sie ihrem Mitreisenden entschuldigend zu. Ihr war es vollkommen egal, ob sie von einem Reporter aufgenommen wurde. Außerdem war klar, dass der Mann nur mit dem Apparat herumspielte, vielleicht waren die Sachen noch nicht lange in seinem Besitz.

»*Sorry*«, murmelte der Journalist halbherzig, schraubte das

Objektiv wieder ab und verstaute es ordentlich in einem dafür bestimmten, mit dunkelblauem Samt ausgeschlagenen Behälter aus seinem Koffer.

Erst jetzt ging Lili auf, dass Captain Fontaine wohl nicht mit ihr gesehen werden wollte. Oder dass ihre gemeinsame Reise zumindest nicht dokumentiert werden sollte. Angesichts der Mühe, die er sich gegeben hatte, um ihr die Fahrt nach Hamburg zu ermöglichen, fand sie sein Verhalten erstaunlich. Aber vielleicht fürchtete er, dass ihm irgendjemand falsche Beweggründe unterstellte. Sie trug ja kein Schild mit der Aufschrift bei sich, dass sie Cutterin war und dem britischen Filmoffizier dabei helfen wollte, verloren geglaubte deutsche Negative aufzustöbern.

Sie nippte an dem Tee, der stark – und sehr süß war. »Du lieber Himmel«, entfuhr es ihr, »haben Sie die Zuckerration für einen ganzen Monat in die Kanne gegeben?«

»Meine Mutter sagt immer, süßer Tee wirkt Wunder. Aber wenn Sie das nicht mögen, brauchen Sie es nicht zu trinken. Ich zwinge Sie zu nichts.« Fontaine klang beleidigt.

»Nein, nein, schon in Ordnung. Ich liebe dieses Getränk.« Das stimmte zwar nicht ganz, aber echter englischer Tee war ein Luxus. Die Zuckermenge spielte nur eine untergeordnete Rolle, obwohl sie den bitteren Geschmack lieber mochte. Gemocht hatte, korrigierte sie sich in Gedanken. Es war so lange her, dass sie irgendein Genussmittel zu sich genommen hatte, seit Jahren trank sie nur Ersatzkaffee. Sie schämte sich für ihre überhebliche Reaktion auf Fontaines Angebot. Dabei war es sehr freundlich von ihm, seinen Proviant mit ihr zu teilen. Wenn er jetzt auch noch eine Schnitte auspackte, wäre die Bahnfahrt gerettet. Sie nahm einen großen Schluck Tee und verbrannte sich die Zunge. Statt Fontaine das ihm zustehende Lächeln zu schenken, verzog sie das Gesicht.

»So schlimm?«, seufzte Fontaine.

»So heiß«, gab sie zurück. Trotz des schmerzhaften pelzigen Gefühls im Mund gelang ihr ein Schmunzeln. Endlich lächelte er. Er hielt die Thermoskanne hoch und meinte:»Das ist eben deutsche Wertarbeit.« Zwischen den Reportern begann eine Flasche zu kreisen, die Farbe des Inhalts ließ auf Whisky oder Cognac schließen. Nach der ersten reichlich genossenen Kostprobe grölte einer der Männer:»Die Deutschen mit Format behaupten ja, nur ein Prozent von ihnen wären Nazis gewesen.« Er schlug sich kichernd auf die Schenkel.»Aber welcher Deutsche hat schon Format?« Hör nicht hin, mahnte eine innere Stimme. Lili senkte den Blick, um ihr Gegenüber nicht ansehen zu müssen, und trank nun Schluck für Schluck aus Fontaines Becher. Trotz des vielen Zuckers schmeckte der Tee immer besser. Wärme flutete durch ihren Körper, die anregenden Stoffe belebten sie, und die Süße stillte ihren Hunger. Sie entspannte sich.

Die Gespräche der drei angetrunkenen Männer begannen sich in einer ebenso wirren wie hitzigen Mischung um die politischen Nachrichten der vergangenen sechs Wochen zu drehen, um die sogenannten Nürnberger Prozesse und die Todesurteile gegen die Hauptkriegsverbrecher, um die angebliche Ungerechtigkeit, dass der eine oder andere Nazi nur zu einer Zuchthausstrafe verurteilt oder sogar freigesprochen wurde. Ziemlich schnell wechselte die Diskussion dann zum Für und Wider der Kommunalwahlen, die in diesen Wochen in allen Zonen stattfanden.

Die schleppend geführten Sätze verschwammen in Lilis Kopf zu einer einzigen dumpfen Masse, einem einschläfernden Hintergrundgeräusch, das sich mit dem Stampfen und Puffen der Eisenbahn verband. Bevor sie einnickte, bemerkte sie, dass Fontaine ein Buch aus der Aktentasche genommen und aufgeschlagen hatte. Ein Blick unter den herabfallenden Lidern verriet ihr, dass er *Siddhartha* von Hermann Hesse las. Einst der Lieblingsroman ihres Vaters.

Durch eine Berührung aufgeweckt, schreckte Lili hoch. Sie riss die Augen auf – und sah in John Fontaines Brillengläser, in denen sich das durchs Abteilfenster hereinfallende Licht brach. Mit einiger Verzögerung bemerkte sie, dass ihr Kopf gegen seinen Oberarm gesunken war. Wie peinlich! Offenbar war er so geistesgegenwärtig gewesen, ihr den Becher aus der Hand zu nehmen, bevor der restliche Tee auf seine Knie floss. Sie hatte nichts davon wahrgenommen, erst als er sie an der Schulter rüttelte, verließ sie ihre Traumwelt. Sie hatte zum ersten Mal seit langer Zeit wieder von ihrem Vater geträumt. Das lag vermutlich an Fontaines Reiselektüre. Der Mann, der denselben Literaturgeschmack besaß wie Robert Wartenberg, wirkte auf sie zunehmend sympathisch. Diese Erkenntnis und auch die körperliche Nähe zu ihm ließen sie erröten.

»Entschuldigung«, murmelte sie verlegen und richtete sich auf. »Ich hätte nicht einschlafen dürfen.«

»Warum denn nicht? Es steht Ihnen frei, sich die Zugfahrt so angenehm wie möglich zu gestalten.« Mit gesenkter Stimme und einem Kopfnicken in Richtung der anderen Männer im Abteil fügte er hinzu: »Außerdem scheinen mir unsere Sitznachbarn nicht die angenehmste Gesellschaft für Sie zu sein.«

Lilis Augen flogen zu ihrem Gegenüber. Die drei Reporter waren ebenfalls eingeschlafen, Schnarchgeräusche in unterschiedlichen Lautstärken erfüllten den Raum. Auf dem Koffer mit der Fotoausrüstung rollte die leere Flasche sacht hin und her.

»Wir sind kurz vor der Zonengrenze«, erklärte Fontaine. »Deshalb musste ich Sie leider wecken. Die Kontrolle der

Sowjets wird dem Schlaf der Schnapsleichen gleich ein Ende bereiten.«

»Es ist mir lieber, die Leute schlafen ihren Rausch aus, als dass ich weiter dem Unsinn zuhören muss, den die von sich geben.«

»Machen Sie sich nichts daraus, das sind nur ein paar harmlose Jungs aus den Staaten, wahrscheinlich stammen sie aus irgendeinem Kaff im Mittleren Westen und sind durch den Krieg zum ersten Mal von dort weggekommen. Die zivilisierte Ostküste kennen die sicher ebenso wenig wie Europa.«

»Waren Sie schon einmal in den USA?«, wollte sie wissen. Eine Reise über den Ozean erschien ihr unfassbar aufregend. Ihre Mutter hatte immer von einer Überseefahrt geträumt, wobei sich Lili niemals sicher war, ob es Sophie um die Ankunft in New York ging oder vielmehr um die Eleganz und den Luxus einer Passage in der ersten Klasse.

»Nein«, erwiderte Fontaine, »aber ich lese viel.«

Sie erinnerte sich, dass er bei der Erwähnung der Gemeinde Lübeck-Travemünde sofort an Thomas Mann gedacht hatte. Der Engländer kannte sich offenbar gut aus in der deutschen Literatur, jedenfalls unter den Schriftstellern, die im Dritten Reich entweder verboten oder zumindest unerwünscht waren. Es war natürlich das geeignete Thema für eine kultivierte Unterhaltung, aber sein Literaturgeschmack hatte auch Lilis Neugier auf seinen Hintergrund geweckt. »Mögen Sie deutsche Romane? Ich habe das Buch gesehen, das Sie bei sich haben. Hermann Hesse war der Lieblingsautor meines Vaters. So gut, wie Sie unsere Sprache sprechen, sollten Sie einmal versuchen, die Originalausgabe zu lesen.«

»Ich lese *Siddhartha* auf Deutsch«, er lächelte höflich. »Das lässt sich aus dem Titel aber natürlich nicht erschließen, der lautet auf Englisch genauso.«

»Oh!« Woher hätte sie wissen sollen, dass seine Sprachkenntnisse so gut waren? Für den Absolventen einer Eliteuniversität gehörten Originalausgaben jedoch wahrscheinlich zum Alltag. Das hätte sie sich überlegen können, bevor sie in diese alberne Plauderei verfiel. John Fontaine schaffte es wieder, sie in die Defensive zu versetzen. Lili errötete.

Die kreischenden Geräusche, als der Zug abbremste, hinderten sie daran, das Thema zu vertiefen. Durch die Fliehkraft wurden nicht nur ihre drei Mitreisenden in ihren Sitzen zur Seite geworfen, die Flasche rollte vom Koffer des Reporters. Blitzschnell beugte sich Fontaine vor und griff danach, bevor das Glas auf dem Boden zerbrechen konnte.

»Sie haben ein gutes Reaktionsvermögen«, lobte Lili leise.

»Das war meine Lebensversicherung«, erwiderte der britische Offizier.

Einer der Männer schnaubte empört, als er, vom Ruck geweckt, die Augen aufschlug. Er sah sich verwundert um.

Fontaine hielt ihm die Flasche hin. »Die ist leer«, bemerkte er auf Englisch. »Am besten, Sie packen sie vor der sowjetischen Kontrolle weg. Soviel ich weiß, mögen Russen keine leeren Flaschen, nur volle.«

»Ich mag Ihren Humor auch«, raunte Lili in ihrer Muttersprache.

Nachdem ihm der andere das Corpus Delicti zögernd abgenommen hatte und sich dann etwas hilflos umsah, wandte sich Fontaine mit amüsierter Miene an Lili: »Ich wusste nur nicht, wohin mit dem Ding.«

Sie brach in schallendes Gelächter aus. John Fontaines Sinn für Komik war wirklich großartig.

Hamburg

1

Die spätherbstlich angenehmen wechselten sich mit Tagen ab, an denen es frostig kalt wurde. Gesa Westphal mochte die Kälte nicht. Im Gegensatz zu vielen Gleichaltrigen in der Hansestadt besaß die Sechzehnjährige zwar warme Kleidung und wohnte in einer Wohnung, die mit mehr Annehmlichkeiten ausgestattet war als die ihrer Nachbarn, aber das Leid der Menschen auf der Straße war für sie schwerer erträglich, weil sie ahnte, wie sehr diese Leute froren. Doch nicht nur die Minusgrade, auch der Hunger zehrte an den Leibern. Essen konnte von innen ebenso viel bewirken wie ein ordentlicher Wollmantel von außen, das wusste sie dank der gut gefüllten Speisekammer in ihrem Elternhaus. Deshalb hatte sie sich gemeldet, als in ihrer Schule nach Freiwilligen gesucht wurde, die bereit waren, die vom schwedischen Roten Kreuz gestiftete Suppenmahlzeit an drei- bis sechsjährige Kinder auszugeben.

In dem Saal im alten Schlachthof, der den Kindern und Helfern zur Verfügung gestellt worden war, hingen der metallische Geruch von Blut und der Dampf der Küche. Anfangs hatte Gesa befürchtet, sie könnte die ehrenamtliche Arbeit nicht leisten, weil sich ihr ständig der Magen umdrehen würde, doch inzwischen war dies der zweitschönste Ort, den sie sich vorstellen konnte. Der schönste Platz freilich war ein Filmatelier, aber das existierte nur in ihren Träumen. Real war die Suppenküche, in der täglich Hunderte von Kindern Schlange standen, und Gesa hätte nie erwartet, welches Glücksgefühl es in ihr auslöste, die Brühe mit echter Fleischeinlage in Blechbüchsen oder -schalen zu schöpfen.

Anfangs hatte ihr Vater ihr Vorhaben befürwortet. »Wenn sich Gesa für ein paar hungrige Mäuler einsetzt, macht das bestimmt einen guten Eindruck bei den Engländern«, hörte sie ihn zu ihrer Mutter sagen. Doch die erste Begeisterung ließ rasch nach. Gesa wusste nicht, ob ihre Bemühungen für ihren Vater, den Direktor des Hotels Esplanade, nützlich waren oder eben nicht, es interessierte sie auch keinen Deut. Allerdings war sie ziemlich erstaunt, als er ihr die Mitarbeit bei der Schwedenspeisung untersagte. Es war aber nur ein Verbot von vielen, das sie nicht befolgte. Heimlichkeiten, das hatte sie früh gelernt, blieben ihr als einzige Möglichkeit, sich einen eigenen Willen zu bewahren. Schade war nur, dass sie mit niemandem in ihrer Familie über ihre Wünsche, Hoffnungen und Geheimnisse reden konnte. Tante Lili, früher die wichtigste Vertraute in ihrem jungen Leben, hatte sie seit über drei Jahren nicht gesehen, und damit war ihr Kontakt irgendwie abgerissen.

Obwohl es erst Nachmittag war, hatte Gesa den Eindruck, der Abend bräche bereits herein, so dunkel war es. Sie stapfte durch die stillen verwinkelten Gassen des Karolinenviertels, spähte nach links und rechts und wusste nicht, ob in den Ruinen die Seelen der Verschütteten stöhnten oder nur die Windböen ächzten. Unwillkürlich beschleunigte sie ihre Schritte, der Gedanke, dass sie noch an den Parkanlagen von Planten un Blomen vorbeimusste, jagte einen Schauder durch ihren Körper. Dennoch marschierte sie weiter durch die kalte klare Luft, um den Geruch von Blut, Küche und Armut aus ihren Kleidern wehen zu lassen.

Plötzlich stach ihr grelles Licht entgegen. Im ersten Moment dachte sie, ein Lastwagen führe direkt auf sie zu und blendete sie mit seinen Scheinwerfern. Dann bemerkte sie die Menschengruppe, die sich in dem ungewöhnlichen Licht bewegte. Die Stille wurde durchbrochen von Männerstimmen, die Befehle ausstießen. Gesa dachte, dass es sich um eine Razzia handelte, und überlegte, wohin sie am besten verschwinden könnte, um einem möglichen Gedränge zu entgehen. Panik wallte in ihr auf. Nicht auszudenken, wie ihre Eltern reagieren würden, wenn sie in die Hände einer britischen Patrouille geriete. Sie sah sich die Szenerie nicht genauer an, wich vielmehr rasch in eine ausgebombte Häuserschlucht aus, Schutt knirschte unter ihren Füßen …

»Aus, aus, aus!«, drang eine empörte Männerstimme zu ihr.

»Wer ist da?«

Gesa blieb wie festgewurzelt stehen.

»Was fällt Ihnen ein, durch das Bild zu laufen?«

Gesa presste die Lippen aufeinander. Sie verstand kein Wort, nahm nur wahr, dass der Mann klares Hochdeutsch sprach, ohne einen Akzent. Das besagte allerdings nichts: Mit der British Army waren viele ursprünglich deutschstämmige, nach Großbritannien emigrierte Juden oder auch Gegner Adolf Hitlers nach Hamburg zurückgekehrt.

»Licht, bitte!«

Der Scheinwerfer, an dessen Rande sie sich bewegt hatte, wurde prompt auf sie gerichtet. Sie starrte in das Licht, bis sie nichts mehr sehen konnte, und begann zu zittern. Was ging hier vor? Was würde mit ihr geschehen? Hielt der Engländer – oder wer auch immer der Mann war – sie für eine Verbrecherin? Heiliger Strohsack, sie wollte doch nur nach Hause!

»Seht ihr nicht, dass ihr das arme Ding blendet?«, fragte eine Frauenstimme.

Im nächsten Moment erloschen die Lampen, und vor Gesas

Augen tanzten Sterne. Sie blinzelte, aber ihre Blicke konnten sich noch nicht an das graue Tageslicht gewöhnen. Da fühlte sie eine Hand auf ihrem Arm. Mit einem kleinen Schrei schüttelte sie den fremden Griff ab. Ihr erster Impuls war fortzulaufen, doch sie sah nicht, wohin sie sich hätte wenden können.

»Ich will Sie nicht erschrecken«, erklärte ein anscheinend junger Mann, der überaus freundlich klang. »Sie können nicht hierbleiben. Sie stören die Aufnahme.«

Gesas Lippen bebten. Sie begriff nicht, was der Unbekannte ihr mitzuteilen versuchte, und fand deshalb keine Antwort darauf.

»Verstehen Sie mich?«, drang er in sie und betonte dabei jedes Wort. Über die Schulter rief er zurück: »Ich fürchte, das ist eine *displaced person*, die kein Deutsch versteht.«

»Das ist mir egal.« Wieder sprach der erste Mann. »Sie soll aus dem Bild gehen. Mach ihr das irgendwie klar, Klaus. Wir müssen weiterarbeiten …«

»Leon«, unterbrach ein anderer den zornigen Redeschwall, »viel können wir nicht mehr drehen. Ich glaube, ich habe mich verrechnet, der Film reicht nicht mehr. Wir brauchen neues Material.«

»Verdammt!«

»Da musst du wohl bei den Engländern um eine neue Zuteilung bitten«, stellte die Frau fest. »Dann kannst du auch nach Feuerholz und Lebensmitteln fragen.«

»Ach, halt doch die Klappe«, brüllte der Erste, der als Leon angesprochen worden war und offenbar ziemlich üble Laune hatte.

Langsam kehrte Gesas Augenlicht zurück. Nicht weit von ihr befanden sich eine Handvoll Menschen, die sich um zwei Männer und eine Frau scharten, vermutlich die Personen, die eben gesprochen hatten. Die Gesichter der beiden Männer lagen im Schatten, doch die Frau, die gerade von einer helfenden Hand in einen zusätzlichen Mantel gehüllt wurde, erkannte sie sofort. Bettina Unger. Gesa war der Filmschauspielerin zwar noch nie leibhaftig begegnet, aber sie hatte die grazile Blondine so oft im Kino bewundert, dass sich ihr jede Linie des schönen Antlitzes eingeprägt hatte. Staunend öffnete sich ihr Mund, aber es kam kein Ton heraus.

»Leon Caspari dreht eine Szene seines neuen Films«, sagte der junge Mann neben Gesa. »Verstehen Sie? Kino. Film.« Verzweifelt schlug er sich auf die Schenkel. In Richtung des Sets rief er: »Wahrscheinlich ist das Mädchen hier auch noch taub.«

Endlich dämmerte Gesa, wo sie sich befand. Sie war mitten in einen Sehnsuchtsort geraten, nicht in ein Atelier, ein Filmstudio gab es in Hamburg ja gar nicht, aber anscheinend ans Set bei Außenaufnahmen. An einer Zeitungswand hatte sie irgendwann im Vorübergehen gelesen, dass der bekannte Regisseur Leon Caspari mit Genehmigung der Briten einen ersten Nachkriegsfilm an Originalschauplätzen in der Hansestadt drehen würde, seine Hauptdarstellerin war Bettina Unger. Sie hatte gehofft, den Leuten vom Film zu begegnen, aber nicht damit gerechnet, dass es auf diese Art und Weise geschah.

Aus den Augenwinkeln beobachtete sie, wie Leon Caspari das Interesse an ihr verlor. Er begann, mit dem Mitarbeiter zu diskutieren, der den Materialmangel beklagt hatte. Erst jetzt bemerkte sie die Kamera, die der Mann in den Händen hielt. Regisseur und Kameramann. Dass sie diese Begegnung erleben durfte!

In ihrem Kopf spulten sich ihre Träume ab wie die Szenen auf einem Projektor. Sie wollte schon immer Schauspielerin werden. Seit sie als kleines Mädchen den ersten Film im Kino ihrer Großeltern gesehen hatte. Damals war ihr Idol der Kinderstar Shirley Temple. Ihr Vater war entsetzt, dass sie sich eine Amerikanerin zum Vorbild nahm, und nach der Importsperre für ausländische Filme im zweiten Kriegsjahr hatte sie nicht mehr darüber gesprochen. Schon als Zehnjährige verstand sie, sich Geheimnisse zuzulegen. Doch die Sehnsucht nach Hollywood – oder auch nach Babelsberg bei Berlin – war mit ihrem Alter und ihrem Körper gewachsen, ebenso ihre Anbetung für Tante Lili, die zwar kein Leben im Scheinwerferlicht, aber immerhin hinter den Kulissen führte.

Und nun stand sie vollkommen unerwartet mitten in einer Filmszene. Ihr Vater würde seinen Gürtel aus den Hosenlaschen ziehen und sie windelweich prügeln, wenn er davon erfuhr.

»Hallo! Können Sie mich verstehen?« Der junge Mann neben ihr machte unmissverständliche Zeichen.

Wenn sie doch nur ein bisschen zuschauen dürfte.

»Klaus«, rief eine neue Männerstimme vom Set, »du sollst nicht quatschen! Wir müssen weitermachen.«

Während Gesa krampfhaft überlegte, wie sie es anstellen könnte, nicht fortgeschickt zu werden, griff Klaus wieder nach ihrem Arm. »Bitte, gehen Sie«, drängte er, offenbar hin- und hergerissen zwischen seiner Höflichkeit und dem Befehl, sie aus dem Bild zu ziehen. In sich hineinmurmelnd, fügte er hinzu: »Ich bekomm noch Ärger, wenn die blöde Kuh nicht endlich verschwindet.«

»Tut mir leid«, brach es aus Gesa heraus.

Überrascht starrte Klaus sie an.

»Was ist hier eigentlich los?«

Klaus' Hand fiel herab.

Aus der Nähe klang der Bariton von Leon Caspari noch etwas tiefer – und herrischer, fast bedrohlich. Er erinnerte Gesa an den des bösen Königs in einer der italienischen Opern, die sie mit ihren Eltern besuchen musste, bevor das Stadttheater in Schutt und Asche versank. Der Regisseur schien wie aus einem dramatischen Werk gefallen: hochgewachsen, trotz der Hungerjahre breitschultrig, mit funkelnden blauen Augen in seinem gut geschnittenen Gesicht. Wegen der alten Fliegermütze auf seinem Kopf konnte sie seine Haare nicht erkennen, aber der Flaum an seinem markanten Kinn und an den eingefallenen Wangen ließ auf eine dunkle Farbe schließen. Er durchbohrte sie mit seinem eindringlichen Blick.

»Wer sind Sie? Ich dulde keine Zuschauer an meinem Drehort!«

Gesa wollte gerade fragen, ob sie irgendwo im Hintergrund bleiben dürfte, wo sie niemanden störte. Doch Casparis Worte stachen wie ein Messer in ihr Herz. Sie schluckte – und griff nach der Verbindung, die sie zur Filmbranche besaß, wie nach einem Strohhalm. Großspuriger, als sie sich fühlte, erklärte sie: »Ich wollte mir nur ansehen, was Sie hier machen, Herr Caspari. Ich bin nämlich vom Fach.«

»W-a-s?«, fragte Klaus gedehnt.

»Wie bitte?«, schnaubte Caspari. »Wie heißen Sie? Wer hat Sie geschickt? Für wen spionieren Sie mich aus?«

Eine Alarmglocke schrillte in Gesas Kopf und warnte sie davor, ihren Namen preiszugeben. Da sie jedoch nicht wusste, wie sie sich aus dieser verfahrenen Situation retten sollte, antwortete sie zu einem Teil mit der Wahrheit und griff gleichzeitig zu einer Notlüge, die sie für völlig harmlos hielt. »Ich bin zufällig vorbeigekommen und dachte ... na ja, egal. Ich heiße Lili Paal.«

»Lili Paal ...«, wiederholte er nachdenklich. »Ich kann mich an Ihren Namen nicht erinnern ...«, er unterbrach sich und fragte scharf: »Wer hat Sie engagiert?«

Es begann, Gesa Spaß zu machen, sich in die Rolle ihrer Tante zu versetzen. Oder zumindest in das jüngere Ich ihrer

Tante. Vor Leon Caspari kam es ihr vor wie eine Reifeprüfung ihres möglichen Talents als Schauspielerin. Deshalb erwiderte sie ruhig: »Meinen Eltern gehört das Kino am Jungfernstieg.«

»Leon!« Wieder die Frauenstimme im Hintergrund. »Wollen wir nicht für heute Feierabend machen? Meine Zehen fühlen sich wie erfroren an.«

»Ich kenne das Filmtheater«, warf Klaus zögernd ein.

Caspari ignorierte die Bitte von Bettina Unger. »Ich kenne es auch. Von früher.« Der etwas versonnene Ton war nur flüchtig. Er sah Gesa an und wurde wieder schnippisch. »Wird es noch bespielt? Ich dachte, es wäre ausgebombt.«

»Es finden regelmäßig Vorstellungen statt«, erwiderte sie knapp, nun doch ein wenig verunsichert. Das Kontorhaus war bei einem der letzten Luftangriffe auf Hamburg tatsächlich schwer beschädigt worden, aber die Räume im Erdgeschoss und die Technik waren unzerstört. Der alte Vorführer versuchte, den Betrieb aufrechtzuerhalten, und Gesa half ihm auch manchmal dabei, doch viele Zuschauer sprachen sie mit den alten Komödien nicht an, die von der britischen Filmabteilung freigegeben worden waren. Sie hatte ihre Eltern darüber reden hören, dass das Kino geschlossen werden sollte, zumal Oma Sophie sich nicht mehr darum kümmern konnte und Lili weit weg war.

»Sie arbeiten also ausgerechnet in diesem Kino und wollen mir erzählen, dass Sie rein zufällig hier vorbeigekommen sind?«, beharrte Leon Caspari.

Ausgerechnet? Gütiger Himmel, in welche Nesseln hatte sie sich mit ihrem Versuch gesetzt, sich Ärger zu ersparen? Natürlich kannte sich ein Regisseur in der Welt der Kinobetreiber aus, aber irgendetwas schien ihn mit dem Filmtheater ihrer Großmutter zu verbinden – oder abzuschrecken. Jedenfalls war die falsche Identität definitiv ein Fehler gewesen. Gesa zermarterte sich das Hirn, was sie zu ihrer Verteidigung vorbringen könnte. Es fiel ihr nichts ein.

»Fräulein Paal, ich rede mit Ihnen. Antworten Sie: Wer hat Sie geschickt?«

Sein Ton machte ihr Angst. Ohne dass sie lange nachdenken musste, war Gesas Entschluss gefasst. Sie blickte von Leon Caspari zu dem jungen Mann namens Klaus und sah nur die Angespanntheit in ihren Augen. Beide musterten sie abwartend, jeder auf seine Weise.

Weg hier, fuhr es Gesa durch den Kopf. Wie vom Blitz getroffen wirbelte sie herum und rannte und stolperte gleichzeitig über lose Steine und matschiges Erdreich davon. Obwohl sie damit rechnete, hinzufallen und sich alle Knochen zu brechen, lief sie wie um ihr Leben.

2

Im ersten Moment dachte Lili, das Herz würde ihr stehen bleiben. Sie kannte die Zerstörungen in Berlin, aber sie hatte nicht damit gerechnet, dass ihre einst wunderschöne Heimatstadt dem Erdboden gleichgemacht worden war. Hamburg wirkte wie ein riesiges trauriges Trümmerfeld. Rund um den Hauptbahnhof schien kein Stein mehr auf dem anderen zu liegen, geschweige denn dass Häuser existierten, in denen Menschen leben und arbeiten konnten. Als sie aus dem Abteilfenster schaute, stachen ihr Ruinentürme in die Augen wie Dolche. Sie presste die Lippen aufeinander und schluckte die aufsteigenden Tränen hinunter.

Da sich das Büro der britischen Filmabteilung nahe der Wohnung ihrer Stiefschwester befand, hatte Captain Fontaine angeboten, Lili in dem Wagen, der ihn abholen sollte, mitzunehmen. Als er ihr das Angebot während der Bahnfahrt machte, nahm sie aus Höflichkeit an und dachte, dass sie eigentlich lieber die Straßenbahn nehmen würde. Doch jetzt, angesichts der Zerstörungen, war sie zutiefst dankbar für die Transportmöglichkeit, völlig überfordert mit der Frage, wie sie sich hier überhaupt zurechtfinden sollte. Hinzu kam, dass sie beim Einfahren in den Hauptbahnhof die Menschenmassen sah, die sich an den Gleisen drängten. Es waren die gleichen dunklen Schwärme wie in Berlin, krähenähnliche Gestalten, manche hasteten eilig vorüber, andere schienen nur herumzustehen und nicht zu wissen, wohin. Eine Frau presste einen in Zeitungspapier gewickelten Kohlkopf an die Brust, eine andere zog ihre Kinder in einem Handkarren hinter sich her, ein Mann schleppte zusammengeschnürte Reisigbündel wie einen Rucksack auf seinem Rücken. Was taten all diese Leute hier? Woher kam diese Betriebsamkeit? Lili konnte sich nicht vorstellen, dass in den Stadtteilen, die sie von ihrem Abteil aus gesehen hatte, auch nur entfernt ein halbwegs geregelter Alltag stattfand. In diese Menge eintauchen zu müssen verunsicherte sie. Doch vor den Ausländern und vor allem vor den britischen Offizieren wichen die Menschen zurück, sodass auch Lili wie ein Ehrengast an einer Formation vorbeischritt.

Die Dachkonstruktion des Hauptbahnhofs war durchlöchert wie ein von Motten zerfressenes Tuch, die Wände, sofern sie noch standen, bröckelten. Durch die Löcher drang der Wind und zerrte an den Fetzen eines Plakats, an dem Lili hinter Fontaine vorbeihastete. Sie warf einen raschen Blick darauf: Die Worte *Arbeit, Brot, Obdach* warben für die neu gegründete Partei CDU bei der Wahl zur Bürgerschaft. Die traditionsbewussten Hamburger hatten jedoch dem für die SPD antretenden Kandidaten den Vorzug gegeben. Das wusste Lili von einem Aushang in Berlin. Es gab zu wenig Papier, um Zeitungen, die ohnehin meist nur vier Seiten umfassten, in größeren Auflagen zu drucken. Wer Neuigkeiten erfahren wollte, stellte sich deshalb vor eine Pressewand. Lili entdeckte eine dieser Wände in der Bahnhofshalle, eine Menschentraube hatte sich davor gebildet, aber obwohl die Versuchung groß war, blieb sie nicht stehen, sondern folgte Fontaine. Mit Beklemmung entdeckte sie ein verrußtes Hinweisschild, das den Weg zum Tiefbunker am Steintorwall kennzeichnete, doch glücklicherweise traten sie in diesem Moment hinaus in den sich verdunkelnden Spätnachmittag, und Lili füllte ihre Lunge erleichtert mit der frischen, trotz der Entfernung zur Nordsee nach Meer duftenden Luft.

Zwischen den vielen Fahrzeugen, die vor dem Bahnhofszugang warteten, stand ein Käfer mit britischer Standarte. Ein mittelgroßer junger Mann mit leuchtend rotem Haar lehnte dagegen und rauchte, seine Blicke wanderten zu den jungen Frauen, die auffällig geschminkt und ebenso aufreizend vorüberflanierten. Als er den Kopf wandte, leuchteten seine Augen auf. Er warf die Kippe fort, auf die sich sofort ein Junge stürzte, der sich von der Hand seiner Mutter losgerissen hatte, und trat auf John Fontaine zu.

»*Welcome in Hamburg*«, rief der Unbekannte aus.

»Danke.« Fontaine erwiderte die herzliche Umarmung, dann deutete er auf Lili. »Das ist eine Mitarbeiterin. Können wir sie zur Rothenbaumchaussee mitnehmen?«

»Einer Mitarbeiterin der Filmabteilung steht mein Wagen selbstverständlich zur Verfügung.« Der andere grinste. »Wenn ihr euch darauf einigen könnt, wer hinten sitzen und sich die Beine um den Hals schlingen will, gern.«

»Ich mach das schon«, erklärte Lili rasch.

»Lili Paal«, stellte Fontaine vor. »Mein Freund Charles Talbott-Smythe, er ist Presseoffizier. Wir waren zusammen in Oxford und ...«

»Wirklich?«, fiel ihm Lili lachend ins Wort. »Sie haben in Oxford studiert?«

»Ja.« Er sah sie erstaunt an. »Warum denn nicht?«

Bevor sie etwas erwidern konnte, mischte sich Charles Talbott-Smythe ein: »Für den Sohn deutscher Emigranten war das tatsächlich nicht einfach.«

Lilis Lachen erstarb. Ärger wallte in ihr auf, sie fühlte sich hintergangen. John Fontaine sprach also nicht nur einfach gut Deutsch, es war anscheinend seine Muttersprache. Damit ließ sich auch seine Hinwendung zu Thomas Mann und Hermann Hesse erklären. »Warum haben Sie mir das nicht erzählt?«, maulte sie.

»Meine Lebensgeschichte ist nicht Bestandteil unserer Abmachung, Frau Paal.«

Seltsamerweise fühlte sie sich enttäuscht. Als habe er ihr Vertrauen missbraucht. Dabei hatte er natürlich recht – und es stand ihr nicht zu, ihn zu tadeln. Für mehr als einen Augenblick hatte sie sich ihm im Zug sehr nah gefühlt, irgendwie freundschaftlich verbunden. Aber wie war sie nur darauf gekommen, ein britischer Besatzungsoffizier könnte ihr Freund werden? Diese Hoffnung hatten ihr schon die Russen ausgetrieben. Sie versuchte, ihre Betroffenheit hinunterzuschlucken, klang jedoch trotzdem ein wenig verstört, als sie zustimmte: »Natürlich geht mich Ihre Herkunft nichts an, Captain Fontaine.«

Charles Talbott-Smythe sah von einem zum anderen und pfiff leise durch die Zähne, blieb aber stumm. Schließlich zuckte er mit den Achseln und verstaute das leichte Gepäck im Kofferraum, dann öffnete er den Wagenschlag und war Lili behilflich, sich auf den Rücksitz des Kleinwagens zu quetschen. Nachdem sie ihre Gliedmaßen sortiert hatte, setzte sich John Fontaine auf den Beifahrersitz. Er wandte sich zu Lili um.

»Ich erwarte Sie morgen in meinem Büro in der Filmabteilung. Dann sollten wir unser weiteres Vorgehen besprechen.«

»Ja. Natürlich.« Lili war sich nicht sicher, ob sie ihr Versprechen halten konnte. Sie musste erst wissen, wie es ihrer Mutter ging. Was immer für Sophies Wohl zu tun war, es hatte Vorrang.

»Geheime Pläne?«, erkundigte sich Talbott-Smythe, während er sich hinter das Steuerrad klemmte und den Wagen startete.

Zu Lilis größter Überraschung antwortete Fontaine, der sich wieder umgedreht hatte, mit leichtfertiger Offenheit: »Frau Paal besitzt Informationen darüber, wo sich die Negative von verschollen geglaubten Filmen befinden.«

»In Hamburg?«, erkundigte sich Talbott-Smythe. Er lenkte den Wagen auf die von riesigen Schlaglöchern durchzogene Straße in Richtung Lombardsbrücke. Zwischen den bedrohlich wirkenden Armeefahrzeugen, Fuhrwerken und Sattelzügen, die neben ihnen unterwegs waren, kam sich Lili in dem Käfer wie in einem Puppenwagen vor.

»Nein«, erwiderte Fontaine. »Sie sagt, das Versteck befände sich in Lübeck-Travemünde.«

»Und du glaubst, eineinhalb Jahre nach Kriegsende sind die Negative noch dort?«

»Es ist einen Versuch wert.«

»Da bin ich aber gespannt. Wenn du mein Auto brauchst, kannst du es dir gern nehmen. Oder ich fahre euch hin, diese Suche gehört ja irgendwie auch zu meinem Aufgabenbereich. Welchen Sensationsfund erhoffst du dir eigentlich?«

»Keine Ahnung.« Fontaine blickte wieder zu Lili, die krampfhaft aus dem rechten Seitenfenster schaute.

Sie verbot sich, zur Binnenalster und damit zum Jungfernstieg zu sehen, aus Furcht vor den Zerstörungen, die noch verheerender auf sie wirken würden als die Ruinen, die ihr vom Zug aus aufgefallen waren. Immerhin ging es auch um das Kino. Sobald wie möglich würde sie sich den Zustand ansehen, aber nicht jetzt in Begleitung der beiden fremden Männer. Also blickte sie zur Außenalster, die bei ihrem letzten Besuch von Flakhelfern mit Planken abgedeckt worden war, damit sich die britischen und amerikanischen Piloten bei Luftangriffen nicht an der Spiegelung orientieren konnten. Die Bretter waren anscheinend fort. Jetzt stieg Nebel aus dem Wasser auf.

»Um welche Filme handelt es sich konkret?«, fragte Fontaine.

»Was?« Entgeistert erwiderte sie seinen Blick. »Auf jeden Fall um den letzten Film mit Thea von Middendorff.« Sie sammelte sich und fügte sachlich hinzu: »Das Propagandaministerium hatte die weitere Bearbeitung des Streifens untersagt, nachdem sie heimlich in die Schweiz gegangen war. Mit ihrer Flucht soll sie Goebbels sehr verärgert haben.«

»Das wäre in der Tat eine Sensation«, stimmte er zu. Er nahm seine Brille ab, dachte kurz nach, setzte sie wieder auf. »Ist das nicht dieser dramatische Film über die letzten Tage der Königin Luise von Preußen? Hätten Sie daran mitarbeiten sollen?«

Sie schüttelte den Kopf. »Nein. Leider. Nein. Wissen Sie, das war eine ziemlich große Sache, vielleicht wäre ich als Schnittassistentin genommen worden. So bekannt und erfahren war ich damals noch nicht, dass ich einen solchen Film in leitender Funktion hätte schneiden dürfen.«

»Thea von Middendorff galt als einer der weiblichen Stars der Ufa, nicht wahr?«

Sie nickte.

»Eine großartige Schauspielerin. Ich verehre sie sehr und habe mich nach dem Verbleib aller ihrer Filme erkundigt ...«

»Ich stehe ja mehr auf Rita Hayworth«, warf Fontaines Freund ein.

Doch er hörte ihm nicht zu, sondern führte seinen Monolog fort. »Diese letzte Produktion ist interessant, weil dabei ihr Ehemann ums Leben gekommen ist. Die Sache sollte natürlich vertuscht werden, aber die Nazis hatten ja glücklicherweise einen Hang dazu, alles, aber auch wirklich alles aufzuschreiben. Es gibt Aktennotizen über alles Mögliche. Das erleichtert die Aufarbeitung und das Vorgehen gegen die Täter. Anscheinend gab es bei dem besagten Vorfall im Atelier allerdings nur Opfer.«

Lili rührte nicht gern an alte Geschichten, zumindest nicht, wenn es sich um Klatsch handelte. Der Tod des Ehemanns eines Filmstars hatte natürlich hohe Wellen geschlagen, vor allem, da er während der Dreharbeiten in den Kulissen zusammengebrochen war. Über die Hintergründe gab es viel Gerede, was tatsächlich vorgefallen war, wusste niemand genau. Die Gerüchte reichten von Herzinfarkt über Unfall oder gar Suizid bis Mord. Es gab jedoch keine Anklage vor irgendeinem Gericht. Trotzdem war die Sache wochenlang Kantinengespräch in Babelsberg gewesen, bevor wieder andere Themen in den Vordergrund rückten.

»Diese letzte Produktion Thea von Middendorffs war der erste aufwendig produzierte Farbfilm der Ufa. Alle sagten, es wäre wie in Hollywood. Das allein macht ihn so besonders.«

»Wer war der Regisseur?«, wollte Talbott-Smythe wissen.

»Leon Caspari«, antworteten John Fontaine und Lili wie aus einem Mund.

Beide sahen sich erstaunt, dann amüsiert an.

Lächelnd lobte Lili: »Sie haben viel Ahnung.«

»Deshalb arbeite ich in der Filmabteilung«, gab er schmunzelnd zurück.

»Wenn ihr Fragen zu dem Streifen habt, müsst ihr zumindest nicht lange suchen«, sagte Talbott-Smythe leichthin. »Caspari befindet sich in Hamburg. Mir kommt es vor, als habe er fast die ganze noch verbliebene Filmwirtschaft in die britische Zone geholt ... na ja ...«, er lachte leise, »ein paar Nazistars haben wir den Amerikanern in Bayern überlassen. Caspari hat ein Netzwerk für Filmschaffende gegründet und die Genehmigung erhalten, in Hamburg zu drehen ...«

»Wo tut er das denn?«, entfuhr es Lili erstaunt. »Hier gibt es doch kein einziges Atelier, nicht einmal ein zerstörtes. Und deshalb ist auch keine Technik vorhanden.«

»Caspari arbeitet nur mit Außenaufnahmen«, berichtete Talbott-Smythe.

»Wie ungewöhnlich!«

»Wie merkwürdig«, korrigierte Fontaine. »Ich meine, findet ihr es nicht seltsam, dass er sich ausgerechnet in der Nähe des Orts aufhält, wo sich die Negative zu seinem ersten ganz großen und auch noch skandalträchtigen Film befinden? Womöglich kommen wir zu spät, und er hat die Rollen bereits an sich genommen.«

»Das kannst du ihn selbst fragen, John. Er ist regelmäßiger Gast in der Filmabteilung, weil er um jeden Meter Rohmaterial erst einmal bitten und Anträge ausfüllen muss. Niemand hat gesagt, dass wir es den Deutschen leicht machen sollen nach diesem furchtbaren Krieg.«

»Einige Labourabgeordnete im Unterhaus in London sind da ganz anderer Meinung, die wollen so schnell wie möglich wieder geordnete, wirtschaftlich stabile Verhältnisse in Deutschland schaffen.«

»Aber ein Konservativer wie Churchill wäre in diesen Zeiten eindeutig der bessere Premierminister geblieben, Attlee hat Stalin viel zu viele Zugeständnisse gemacht ...«

Während sich zwischen den beiden Männern eine Debatte über britische Politik entspann, blickte Lili wieder aus dem Fenster. Das Hotel Esplanade, an dem sie gerade vorbeifuhren, stand als einziges Gebäude der ganzen Häuserzeile in fast alter Pracht. Soviel sie wusste, war ihr Schwager Peter Westphal noch immer Direktor des Hauses. Er hatte Glück gehabt, sein Arbeitsplatz war nicht in Trümmern versunken oder in Feuersbrünsten aufgegangen. Wahrscheinlich gehörte er sogar zu den Männern, die ihr Fähnchen nach dem Wind drehten, je nach Zeitgeist. Lili hatte ihn noch nie gemocht, aber sie fand, er passte gut zu Hilde, die mochte sie ja auch nicht. Wie diese beiden Menschen eine so liebenswerte Tochter bekommen konnten, war ihr ein Rätsel. Aber vielleicht hatte die sich inzwischen in ein Ebenbild ihrer Mutter verwandelt. Durchaus möglich, denn Gesa war noch jung, doch eine solche Verwandlung hätte Lili betrübt. Ich werde es gleich erfahren, dachte sie. Wie zur Bestätigung bremste Talbott-Smythe vor einem gut erhaltenen Gebäude ab. Lediglich der fleckige dunkle Anstrich erinnerte an den Krieg, die Häuser an der Rothenbaumchaussee waren früher so strahlend weiß gekalkt gewesen wie die Villen in Harvestehude. Im dunstigen Abendlicht wirkten die schwach erleuchteten Fenster erstaunlich einladend. Dennoch blickte Lili, kaum dass sie ausgestiegen war, etwas beklommen zur ersten Etage hinauf und fragte sich unwillkürlich, was sie dort erwartete.

»Vergessen Sie bitte nicht, dass wir morgen eine Verabredung haben«, sagte Fontaine und reichte ihr zum Abschied die Hand.

»Das werde ich nicht«, versprach sie.

Talbott-Smythe winkte ihr zu. »Vielleicht sieht man sich mal wieder«, rief er ihr nach.

Sie schenkte ihm ein unverbindliches Lächeln. »Ja, vielleicht.« Dabei wusste sie noch nicht einmal, ob sie das eben John Fontaine gegebene Versprechen einhalten konnte.

3

»Tante Lili!« In Gesas Aufschrei lag eine Mischung aus Überraschung, Freude – und Entsetzen. Ihre Wangen färbten sich rot, als sie die Frage ausstieß:»Bist du es wirklich?« Von der Tür, die sie auf das Klingeln hin geöffnet hatte, trat sie nicht zurück, um die Besucherin einzulassen. Offensichtlich war sie sich nicht sicher, ob sie ihren Augen trauen durfte.

»Ja, ich bin es wirklich«, bestätigte Lili mit einem geduldigen Lächeln.

»Wieso bist du hier?« Das junge Mädchen ließ ihr keine Zeit für eine Antwort, sondern plapperte weiter, ohne Atem zu holen. »Das ist ja wie Gedankenübertragung. Ich habe gerade erst von dir gesprochen. Es war nichts Wichtiges, keine Sorge, aber ich habe an dich gedacht. Wo kommst du denn her …?«

»Aus Berlin«, unterbrach Lili den Redeschwall. »Deine Mutter weiß Bescheid. Darf ich reinkommen?«

»Ja. Natürlich. Ja.« Gesa, die einen Kopf kleiner als Lili war, reckte sich, um die Tante zu umarmen. »Mutti hat mir nichts gesagt. Sie ist mit Vati ausgegangen …«

»Ausgegangen?«, wiederholte Lili verblüfft. »Wo, um alles in der Welt, kann man sich denn in dieser zerstörten Stadt vergnügen?«

Gesa nahm Lilis Hand und zog sie in die Wohnung. »Vergnügen ist vielleicht nicht das richtige Wort. Mutti und Vati betrachten es als … na ja, als Aufgabe, denke ich. In diesen Tagen werden viele Vereine neu gegründet, und es wird entsprechend gefeiert. Vati will eigentlich überall mitmachen, und Mutti ist wie immer an seiner Seite.« Sacht schloss sie die Tür.

»Vor der Sperrstunde müssen sie natürlich zu Hause sein. Da machen die Engländer keine Ausnahme.«

»Natürlich«, echote Lili. Sie war empört, aber das wollte sie Gesa nicht zeigen. Peter, der sich sehr geschickt durch das Dritte Reich laviert hatte, wollte also schon wieder eine führende Rolle in der Hansestadt spielen. Während Millionen junger Männer auf die Überredungskünste von Leuten seines Schlags hereingefallen und in den Krieg gezogen waren, blieb ihm, soviel sie wusste, sogar der Volkssturm erspart. Die meisten Älteren hatten nicht so viel Glück – und Lilis Vater war tot. Sie unterdrückte ihren aufsteigenden Zorn.

»Ich bringe dich mal in Omas Zimmer. Du wirst sicher nach ihr sehen wollen.«

»Deshalb bin ich gekommen. Wie geht es ihr?«

Gesa führte Lili den langen schmalen Altbauflur entlang. Die Zimmertüren, die davon abgingen, waren geschlossen. Lili staunte, wie warm es hier war. Wahrscheinlich verfügte Peter dank seiner neuen Beziehungen über genügend Kohle. Er wollte sicher nicht frieren – und Hilde auch nicht. Zum ersten Mal spürte Lili so etwas wie Erleichterung, dass ihre Mutter hier untergekommen war.

»Oma geht es nicht gut.« Gesa seufzte. »Seit Opa gefallen ist, hat sie kaum noch gesprochen. Sie ist immer müder geworden. Inzwischen liegt sie nur noch im Bett und redet gar nicht mehr.« Sie drückte Lilis Hand. »Es ist gut, dass du da bist.«

»Wird sie denn von einem Arzt betreut?«

»Ich weiß es nicht. Das regelt Mutti. Ich meine, ein Arzt war da, aber ich weiß nicht, ob er wiederkommt. Ich habe gehört, wie Doktor Fegebank neulich sagte, er kann Oma nicht helfen, solange sie sich nicht helfen lassen will. Außerdem haben sie darüber geredet, dass Oma schon ziemlich alt ist und man da nicht viel machen kann …«

»Meine Mutter ist noch keine sechzig Jahre alt«, protestierte Lili.

»Es ist so traurig, Tante Lili. Ich will Oma nicht verlieren, sie war immer so lieb zu mir. Kannst du ihr helfen?«

»Ich will es versuchen«, antwortete Lili aus fester Überzeugung.

Als Gesa jedoch die Tür am Ende des langen Gangs öffnete und sie in den dahinterliegenden Raum trat, war sich Lili nicht mehr sicher, ob ihr Versuch zum Erfolg führen würde. Ihr schlug ein schrecklicher Gestank entgegen. Es roch muffig und gleichzeitig sauer nach menschlichen Ausdünstungen. Angewidert hielt Lili in der Bewegung inne. Sie starrte in das dunkle Zimmer, entdeckte in der Mitte ein Doppelbett und einen Deckenaufbau, der eine schlafende Person darunter vermuten ließ. Der Geruch war so schlimm, dass sie sich nicht überwinden konnte, näher zu treten.

»Macht hier niemand sauber?«, flüsterte sie über ihre Schulter.

»Entschuldige, bitte«, raunte Gesa betroffen, »ich bin gerade erst nach Hause gekommen und habe Oma noch nicht gewaschen.«

Lili fuhr zu ihr herum. »*Du* kümmerst dich um sie?«

»Ja. Jeden Tag. Ich mache das gern.«

Das Kind muss völlig überfordert mit dieser Aufgabe sein, fuhr es Lili durch den Kopf. Sie fragte, um Ruhe bemüht: »Warum sorgt deine Mutter nicht für sie? Deine Oma stand ihr immer viel näher als mir.« Zumindest verteidigte sie ständig ihre ältere Tochter, fügte Lili in Gedanken hinzu. Und als Lili ihrer eigenen Wege ging, wurde Hilde sogar zu einem Fixstern in Sophies Leben. Wie war es möglich, dass Hilde sie dermaßen verwahrlosen ließ und die Verantwortung für die Reinlichkeit der Kranken ihrer kaum sechzehnjährigen Tochter zuschob?

So herzlos konnte sie doch nicht sein! Lilis Wut wurde fast übermächtig, aber es hatte wenig Sinn, vor dem jungen Mädchen zu explodieren, das sich alle Mühe gab. Ihr Ausbruch würde warten müssen, bis Hilde und Peter nach Hause kamen. Lili strich Gesa über das helle blonde Haar. »Tut mir leid. Es ist nicht gegen dich gerichtet. Du bist großartig, Kleine.« Dann holte sie tief Luft und machte einen Schritt nach vorn. »Mutti? Mutti, ich bin da. Ich bin es – Lili.« Sophie antwortete nicht.

Mit Gesas Hilfe und einem winzigen Stück Seife wusch Lili ihre Mutter, kämmte ihr ergrautes Haar, schüttelte das Bett auf und öffnete das Fenster. Gesa behauptete, das Zimmer, das Sophie bewohnte, sei das alte Gästezimmer, aber Lili dachte, dass dies eine freundliche Umschreibung für eine Rumpelkammer war. In diesem Raum waren vermutlich alle Möbel gelandet, die irgendwo aussortiert worden waren. Nichts passte zusammen. Aber immerhin gab es ein breites Bett, einen Tisch, zwei Stühle und einen Sessel vor dem Fenster, aus dessen Polsterung die Federn sprangen. In einer Ecke befand sich ein Waschbecken, daneben ein Kleiderschrank, der aussah, als würde er jeden Moment zusammenbrechen. Es war kühler als im vorderen Teil der Wohnung, aber es stand eine Brennhexe bereit, und auf dem Fensterbrett war eine kleine Menge Holz aufgeschichtet.

»Vati wollte nicht, dass sich Oma in der Küche ihr Essen kocht, als sie das noch konnte«, erklärte Gesa, und der Groll in Lili wuchs und wurde nicht geringer, als Gesa hinzufügte: »Er findet, die Küche ist der Arbeitsplatz für das Personal und nicht für Leute wie uns.«

»Ach? Deine Eltern beschäftigen noch Dienstmädchen und Köchin? So wie früher?«

»Nein. Das alte Hausmädchen ist längst weg. Manchmal kommt eine Zugehfrau, die ist aus Schlesien geflüchtet und braucht die Lebensmittel, mit denen Mutti sie bezahlt. Mutti findet es aber sehr anstrengend, wenn Frau Magda bei uns putzt, weil sie dann immer ein Auge auf sie haben muss, damit sie nicht stiehlt.« Gesa zuckte mit den Schultern. »Du weißt ja, wie Mutti ist.«

Lili presste die Lippen aufeinander, nickte und schwieg.

»Mutti kocht jetzt immer für uns.«

»Ich wusste gar nicht, dass sie kochen kann«, raunte Lili. Einen Atemzug später hoffte sie, Gesa habe sie nicht gehört.

Sie arbeitete Hand in Hand mit ihrer Nichte. Das klappte sehr gut. Aber dass Sophie dermaßen apathisch war, bereitete Lili größte Sorge. Nur für einen Moment hatte ihre Mutter die Augen geöffnet, ein Flackern darin ließ erkennen, dass sie Lili sah und sich freute, aber dann fielen die Lider wieder herab, und Sophie schlief ein. Sie war stark abgemagert, aber sicher nicht nur deshalb so entkräftet. Lili streichelte die Hand ihrer Mutter, fühlte den Puls, obwohl sie nicht die geringste Ahnung hatte, wie der Rhythmus sein sollte, aber immerhin schlug ihr Herz ruhig. Sie stellte fest, dass die Stirn der Kranken nicht besonders heiß war, und nahm an, dass sie nicht fieberte. Mit wachsender Verzweiflung wünschte sie, einen Arzt an ihrer Seite zu haben, der nach einer gründlichen Untersuchung eine Diagnose stellte.

»Wann kommt denn dieser Doktor … wie war noch sein Name?«

»Doktor Fegebank«, erwiderte Gesa zögernd.

»Ah, ja. Wann kommt der wieder?«

»Doktor Fegebank kommt wohl nicht mehr. Ich habe doch schon gesagt, dass er für Oma nichts mehr tun kann.«

Lili fragte sich, ob ihre Mutter hörte, was sie mit Gesa be-

sprach. Es war ihr ein wenig peinlich, sich zu unterhalten, als
wäre Sophie nicht anwesend. Doch die atmete ruhig und flach
und zeigte keinerlei sonstige Reaktion.

»Ich kümmere mich morgen um einen anderen Arzt«, versprach sie mehr sich selbst als ihrer Mutter oder der Nichte.
Dabei hatte sie nicht die geringste Ahnung, wo sie auf die
Schnelle einen fähigen Mediziner finden sollte. Sie war zu
lange fort, um in ihrer Heimatstadt noch über alte Kontakte zu
verfügen, und es waren zu viele Freunde von früher, die ihr
hätten weiterhelfen können, umgekommen oder verschollen.
Alte Verbindungen aufleben zu lassen würde außerdem viel
Zeit beanspruchen, die Lili angesichts des Zustands ihrer Mutter vielleicht nicht mehr hatte. Egal, dachte sie, dann gehe ich
einfach die Straße rauf und frage in der erstbesten Praxis nach
einem Hausbesuch.

Gesa stellte sich auf die Zehenspitzen und hauchte Lili einen
Kuss auf die Wange. »Kommst du allein zurecht? Ich muss
noch meine Hausaufgaben machen und möchte fertig sein, bevor der Strom abgestellt wird.« An der Tür wandte sie sich
noch einmal um. »In der Nachttischschublade liegen eine Kerze
und Streichhölzer, wenn du später Licht brauchst.«

»Danke. Das klingt äußerst luxuriös.«

»Und, Tante Lili, wirst du mir alles über die Filme erzählen,
die du geschnitten hast, und über die Arbeit in Babelsberg und
so?«

Lili lächelte. »Ja. Das mache ich. Versprochen. Sobald wir
Zeit dazu haben.«

Nachdem Gesa gegangen war, schloss sie das Fenster und
setzte sich erschöpft in den Sessel davor. Blicklos starrte sie
nach draußen, wo sich die Umrisse des Curio-Hauses gegenüber in der Dunkelheit abzeichneten. In diesem Gebäude hatte
sie früher viel Zeit verbracht, weil im Festsaal die heißesten

Partys der Stadt stattfanden. Noch nach dem öffentlichen Verbot der Swingmusik wurde im Curio-Haus gefeiert und gehottet, als wäre keine Gestapo-Sonderabteilung »Swingjugend« im Stadthaus eingerichtet worden, als würden Jugendliche nicht verhaftet, gefoltert und in Lager gesperrt werden, weil sie ihre eigenen Rhythmen liebten. Das war nur wenige Jahre her und kam ihr wie eine Ewigkeit vor. Ein anderes Leben, fuhr es ihr durch den Kopf. Ein Leben, in dem sie auf der Tanzfläche des Curio-Hauses zufällig mit Albert Paal zusammengestoßen war, der kurz darauf ihr Ehemann wurde.

Hals über Kopf hatten sie geheiratet. Sie standen sich nicht besonders nahe, aber als er zur Wehrmacht eingezogen werden sollte, weil er als Musiker nicht mehr unabkömmlich war, fehlten ihm eine Familie und eine Verlobte, die für einen Soldaten so wichtige Anbindung an zu Hause: Albert Paals Eltern waren früh gestorben, Geschwister besaß er nicht, seine Verwandtschaft war überschaubar, er kannte viele Mädchen, hatte aber keine Freundin. Lili war Albert in dem Moment begegnet, in dem er es richtig fand, endlich eine Frau zu haben, verliebt waren sie nicht, sie besaßen nicht einmal die Zeit für eine Freundschaft. Sie hatten sich seit der Hochzeit nicht wiedergesehen, doch Lili wusste, dass ihm ihre Briefe halfen, den Wahnsinn zu überleben. Während er zunächst in amerikanischer und inzwischen in französischer Kriegsgefangenschaft war, vergaß sie allerdings manchmal, dass sie einen Gatten hatte.

Sie beschloss, Albert zu schreiben. Ihre letzte Nachricht lag lange zurück, sie erinnerte sich nicht einmal genau daran. Aber da sie auf die Rückkehr ihrer Halbschwester und ihres Schwagers warten wollte, konnte sie die Zeit nutzen und ihrem Mann die Neuigkeiten berichten. Er interessierte sich gewiss dafür, dass sie wieder in Hamburg war. Von den Zerstörungen würde sie ihm nichts erzählen, es genügte, wenn er die Trümmer bei seiner Heimkehr – wann auch immer – mit eigenen Augen sah. Aber sie würde über ihre Mutter schreiben und über Hildes Versagen als Tochter. Es tat ihr gut, sich einem anderen Menschen anzuvertrauen, auch wenn sie diesen kaum kannte.

4

Gemurmel wehte zu ihr. Die gedämpften Stimmen eines Mannes und einer Frau, die Lili nicht zuordnen konnte und im Halbschlaf noch für einen Teil ihres Traums hielt. Sie war über dem Brief eingeschlafen, den sie an Albert schreiben wollte. Ihr Arm lag auf dem Tisch, und sie hatte ihren Kopf darauf gebettet. Nur einen Moment ausruhen von den Aufregungen und Strapazen des Tages, das war ihre Absicht gewesen. Doch dann war sie weggesackt. Als sie nun aufwachte, fühlte sie sich zerschlagen, und es taten ihr alle Knochen tailleaufwärts weh. Sie blinzelte, es war dunkel, die Lampe war aus, anscheinend hatte die Stromsperre längst eingesetzt.

»Bist du sicher, dass du die Erlaubnis bekommst?«

»Natürlich werden die Tommys nichts gegen den Umbau des Hotels haben.« Der Mann schlug einen begütigenden Ton an. »Der Ballsaal wurde vor Kriegsende ja bereits für Vorführungen genutzt ...«

»Mein Gott, damals wurden Propagandafilme gezeigt. Wird es deshalb keinen Ärger geben?«

Langsam dämmerte Lili, dass sich Hilde und Peter auf dem Flur unterhielten. Die beiden waren offenbar von ihrer Verabredung zurück und standen nicht weit vom Gästezimmer entfernt. Als Lili sich langsam aufrichtete, fiel ihr ein, dass sie die Tür einen Spaltbreit offen gelassen hatte, um zu hören, wenn die beiden nach Hause kamen. Um Hilde sofort eine Szene machen zu können. Doch statt aufzuspringen und ihre Anklage hinauszuschreien, blieb Lili still am Tisch sitzen und lauschte.

Peter räusperte sich. »Wir haben den Ballsaal mit einer Leinwand bestückt, Tanzveranstaltungen wurden schließlich viel früher verboten als Filmaufführungen. Das entsprach rein wirtschaftlichen Überlegungen. Merk dir das, Hilde!«

»Ja, Peter. Natürlich.«

»Es ging mir einzig darum, die Ressourcen des Hotels ordentlich zu verwalten. Dazu bin ich als Direktor verpflichtet. Man könnte es auch *vorausschauend* nennen. Ja, dieses Wort trifft es wohl am ehesten. In der Vergangenheit und in der Zukunft. Ich handele vorausschauend!« Selbstgefälligkeit troff aus jedem Wort.

Im Geiste schüttelte Lili den Kopf. Ihr Schwager hatte kein »richtiges« Kino betrieben, sondern lediglich Wochenschauen gezeigt. Wie eine bebilderte Zeitung flimmerten die Meldungen aus aller Welt über die provisorische Leinwand in dem mit Stuck, Wandbildern, Spiegeln und Lüstern verzierten Ballsaal des Hotels Esplanade. Berichte, die, wie sie mit Sicherheit wusste, bis zum bitteren Ende geschönt waren. Sie hatte die Dokumentarfilme zwar nie geschnitten, aber man kannte sich unter Kollegen und tauschte sich aus.

»Kannst du die Technik aus dem Kino am Jungfernstieg gebrauchen?«, wollte Hilde wissen.

Lili sog scharf die Luft ein und hielt dann den Atem an.

»Natürlich. Dein Vater hat sich bei der Einrichtung nicht lumpen lassen. Wir müssen den Laden nur endlich schließen. Dass dieser alte Vorführer den völlig unrentablen Betrieb für deine Mutter aufrechterhält, ist ein …«

Sie erfuhr nie, wofür Peter die Fortführung des Filmtheaters hielt, denn in diesem Moment rief Hilde aus: »Oh, sieh nur! Gesa hat uns einen Zettel hingelegt: Lili ist am Abend angekommen.«

»Hoffentlich fährt sie bald wieder ab«, knurrte Peter.

»Sie wird bleiben, bis Mutter stirbt, nehme ich an«, erwiderte Hilde mit erschreckender Sachlichkeit.

Es war der Moment, in dem Lili ihre Schwester zur Rede stellen wollte. Sie war schon im Begriff, aufzustehen, als Peters Bemerkung sie innehalten ließ: »Deine Schwester kann höchstens dreißig Tage bleiben, so lange ist der Interzonenpass gültig, den sie für die Reise braucht. Da die Briten den Zuzug nach Hamburg gesperrt haben, darf sie sich keinen Tag länger hier aufhalten. Ich habe mich erkundigt. Wir sind sie also in spätestens einem Monat wieder los, einerlei, ob deine Mutter ihren Besuch überlebt oder nicht.«

»Wie klug du bist!«, säuselte Hilde. »Aber was machen wir mit dem Kino? Ich hoffe doch nicht, dass sich Lili dafür interessiert.«

»Sicher nicht. Da haben wir bestimmt freie Hand. Lili mit ihrem überzogenen Ehrgeiz wird bei einer Produktion unterkommen wollen. Da hier gedreht wird und ein Synchronstudio für britische Filme gerade eröffnet worden ist, wird sie nach Arbeit suchen. Das soll sie nur tun. Darin wirst du sie als fürsorgliche Schwester auch bestärken. Sie ist somit abgelenkt und wird sich nicht um das Kino am Jungfernstieg kümmern. Doch selbst wenn sie einen Job als Cutterin findet, darf sie auf Dauer nicht bleiben. Das ist der Witz. Sie muss Hamburg verlassen, so wollen es die Gesetze der Besatzer. Und wir, mein Schatz, bauen in meinem Hotel ein großes, repräsentatives Lichtspielhaus aus den Pfründen deines Stiefvaters und deiner Mutter auf.«

Später dachte Lili, ein Engel habe auf ihrer Schulter gesessen, der sie in diesem Moment zur Ruhe zwang, während sie innerlich vor Zorn bebte. Wie von einem Projektor abgespult tauchten plötzlich Bilder vor ihrem geistigen Auge auf: Peter, der sie seiner Wohnung verwies, wenn sie ihn und Hilde mit Vorwürfen konfrontierte, und die Aussichtslosigkeit, mit ihrer kranken Mutter eine andere Bleibe zu finden, leuchteten wie Warnsignale auf. Plötzlich wurde ihr bewusst, dass sie den Mund halten musste, wenn sie etwas bewirken wollte. Sie durfte ihre Halbschwester und ihren Schwager nicht gegen sich aufbringen. Auch wenn Wahrhaftigkeit und Gerechtigkeit auf ihrer Seite waren, sie musste das Spiel der beiden mitspielen. Und dafür durfte sie keinen Streit provozieren.

»Wenn es dir gelingt, ein Filmtheater zu eröffnen«, der verhaltene Jubel war aus Hildes Stimme deutlich herauszuhören, »werde ich dir ewig dankbar sein. Du weißt, wie sehr es mich damals getroffen hat, als Robert Wartenberg meiner Mutter und Lili das Kino schenkte – mir aber nicht.«

»Ich weiß, Hilde, ich weiß.«

Was für ein Unsinn, fuhr es Lili durch den Kopf. Ihr Vater hatte das Kino ganz gewiss nicht ihr geschenkt. Mit ihrer Mutter verhielt es sich anders, aber das ging weder sie noch seine Stieftochter etwas an.

Eine Tür klappte, die Unterhaltung brach ab. Dann klappte noch eine Tür. Offenbar waren Hilde und Peter schlafen gegangen, jeder in sein eigenes Zimmer.

Lili tastete sich durch die Dunkelheit zum Bett, um sich auf die freie Seite neben ihre Mutter zu legen. Sie behielt ihre Kleidung an, als sie unter eine Wolldecke schlüpfte, die sie vorhin im Schrank gefunden hatte, zu erschöpft, um sich auszuziehen.

5

Es wurde eine unruhige Nacht. Zuerst schlief Lili wie erschlagen, dann wachte sie etwa halbstündlich von Albträumen geplagt mit der Befürchtung auf, neben einer Toten zu liegen. Doch ihre Mutter atmete ruhig. Einmal waren jedoch ihre Augen offen, sie sah Lili mit glasigem Blick an, dann hob sie die Hand und berührte sachte den Arm der Tochter. Die Geste war so zart und flüchtig wie das Streicheln eines Schmetterlingsflügels, bedeutete Lili jedoch mehr als jede innige Umarmung. In diesem Moment schwor sie sich, für ihre Mutter zu sorgen und das Kino vor Peters anscheinend maßlosen Ansprüchen zu verteidigen. Auch wenn das Filmtheater nur eine Geldanlage und ein Hobby für ihren Vater gewesen war, so hatte er viel Herzblut hineingesteckt. Es war zweifellos Robert Wartenbergs Vermächtnis. Dieses wollte Lili aufleben lassen und keinesfalls zerstören. Nur hatte sie von der Führung eines Lichtspielhauses noch weniger Ahnung als von der Krankenpflege. Ich schaffe das, sagte sie sich im Stillen, bevor sie wieder in Morpheus' Arme sank.

Als Lili in der Morgendämmerung aufschreckte, starrte Sophie apathisch an die Decke.

»Guten Morgen, Mutti.« Lili gab gute Laune vor, obwohl sie sich furchtbar zerschlagen fühlte. Sie sprang aus dem Bett, schlang fröstelnd die Arme um sich und trat schnell auf der Stelle, um sich aufzuwärmen. Mit bissigem Humor dachte sie bei diesem Dauerlauf, bei dem sie sich nicht fortbewegte, dass es eigentlich genügte, sich an das belauschte Gespräch zwischen Hilde und Peter zu erinnern, damit ihr Blut in Wallung geriet.

Gleichzeitig mahnte ihr Verstand sie, klug zu handeln und ihren Zorn zu zügeln, ein Streit mit ihrer Schwester und ihrem Schwager war derzeit nicht in ihrem Interesse.

Während sie sich am Waschbecken kaltes Wasser ins Gesicht spritzte und den Waschlappen, den sie schon gestern für ihre Mutter benutzt hatte, unter den Hahn hielt, plauderte sie vor sich hin, um die Stille im Zimmer mit Leben zu erfüllen: »Ich bekam die Gelegenheit, gestern mit dem Nord-Express von Berlin nach Hamburg zu fahren. Das ist die Zugverbindung, die für Ausländer reserviert ist. Ein netter Engländer besorgte mir die Papiere und gab mich als seine Sekretärin aus. Damit konnte ich auf dem schnellsten Wege zu dir kommen.«

Sophie zeigte keine Reaktion. Sie zuckte nur kurz zusammen, als Lili ihr mit dem nassen kalten Tuch über das Gesicht tupfte.

Nach der kurzen Erfrischung füllte Lili das Zahnputzglas mit Leitungswasser und setzte es ihrer Mutter an die Lippen. Sie hoffte, dass das Wasser nicht verseucht war, aber Sophie wirkte stark ausgetrocknet, und ein anderes Getränk war nicht griffbereit. Tatsächlich hob Sophie aus eigener Kraft den Kopf und trank durstig, anschließend fiel sie wie eine schlaffe Puppe wieder zurück.

»Ich gehe mal in die Küche und sehe nach, was ich für uns zum Frühstück finden kann«, erklärte Lili mit ihrer aufgesetzt guten Laune.

Sophie machte eine abwehrende Geste.

»Alles gut, Mutti, ich versuche, etwas aufzutreiben«, versprach Lili sanft. »Mach dir keine Sorgen, wir kriegen dich wieder gesund.« Sie dachte an Gesas Worte und fragte sich still, ob ihre Mutter das überhaupt wollte. Doch sie konnte Sophies bewusstem Sterben nicht zuschauen. Für diesen Abschied war sie nicht bereit.

Energiegeladen machte sie sich auf den Weg in die Küche.

Hilde stand im Morgenmantel am Herd und bewachte anscheinend den Siedepunkt des Wassers in einem Kessel. Sie sah erstaunlich gut aus, obwohl sich in ihr schmales Gesicht ein paar Falten gegraben hatten. Das hochgesteckte Haar stand ihr, und sie war nur schlank, aber nicht dürr. Offensichtlich musste Hilde auf weniger verzichten als Lili – und der größte Teil der Bevölkerung. Das bewiesen auch die Kaffeekanne und der bereitgestellte Filter, von dem ein schwacher Mokkaduft aufstieg, die auf der Anrichte der weiteren Zubereitung harrten. Unwillkürlich atmete Lili tief durch.

Ihre Schwester hob den Kopf. »Oh …!«

»Guten Morgen«, wünschte Lili und trat näher.

»Ja«, sagte Hilde. Demonstrativ musterte sie Lili, dann: »Da bist du also. Du siehst abgespannt aus.« Ihr Ton war ein einziger Vorwurf.

»Ich *bin* abge…«, Lili unterbrach sich, weil der Kessel pfiff.

Ohne Lili weiter zu beachten, begann Hilde, den Kaffee aufzubrühen – und sofort wurde der verführerische Duft intensiver. Sie ging sehr konzentriert vor, was Lili verstand, denn Kaffeebohnen waren ein unerhörter Luxus. Lili konnte sich nicht entsinnen, wann sie zuletzt einen echten Mokka getrunken hatte und nicht diesen schal schmeckenden Muckefuck, der entweder aus Kaffeeersatz hergestellt oder aus dem Satz in einem Filter zum x-ten Mal aufgebrüht worden war. Tief einatmend füllte sie ihre Lunge mit dem wohltuenden Geruch, sofort schien sich eine Wärme in ihrer Seele auszubreiten, die sie friedfertiger und versöhnlicher stimmte. Erst nach einer Weile bemerkte sie, dass Hilde fertig mit dem Aufguss war und sie offenbar schon länger beobachtete. Sie lächelte verlegen.

»Ich kenne so etwas gar nicht mehr«, sagte sie und deutete auf die Kanne.

»Der ist für Peter«, erklärte ihre Halbschwester. Dann fragte sie leise, als dürfe außer ihnen beiden niemand das Angebot hören: »Möchtest du vielleicht einen Schluck?«

Die Versuchung war groß. Doch obwohl ihr wie schwindelig von dem Duft war, blieb Lili standhaft. So leicht ließ sie sich nicht verführen. »Wenn du auch etwas Kaffee für unsere Mutter übrig hast, nehme ich gern ein Tässchen.«

Hilde errötete, sie zögerte. Offensichtlich focht sie einen inneren Kampf aus. Was auch immer obsiegte, sie riss sich deutlich zusammen. Sie trat an die Anrichte und nahm zwei Porzellanbecher heraus. »Es wird Peter wohl nicht auffallen, wenn eine Tasse fehlt«, meinte sie großzügig. »Mit ein bisschen kochendem Wasser können wir sie auf zwei Portionen strecken.«

»Dein Mann führt wohl ein strenges Regiment.« Die Bemerkung rutschte Lili unbedacht heraus. Verärgert über ihren Ton biss sie sich auf die Unterlippe. Sie hatte sich doch vorgenommen, niemanden anzugreifen, außerdem war sie Hilde aus ganzem Herzen dankbar für das Angebot. »Tut mir leid«, murmelte sie deshalb.

Ihre Halbschwester wehrte ab. »Da nich für. Und, ja, Peter mischt sich tatsächlich in meine Haushaltsführung ein, aber er ist nun einmal Hotelier, er versteht sich auf die wirtschaftliche Planung einer Küche.« Anscheinend war es ihr ein wenig peinlich zuzugeben, wie gering die Freiheiten waren, die ihr Mann ihr ließ.

»Ja, natürlich«, stimmte Lili versöhnlich zu.

»Setz dich nur an den Tisch. In dem Schälchen ist Zucker. Und ich kann dir …«, wieder dieses nervöse Zögern, dann: »Ich kann dir eine Scheibe Brot und etwas Margarine anbieten, wenn du möchtest.«

Prompt knurrte Lilis Magen. »Danke«, sagte sie und nahm in der Essecke Platz, an der früher das Hausmädchen gegessen hatte. Die Eheleute Westphal frühstückten offenbar im Speisezimmer, denn hier war nicht aufgedeckt. Auf der Anrichte stand ein Tablett mit Porzellan für zwei Personen bereit, Meißner Rose, ein Teller verschwand fast unter einer Servierglocke aus Silber. Ziemlich feudal für einen Wochentag, fuhr es Lili durch den Kopf. Sie fragte sich, warum ihre Nichte nicht einbezogen war. »Wo ist Gesa?«

»Sie ist schon zur Schule«, erklärte Hilde, während sie eine Butterdose und ein Salzfässchen vor Lili stellte. Sie wandte sich wieder zur Arbeitsplatte, nahm unter einem Leinentuch einen runden Laib und ein langes Messer hervor. »Da du jetzt da bist, konnte sie früher los. Sie braucht sich ja nicht mehr um Mutter zu kümmern.« Sie nahm das Brot in den linken Arm, presste es mit der Schnittseite nach oben an die Brust und begann mit einer ebenso beherzten wie geschickten Bewegung, eine Scheibe abzusäbeln.

Früher hat Mutti es genauso gemacht, dachte Lili. Laut sagte sie: »Warum überlässt du ausschließlich Gesa die Pflege für unsere Mutter? Das könntest du doch genauso …«

»Wir haben in unserer Familie eine strenge Aufgabenteilung«, fiel Hilde ihr ins Wort. »Misch dich da bitte nicht ein. Du warst die ganzen Jahre nicht hier, hast dein eigenes Leben gelebt. Also sei froh, dass wir uns um Mutter gekümmert haben, sonst wäre sie nämlich ganz allein verreckt.« Wieder schwang dieser Vorwurf in ihrem Ton. Oder war es Neid?

Lili zwang sich zur Ruhe. Sie senkte ihre Nase über die Becher mit dem von Hilde verdünnten Kaffee, sog den feinen Duft ein und versuchte, Verständnis für Hilde aufzubringen. Das gelang ihr nicht, aber immerhin brachte sie es fertig, gelassen zu bleiben. »Was fehlt ihr eigentlich? Ich meine, ich sehe natürlich, wie apathisch sie ist. Aber welches Leiden hat der Arzt denn genau diagnostiziert?«

»Die Krankheit, unter der wir alle nach dem Krieg leiden, Lili: Trauer, Schock und Erschöpfung. Es hat Mutter sehr getroffen, dass ihr Ma…«, sie korrigierte sich rasch, »…dass dein Vater gefallen ist. Danach war sie nicht mehr sie selbst. Anfangs hat sie nur rumgeschimpft – und Peter sagt, sie kann froh sein, dass wir sie beschützt haben. Wenn sie jemand anderer gehört hätte, wäre sie sofort ins Lager gekommen. Schließlich hat sie das Gegenteil getan und gar nicht mehr gesprochen.« Ihr seid schuld!, war Lilis erster Gedanke. Vielleicht sprach Sophie nicht mehr, weil Hilde und Peter nicht zugelassen hatten, dass sie ihnen in den letzten Kriegstagen die Wahrheit über den Führer an den Kopf warf. Lili wusste, dass Hilde früher für Adolf Hitler geschwärmt hatte, Peter hatte sich ihr zu Gefallen sogar ein Bärtchen stehen lassen. Doch sie teilte ihrer Halbschwester diese Überlegungen nicht mit, sondern nickte nur stumm.

»Mutter möchte sterben, das fühle ich genau«, behauptete Hilde in verstörender Direktheit.

Lili schnappte hörbar nach Luft.

Ohne auf die Reaktion der Jüngeren zu achten, fuhr Hilde fort: »Weißt du, ich verstehe sie. Sie hat alles verloren. Nichts ist so, wie es einst war. Am schlimmsten sind die Engländer. Die Tommys bevormunden uns und geben uns nicht genug zu essen. Dabei haben die uns doch die Bomben auf den Kopf geworfen, alles kaputt gemacht und allein in Hamburg an die fünfzigtausend Menschen umgebracht und Hunderttausende in die Obdachlosigkeit getrieben.«

Sie hätte dem etwas entgegensetzen können, doch Lili schwieg verbissen.

Nach ihrer leidenschaftlichen Rede schien auch Hilde nichts mehr zu dem Thema beitragen zu wollen. Versonnen spielte sie mit dem Gürtelband ihres Morgenmantels, nach einer Weile nahm sie jedoch Brot und Messer wieder zur Hand und begann, einige Scheiben abzuschneiden. Dabei ging sie so tatkräftig zu Werke, als wollte sie insgeheim jedem Engländer die Kehle durchschneiden.

»Kann ich bitte eine Scheibe für unsere Mutter mit ins Zimmer nehmen?«

Hilde zuckte zusammen. »Meine Güte, erschreck mich doch nicht so, ich hätte mich ja fast geschnitten. Und, ja, natürlich. Ich will sie nicht verhungern lassen.« Ihr Schlusssatz klang dermaßen trotzig, dass Lili auf den Gedanken kam, Hilde – oder Peter – hätten genau das vor.

Anscheinend wartete Hilde auf eine Antwort, denn sie hielt unschlüssig in der Bewegung inne. Als ihr bewusst wurde, dass Lili nichts sagen würde, gab sie ihr eine Scheibe und legte anschließend das restliche Brot auf einen Teller, den stellte sie auf das Tablett zu dem Frühstücksgeschirr und der Kaffeekanne. Dann nahm sie das Silberbrett hoch, nickte Lili kurz zu und marschierte hinaus. Die Absätze ihrer Pantoffeln klapperten über den Parkettboden im Flur.

Lili sah sich in der Küche um. Alles war blitzsauber und aufgeräumt. Nicht einmal ein übrig gebliebener Krümel lag auf der Arbeitsplatte. Während sie die Schnitte für ihre Mutter mit Margarine bestrich, fragte sie sich, was sich wohl unter der Glosche verborgen hatte. Peter gab sich bestimmt nicht nur mit Brot und Margarine zufrieden, auch wenn das für viele Menschen heutzutage schon ein luxuriöses Mahl darstellte.

Vielleicht war es pure Neugier, möglicherweise wurde sie von ihrer tief verwurzelten Abneigung gegen Hildes Mann getrieben, Lili folgte einer inneren Stimme und sprang plötzlich auf. Sie ging zur Küchentür, lauschte in den Flur hinaus – und als sie sicher sein konnte, dass Hilde und Peter nicht ebenfalls die Ohren offen hielten und sie beobachteten, wandte sie sich um. Ohne weiter darüber nachzudenken, öffnete sie leise die Schranktüren der Anrichte und zog die Schubladen auf, sie blickte in die unter den Fenstern eingebauten Speisekammern, hob die Deckel von Tongefäßen an, schnupperte. Letztlich fand sie nichts weiter als eine Dose mit Kaffeepulver, andere mit Zucker und Salz, Haferflocken, etwas Kondensmilch und zwei Äpfel. Ein geringes, aber dennoch ziemlich gutes Angebot an Nahrungsmitteln. Diese Vorräte hätten Lili zufriedengestellt, wäre da nicht das Gefühl gewesen, dass es sich bei ihrem Fund um Irreführung handelte. Sie hatte nicht die geringste Ahnung, wen das Ehepaar Westphal täuschen wollte, aber sie war sich sicher, dass in dieser Küche etwas nicht stimmte. Wahrscheinlich war Peter ein Schieber, es passte zu ihm, mit Schwarzmarktware zu handeln. Lili wusste nicht, wie ein Hotel geführt wurde, weder in besseren noch in diesen Zeiten, aber sie konnte sich vorstellen, dass ein Hoteldirektor durchaus Zugang zu Lebensmitteln besaß, die seinen Gästen auf legalem Weg verborgen blieben. Bestimmt gab es irgendwo in dieser Wohnung ein Versteck für die Leckerbissen, die Hilde ihrer Mutter vorenthielt.

Seltsamerweise fühlte Lili keinen Zorn, sondern nur Verbitterung. Sie stopfte sich den Rest ihrer Brotscheibe in den Mund, stürzte den letzten Schluck Kaffee in ihrem Becher hinterher. Dann nahm sie die Stulle für Sophie in die eine und die volle Tasse in die andere Hand und machte sich kauend auf den Weg zu ihrem Zimmer. Auf dem Flur begegnete ihr nichts als Stille.

Obwohl sich Sophies Wangen nach dem Becher Kaffee leicht röteten und Lili ihr erfolgreich das Butterbrot aufdrängte, wollte Sophie das Bett nicht verlassen. Sie schüttelte vehement den Kopf, als Lili ihr vorschlug, sich in den Sessel am Fenster zu setzen. Eine Weile lang diskutierten die beiden auf diese tonlose beklemmende Art, dann gab Lili auf. »Morgen, vielleicht«, sagte sie zu ihrer Mutter, während sie ihr über das Haar strich, genauso, wie Sophie es einst bei ihr getan hatte.

Lili beschloss, sich zuerst nach einem Arzt umzusehen, der bereit war, einen Hausbesuch zu machen, auch wenn sie ihm sein übliches Honorar womöglich nicht würde bezahlen können. Sie besaß kaum Geld, von anderen Werten ganz zu schweigen. Sie hatte allerdings auch keine Ahnung, wie viel sie aufbringen musste, um ihrer Mutter eine andere – und hoffentlich bessere – medizinische Versorgung zu gewähren. Wie es sich mit der Krankenkasse ihrer Mutter verhielt, wusste sie auch nicht, und Hilde wollte sie nicht fragen. Ein ordentliches Auftreten war in jedem Fall sicher von Nutzen, um einen Doktor auf Kredit zu konsultieren oder hinsichtlich der Versicherung zu vertrösten. In den Kleidern, in denen sie die Bahnfahrt verbracht und dann auch noch geschlafen hatte, konnte sie kaum jemand Fremdem gegenübertreten, die würde sie später waschen. Deshalb wühlte Lili in den wenigen Habseligkeiten ihrer Mutter und zog schließlich ein cremefarbenes Twinset aus dem Schrank, das zwar reichlich verwaschen, aber noch als ehemals teures Stück zu erkennen war. Nachdem sie Pulli und Strickjacke angezogen hatte, stellte sie fest, wie gut beides zu ihrer Hose passte, die sie aus praktischen Überlegungen anbehielt. Der lange Schal, den sie sich um den Hals schlang, wirkte bei diesem Ensemble sogar todschick. Die sportliche Eleganz verschwand jedoch unter ihrem Mantel.

So ausstaffiert verließ sie das Zimmer. Im Flur traf sie auf eine Frau mittleren Alters in einem viel zu weiten grauen Kostüm, die sich die Handtasche an die Brust presste und mit verschleiertem Blick hektisch um sich blickte. Es schien, als suche sie nach etwas und als fürchte sie sich gleichzeitig vor ihrem

Fund. Diese Frau war definitiv verzweifelt – und peinlich berührt von ihrer Begegnung mit Lili.

»Kann ich Ihnen helfen?«, fragte Lili mehr aus Gutmütigkeit denn aus Höflichkeit.

»Herr Westphal …«, flüsterte die Fremde.

Eine Zimmertür flog auf, und ein alter Mann trat auf den Flur. Die Hände hielt er in den ausgebeulten Taschen seines weiten Mantels vergraben. Offensichtlich hatte er dort irgendwelche Waren verborgen. »Der Nächste, bitte«, rief er in einem fast albernen Tonfall aus. Als er Lili und die andere Frau bemerkte, verkündete er lächelnd: »Verzeihen Sie, meine Damen, natürlich heißt es dann: Die Nächste, bitte!«

Wie bei einem Arzt, ging es Lili durch den Kopf.

Zu Lilis größter Überraschung war der Wohnungseingang unverschlossen. Ein von Klinke zu Klinke gewickeltes Tuch sorgte dafür, dass die Tür nicht ins Schloss fiel. Auf diese Weise herrschte ein Kommen und Gehen, ohne dass die Klingel bedient werden musste. Als sie dem alten Mann nach draußen folgte, bemerkte sie erstaunlich viele Menschen, die im Treppenhaus herumstanden. Es waren Gruppen unterschiedlichster Leute, die anscheinend auf irgendetwas warteten. Der eingerollte Teppich, der von einer schmächtigen Frau die Treppe heraufgeschleppt wurde, bestätigte Lilis anfänglichen Verdacht, dass Peter gut im *Geschäft* war. Offensichtlich betrieb er seinen Handel jedoch nicht auf dem schwarzen Markt, wo die Waren möglicherweise bei einer Razzia beschlagnahmt wurden, sondern bequem in seinem Salon. Warum er jedoch sicher war, dass ihm weder die Schutzpolizei noch Besatzungssoldaten in seiner Wohnung auf die Schliche kamen, entzog sich Lilis Vorstellungskraft. Sie war angewidert von seiner Gerissenheit, gleichzeitig aber auf gewisse Weise genau davon beeindruckt. Konsterniert schüttelte sie den Kopf.

»Machen Sie sich nichts draus«, sprach sie ein junger Mann an, der auf dem Treppenabsatz wartete. Mit gedämpfter Stimme fügte er hinzu:»Was er ihnen heute nicht abkauft, ist vielleicht beim nächsten Mal von Interesse. Oder für jemand anderen genau richtig. Für mich vielleicht. Was haben Sie denn?«

»Wie bitte?« Sie sah ihn verblüfft an. Fand etwa auch vor Peters Tür ein reger Schwarzmarkthandel statt, nicht nur dahinter?

»Eine Lucky Strike zu zwölf Mark. Ist ein Sonderangebot.«

Reichlich verspätet begriff sie die Verwechslung.»Nein, nein ... ich ... ich will nichts ... ich wohne nur hier ...«

»Klar, gute Ausrede. Ich bin aber kein Ordnungshüter, ich will Sie nicht verpfeifen, Sie brauchen sich nicht zu verstecken. Wir sind doch alle nur aus einem Grund hier. Vielleicht können wir beide ja ...«

»Ganz sicher nicht«, fiel ihm Lili ins Wort. Sie rief ihm noch ein freundliches»Vielen Dank auch« zu, dann sprang sie mit klopfendem Herzen die restlichen Stufen hinunter, ohne sich noch einmal umzusehen.

6

Die Begegnungen in der Wohnung der Westphals und davor im Treppenhaus hatten Lili verstört. Natürlich wusste sie um die Dimension des schwarzen Markts, kein Deutscher konnte ohne den Schieberhandel überleben, und wie jeder andere auch war sie in Berlin mehrfach »Kundin« der Geschäftemacher gewesen. Dass ihre eigene Familie jedoch in diese an sich kriminellen Aktionen hineingezogen wurde, erschütterte sie. Wenn Peter einen anderen Ort als seine Privatwohnung genutzt hätte, wäre ihr gleichgültig gewesen, was er tat. Aber unter den gegebenen Umständen waren sowohl ihre Mutter als auch seine minderjährige Tochter die Leidtragenden, falls die Sache aufflog. Sicher verschwendete er an seine beiden schwächsten Mitbewohnerinnen keinen Gedanken. Er teilte ja auch nicht, was er erwarb. Was für ein skrupelloser Kerl!

Blicklos marschierte Lili durch den feinen Nieselregen, bog in einer Querstraße rechts ab, lief weiter durch eine andere Seitenstraße, irgendwohin, ohne auf die schönen Landhäuser hier in Harvestehude zu achten, die die Luftangriffe anscheinend ebenso heil überstanden hatten wie vergleichbare Gebäude in den Berliner Villenvierteln Dahlem, Zehlendorf und Lichterfelde. Sie zog die Schultern hoch und zermarterte sich den Kopf, wie sie die unsägliche Wohnungssituation beenden könnte, aber das war ein ebenso sinnloses Unterfangen wie die spontane Eingebung, Peter anzuzeigen. Es gab keine Möglichkeit, etwas an den bestehenden Verhältnissen zu ändern, und wenn die Polizei kam und die Wohnung requirierte, um diese dann an eine andere Familie nebst Untermietern abzugeben, verlor

Sophie das Dach über dem Kopf – und damit vorübergehend auch Lili. Abgesehen davon, dass ihre Mutter mit Sicherheit nicht transportfähig war, konnte sie sie nicht mit zu sich nach Berlin nehmen, weil auch dort eine Zuzugssperre verhängt worden war. Sie mussten sich also arrangieren. Und dann war da ja noch das Kino am Jungfernstieg, das sie erhalten wollte. Musste. Im Gedenken an ihren Vater.

Seufzend wischte sich Lili über das Gesicht. Ihre Lider fühlten sich feucht an – vom Wetter oder von ihren Sorgentränen, sie wusste es nicht.

Es dauerte eine Weile, bis sie wieder an ihr ursprüngliches Vorhaben dachte. Dummerweise war ihr inzwischen der Name des Arztes entfallen, den Gesa gestern Abend genannt hatte. Hoffentlich würde sie sich noch daran erinnern, damit sie nicht den falschen Doktor aufsuchte und um einen Hausbesuch bat. Du darfst dich nicht andauernd über Hildes Mann aufregen, schimpfte sie still mit sich selbst. Konzentriere dich auf die Dinge, die wichtiger sind!

Die Feuchtigkeit schien durch den Mantel bis zu ihren Knochen und Gelenken zu dringen. Lili blieb stehen und schlang die Arme um ihren Leib. Jetzt erst spürte sie den auffrischenden eisigen Wind, der die vertrockneten Blätter vom Boden aufwehte. Sie sah sich um, versuchte, sich zu orientieren, da sie nicht aufgepasst hatte, wohin sie eigentlich gelaufen war. Am Ende der Straße erkannte sie einen schmalen grauen Streifen Wasser – die Alster. Ein so vertrauter und gleichsam tröstlicher Anblick. Für einen herrlichen Moment in ihrer Erinnerung an schönere Zeiten gefangen, erhellte ein Lächeln ihre Miene. An ihren ersten Kuss am Ufer bei Sonnenuntergang, an Abende, an denen sie auf dem Segelboot ihres Freundes den Hotkoffer eingeschaltet hatten und Swingmusik über die Wellen wehte, an die Leichtigkeit der Jugend und das Gefühl, unbesiegbar zu sein. Inzwischen war sie erwachsen und hatte fast alles verloren, aber den anderen aus ihrer Clique war es ebenso ergangen. Unwillkürlich beschloss sie, die *Girls* und *Boys* von einst ausfindig zu machen. Sobald sie für ihre Mutter gesorgt hatte, wollte sie die Adressen von damals abklappern. Es würde ihr guttun, alte Kameradschaften aufleben zu lassen. Allein die Hoffnung auf den Austausch mit einer alten Freundin ließ ihre Sorgen plötzlich in einem helleren Licht erscheinen ...

Ihr Traum von dem Wiedersehen endete mit einem Stoß.

»Oh, Entschuldigung.«

Ein Mann hatte sie unangenehm heftig angerempelt. Er war groß und schmal, trug einen langen dunkelblauen Mantel und einen grauen Hut, den er mit der einen Hand auf seinen Kopf drückte, in der anderen hielt er eine Ledertasche, die man wegen der bauchigen Form Hebammenkoffer nannte.

»Können Sie nicht aufpassen?«, herrschte Lili ihn an. Sie rieb sich die Seite, wo sie sein Ellenbogen getroffen hatte. Für einen Moment fühlte es sich an, als habe er ihr die Rippen gebrochen.

»Entschuldigung«, wiederholte er. »Ich war in Gedanken und habe es eilig. Sie stehen vor meinem Hauseingang.«

Tatsächlich fiel ihr erst jetzt auf, dass sie sich vor einem Plattenweg befanden, der durch einen verwilderten Vorgarten zu dem Treppenaufgang einer Reihenvilla führte. Und dann sah sie das Emailleschild, an dessen Rändern die weiße Farbe bereits abblätterte:

Dr. med. Gerhard Brinkhaus

Arzt

Sprechstunden nach Vereinbarung

Ihr Kinn klappte herab. »Sie sind Mediziner?«

»Habe ich Sie verletzt? Brauchen Sie Hilfe?«

»Nein. Ich meine, ja. Nein, es ist alles in Ordnung. Aber ich ...« Als sie sich ihres Gestammels bewusst wurde, griff sie sich hilflos an die Stirn.

»Es wäre gut, wenn Sie mir sagen würden, was Ihnen fehlt. Ich habe es nämlich wirklich eilig. Die Patienten warten sicher schon auf meine Rückkehr.«

Konzentriere dich auf das Wesentliche!, rief ihre innere Stimme.

Lili riss sich zusammen. Als sie dem Rüpel unter der Hutkrempe in die Augen zu blicken versuchte, stellte sie fest, dass er ein gut geschnittenes freundliches Gesicht besaß und erstaunlich jung wirkte. Ihre Mutter hätte einen erfahrenen Doktor sicher bevorzugt, aber das spielte im Moment keine Rolle. Diese unerwartete Begegnung im stürmischen Wind hatte etwas Mystisches. Lili war sich sicher, dass Doktor Brinkhaus nicht der Hausarzt der Familie Westphal war, Gesa hatte einen anderen Namen genannt. Anscheinend war Lili dieser Mann vom Himmel geschickt worden.

»Sie sind also Arzt«, stellte sie fest. Als er den Mund zu einer raschen Antwort öffnete, deutete sie ihm mit einer Handbewegung an, dass sie noch nicht fertig war. Dann fragte sie: »Machen Sie auch Hausbesuche?«

»In Fußnähe – ja. Manchmal fahre ich auch mit der Straßenbahn zu den langjährigen Patienten.« Er schenkte ihr ein unverbindliches Lächeln. »Wenn Sie mich nun entschuldigen würden ...«

»Stop!«, rief sie empört aus. »Meine Mutter braucht Ihre Hilfe. Sie ist sehr krank und wohnt um die Ecke. Es ist wirklich nicht weit. Könnten Sie bitte nach ihr sehen?«

Das Lächeln erlosch. »Wie gesagt, meine Patienten warten, ich kann jetzt nicht gleich wieder fort ...«

»Es ist völlig in Ordnung, wenn Sie erst später vorbeikommen.«

Er zögerte. Lili konnte ihm ansehen, wie sehr er mit seinem Pflichtgefühl kämpfte. »Können Sie Ihre Mutter nicht ins Krankenhaus bringen? Dort wird ihr bestimmt schneller geholfen.« Sie schüttelte den Kopf. »Bitte«, flehte sie.

Der Doktor ließ sich Zeit. Er betrachtete sie, schüttelte den Kopf, und Lili sank das Herz. Plötzlich nickte er in Richtung Haustür. »Dann kommen Sie mal rein und geben Sie der Sprechstundenhilfe die Adresse.« Er schritt an ihr vorbei in Richtung Haustür. Lili stolperte hinter ihm her.

Hinter dem Windfang öffnete sich der Eingang zu einer quadratischen Diele, an deren Wänden sich Stühle aneinanderreihten. Alle Plätze waren besetzt, Lili erkannte Patienten fast jeder Altersgruppe, sogar Kinder, bellender Husten und leises Gemurmel erfüllten den Raum, dann ein kollektives »Moin«, dem ein etwas ruhigeres »Guten Tag« folgte.

Lili dachte, dass er bei diesem Andrang bestimmt bis zum späten Nachmittag beschäftigt war.

»*Tach*, die Herrschaften«, grüßte der Arzt leutselig in die Runde und lüftete seinen Hut, »ich bin gleich für Sie da.«

Einem Zerberus nicht unähnlich stürmte eine energische Frau mittleren Alters in Schwesterntracht aus einem der angrenzenden Zimmer und auf Lili zu. »Der Doktor nimmt heute keine Patienten mehr an.«

»Aber …«, hob Lili an.

»Schreiben Sie bitte die Adresse der Dame auf«, unterbrach der Arzt an seine eilfertige Assistentin gewandt. »Ich mache da später noch einen Hausbesuch.«

Seine Mitarbeiterin blickte abschätzend von ihm zu Lili, gab ein mürrisches Knurren von sich und erwiderte spitz: »Jawohl, Herr Doktor Caspari, ganz wie Sie wünschen.«

Lili starrte ihn an. »Sie sind gar nicht Doktor Brinkhaus?«
»Ich bin seine Vertretung.« Er schenkte ihr ein amüsiertes
Schmunzeln. »Mein Name ist Wolfgang Caspari ...«
»Wie der Regisseur?«, entfuhr es ihr.
Aus seinem Lächeln wurde ein breites Grinsen. »Sie sind
wohl ein Filmfan, was? Aber, ja, ganz genau so.«
Was für eine eigenartige Duplizität, sinnierte Lili. Für Cap-
tain Fontaine sollte sie das Negativ eines Films suchen, den
Leon Caspari inszeniert hatte, und ausgerechnet jetzt begeg-
nete sie einem Arzt, der denselben Namen trug. War das reiner
Zufall? Oder ebenso Schicksal wie der Rempler vorhin? Sie
hätte das Praxisschild sicher übersehen, wenn sie weiter vor
sich hin durch Wind und Regen gestapft wäre und ihren Erinnerungen nachgehangen hätte. Allerdings hießen viele Leute
Caspari, es war kein Name wie Meier oder Müller, doch ungewöhnlich selten nun auch nicht. Die beiden Männer waren
Namensvettern, nicht zwingend Verwandte.

»Schauen Sie nicht so verdutzt«, entgegnete Doktor Caspari.
»Ich bin keiner Filmkulisse entsprungen, sondern habe meine
Ausbildung ganz ordentlich als Assistent von Professor Sauer-
bruch an der Charité absolviert.«

Noch ein Berliner, den es nach Hamburg verschlagen hat,
staunte sie.

»Tja, nun muss ich zeigen, was ich gelernt habe. Bis nachher,
Fräulein ...?«

»Paal. Frau Paal.«

»Ach, so ... Ja, dann ... Auf Wiedersehen, Frau Paal.« Er
nickte ihr zu und ging zu einer der geschlossenen Türen.

»Ihre Frau Mutter braucht gesunde Nahrung mit viel Fett und
Vitaminen«, sagte Doktor Caspari, als er das Gästezimmer verließ. Er zog das Stethoskop von seinem Hals, legte es umständ-

lich zusammen und verstaute es in dem Hebammenkoffer, den er in der linken Hand hielt. Nach einer Weile sah er bekümmert auf. »Sie wollten meine Diagnose, Frau Paal, und ich kann Ihnen nur sagen, dass ihr fehlt, was uns letztlich allen fehlt: gutes Essen und Hoffnung. Eine Medizin gibt es dafür nicht.«

»Hoffnung?«, wiederholte Lili überrascht. Sie bezog diese Bemerkung auf sich und fügte hinzu: »Aber daran fehlt es doch nicht. Es geht schon irgendwie voran. Wir müssen ja weitermachen. Was sollten wir sonst tun?«

»Das klingt ... nun ja, zufrieden.« Seine Augen wanderten zu ihren Händen. »Haben Sie einen Beruf?«

Während der Untersuchung hatte Lili auf dem Flur gewartet. Der junge Arzt nahm sich Zeit – und sie hatte vor Nervosität an ihren Fingernägeln gekaut. Als er jetzt auf ihre Hände sah, verschränkte sie sie hinter ihrem Rücken und lehnte sich gegen die Wand. »Ich bin keine Trümmerarbeiterin, wenn Sie das meinen«, erwiderte sie verlegen, sich ihrer – trotz Sophies Twinsets – recht ungepflegten Erscheinung plötzlich schmerzlich bewusst.

»Das meinte ich.« Er lächelte sie an. »Aber eine Hausfrau hat heutzutage genug damit zu tun, ihre Familie zu versorgen. Deshalb ...«

»Nein, nein, nein«, unterbrach sie ihn rasch. »Ich bin Schnittmeisterin beim Film.«

»Oh, daher kannten Sie den Namen Caspari.«

Sie nickte stumm, darauf hoffend, dass er ihr von einer möglichen Verbindung zu dem bekannten Regisseur erzählen würde. Doch er sagte nichts weiter. Wahrscheinlich war die Namensgleichheit tatsächlich nur Zufall.

Eine Weile lang sahen sie sich schweigend an, als würden sie abschätzen, wie viel jeder von sich preisgeben wollte. Schließlich sagte Lili: »Mein Mann ist in Kriegsgefangenschaft, und um meine Mutter kümmere ich mich erst seit gestern. Dies ist die Wohnung meiner Halbschwester, ich wohne in Berlin.«

Caspari lachte. »Dann hat es uns beide aus familiären Gründen nach Hamburg verschlagen. Ich bin hier, weil ich die Praxisvertretung für meinen Onkel übernommen habe. Eigentlich bin ich auch in Berlin zu Hause. Und, wissen Sie was: Ich habe in Babelsberg sogar einmal als Atelierarzt gearbeitet. Vielleicht kennen Sie meinen Namen ja auch aus dieser Zeit.« Er zwinkerte ihr fröhlich zu.

»Vielleicht«, räumte sie schmunzelnd ein.

»Also«, er zuckte bedauernd mit den Schultern und fasste den Griff seiner Tasche fester, »ich muss weiter. Tut mir leid.«

»Ja, natürlich, ich bringe Sie zur Tür.«

Auf ihrem Weg durch den langen Altbauflur fuhr Caspari fort: »Auch wenn ich jetzt nichts für Ihre Frau Mutter tun kann, werde ich regelmäßig nach ihr sehen. Das verspreche ich Ihnen. Wie lange bleiben Sie in Hamburg?«

»Das hängt vom Zustand meiner Mutter ab. Ich kann sie doch unter den gegebenen Umständen nicht verlassen.«

»Sorgen Sie dafür, dass sie wenigstens einmal am Tag aus dem Bett aufsteht. Es genügt, wenn sie sich in den Sessel setzt. Aber sie muss unbedingt aufstehen. Sonst wird sie über kurz oder lang eine Lungenzündung bekommen.« Er brach mit betretener Miene ab. Die tödlichen Folgen einer solchen Erkrankung brauchte er nicht zu erklären, die waren jedem bekannt.

»Ich wünschte, sie hätte ein wenig mehr Lebensmut.« Seufzend streckte Lili die Hand aus. »Tausend Dank, Herr Doktor Caspari, und auf Wiedersehen.«

Er griff nach ihrer Rechten.

Im selben Moment drehte sich ein Schlüssel im Schloss, und die Wohnungstür wurde aufgestoßen. Gesa schob sich herein. Verwundert sah sie ihre Tante an, dann den fremden Mann, schließlich blickte sie auf die verschlungenen Hände der beiden.

»Oh!«, entfuhr es ihr mit einem Unterton, als hätte sie Lili in flagranti ertappt.

Caspari ließ Lili los.

»Das ist der neue Arzt deiner Großmutter«, beeilte die sich mit der Vorstellung:»Meine Nichte Gesa Westphal – Doktor Caspari.«

Gesa erbleichte.»Wie der Regisseur?«

»Eine Familie voller Kinonarren«, stellte er fest.»Mein Name ist Wolfgang Caspari, nicht Leon Caspari. Aber wenn Sie es unbedingt wissen wollen«, er sah nicht Gesa an, sondern Lili:»Wir sind Brüder.«

»Ach, du lieber Himmel«, entfuhr es Gesa.

»So sehe ich das manchmal auch«, stimmte er lächelnd zu.»Guten Tag, die Damen.«

Nachdem Lili die Tür hinter ihrem Gast geschlossen hatte, wandte sie sich besorgt zu Gesa um, die noch immer wie versteinert auf demselben Fleck stand.»Was ist denn los? Hast du ein Gespenst gesehen?«

»Oje, oje, oje«, jammerte ihre Nichte, um dann zu behaupten:»Es ist nichts, Tante Lili. Gar nichts. Wirklich nicht.« Und mit jedem Wort wurde deutlicher, dass sie log.

7

Ein Schuss knallte.

Für einen Moment war es totenstill rund um das Trümmerfeld, dann erhoben sich gurrend ein paar Tauben in den grauen Novemberhimmel. Trotzdem wirkte die Szenerie wie erstarrt und wie ausgestorben, obwohl viele Menschen herumstanden. Jeder schien den Atem anzuhalten, niemand sprach ein Wort. Da ertönte wieder ein Schuss.

Gesa fuhr zum zweiten Mal zusammen. Sie schwankte, als wäre sie von einem Querschläger getroffen worden. Doch das war eine Folge ihres Schrecks, die Kugeln waren in eine andere Richtung geflogen und steckten jetzt wahrscheinlich in irgendeinem Mauerrest. Obwohl sie den Krieg in der Sicherheit ihres Elternhauses erlebt hatte, kannte sie den Ton und die Macht von Schüssen. Das waren keine Silvesterböller oder Gewitterdonner, keine Fehlzündungen von Autos oder Motorrädern. Ein Schuss knallte auf seine ganz eigene Weise – und versetzte sie in Panik. Dabei wusste sie, dass alles nur eine Filmszene war.

Die Dreharbeiten waren Gesa nicht mehr aus dem Kopf gegangen. Ob sie vormittags die Schulbank drückte, später Suppe aus der Schwedenspeisung ausgab, sich die Zeit mit ihren Freundinnen vertrieb, mit ihren Eltern zu Tisch saß oder nachts in ihrem Bett lag – immer wieder stand ihr vor Augen, wie sie durch ihr Auftauchen die Arbeit am Set unterbrochen hatte. Wie ein Trampeltier. Sie ärgerte sich, dass sie kopflos fortgelaufen war, anstatt höflich darum zu bitten, zuschauen zu dürfen. Aber die Begegnung mit dem Regisseur und seinem

Team war so überraschend gewesen, dass sie sich keinen Plan hatte zurechtlegen können, wie sie sich am besten in diesem Umfeld verhielt. Stattdessen hatte sie sich ungeschickter benommen, als in ihren schlimmsten Albträumen befürchtet. Natürlich hatte sie zu ihrem eigenen Schutz behauptet, Lili Paal zu heißen. Sie wähnte ihre Tante schließlich weit weg in Berlin, und sie hatte nicht einmal geahnt, dass Lili zu diesem Zeitpunkt bereits auf dem Weg nach Hamburg war. Da der Name dem Regisseur nichts sagte, war sie zufrieden gewesen. Verunsichert hatte sie jedoch, dass Leon Caspari sich nach dem Kino ihrer Großeltern erkundigte, obwohl sie nicht genau sagen konnte, was sie an seinem Interesse irritierte. Und irgendwann war sie dann überfordert von der Situation, obwohl sie sich für ihr peinliches, dummes, kleinkindhaftes Wegrennen in den Hintern hätte beißen können. Dieses Gefühl wurde nicht besser, als Lili persönlich vor der Tür stand, und steigerte sich, als sich Casparis Bruder als neuer Hausarzt ihrer Großmutter entpuppte. Jetzt würde Gesa nicht nur Ärger bekommen, weil sie sich auf dem Trümmerfeld herumgetrieben, sondern auch, weil sie sich dafür eine falsche Identität zugelegt hatte.

Trotzdem fühlte sie sich wie magisch angezogen von dem Gedanken an die Dreharbeiten und ihrer Hoffnung auf ein Wiedersehen mit dem Filmstab. Sie wollte nur zuschauen, vielleicht auch ein bisschen mit von der Partie sein und am Rande dazugehören. Wenn sie niemandem im Wege war, würde ihr Leon Caspari bestimmt erlauben, dass sie die stille Beobachterin spielte. Und Klaus, der junge Aufnahmeleiter, war nicht viel älter als sie und ziemlich nett. Er könnte ihr, wenn es seine Zeit erlaubte, erklären, was sie nicht verstand. Je länger sie darüber nachdachte, desto besser fand Gesa ihre Idee, die Frage war nur, wie sie ihren Plan umsetzen sollte. Durch ihr

Benehmen war sie bestimmt niemandem in guter Erinnerung geblieben.

Sie könnte sich entschuldigen. Und bei dieser Gelegenheit die Wahl des Namens ihrer Tante mit irgendeiner fantasievollen Geschichte aufklären. Ja, das war gut. Sie musste nur schnell sein, um Doktor Wolfgang Caspari zuvorzukommen, der seinem Bruder vielleicht von der Begegnung mit der echten Lili Paal erzählte. Wenn sie es schaffte, dass der Regisseur ihr zuhörte, brauchte sie keinen Ärger zu befürchten. Das Problem war nur: Wo sollte sie die Leute vom Film finden? Wenn sie es richtig verstanden hatte, zogen die von Drehort zu Drehort durch die Stadt. Hätte sie doch nur den Arzt gefragt! Der wusste sicher Bescheid. Andererseits hätte sie bei dieser Nachfrage Lilis Neugier auf sich gezogen, und Erklärungen zu Hause wollte sie ja unbedingt vermeiden. Also blieb ihr nichts anderes übrig als die eigenmächtige Suche.

Glücklicherweise war es nicht mehr ganz so kalt. Dem eisigen Novemberanfang folgten schöne Herbsttage. Zwar hätten weder Nieselregen noch Sturm oder Frost Gesa von ihrem Vorhaben abgebracht, aber ein trockenes, warmes Herbstwetter machte das Draußensein angenehmer. Zunächst wanderte sie nämlich stundenlang von Nachrichtenwand zu Nachrichtenwand, in der Hoffnung, aus den Zeitungen etwas Neues zu erfahren. Doch die einzigen Artikel, die Gesa über die Welt des Films fand, beschäftigten sich mit dem von der DEFA produzierten Streifen *Die Mörder sind unter uns*, der im sowjetischen Sektor in Berlin uraufgeführt worden war, und die Redakteure lobten die junge Hauptdarstellerin Hildegard Knef in den höchsten Tönen. Über Bettina Unger, den Star in Leon Casparis entstehendem Streifen, las sie indes nichts.

Es vergingen ein paar Tage, bevor Gesa begriff, dass es am sinnvollsten war, dort vorbeizuschauen, wo sie den Stab ursprünglich angetroffen hatte. Anfangs hatte sie auf ihrem Weg von dem alten Schlachthof nach Hause bewusst einen Umweg in Kauf genommen oder die öffentlichen Verkehrsmittel benutzt, um nicht noch einmal durch die Kulisse zu laufen. Später folgte sie dieser Route dann ganz automatisch und konzentrierte sich auf die Zeitungen statt auf die Straßen. Sie glaubte zwar, dass die Filmemacher inzwischen weitergezogen waren, aber es konnte sicher nicht schaden, die Fährte dort aufzunehmen, wo sie sie vermeintlich verloren hatte. In der Nacht war das Wetter erneut umgeschlagen, und als Gesa von St. Pauli in Richtung Rotherbaum marschierte, war es wieder kalt und windig. Überraschend tauchten hinter den Trümmern an den Wallanlagen die zwei Scheinwerfer auf, die Gesa bei ihrem ersten Anblick für einen auf sie zufahrenden Lastwagen gehalten hatte. Sie kam sich vor wie in einem Déjà-vu. Mit dem Unterschied, dass sie diesmal nicht in die Ruinen floh. Das wäre auch nicht möglich gewesen, denn heute hatte Klaus seine Arbeit anscheinend richtig gemacht und die Szene mit teilweise ziemlich ausgefaserten, aber zweckmäßigen Schiffsseilen abgesperrt. Immerhin hielten die lädierten Taue Passanten davon ab, dem Geschehen vor und hinter der Kamera zu nahe zu kommen.

Einen Moment lang hatte Gesa das Gefühl, ihr Herzschlag würde vor Aufregung aussetzen. Ihr wurde gleichzeitig kalt und heiß, sie spürte, wie tiefe Röte über ihre Wangen zog. Als plante sie einen Kinderstreich, schlich sie sich an die Gruppe von Fußgängern heran, die neugierig stehen geblieben waren. Es waren etwa ein halbes Dutzend Menschen. Obwohl man von diesem Platz nicht viel sehen konnte, weil sich die Szene zu weit weg zwischen den Ruinen befand, starrten alle in dieselbe Richtung. Irgendwie war es wie im Kino, nur dass die Zuschauer nicht in den bequemen Samtsesseln saßen, sondern auf der Straße standen. Aber dafür erlebten sie live, was später über die Leinwand flimmern würde.

»*Kiek mal!*«, rief eine Frau aufgeregt. »Da hat einer eine Pistole!«

»*Quark*«, wehrte eine andere ab. »Das ist eine Attrappe. Kein Deutscher darf eine Waffe tragen.«

In diesem Moment knallte der erste Schuss – dann der zweite.

Auf das fassungslose Schweigen folgte stürmisches Gemurmel, irgendjemand klatschte Beifall, hielt dann aber inne, als niemand dem Beispiel folgte.

»Danke! Vielen Dank!« Der tiefe Ton des Regisseurs wehte über das Trümmerfeld. Er klang erleichtert. »Das hat hervorragend geklappt.«

Nun kam wieder Leben in die Menschen diesseits und jenseits der Kamera. Nur Gesa stand noch immer wie erstarrt auf ihrem Platz. Sie hatte immer geglaubt, im Film würde mit Platzpatronen geschossen, aber das Geräusch eben hatte so echt geklungen, dass sie eines Besseren belehrt worden war.

Da keine größeren Sensationen zu erwarten waren, trollten sich die Passanten. Aus den Augenwinkeln nahm Gesa einen Halbwüchsigen wahr, der mit blau gefrorenen Knöcheln unter den zu kurzen Hosenbeinen und Socken ausharrte, den Blick ebenso fasziniert auf das Set gerichtet wie sie.

»Komm, Junge!«, mahnte die Frau an seiner Seite. »Wir müssen nach Hause.«

»Aber Mutter, da ist Bettina Unger. Die möchte ich so gern kennenlernen.«

»Das ist auch nur eine Frau wie alle anderen. Nun komm schon, wir müssen weiter.«

Schließlich stand Gesa allein vor der Absperrung.

Die Scheinwerfer waren erloschen, zwei Hilfsarbeiter rollten

Kabelstränge auf. Das war zwischen den herumliegenden Steinen sehr umständlich, deshalb brauchten die beiden ziemlich lange für ihre an sich einfache Tätigkeit, andere Mitglieder des Stabs liefen geschäftig herum. Die Schauspielerin, der Kameramann und Leon Caspari steckten die Köpfe zusammen, diskutierten gestenreich. Gesa beobachtete zwei Engländer am Rand des Sets, die sich ebenfalls unterhielten, einen nur mittelgroßen, etwas stämmigen Offizier, dessen rötliches Haar in der wintergrauen Beleuchtung aufflammte wie ein Feuer auf einem abgeernteten Feld, und einen hochgewachsenen jungen Mann in Uniform, der trotz seiner Brille sehr attraktiv wirkte. Der Erste steckte eine Waffe in sein Halfter. Anscheinend hatte er die Schüsse abgefeuert. Gesas Augen wanderten noch einmal über die Szenerie auf der Suche nach dem netten Assistenten des Aufnahmeleiters. Als sie ihn schließlich entdeckte, wie er mit einer Kladde in der Hand über das Trümmerfeld lief, hob sie die Hand, um ihm zuzuwinken.

Klaus reagierte nicht. Bedauerlicherweise schaute er wohl in die andere Richtung.

»Huhu!«

Einen Atemzug nach ihrem Ausruf schämte sich Gesa bereits dafür. Woher nahm sie nur den Mut, sich derart auffallend zu benehmen? Allerdings: Wenn sie sich jetzt nicht bemerkbar machte, wäre die Chance vertan, sich zu entschuldigen und einen möglichen Ärger wegen des falschen Namens abzuwenden.

Tatsächlich sah Klaus zu ihr her. Er zögerte kurz, dann klemmte er das Heft unter den Arm und winkte zurück, bevor er an das Seil trat.

»Was machen Sie denn hier?«

»Es tut mir leid, dass ich neulich weggelaufen bin«, stieß sie hervor. Sie sprach hastig drauflos, ohne sich Gedanken darüber zu machen. »Ich will doch nur vom Rand aus zuschauen. Und wissen Sie, ich heiße eigentlich auch anders, und Lili Paal ist ...«

»Sie schon wieder!«, unterbrach die tiefe Stimme Leon Casparis ihren Redeschwall. »Wollten sich wohl überzeugen, dass ich eine Szene, in der geschossen wird, auch ohne Verletzte hinkriege!« Sein Ton war leiser geworden und klang verbittert.

Diesen Kommentar hatte Gesa nicht erwartet. Und sie wusste auch nicht wirklich, wie sie darauf reagieren sollte. Sie verstand nicht einmal, was er meinte. »Ich ... ich ... nein ...«, stammelte sie.

»Lass doch die alten Geschichten ruhen«, meinte ein Mann, der neben Caspari getreten war und den Gesa nicht zuordnen konnte. Er klopfte dem Regisseur freundschaftlich auf die Schulter.

»Das Mädchen hat eine Verbindung zum Kino am Jungfernstieg«, erwiderte Caspari, »und taucht hier nun schon zum zweiten Mal auf. Das ist kein Zufall, und es fällt mir eine ganze Menge ein, das mich beunruhigt.«

Seine Bemerkung verblüffte sie so sehr, dass sie ihr Vorhaben völlig vergaß.

»Verzeihen Sie, Herr Caspari«, mischte sich Klaus ein. »Ich glaube, das Fräulein wollte gerade etwas erklären.«

»Ach, ja?«

Casparis durchdringender Blick traf Gesa wie ein vergifteter Pfeil, der jeden Versuch, irgendetwas zu sagen, vernichtete. Stumm sah sie zu ihm auf, unfähig, sich zu rühren oder die Stimme zu erheben.

»Herr Caspari!« Die beiden Engländer tauchten hinter der kleinen Gruppe jenseits der Absperrung auf. »Wir müssen uns leider verabschieden«, erklärte der größere von beiden. »Es war uns ein Vergnügen, aber jetzt ruft die Pflicht in der Filmabteilung.«

»Ja. Ja. Natürlich.« Caspari drehte sich zu ihm um. »Sie haben uns sehr geholfen, Captain Fontaine. Und Sie auch, Captain Talbot-Smythe? Ohne Sie hätten wir die Szene nicht drehen können.« Der Engländer schlug schmunzelnd ein. »Ich wollte Sie nicht stören. Die junge Dame ist gewiss ein Fan von Ihnen ...«

»Das glaube ich eher nicht«, gab Caspari zurück. »Ich halte sie eher für eine Spionin. Wie war doch gleich der Name?« Er legte eine kurze Gedankenpause ein, dann: »Lili Paal, nicht wahr?«

Gesa wünschte, ihr würde etwas einfallen, was sie der Anschuldigung entgegensetzen könnte. Sie öffnete den Mund, aber sie blieb stumm wie ein Fisch.

»Lili Paal?«, wiederholte Captain Fontaine verwundert. »Komisches Zusammentreffen. Ich kenne auch eine Frau dieses Namens.«

»Heißen viele Hamburgerinnen so?«, wollte sein bewaffneter Kamerad wissen.

Caspari sah Klaus an. »Na? Du bist hier der Hanseat. Gibt es diesen Namen häufiger?«

Die Antwort schien dem jungen Mann unangenehm zu sein. »Nein.« Er trat unschlüssig von einem Fuß auf den anderen. »Nicht, dass ich wüsste.«

»Vielleicht kennen Sie ja die Dame, die ich meine, Herr Caspari«, warf Captain Fontaine ein. »Ich wollte ohnehin mit Ihnen über sie reden. Früher hieß sie Lili Wartenberg und war Cutterin bei der Ufa. Sie ...«

Gesa hörte nicht weiter zu. In ihren Ohren rauschte das Blut, die Stimmen der Männer hallten in ihrem Kopf nach, als wären sie das Echo einer unterirdischen Grotte. So musste es sich in der Hölle anhören, dachte sie. Ihr wurde gleichzeitig heiß und kalt. Sie spürte, wie sich ihre Wangen puterrot färbten. Die Szenerie verschwamm vor ihrem Blick. Und dann begriff sie, dass sie schleunigst von diesem Ort verschwinden musste.

8

Bekümmert zupfte Lili an der Brokatbespannung, die nur noch in Fetzen von den Wänden hing. Dort, wo einst Appliken mit funkelnden Kristallen geleuchtet hatten, baumelten Stromkabel und Drähte. Plünderer hatten die Lampen nach und nach gestohlen, der Vorführer erinnerte sich nicht einmal daran, wann genau das geschehen war. Irgendwann waren die Wandleuchten einfach nicht mehr da gewesen, gestand er verlegen, genauso wie die anderen Angestellten. Nur Hans Seifert hatte die Stellung gehalten. Von dem wunderschönen Filmtheater war nichts als ein Hauch übrig geblieben. Traurig, aber unabänderlich, dachte Lili. Das Kino konnte sie ohnehin nicht mehr wiederherstellen in seiner einstigen Pracht. Aber immerhin lebte es noch. Irgendwie. Es kam ihr vor, als wäre das Lichtspielhaus ein Sinnbild des Zustands ihrer Mutter – noch war nicht alles verloren, aber der Patient war schwer krank und lag im Sterben.

Immerhin war das Gebäude nicht ausgebrannt. Eine Bombe hatte das Dach durchschlagen, mit ihrer Wucht die Zinnen und Türme zerstört sowie einige Wände und das Treppenhaus im Inneren, bis sie in einem tiefen Krater im Keller landete. Doch die Sprengladung war nicht explodiert. Das zerstörende Feuer war ausgeblieben, und dank einer hervorragenden Statik hielten nicht nur die tragenden Wände stand. So war das Kino praktisch unversehrt geblieben, selbst die Technik funktionierte noch einwandfrei. Dennoch hatten die Zeit, der Krieg im Allgemeinen und eine gewisse Achtlosigkeit der ehemals feudalen Ausstattung zugesetzt. Aber der Kronleuchter hing wie früher von der Decke und verbreitete eine Ahnung von seinem alten Glanz – allen Widrigkeiten zum Trotz. Die meisten Fassungen waren leer, Glühbirnen waren zu wertvoll, um sie hier an Ort und Stelle zu belassen. Jetzt flackerte das spärliche Licht, gleich würde der Strom abgestellt werden. Wenn die Dunkelheit ihren Mantel über die Zerstörungen legte, konnte sich Lili in die Erinnerungen flüchten und für einen Moment die Frage vergessen, was sie tun musste, um den Saal wieder attraktiv für die Zuschauer zu machen.

Mit dreihundertfünfzig Plätzen war es ein eher kleines Haus, doch wenigstens die Hälfte der Stühle sollte besetzt sein, damit sich der Betrieb lohnte. »Wir haben wie die meisten Kinos und Theater voriges Jahr im August wiedereröffnet, aber es lief von Anfang an nicht mehr so gut«, erklärte Hans Seifert, der schon für Robert Wartenberg gearbeitet hatte, als Lili noch ein Kind gewesen war. »Die Engländer schreiben uns das Programm vor, und wir können nur ein paar alte Komödien zeigen, die niemanden mehr zu interessieren scheinen. Die großen Filmpaläste sind voll, die Betreiber können es sich leisten, englische Kopien zu erwerben, die bei uns jahrelang verboten waren. Das wollen die Leute sehen, auch wenn es die Streifen nur im Original und höchstens mit Untertiteln gibt, damit vergessen sie die schlimmen Zeiten und ihren Alltag. Ich habe gehört, dass demnächst ein Synchronstudio hier in Hamburg eröffnen soll, dann werden die Filme übersetzt, und wir haben auch auf diesem Feld endgültig verloren.«

»Unsinn«, widersprach Lili. Sie dachte an die Negative, die sie in Berlin gefunden und den Sowjets übergeben hatte. Die Zuschauer würden sich auch weiterhin für die guten deutschen Produktionen interessieren, das bewies allein der Erfolg des Films, den sie zusammengesetzt hatte. Genau für dieses Programm war das Kino am Jungfernstieg früher bekannt und beliebt gewesen. Früher, dachte sie im nächsten Moment traurig, da war alles anders. Früher lebte ihr Vater noch, war ihre Mutter seine leidenschaftliche Mitarbeiterin in diesen Räumen.

Die verbliebenen Glühbirnen im Kronleuchter flackerten plötzlich stärker. Wie bei einer Leuchtreklame gingen sie im Sekundentakt an und aus.

Lili räusperte sich, blinzelte die Tränen fort, die ihr angesichts der schlechten Lage des Kinos in die Augen stiegen. »Machen wir Feierabend, gehen Sie nach Hause, Hans. Ich überlege mir, was wir tun können, um das Kino wieder auf Vordermann zu bringen.« Und Mutti wieder auf die Beine zu bringen, dachte sie. Deshalb fügte sie leise hinzu: »Dafür bin ich ja hier.«

»Sie sollten bei den Engländern vorsprechen und um eine andere Zuteilung von Filmmaterialien bitten«, schlug Hans vor. Er verlagerte sein Gewicht von seinem Bein auf die altertümliche Holzkrücke, die er sich unter den Arm geklemmt hatte. Lili brauchte ihn nicht zu fragen, sie wusste, dass die Aussicht für Verwundete auf eine Prothese ebenso schlecht war wie für sie auf ein Anknüpfen an den einstigen Erfolg des Filmtheaters. »Die britische Filmabteilung ist im alten Ufa-Haus an der Rothenbaumchaussee untergebracht, nicht weit weg von Ihrer Wohnung.«

»Es ist die Wohnung meiner Halbschwester und ihres Mannes«, korrigierte sie automatisch. Mit diesem Hinweis auf die Zwangswohnraumbewirtschaftung lenkte sie sich selbst von ihrem schlechten Gewissen ab. Das hatte sich unverzüglich gemeldet, als der Vorführer die *Film Section* erwähnte. Längst hätte sie mit Captain Fontaine Kontakt aufnehmen sollen, das wusste sie, aber es gab so viele Dinge zu erledigen, dass sie einfach keine Zeit dafür fand.

»Der Fortbestand dieses Kinos hängt vor allem von den Briten ab«, insistierte Hans. »Sie müssen versuchen, sich bei den Besatzern Gehör zu verschaffen.«

Bevor sie etwas erwidern konnte, erloschen die Lampen. Einen Atemzug später rief eine Männerstimme vom Eingang her: »Hallo? Ist da jemand?«

Vor dem unwesentlich helleren Hintergrund des Türrahmens erkannte Lili den Schatten eines hochgewachsenen Mannes. Wahrscheinlich ein Kontrolleur, der feststellen wollte, ob die Sperrstunde eingehalten wurde. Wie lächerlich!, fuhr es ihr durch den Kopf. Ohne Strom lief der Projektor nicht. »Das Kino ist geschlossen«, rief sie zurück.

»Das sehe ich.«

»Was wollen Sie?« Der Ton des Vorführers war unwirsch, fast bedrohlich, was Lili ein stilles Lächeln entlockte. Hans hörte man nicht an, dass er nur auf einem Bein stand.

»Ich suche eine gewisse Lili Paal.«

Lili zog verwundert die Augenbrauen zusammen. Sie kam nicht dazu, sich zu erkennen zu geben, denn Hans herrschte den Fremden an. »Und wer sind Sie?«

»Mein Name ist Leon Caspari.«

Ein leiser Pfiff entfuhr dem Vorführer. »*Der* Caspari?«

»Kennen Sie noch einen zweiten Leon Caspari?«, kam es ungeduldig zurück.

»Das ist der Regisseur«, flüsterte Hans Lili zu und klang dabei erstaunlich atemlos.

Lili nickte stumm, was Hans bei der schlechten Beleuchtung sicher nicht sehen konnte. Sie versuchte zu begreifen, warum Caspari gekommen war. Das Kino ihrer Eltern war kein Premierenkino gewesen, keiner der Filmpaläste, die jedem Filmschaffenden ein Begriff waren. Wieso verirrte sich einer der Großen der Branche hierher? Hatte er vielleicht erfahren, dass sie die Negative seiner besten Produktion beschaffen wollte? Aber warum suchte er dann nach Lili Paal und nicht nach Lili Wartenberg? Sie arbeitete als Cutterin ja nach wie vor unter ihrem Mädchennamen. War er durch seinen Bruder, den Arzt Wolfgang Caspari, auf sie aufmerksam geworden? Aber der wusste wiederum nichts von dem Kino …

»Ist Lili Paal nun hier oder nicht?«

Sie zuckte leicht zusammen. Seine Frage hatte sie wie ein Peitschenhieb getroffen. »Natürlich bin ich hier«, sagte sie und fügte hinzu: »Meiner Mutter gehört dieses Lichtspielhaus.«

»Tatsächlich?« Caspari legte eine Kunstpause ein, dann: »Gut. Gut, gut.«

Mit schlafwandlerischer Sicherheit bewegte sie sich durch den dunklen Kinosaal. Es war seltsam, wie sich bestimmte Wege einprägten, die man von klein auf gegangen war, dachte sie unwillkürlich.

Als sie Leon Caspari erreichte, hörte sie ein leises Klappen und anschließendes Zischen, bevor ein Feuer aufflammte. Er hielt ein sehr teuer wirkendes, offenbar silbernes Feuerzeug zwischen den Fingern. Einen Gegenstand, der nicht nur an sich wertvoll war, sondern in diesen Zeiten, in denen es an allem mangelte, den reinsten Luxus darstellte.

Sie war sich nicht bewusst, dass sie ihre Gedanken laut ausgesprochen hatte, doch Caspari murmelte: »Das ist der Luxus der Erinnerung.«

»Hm«, machte Lili.

Das Feuerzeug erwies ihnen beiden gute Dienste, denn er konnte nicht nur ihr Gesicht beleuchten, sie konnte seine Züge ebenso deutlich ausmachen. Er war ein gut aussehender Mann und überraschend jung, sicher nicht älter als Mitte dreißig. Da er mit Thea von Middendorff gearbeitet hatte und wohl auch liiert gewesen war, hatte sie angenommen, er wäre im Alter des

Stars. Doch die Schauspielerin war bestimmt schon an die vierzig oder sogar darüber.

Das Schweigen wurde seltsam belastend. Lili versuchte, ihre Gedanken, die abgeschweift waren, wieder zu ordnen. Um Souveränität bemüht, fragte sie:»Was kann ich für Sie tun?«

»Nichts. Sie können nichts für mich tun. Sie sind nicht Lili Paal.«

»Doch. Die bin ich. Leibhaftig.«

Die Feuerzeugflamme glitt gefährlich nahe an ihrem Gesicht entlang.»Zumindest sind Sie nicht die Lili Paal, die ich suche.«

»Wissen Sie«, gab sie zurück,»mir geht es wie Ihnen: Ich kenne niemanden sonst, der so heißt.«

»Verdammt!« Das Feuerzeug klappte zu.»Dann hat sich die kleine Spionin Ihres Namens bedient.«

»Wie bitte?«

»Irgendjemand hat Ihren Namen benutzt, um mich in die Irre zu führen. Was ist daran nicht zu verstehen?«

Lili stand dem, was Leon Caspari ihr zu sagen versuchte, vollkommen ratlos gegenüber. Sie begriff nur, dass er sie herablassend behandelte und damit wütend machte.»Ich verbitte mir Ihren Ton«, fuhr sie auf.»Sie kommen in das Kino, wollen mich sprechen und behaupten, ich wäre nicht die, die Sie hier erwarten. Da werde ich doch wohl mal nachfragen dürfen, worum es sich handelt.«

Einen Moment lang herrschte Stille.

Plötzlich schnappte das Feuerzeug wieder auf, und weiches gelbes Licht erhellte die Szenerie. Lili widerstand der Versuchung, sich umzudrehen, um sich zu vergewissern, dass Hans noch im Hintergrund wartete.

Mit der freien Hand deutete Leon Caspari auf die Bestuhlung.»Wollen wir uns nicht setzen? Da können wir bequemer reden.«

»Nein«, widersprach sie. »Nein. Das werden wir nicht.« »Sie sind die erste Frau, die es nicht romantisch findet, in einem verlassenen Kinosaal mit einem Mann in den besten Jahren zu plaudern.« In seinem Ton schwang Belustigung. »Schade.«

Flirtete er etwa mit ihr? Hatte der Mann den Verstand verloren? Genie und Wahnsinn lagen bekanntlich nah beieinander, aber sie hatte noch nie gehört, dass Leon Caspari nicht bei Sinnen wäre. Wenn in den Kantinen der Ateliers oder an den Schneidetischen über den Regisseur gesprochen wurde, geschah dies mit größter Achtung. Er galt als jemand, der sein Handwerk verstand, Drehbücher fantasievoll umsetzte, Schauspieler geschickt führte, den Blick auf die Zuschauer niemals verlor und sich dennoch im Hintergrund zu halten verstand. Niemand hatte ihn in Lilis Beisein jemals als selbstverliebten Künstler bezeichnet, den eigenen Träumen näher als der Realität. Vielleicht hatte ihn der Krieg in den Wahnsinn getrieben, er wäre nicht der erste Mann, aber auch das konnte sich Lili nicht vorstellen.

Sie bemühte sich, Ruhe zu bewahren. »Bitte, verraten Sie mir, was Sie hier wollen. Oder ...«, sie zögerte, dann: »Oder Sie gehen besser.«

»Eine junge Frau ... ein Mädchen noch ... verfolgt mich«, erklärte er prompt.

Also doch ein eitler Fatzke, dachte sie. Sein guter Ruf war anscheinend nur Fassade. »Wie albern«, gab Lili zurück, ohne klarzustellen, wen sie damit meinte.

Ein Schmunzeln umspielte seine Lippen. »Sie behauptete, Lili Paal zu heißen und in diesem Filmtheater zu arbeiten.« Seine Miene wurde wieder ernst. »Da dies nicht der Fall zu sein scheint, ist doch wohl klar, warum das junge Mädchen seine wahre Identität verbergen wollte.«

»Ach ja?«

»Sehen Sie, die Briten haben mir eine Drehgenehmigung erteilt. Ich mache den ersten Film in Hamburg überhaupt. Das ist unter den gegebenen Bedingungen großartig. Die Möglichkeiten, die sich damit auftun, ziehen eine Menge Geschäftemacher an, die Spione aussenden, um zu erfahren, woran und wie ich arbeite. Früher hatten wir geschlossene Atelierbetriebe, heutzutage ist alles eine Offenbarung für jeden, der neugierig ist. Eine Person, die zweimal an meinem Set auftaucht und mit ihrem Verhalten auffällt, ist daher verdächtig.«

»Verdächtig«, wiederholte Lili rau.

Ihre Kehle wurde trocken. Das einzige weibliche Wesen, das ihren Namen so gut wie den eigenen kannte und von ihrer Verbindung zum Kino am Jungfernstieg wusste, war – neben ihrer Halbschwester Hilde – deren Tochter. Hatte Leon Caspari nicht eben noch von einem jungen Mädchen gesprochen? Aber warum sollte Gesa so auffällig Casparis Drehort belagern und dabei einen falschen Namen nennen? Das passte gar nicht zu ihr.

»Es gibt natürlich niemals nur eine Version von einer Geschichte«, unterbrach Caspari ihre Gedanken. »Vielleicht sollte ich auch ganz bewusst mal wieder an diesen Ort geführt werden.«

»Mal wieder?«, echote Lili. Sie kam sich ziemlich albern vor, aber sie konnte nicht anders. Was redete Caspari da? Es klang, als besäße er eine Verbindung zu diesem Kino.

»Wie geht es Ihrer Mutter?«

Die Frage nach Sophie verstörte Lili mehr als alle anderen Äußerungen Casparis zuvor. Sie hatte nicht gewusst, dass ihre Mutter mit dem Regisseur bekannt war. Soweit sie sich erinnerte, bestand der Kreis um ihre Eltern nicht aus Leuten vom Film, sondern mehr aus Geschäftsfreunden ihres Vaters. Allerdings war sie lange fort gewesen, mit der Zeit hatte sich manches ändern können, doch warum hätte ausgerechnet ihr die Familie eine Bekanntschaft mit Leon Caspari verheimlichen sollen? Was für eine mysteriöse Begegnung.

»Unsere Unterhaltung wird ein wenig schwierig, wenn ich sie allein führen muss.«

»Ja … nein … ich …« Lili versuchte, ihre Verwirrung hinunterzuschlucken. »Meiner Mutter geht es gut«, behauptete sie kühn. Sophies wirklicher Zustand ging ihn nichts an. Und dass sie von seinem Bruder behandelt wurde, brauchte er nicht von Lili zu erfahren. Offensichtlich hielt sich Doktor Wolfgang Caspari an seine Verschwiegenheitspflicht.

»Das freut mich.« Er schwenkte sein Feuerzeug wie eine Fackel. Dann ließ er es zuklappen. »Tut mir leid, aber ich sollte ein wenig sparsamer mit dem Zündstein umgehen. Der letzte hat mich eine halbe Packung Zigaretten gekostet.«

Lili lag die Frage auf der Zunge, woher er ihre Mutter kannte, aber sie beschloss, nicht weiter darauf einzugehen. Sicher war alles rein zufällig. Leon Caspari war Sophie und Robert Wartenberg irgendwann einmal begegnet und erkundigte sich aus purer Höflichkeit nach dem Befinden der Kinobesitzer. Da schoss ein Gedanke durch Lilis Kopf: Er hatte ausdrücklich nur nach ihrer Mutter gefragt, nicht nach ihrem Vater. Konnte ein Fremder wissen, dass Robert Wartenberg in den letzten Kriegstagen gefallen war?

»Was machen wir denn nun bezüglich der falschen Lili Paal?«

Lili schluckte. »Nichts«, log sie. Natürlich würde sie Gesa zur Rede stellen, aber ihren Verdacht würde sie Leon Caspari ganz sicher nicht mitteilen. »*Wir* machen nichts«, erklärte sie unter Betonung des Personalpronomens.

»Es ist Ihnen also vollkommen egal, ob jemand durch Hamburg läuft, andere Leute belästigt und sich Ihres Namens bedient?«

»Allerdings.«

Caspari schnaubte verächtlich. Dann meinte er mit einem deutlich sarkastischen Unterton: »Vielleicht sind Sie ja die Spionin ...«

»Machen Sie sich nicht lächerlich«, protestierte sie empört. Der Regisseur schien doch verrückter zu sein, als sie gedacht hatte. Vermutlich litt er unter einem Verfolgungswahn. »Ich interessiere mich nicht für Ihren Film.«

»Tatsächlich? Ich habe gehört, dass Sie Cutterin sind.«

Er schaffte es tatsächlich, sie weiter zu überraschen. Diesmal fragte sie nach: »Woher wissen Sie das?«

»Ihr Freund Captain Fontaine hat es mir erzählt.«

»Mein ... was ...?«, stammelte Lili. Es war fast ganz dunkel um sie her, sicher verschwamm ihre Person mit dem Hintergrund und wurde auf diese Weise unsichtbar. Aber sie wünschte, in einem Erdloch versinken zu können. Am besten fiel sie in den Bombenkrater. Doch der befand sich außerhalb des Kinosaals.

Dass Leon Caspari mit John Fontaine über sie gesprochen hatte, verunsicherte sie mehr als alles, was er sonst sagte und woraus sie ihre Schlüsse zog. Oder hatte Captain Fontaine mit Leon Caspari über sie gesprochen? Diese Reihenfolge ergab einen anderen Sinn. Hatte sich der Engländer wegen der Negative etwa direkt an Caspari gewandt? Agierte er an ihr vorbei? Wollte er sie bei der Suche ausbooten, um den Erfolg nicht teilen zu müssen? Oder – um etwas zu vertuschen?

»Warum sind Sie so überrascht?«, wollte Caspari wissen, der anscheinend ihre Gedanken las, denn ihrer Mimik konnte er bei dem herrschenden Büchsenlicht kaum etwas entnehmen.

»Die britischen Filmoffiziere sind die ersten Ansprechpartner für mich. Ohne die Filmabteilung der Besatzungsmacht geht gar nichts.«

Es war kein gutes Gefühl, deutlich zu spüren, dass hinter dem eigenen Rücken etwas vor sich ging. Lili hatte sich klug durch die Spitzelwelt des Dritten Reichs geschlagen, sie beabsichtigte nicht, sich auch heute noch Gedanken darüber zu machen, wer in welcher Weise über sie redete. Das musste vorbei sein. Zuerst würde sie sich deshalb Gesa vorknöpfen, beschloss sie, und dann mit John Fontaine sprechen. Sie wollte wissen, warum ihre Nichte ihren Namen benutzte und der Filmoffizier gemeinsame Sache mit dem Regisseur machte. Nur ihre Mutter konnte sie nicht fragen, ob sie mit Leon Caspari bekannt war. Jedenfalls würde sie keine Antwort von Sophie erhalten.

Für heute reichte es ihr. Lili fand, dass sie weitere Andeutungen nicht mehr verkraftete. »Sie sollten jetzt gehen.« Sie versuchte, all ihre Energie in ihre Stimme zu legen, damit ihr Rauswurf energisch wirkte und widerspruchslos hingenommen wurde. »Bitte verlassen Sie das Kino. Es ist Sperrstunde, ich hätte längst abschließen müssen.«

Er schwieg – und rührte sich nicht.

Lilis Lippen bebten, als sie hervorstieß: »Wenn Sie nicht sofort gehen, schreie ich um Hilfe.« Unglücklicherweise klang sie nicht mehr so kraftvoll wie zuvor.

»Meine Güte, wofür halten Sie mich?« Offenbar war er eingeschnappt. In beleidigtem Ton fügte er hinzu: »Also lassen wir unsere Begegnung vorläufig auf sich beruhen und das Rätsel ungelöst. Ich werde Sie jedoch beobachten.«

Das war nun doch etwas zu filmreif für Lilis Geschmack. »Bitte«, erwiderte sie, »tun Sie sich keinen Zwang an.«

»Auf Wiedersehen.« Das Feuerzeug schnappte auf, dann wieder zu. Nach einem Augenblick des Zögerns flammte es ein weiteres Mal auf und wies Leon Caspari den Weg nach draußen.

Lili folgte ihm und zog die Tür hinter ihm wütend zu. Leider waren die Eingangsportale des Kinos schallisoliert, sodass sie nicht knallten, sondern nur dumpf ins Schloss fielen. Schwer atmend lehnte sie ihre Stirn einen Moment lang gegen die kühle Lederbespannung.

»Hans?«, rief sie, als sie sich umwandte.

»Ich steh noch immer hier hinten.«

Sie nickte, obwohl er ihre Zustimmung und Dankbarkeit nicht sehen konnte. »Was sagen Sie zu unserem Besucher?«

Der Vorführer schwieg. Er schien seine Antwort sorgfältig abzuwägen, und Lili wartete mit zunehmend beklommenem Gefühl. Schließlich meinte er: »Das sollten Sie Ihre Frau Mutter fragen.«

»Aber …«, hob sie an, brach dann jedoch ab. Ihr erster Impuls war, ihm zu sagen, dass sie Sophie nicht fragen konnte, weil die nicht antworten würde. Einen Augenblick später begriff sie jedoch, dass Hans die Verbindung zwischen Leon Caspari und Sophie Wartenberg kannte – und nur nicht mit ihr darüber sprechen wollte. Der alte Angestellte war ihren Eltern immer treu ergeben gewesen, er würde weiterhin Diskretion wahren über … Ja, worüber? Ich finde raus, was hier los ist, entschied Lili. Ich will wissen, was vor mir verheimlicht werden soll.

»Gut, Hans, belassen wir es dabei. Gehen wir nach Hause. Es wird Zeit, sonst bekommen wir noch Ärger.«

Als sie das Kino kurz darauf durch einen Seiteneingang verließ, der auf die Großen Bleichen führte, fürchtete sie kurz, Leon Caspari würde irgendwo auf sie warten. Doch obwohl sie das Kino mehrmals umrundete, fand sie niemanden, der sie beobachtete. Wahrscheinlich hatte der Regisseur nur eine leere Drohung ausgestoßen. Seltsamerweise wusste Lili nicht, ob sie deshalb erleichtert oder enttäuscht war.

Ronco sopra Ascona

Thea von Middendorff fragte sich, wie lange es wohl noch dauerte, bis sie den Verstand verlor.

Während sie sich im Spiegel betrachtete, war sie sicher, es musste bald so weit sein. Nicht dass etwas an ihrer eleganten Erscheinung auszusetzen gewesen wäre. Sie sah wie immer tadellos aus. Eine schöne Frau von über vierzig. Das zu einem altmodischen Bubikopf frisierte honigblond gefärbte Haar schmiegte sich in einer weichen Welle um ihr perfekt geschnittenes ovales Gesicht mit den großen bernsteinbraunen Augen und dem herzförmigen Mund. Lediglich ein feiner Zug um die mit Rouge de Chanel ausgemalten Lippen wies auf so leidvolle Erfahrungen wie Enttäuschung und Einsamkeit hin. Einen möglichen Betrachter hätten der lange Schlitz in dem schwarzen Taftrock und der tiefe V-Ausschnitt an dem goldschimmernden Jäckchen von den Falten ohnehin abgelenkt. An ihren Beinen, ihrem Dekolleté und ihrer Taille war nichts auszusetzen. Doch bedauerlicherweise gab es keinen Mann mehr in ihrem Leben, der sich für die Vorzüge ihres Körpers interessierte. Genau genommen gab es seit Jahren überhaupt niemanden, der sie aufmerksam betrachtete oder zumindest wohlwollend. Abgesehen von ihrem Hauspersonal und ihrer Sekretärin hatte sie mit keinem Menschen Kontakt. Trotzdem zog sie sich jeden Tag mehrmals um, als wäre sie noch immer der umjubelte Filmstar mit dringenden gesellschaftlichen und beruflichen Verpflichtungen.

Zwei Jahre lebte sie schon in ihrer Diaspora, wie sie es nannte. Sie hatte ihre Karriere, ihre Heimat und ihre Freunde, aber auch die alliierten Bomben auf Berlin und den zunehmenden Druck von Propagandaminister Goebbels hinter sich gelassen, um in der Schweiz einen friedlichen Neubeginn zu finden. Der durch ihren verstorbenen Mann erlangte Pass ermöglichte ihr den Weg in die Freiheit, sein Bankkonto und die Villa oberhalb des Lago Maggiore sorgten für finanzielle Sicherheit.

Thea hatte jedoch nicht damit gerechnet, dass die Einheimischen jeden *Zuzügler* mit Argwohn betrachteten und die Emigranten wenig erpicht darauf waren, Bekanntschaft mit einer in allen Bereichen besser gestellten ehemaligen Ufa-Schauspielerin zu schließen. Ihre Freunde und Fans im Deutschen Reich schienen sie außerdem über den Kriegsereignissen rasch vergessen zu haben. Jedenfalls durfte oder konnte niemand mit ihr in Kontakt treten. Am allerwenigsten die Männer, die ihr etwas bedeutet und ihren Weg bestimmt hatten – in guten wie in schlechten Tagen.

Um sich nicht gehen zu lassen, hatte sie ihre Gewohnheiten beibehalten. Seit Kriegsende wartete sie quasi stündlich auf ein neues Filmangebot, dafür musste sie in Form bleiben. Doch es kam kein Regisseur auf die Idee, Thea von Middendorff etwa für einen Film nach Hollywood zu engagieren. Dabei könnte sie es sowohl durch ihr Äußeres als auch durch ihre schauspielerische Leistung problemlos mit der internationalen Konkurrenz aufnehmen – wenn man sie denn ließe. In Deutschland herrschte nach wie vor Chaos, auf ein Angebot von dort musste sie wohl noch warten. Aber nicht einmal die Schweizer kamen auf die Idee, in ihrem Büro anzufragen. Natürlich würde sie auch für eine kleine Produktion zur Verfügung stehen, sie könnte ihre Einwilligung mit Dankbarkeit gegenüber der Schweiz rechtfertigen, jenem Land, das ihr nach dem Skandal bei ihrem letzten Ufa-Film ein Zuhause gegeben hatte.

Über Nacht war sie damals von der geheimen Liste 1 des Propagandaministeriums mit den beliebtesten und stets zu beschäftigenden Filmschauspielerinnen auf Liste 4 abgerutscht, die jene Namen von Künstlern enthielt, die möglichst nicht engagiert werden sollten. Aber vielleicht stand sie auch auf Liste 5 unter den mit striktem Verbot belegten Personen. Wer wusste das schon genau. Letztlich war sie ja selbst vor den Folgen des tödlichen Unfalls geflohen. Aber wer konnte ihr verübeln, dass sie sich nach dem gewaltsamen Tod ihres Ehemannes in der Abgeschiedenheit seiner Villa im Tessin verbarg? Möglicherweise war dies anfangs nur bei Joseph Goebbels schlecht angekommen. Inzwischen war es wohl ihr Publikum, das nicht mehr nach ihr fragte.

Aber wo waren die Freunde von einst? Warum schickte etwa Leon Caspari keine Nachrichten über seinen Verbleib oder fragte sie einfach, ob sie sich in einem neuen Deutschland ein neues Leben mit ihm aufbauen wolle. Das wäre immerhin auch ein Angebot. Keine Filmrolle, natürlich, aber sie würde sich auch als Hausfrau an der Seite eines bekannten Regisseurs ganz wohlfühlen. Thea sah die Reportagen in den Zeitungen vor sich: Sie selbst in einem bezaubernden Schürzchen am Herd – es brauchte niemand zu wissen, dass sie nicht kochen konnte –, wie sie an einem Schreibtisch auf Leons Stuhllehne saß und ihn bei der Drehbuchauswahl beriet, Hand in Hand mit ihrem Liebsten bei einem Spaziergang unter blühenden Bäumen …

Das waren Bilder, die bei den Zuschauern ankamen. Sie würde eine völlig neue Figur schaffen. Wie Propaganda funktionierte, hatte sie bei der Ufa aus dem Effeff gelernt, als aus der unbekannten Theresia Müller der Star Thea von Middendorff geschaffen wurde. Für den Adelstitel sorgte ihr damaliger Verehrer, den sie trotz seiner Eifersucht heiratete. Sein

Name klang so schön – und sie war viel zu beschäftigt, um ein richtiges Eheleben zu führen. Bedauerlicherweise beanspruchte er jedoch seine Rechte, was ausgesprochen unangenehm wurde, als er ihre Vorliebe für jüngere Männer entdeckte. Deshalb passierten reichlich ungute Sachen: etwa das blaue Auge, das Middendorf ihr verpasste und das die Maskenbildnerin in stundenlanger Arbeit überschminken musste. Zudem ging auch noch eine Vase aus Meißner Porzellan zu Bruch, die Leon Caspari gegen eine Wand in ihrer Wohnung warf. Hätten sie nicht an diesem wundervollen Farbfilm zusammen gearbeitet, wahrscheinlich hätte sie ihn daraufhin niemals wiedergesehen. Einen zweiten eifersüchtigen, unbeherrschten Mann brauchte sie eigentlich nicht. Doch dann kam es zu dieser schrecklichen Geschichte im Atelier – und plötzlich waren sie nicht mehr nur ehemalige Liebende, sondern wurden zu Fremden. Dabei war sie einen Moment lang bereit gewesen, alles für diesen Mann aufzugeben.

Leon hatte genauso gefühlt, das wusste sie. Deshalb würde er sich bei ihr melden. Sobald er seine eigene Situation geklärt hatte, würde er sie zu sich holen. Das war sicher, oder? Für ihn wollte sie eine attraktive Frau bleiben – und für die Rollen, die er ihr verschaffen würde. Theas Lächeln wurde breiter. Ja, sie würde Leon eine perfekte Partnerin sein, als Schauspielerin und als Frau. Ihre körperlichen Sehnsüchte hatten sich in den vergangenen einsamen Jahren eher gesteigert, und wenn sie sich recht erinnerte, hatte er stets für die Erfüllung ihrer Wünsche gesorgt. Was für ein wunderbarer Plan: Sie würde auf die Leinwand zurückkehren und gleichzeitig in das Bett ihres alten Freundes.

Allerdings: Warum noch warten? Wenn Leon nicht zu ihr kommen konnte, würde sie sich auf den Weg zu ihm machen. Sie war eine erwachsene, erfolgreiche Frau und brauchte nicht wie ein zickiger Backfisch auf eine Begegnung mit ihrem Kavalier hoffen und darum bangen. Der Gedanke prickelte so herrlich wie Champagner. Thea beschloss, ihre Sekretärin anzuweisen herauszufinden, wo sich Leon Caspari befand. Gleichzeitig sollte sie sich unverzüglich um eine Einreise nach Deutschland bemühen. Thea von Middendorff kehrte zurück. Als Star. Und als Frau. Ach, es war wundervoll.

Zum ersten Mal seit langer Zeit begab sie sich so schwungvoll wie zu einem Diner mit geladenen Gästen in ihr Speisezimmer. Die fürstlich anmutende Tafel war wie immer nur für eine Person gedeckt, aber heute störte sich Thea nicht daran. In ihrem Kopf ging sie bereits ihr Wiedersehen mit Leon Caspari durch. Dabei stellte sie fest, dass ihr Herz tatsächlich stets weitaus mehr diesem Mann gehört hatte als allen anderen. Auch das war eine schöne Erkenntnis.

Sie hob das frisch mit einem blutrot schimmernden Rotwein aufgefüllte Kristallglas und prostete ihrem fernen Geliebten in Gedanken zu. Dann widmete sie sich dem nach Rosmarin duftenden Lammbraten auf ihrem Teller und aß mit ungewöhnlich großem Appetit.

Hamburg

1

»Gesa?!« Lilis Stimme hallte durch den langen Flur der Altbauwohnung.

Eine der Türen ging auf, und Hilde steckte ihren Kopf heraus. »Musst du so schreien?«

»Ich suche deine Tochter. In ihrem Zimmer ist sie nicht.«

»Natürlich nicht.« Hilde lachte gekünstelt. »Sie ist hier bei mir.« Sie öffnete und trat zur Seite. »Komm herein. Was willst du von meiner Tochter?«

Lili zögerte. War es sinnvoll, Gesa vor ihrer Mutter zu fragen, ob und warum sie sich als *Lili Paal* ausgab? Vor Hilde würde Gesa wohl kaum die Wahrheit sagen. Außerdem müsste Lili mit dem Hinweis auf Leon Caspari womöglich zu viel von sich selbst preisgeben, was Hilde nichts anging, aber sicher brennend interessierte. In den funkelnden Augen ihrer Halbschwester erkannte sie deren Neugier. Dennoch gab es kein Zurück.

»Ach ... ich ... ehmmm ... Ich wollte Gesa von meinem Besuch im Kino erzählen.«

Hilde wirkte enttäuscht. »Deshalb hättest du wirklich nicht so herumschreien müssen.«

»Tut mir leid, dass ich dir nichts Spektakuläreres bieten kann«, erwiderte Lili.

Sie ging an Hilde vorbei und trat in das Zimmer. Es wirkte

wie ein Relikt aus wilhelminischer Zeit: Lindgrüne Brokat-
tapeten zierten die Wände, dazu schwere Möbel aus einem
dunklen Holz, Himmelbett, Spiegeltisch und ein Schrank, dessen Glastüren mit einem Stoff verhängt waren, passend zur
Wandverkleidung und zu den Vorhängen, die Farbgebung wiederholte sich nahezu perfekt im Teppich. Unwillkürlich fragte
sich Lili, wie die Einrichtung die Luftangriffe dermaßen unbe-
schadet überstanden hatte. Irgendetwas war eigentlich immer
kaputtgegangen, auch wenn die Bomben auf Gebäude in der
Nähe gefallen waren, die Druckwellen besaßen eine enorme
Zerstörungskraft. Aber der dreiflügelige Spiegel wies nicht einmal einen Kratzer auf.

Gesa saß mit durchgedrücktem Kreuz kerzengerade auf
einem hochlehnigen Stuhl unter einem düsteren Bild, das eine
Märtyrerszene zeigte. Ihr Gesicht war schmal und blass, ihre
Augen glänzten verräterisch, die Lippen hatte sie fest zusam-
mengepresst. Offensichtlich kämpfte das junge Mädchen mit
den Tränen.

»Stell dir vor, was ich heute herausgefunden habe«, sagte
Hilde zu Lili. »Gesa verteilt Suppe an die Kinder von armen
Leuten. Wie eine Kellnerin. Was sollen nur die Leute von uns
denken!«

Lili zuckte mit den Schultern. »Wahrscheinlich werden die
Leute denken, dass es sehr großherzig von deiner Tochter ist,
sich um Menschen zu kümmern, denen es schlechter geht als
ihr.«

»Sie tut dies im alten Schlachthof auf St. Pauli«, fuhr Hilde
auf. »Das ist ein vollkommen heruntergekommener Ort. Die
Leute werden bestimmt darüber reden, dass ich meine Mutter-
pflichten verletzt habe, und Peter hatte es verboten.«

»Ist Wohltätigkeit nicht erst dann eine Tugend, wenn sie
auch Unbequemlichkeiten für den Mildtätigen mit sich

bringt?«, gab Lili zurück. Es machte ihr Spaß, Hilde zu widersprechen. Dafür vergaß sie sogar ihren Ärger über Gesas andere Irrungen. »Im Vier Jahreszeiten ... entschuldige – ich meine natürlich im Hotel Esplanade ... dort kann jeder Suppe ausschenken, ohne sich dabei besonders anstrengen zu müssen, es ist sicher gemütlicher als im alten Schlachthof.«

Gesa riss die Augen auf und sah Lili fast ehrfürchtig an.

»Meinst du?« Hildes Meinung schien etwas ins Wanken zu geraten. Doch dann erklärte sie trotzig: »Ich habe Gesa gerade verboten, sich noch ein einziges Mal der Schwedenspeisung anzuschließen. Solange sie die Füße unter den Tisch ihres Vaters stellt, darf sie uns nicht zum Gespött der Leute machen. Und danach natürlich auch nicht. Schließlich hat der Name Westphal einen sehr guten Klang in der Stadt.«

Am liebsten hätte Lili ihrer Schwester geantwortet, dass sie nicht auf die Ehrbarkeit eines Schiebers pochen sollte, doch Lili schwieg. Inzwischen wusste sie nicht nur, dass Peter seinen eigenen schwarzen Markt in der Wohnung betrieb, sondern dass sich sein Warenlager im Dienstmädchenzimmer hinter einer Schrankwand befand. Als sie es entdeckte, war sie kurz versucht gewesen, sich zu bedienen, hielt sich jedoch aus Stolz zurück. Und aus Furcht, weil sie nicht wusste, wie rasch er bemerken würde, dass sie ihm auf die Schliche gekommen war.

Stille senkte sich über den Raum. In einem der Möbelstücke arbeitete das Holz, es knackte vernehmlich. Gesa schniefte.

»Meine Güte«, fuhr Hilde prompt auf, »lass das! Hast du denn gar kein Benehmen mehr?« Sie schlug die Hände vor das Gesicht. »Was habe ich nur getan, um mit einer so ungezogenen Tochter bestraft zu werden?«

Lili fiel eine Menge ein, darauf zu antworten. Doch auch jetzt sagte sie nichts. Sie blickte zu Gesa.

Aus deren Augen tropften dicke Tränen und rollten über die

bleichen Wangen. Mit einer störrischen Handbewegung wischte sie sie fort.

Es schmerzte Lili zu sehen, dass Gesa wegen ihrer Mutter weinte. Sie konnte nicht zählen, wie oft es ihr in diesem Alter wegen Hildes Boshaftigkeit ebenso ergangen war. Wie konnte ein Mensch wie Sophie nur eine Tochter mit derartig grausamen Zügen zur Welt bringen? Und wie hatte die es nur geschafft, ein charakterstarkes Kind zu gebären? Sie schenkte Gesa ein aufmunterndes Lächeln und hoffte, dass ihre Botschaft bei dem jungen Mädchen ankam.

»Du brauchst gar nicht so zu gucken, Lili!«, schimpfte Hilde. »Ich erziehe meine Tochter, wie ich es will.«

Gesa sprang auf und lief ohne einen weiteren Kommentar aus dem Zimmer.

»Bleib hier! Ich bin noch nicht fertig mit dir.« Hildes Stimme überschlug sich.

Doch Gesa kam nicht zurück. Die Tür schwang in den Angeln, fiel aber nicht zu.

»Was sollte das denn?« Lili schüttelte den Kopf. »Wenn du schon von Benimmregeln fabulierst, solltest du ein wenig mehr Contenance wahren, meine Liebe.«

»Oh ...« Hilde errötete. Dann gab sie patzig zurück: »Hast du diesen gestelzten Satz aus einem Drehbuch?«

»Lieber Himmel ...«, seufzte Lili, bevor sie sich auf die Zunge biss, um Hilde nicht die Meinung zu sagen. Sie kehrte ihrer Schwester den Rücken und ging hinaus. Im Gegensatz zu Gesa knallte sie die Tür hinter sich zu.

Selbst wenn sie nicht gewusst hätte, wo sich Gesas Kinderzimmer befand, hätte sie ihre Nichte auf Anhieb gefunden: Gesa hatte die Tür nicht geschlossen, und leises ersticktes Schluchzen wehte auf den Flur.

Lili zögerte. Es war sicher nicht richtig, Gesa nun auch noch zur Rede zu stellen, nachdem Hilde sie so angegangen war. Aber sie musste Klarheit darüber haben, was es mit dieser seltsamen Geschichte von Leon Caspari auf sich hatte, und warum ein junges Mädchen, dessen Beschreibung auf ihre Nichte zutraf, sich ihres Namens bediente. Allerdings war sich Lili nicht sicher, ob ihr Gesa nach der Standpauke ihrer Mutter die Wahrheit sagen würde. Vielmehr war zu befürchten, dass sie in Lügen Zuflucht suchte. Dennoch klopfte Lili entschlossen gegen den Türrahmen. Ohne eine Antwort abzuwarten, trat sie ein.

Das Kinderzimmer war einfach eingerichtet, aber hell, freundlich und sauber, es war bei Weitem nicht so perfekt wie Hildes Boudoir. Lili meinte, hier stärker zu frösteln, als würde die Heizung nicht so gut funktionieren. Ihre Nichte lag zusammengerollt auf dem Eisenbett, für das sie eigentlich schon zu groß war. Sie hatte sich ein Kissen über den Kopf gezogen, ihre Schultern bebten. Seufzend ließ sich Lili auf der Bettkante nieder.

»Sie war gemein«, sagte Lili leise, »ich weiß. Aber so war Hilde schon immer. Als ich jünger war, hat sie mich mit ihren Bösartigkeiten auch immer sehr verstört.« Kaum dass sie ihre Erinnerung mit Gesa geteilt hatte, wusste sie, dass es ein Fehler war. Sie durfte sich nicht derart deutlich gegen ihre Halbschwester stellen. Immerhin war die Gesas Mutter.

Gesa hob ihr verweintes Gesicht. »Ich war so gern bei der Schwedenspeisung«, brach es aus ihr heraus. »Dort war ich … ja, da bin ich wer. Ein Teil der Gemeinschaft, verstehst du? Und ich konnte den Kindern helfen. Sie tun mir alle so leid. Mutti hat ja gar keine Vorstellung davon, wie ein halb verhungertes Kind aussieht. Es ist so ein Elend. Da muss ich doch weiterhin helfen, nicht wahr, Tante Lili?«

»Ja. Natürlich. Ja.« Lili seufzte. »Aber ich habe das nicht zu entscheiden, Gesa. Ich bin nicht deine Mutter.«

»Ich wünschte, du wärst es.« Um ihrer Meinung wohl ein wenig mehr Inbrunst zu verschaffen, schlug Gesa mit der Faust auf die Matratze.

»Leider muss ich dich auch etwas fragen, was dir ebenso unangenehm sein wird wie die Schelte deiner Mutter. Allerdings verspreche ich dir, dass ich nicht mit dir schimpfen werde, ich möchte einfach nur wissen, was passiert ist.« Hoffentlich halte ich das durch, fuhr es Lili durch den Kopf.

Gesa sah sie aus weit aufgerissenen Augen bestürzt an. »Bist du mir böse, weil ich mich nicht mehr so viel um Oma kümmere? Entschuldige, ich wollte dich nicht verärgern. Ich dachte, du wärst jetzt für Oma da. Aber wenn du mich ...«

»Darum geht es nicht«, unterbrach Lili. »Ich komme sehr gut zurecht, und deiner Großmutter geht es den Umständen entsprechend gut – oder zumindest nicht schlechter.« Sie bemerkte, dass Gesa erleichtert wirkte. Nicht mehr lange, dachte sie, dann holte sie tief Luft. »Kann es sein, dass du an einem Filmset warst? Mehrmals?«

Auf Gesas bleichen Wangen leuchteten rote Punkte. Ihr Blick war blankes Entsetzen.

»Der Regisseur Leon Caspari hat unserem Kino heute einen Besuch abgestattet«, fuhr Lili ruhig fort. »Er war auf der Suche nach einer gewissen Lili Paal. Dummerweise suchte er jedoch nicht nach mir. Weißt du, wen er im Filmtheater zu finden hoffte?«

»Ich kann das erklären«, rief Gesa aus.

»Na, da bin ich aber gespannt.« Lili versuchte, sich etwas bequemer hinzusetzen, sie lehnte ihren Rücken gegen die Verstrebungen des Fußendes. Das Metall bohrte sich in ihr Kreuz, und sie rutschte wieder davon weg.

Während sich Gesa die Tränen aus dem Gesicht wischte, erwiderte sie stockend: »Du hast Mutter doch eben erlebt. Ich tue nie etwas, das ihr recht ist, egal, was es ist, und sie erlaubt mir nichts von dem, was mir gefällt. Ständig bekomme ich Ärger deswegen …«

»Es war schon immer so, dass Kindern am meisten Spaß bereitet, was die Eltern ihnen verboten haben«, warf Lili vorsichtig ein. Insgeheim fragte sie sich, bei welchen anderen Gelegenheiten Gesa sich noch ihres Namens bedient hatte. »Das war in meiner Jugend nicht anders. Wir machten sogar Musik, die strikt untersagt war, und es drohten uns heftige Strafen. Aber wir scherten uns nicht darum.«

Gesa nickte eifrig. »Dass ich Schauspielerin werden will, habe ich ihr gar nicht erst gesagt. Wenn sie das wüsste, würde sie wahrscheinlich vollkommen durchdrehen. Und Vater sowieso.«

»Das kommt wohl davon, wenn die Großeltern ein Kino betreiben.«

»Ach, nein«, Gesa machte eine abwehrende Handbewegung, »fast alle meine Klassenkameradinnen wollen Filmstar werden. Aber fast keiner ist es ernst damit. Eigentlich schwärmen die anderen Mädchen nur für die Rökk, die Horney oder die Leander, mehr nicht. Und die Knef. Die ist jetzt ganz groß im Kommen, alle Zeitungen schreiben über sie. Genau so will ich auch sein. Verstehst du?«

Lili musste an sich halten, um nicht breit zu grinsen. Sie wollte Gesa keinesfalls das Gefühl geben, dass sie sie auslachte – sie stellte sich nur gerade Hildes und Peters Reaktion auf die Zukunftspläne ihrer Tochter vor. »Deine Eltern werden nicht begeistert sein«, stellte sie schmunzelnd fest. »Aber wenn du wirklich Schauspielerin werden willst, bin ich dafür, dass du deinen Weg gehst. Wenn ich kann, helfe ich dir gern.«

»Würdest du das wirklich tun?« Gesa strahlte. Ihre Augen waren noch rot gerändert, aber der Glanz darin rührte nicht mehr von ihren Tränen. Dankbar ergriff sie Lilis Hände, drückte sie kurz. Dann sprang sie auf, stellte sich vor ihrer Tante in Positur, als befände sie sich auf einer Bühne. Sie atmete tief durch, bevor sie stimmgewaltig begann:

»Meine Ruh ist hin,
mein Herz ist schwer;
ich finde sie nimmer
und nimmermehr ...«

Gretchens Liebesschwur erinnerte Lili unglücklicherweise ausgerechnet an ihre Begegnung mit Leon Caspari. Sie hob die Hand, um Gesas Monolog zu unterbrechen. So sanft wie möglich sagte Lili: »Das klingt sehr hübsch, aber ...«

»Das ist Goethe«, antwortete Gesa ein wenig irritiert von der Unterbrechung. »Es ist aus dem *Faust*.«

»Ich kenne das Zitat, aber ich bin trotzdem die falsche Person für ein Vorsprechen.«

»Deshalb bin ich ja noch einmal zu den Dreharbeiten gegangen«, gestand Gesa kleinlaut.

»Oh!«, machte Lili, die langsam begriff, warum ihre Nichte die Nähe des Regisseurs gesucht hatte. Hamburg war nie eine Filmstadt gewesen, wenn sich das jetzt änderte, musste es sich für Gesa anfühlen wie ein Blick ins Paradies. Wenn sie mehrmals auf dem Set herumgelungert hatte, war sie Leon Caspari vermutlich aufgefallen – und für eine Spionin gehalten worden. Aus Furcht vor ihren Eltern hatte sie außerdem ihren Namen verschwiegen, und Lili wünschte, Gesa hätte ihre Fantasie für ein Pseudonym bemüht, statt sich für ihre Tante auszugeben.

»Warum hast du dich nicht *Annemarie Braun* genannt?«, entfuhr es ihr.

»Wie – wer?«

»Die Hauptfigur in den *Nesthäkchen*-Romanen. Du hättest auch wie eines der Mädchen aus dem *Doppelten Lottchen* heißen können. Ganz egal. Mir hast du jedenfalls mit deiner Idee ziemlichen Ärger eingebrockt.«

»Ich dachte doch, du bist in Berlin«, gab Gesa zu, bevor sie neben Lili auf ihr Bett sank. Körperlich wurde sie wieder zu dem Häufchen Elend wie nach der Schelte durch ihre Mutter. Ihre Mimik wirkte jedoch verkniffen und trotzig, ihre Augen funkelten.

»Das war keine gute Idee. Die Filmbranche ist klein, man kennt sich untereinander.«

»Ich weiß, dass du unter deinem Mädchennamen gearbeitet hast. Mutter hat sich sehr darüber aufgeregt, sie findet das unweiblich, hat sie gesagt. Deshalb habe ich ja Paal benutzt und nicht Wartenberg.«

Lili unterließ es, Gesa darauf hinzuweisen, dass sie das Kino am Jungfernstieg erwähnt und deshalb die Fährte direkt zu ihr gelegt hatte. Seufzend erhob sie sich. »Nun ja, damit ist wohl alles geklärt. Versprich mir bitte, dass du dich nie wieder mit einem falschen – und vor allem realen – Namen aus irgendeiner dummen Situation zu retten versuchst.«

»Herr Caspari war ziemlich böse auf mich«, gestand Gesa. »Das ist wohl nicht besonders gut, da ich Schauspielerin werden will, nicht wahr?«

Lili zuckte mit den Schultern.

»Soll ich noch einmal versuchen, ihn anzutreffen, um mich zu entschuldigen?«

»Nein, um Himmels willen, bitte nicht«, rief Lili entsetzt aus. »Das solltest du nicht tun, auch wenn dich dein Ansinnen ehrt. Lass die Filmleute einfach in Ruhe, ja? Die wollen ihre Arbeit machen und dabei nicht gestört werden, sie haben es schwer genug heutzutage. «

»Du meinst, ich darf wirklich nie wieder an einen der Drehorte? Ich wollte doch nichts weiter als zuschauen.«

»Sieh dir den Film an, wenn er ins Kino kommt.«

Gesa zog einen Flunsch, ihr Kinn zitterte. »Aber wenn ich nun zufällig auf die Filmleute stoße ...«, beredt brach sie ab.

»Nein.« Lili stand schon an der Tür. »Lass es sein, Gesa. Dein Weg zum Film führt ganz sicher nicht über Leon Caspari. Also, lass den Mann bitte in Ruhe – und den Rest seiner Crew auch.« Bevor sie mitansehen musste, wie Gesa über diese Nachricht wieder in Tränen ausbrach, verließ sie rasch das Zimmer.

2

Die britische Filmabteilung war in einem Gebäude aus der Kaiserzeit an der Rothenbaumchaussee untergebracht, das Lili eigentlich nur als »Ufa-Haus« kannte. Hier hatte sich die Hamburger Verwaltung des Filmimperiums befunden, die Filiale der Ufa vom Krausenplatz in Berlin. Sie erinnerte sich zwar, dass das prachtvolle Haus eigentlich Mollersches Palais hieß und in ihrer Kindheit von einem jüdischen Bankier bewohnt worden war, aber das lag lange zurück, und die Zeiten danach waren dramatisch gewesen, somit geriet die ursprüngliche Verwendung als Privathaus in Vergessenheit. Unter der uralten Kastanie vor dem säulenbewehrten Eingangsportal patrouillierte ein verloren wirkender britischer Soldat, der mehr damit beschäftigt war, den weiblichen Passanten nachzublicken, als die Besucher der *Film Section* zu kontrollieren. Auch Lili erhielt weniger Aufmerksamkeit als eine junge Frau, die nur wenige Meter entfernt ihre Strümpfe anscheinend auf Laufmaschen kontrollieren wollte und ihren Mantel bis zum Oberschenkel hochschob.

Lili fühlte sich nicht sonderlich wohl in ihrer Haut. Nicht dass es ihr etwas ausmachte, eine Besatzungsbehörde zu betreten – das gehörte inzwischen fast zu ihrem Alltag. Vielmehr scheute sie sich vor dem Wiedersehen mit Captain Fontaine, weil sie wusste, dass sie ihm etwas schuldete. Sie hatte ihm ein Versprechen gegeben – und es gebrochen. Die Ausrede, sie habe sich nicht gemeldet, weil ihr die Zeit fehlte, stimmte zwar auf gewisse Weise, aber eben eigentlich auch nicht. Ihre Prioritäten hatten ihn und sein Anliegen eindeutig an das Ende ihrer Liste gesetzt. Und wenn Leon Caspari sie nicht auf den britischen Filmoffizier aufmerksam gemacht hätte, wäre sie auch jetzt nicht vor den Wachmann am Empfang getreten, hätte nicht ihren Namen genannt und gebeten, Captain John Fontaine sprechen zu dürfen.

»Please, wait here«, wurde sie aufgefordert.

Etwas unschlüssig blieb sie vor dem provisorischen Tresen stehen, trat von einem Fuß auf den anderen. Ihr wurde warm, und sie löste den langen Schal von ihrem Hals, weil selbst die Eingangshalle der britischen Filmabteilung besser beheizt wurde als jedes deutsche Wohnzimmer. Der Wachmann telefonierte indes, sprach dabei aber so leise, dass Lili kein Wort von dem verstand, mit dem er sie anscheinend anmeldete.

»Lili? Lili Wartenberg?«

Sie wandte sich um – und fand sich einem hochgewachsenen Mann gegenüber. Er war ebenso bescheiden und warm angezogen wie die meisten Deutschen, aber sein attraktives Gesicht zwischen dem hochgestellten Mantelkragen und der ledernen Fliegermütze wirkte frisch und weniger sorgenvoll, seine Augen strahlten sie an.

»Lili Wartenberg«, wiederholte er und legte die Hände auf ihre Schultern. »Was für eine Freude, dich hier zu sehen.«

»Ganz meinerseits, Michael Roolfs«, erwiderte sie lächelnd. Der Mann, der gerade ihre Wangen küsste, war Drehbuchautor. Lili kannte ihn durch ihre Arbeit, sie war ein paar Mal mit ihm ausgegangen, und es wäre vielleicht etwas aus ihnen geworden, wenn nicht Albert Paal und der Kampf um Berlin dazwischengekommen wären. Sie hatten sich aus den Augen verloren – und sie freute sich aus ganzem Herzen über das Wiedersehen mit dem alten Freund. »Was machst du hier?«

»Dasselbe wie alle, die hierherkommen, nehme ich an. Ich will wieder arbeiten und Filme machen. Deshalb bewerbe ich mich als selbstständiger Filmproduzent um eine Lizenz.« Seine

Hände glitten ihre Arme herab und umfassten schließlich ihre Hände.

»Aber wieso in Hamburg? Hier gibt es doch nichts von dem, was wir brauchen.«

»Im Gegenteil«, widersprach Michael Roolfs. »In Hamburg versammelt sich fast alles, was in Berlin Rang und Namen hatte. Wen es nicht nach München zu den Amerikanern verschlagen hat, der ist hier. Du doch auch.« Er lachte fröhlich.

»Ich besuche meine Mutter.«

»Ach so.« Sein Lachen erlosch. »Schade, ich wollte dich gerade fragen, ob du weiter als Cutterin arbeitest. Leon Caspari dreht seinen ersten Nachkriegsfilm ...«

»Ich weiß«, schnitt sie ihm das Wort ab. Erst in diesem Moment fiel ihr ein, dass Michael das Drehbuch zu Thea von Middendorffs letzter Produktion geschrieben hatte. Konnte es sein, dass er ebenso auf der Fährte der verschollenen Negative war wie sie? Sie musste sich vorsehen, wenn sie vor ihm fündig werden wollte.

Sie wich seinem irritierten Blick aus. »Hast du das Script zu Leon Casparis neuem Streifen geschrieben?«, fragte sie.

»Ich habe daran mitgearbeitet, sehe mich künftig aber in einer anderen Rolle. Im Moment gibt es noch nicht viele Produzenten in Hamburg, aber das wird sich ändern. Auch durch mich. Du glaubst gar nicht, wen man hier in der *Film Section* alles trifft. Es kommt mir manchmal vor wie früher auf dem Filmball. Dabei müssen wir bis zur Erteilung einer Lizenz viele Hürden nehmen: Politische Zuverlässigkeit, fachliche Eignung und wirtschaftliche Bonität sind die Stichworte, die interessieren ...«

»Ich habe bereits gearbeitet«, unterbrach sie seinen Redeschwall. »Für die Russen. Ich habe in Berlin alte Materialien zusammengesetzt und ...«

»*Du* warst das?«

Sie versuchte, ihre Finger seinem Griff zu entwenden, aber er hielt sie fest. »Ja«, antwortete sie schlicht. »Das scheint sich ziemlich herumgesprochen zu haben.«

»Na, hör mal …«, hob er an, wurde aber von einem jungen Mann in Uniform unterbrochen, der vor Lili trat. »Frau Paal? Captain Fontaine erwartet Sie. Ich bringe Sie zu ihm.«

»Frau Paal?«, echote Michael Roolfs und ließ ihre Hände los. »Wir haben uns lange nicht gesehen.« Lili schenkte ihm ein Lächeln, von dem sie hoffte, dass es hinreißend war. »Ich erzähle dir alles ein andermal.« Dann wandte sie sich ab, um dem britischen Soldaten zu folgen.

»Lili!«, rief Roolfs ihr nach. »Wo finde ich dich? Ich wohne in Bendestorf. Keine Ahnung, warum, aber man hat mich dort zum Bürgermeister gemacht.« Sein Lachen hallte durch die Eingangshalle.

Du folgst geschickt jedem Wind und kannst dich dabei unentbehrlich machen, dachte sie.

»Welch überraschender Besuch!« John Fontaine sah von der Schreibmaschine auf, mit der er sich anscheinend zuvor abgemüht hatte. »Ich hoffte nicht mehr, dass wir uns wiedersehen.« Der Vorwurf war präzise und klar, wenn auch mit einem feinen Lächeln formuliert.

Lili ließ sich mit der Antwort Zeit. Sie wartete, dass der Soldat das kleine Büro verließ, bevor sie erwiderte: »Sie hätten mich vorladen oder verhaften lassen können.«

Das durch ein Fenster hereinfallende Licht brach sich in seinen Brillengläsern, als Fontaine den Kopf schüttelte. »Glauben Sie wirklich, dass ich derartige Maßnahmen auch nur in Erwägung gezogen hätte?«

»Ich habe keine Ahnung«, behauptete Lili, obwohl sie tatsächlich nicht annahm, dass ein Mann, der wie ein verwirrter Professor aussah, grimmige Befehle erlassen hätte. Obwohl sie auf der Hut sein wollte, konnte sie nicht umhin, sein Lächeln zu erwidern. Die Begegnung mit Michael Roolfs hatte sie überdies beschwingt. Die Vorstellung, dass an vielen Orten in und um Hamburg plötzlich Filme entstehen könnten, machte sie froh.

Seufzend schob Fontaine die Schreibmaschine zur Seite. »Dieses Ding macht mich wahnsinnig. Meine Sekretärin ist krank, und ich komme mit meinen Berichten nicht nach.« Er deutete über den Schreibtisch zu dem Besucherstuhl auf der anderen Seite. »Sie sollten nicht an der Tür stehen bleiben, nehmen Sie doch bitte Platz.«

»Danke.« Lili setzte sich. Sie hätte sich gern den Mantel ausgezogen, aber da sie hoffte, nicht lange bleiben zu müssen, unterließ sie es.

»Was führt Sie zu mir?«

Sie sah ihn überrascht an. »Hatten wir nicht eine Abmachung?«

»Ich frage mich, warum Sie ausgerechnet jetzt zu mir kommen.«

Besser spät als nie, fuhr es ihr durch den Kopf. Doch das sagte sie nicht. Sie entschied sich für die Wahrheit. »Wie ich hörte, waren Sie am Set von Leon Caspari.«

»Sie schauen so erstaunt«, stellte Fontaine fest. »Warum das denn? In Casparis neuem Film gibt es eine Szene, in der ein Schuss fällt. Da ein Deutscher keine Waffe in die Hand nehmen darf, sprangen ein Freund und ich ein. Es war eine ziemlich amüsante Sache für jemanden, der sonst überwiegend an diesem Schreibtisch gefesselt ist.«

Lili schüttelte den Kopf. »Als wir über die verlorenen Negative sprachen, haben Sie mir vorenthalten, dass Sie Leon Caspari kennen.«

»Ich weiß zwar nicht, warum ich Ihnen Rechenschaft schuldig sein sollte, aber ich kannte den Regisseur tatsächlich nicht. Wir haben uns erst hier in Hamburg kennengelernt.«

Sie glaubte ihm kein Wort. Der Argwohn, möglicherweise hintergangen zu werden, nagte an ihr. »Was für ein Zufall«, versetzte sie lakonisch.

»Nein. Kein Zufall. Ich bin Filmoffizier. Haben Sie das vergessen?« Er wartete ihre Antwort jedoch nicht ab, sondern fragte mit einem süffisanten Unterton: »Wer ist eigentlich das junge Mädchen, das sich als Lili Paal ausgibt? Kennen Sie sie?«

»Das ist …«, sie zögerte, beantwortete sich dann die Frage, warum sie lügen sollte, und erwiderte ruhig: »Das ist meine Nichte.«

»Hübsches Mädchen«, konstatierte Fontaine. »Caspari ist wie besessen von der Idee, sie würde ihn ausspionieren.«

Lili hatte einerseits das Gefühl, er plauderte über Nebensächlichkeiten, um den wichtigsten Punkt seiner neuen – oder vielleicht doch nicht so neuen – Bekanntschaft vor ihr zu verbergen. Andererseits sollte sie einem Besatzungsoffizier Respekt entgegenbringen. Doch der Ärger, der in ihr aufstieg, ließ sie jede Vorsicht vergessen. Sie fragte: »Spionieren Sie ihn aus? Oder machen Sie gemeinsame Sache mit ihm?« Als es heraus war, wäre sie am liebsten im Boden versunken für ihre Frechheit. Unwillkürlich errötete sie.

Er schwieg, offenbar verblüfft, starrte sie stumm an. Nach einer Weile nahm er die Brille ab, massierte sich die Nasenwurzel und setzte die Brille wieder auf.

Da er noch immer nicht sprach, erklärte sie tapfer: »Ich habe den Eindruck, dass Sie Leon Caspari in unsere Pläne, die Materialien zu suchen, eingeweiht haben …«, sie machte eine Kunstpause, »und mich nicht mehr brauchen.«

Endlich fand er seine Sprache wieder. »Warum sollte ich

nicht mit Caspari darüber reden? Es ist sein Film, den wir in Lübeck-Travemünde suchen wollen.«

Lili schluckte. »Haben Sie mit ihm gesprochen?«

»Das geht Sie nichts an, Lili Wartenberg-Paal.« Sein Ton war jetzt harsch, doch schon einen Moment später schmunzelte er. »Nein. Ich habe nicht mit ihm darüber gesprochen, dass Sie seinen letzten Ufa-Film keine hundert Kilometer von Hamburg entfernt vermuten. Ich habe den Eindruck, dass ihn die aktuellen Dreharbeiten gerade reichlich Nerven kosten. Die Situation ist ja auch sehr ungewöhnlich, dennoch leisten alle Beteiligten offenbar hervorragende Arbeit. Warum sollte ich also etwas, das sich gut anlässt, durch eine alte Geschichte vernichten?«

Lili wusste selbst nicht, warum sie nicht wollte, dass Leon Caspari den Film vor ihr fand. Sicher lag es daran, dass sie nicht ausgebootet werden wollte. Aber da war noch ein Gefühl, das sie nicht greifen konnte. Dieser Streifen war wichtig – und sie meinte, ihn für immer zu verlieren, wenn sie ihn aus den Händen gab. Als könnte nur sie ihn vor dem Vergessen retten. Dabei war Caspari der Regisseur. Er sollte ein ebenso großes Interesse wie sie daran haben, sein Werk auf der Leinwand zu erleben. Außerdem handelte es sich bei dem Film nicht einfach nur um eine »alte Geschichte«, wie Fontaine es nannte.

»Bei den Dreharbeiten ist ein Mensch gestorben«, murmelte sie gedankenverloren.

»Thea von Middendorffs Mann. Das weiß ich.« Fontaine runzelte die Stirn, er beugte sich vor. »Meinen Sie, es ist auf den Negativen zu erkennen, was damals wirklich geschah?«

Erschrocken fuhr sie zusammen. Als hätte er sie bei der Tat ertappt. Zugegeben, sie hatte in endlosen Stunden im Luftschutzkeller auch darüber gegrübelt, was wohl während jener Szene passiert war. Die Gedanken an ihren Beruf mit allem, was damit zusammenhing, hatten ihr geholfen, im Bombenhagel nicht den Verstand zu verlieren. »Soviel ich weiß, passierte das Unglück hinter den Kulissen und nicht davor«, sagte sie schließlich. »Die Wahrheit dürfte deshalb nicht auf Zelluloid zu finden sein, die Kamera war wohl nicht dabei, als Herr von Middendorff zu Tode kam.«

Fontaine lehnte sich entspannt auf seinem Stuhl zurück. »Wissen Sie, warum ich unbedingt zum Filmset von Leon Caspari wollte? Ich las seinen Antrag auf Waffenbesitz und wunderte mich, dass er wieder eine Szene drehen wollte, in der eine Pistole eine Rolle spielt. Dieses ... nennen wir es: Versehen ... Also, dieses Versehen damals kostete ein Menschenleben und hat ihn fast ins Zuchthaus gebracht ...«

Lili nickte beeindruckt. »An Ihnen ist ein Detektiv verloren gegangen.«

Er grinste. »Nein. Ein Rechercheur. Das passt besser zu mir. Also, wann brechen wir auf?«

Ihre Gedanken hatten sich längst auf Wanderschaft begeben. Fort von diesem kleinen Büro in der ersten Etage der Mollerschen Villa, das vielleicht einmal als Kinderzimmer geplant worden war. Sie dachte an den letzten Ufa-Film von Leon Caspari, der so viele Vorschusslorbeeren erhalten hatte. Nicht nur die Produktion in Agfacolor erregte Aufsehen, die Hauptdarstellerin und ihr junger Regisseur gaben der Geschichte einen Rahmen, der nicht nur den Kantinenklatsch befeuerte. Aus ihren Erinnerungen gerissen, nahm Lili zwar Fontaines Stimme, nicht aber den Sinn seiner Frage wahr. Verwirrt stieß sie hervor: »Wohin fahren wir denn?«

»Haben Sie unseren Ausflug an die Ostsee vergessen?«

»Nein.« Sie schüttelte vehement den Kopf, um ihn davon zu überzeugen, dass sie sein Ansinnen natürlich nicht vergessen hatte, was in gewisser Weise ja auch stimmte. Leiser fügte sie hinzu:»Ich kann nicht weg aus Hamburg. Meine Mutter braucht mich.«

»Was? Ich verstehe nicht ...«, er unterbrach sich, runzelte wieder die Stirn und fuhr dann fort:»Wir planen keine Weltreise, Frau Paal. Ihre Mutter kann Sie doch bestimmt einen Tag entbehren. Im Moment sitzen Sie ja auch nicht an ihrem Bett.«

Gesa, dachte sie, Gesa ist mir etwas schuldig. Und deshalb muss sie sich wieder um ihre Oma kümmern. Doch dann dachte sie, dass ihre Mutter ein paar kleine Fortschritte gemacht hatte. Sie befürchtete, Sophies Gesundheit zu gefährden, wenn sie sich einen Tag lang nicht um sie kümmerte. Sie hatte es nämlich geschafft, dass ihre Mutter nicht mehr nur im Bett lag, sondern sich auch jeden Tag für ein paar Stunden in den Sessel setzte. Nicht dass Sophie deshalb lebendiger wirkte. Mit blicklosen Augen saß sie am Fenster und schien nur in sich hineinzuschauen, nirgendwohin sonst. Aber auch Doktor Wolfgang Caspari lobte diesen ersten Erfolg – und Lili erfüllte es mit Stolz, in der Krankenpflege etwas erreicht zu haben. Würde sich Gesa ebenso gegen Sophies gelegentliche Sturheit durchsetzen, wenn die Patientin nicht aufstehen wollte? Würde Sophie wieder in den alten Trott im Bett verfallen, wenn Lili nicht da war?

»Ich schlage vor, dass wir gleich morgen nach Lübeck-Travemünde fahren.« Fontaine sprach in einem Ton, der keinen Widerspruch duldete.»Ich bin in der Früh vor Ihrer Haustür, die Adresse kenne ich ja.« Sein Blick schweifte ab.»Aber nun entschuldigen Sie mich bitte, ich muss diesen Bericht noch fertig tippen.« Er schob die Schreibmaschine wieder vor sich.

Lili starrte ihn sprachlos an. Ihr fiel ein, dass sie eigentlich mit ihm über die Zuteilungen für das Kino am Jungfernstieg sprechen wollte. Sie überlegte kurz, ob sie ihm ein Geschäft vorschlagen könnte. Die Suche am Ostseestrand gegen einen besser beheizten Saal. Oder gegen einen guten Film. Am besten mit Charles Laughton. Hans hatte erzählt, dass die Hamburger begeistert in die Vorstellungen mit dem britischen Filmstar strömten. Aber eine innere Stimme riet ihr, den Mund zu halten. Sie sollte sich erst einmal für ihre Reisedokumente revanchieren, bevor sie weitere Forderungen stellen durfte.

3

»Mutti!« Sie rüttelte Sophie sanft an der Schulter. Lili fand es unvorstellbar, dass ihre Mutter so viel schlafen konnte, aber Sophie war wohl vom Leben zu erschöpft, von ihrer Trauer und Hoffnungslosigkeit. Unter diesen Umständen konnte sie nicht genug schlafen. Dabei war es gerade erst Nachmittag, und Sophie hatte gewiss nichts Anstrengendes getan, während Lili unterwegs gewesen war. Sie hatte nicht einmal in dem Sessel am Fenster gesessen.

»Mutti!«, wiederholte Lili und verstärkte den Druck ihrer Finger.

Sophies Lider flatterten.

»Mutti«, hob Lili zum dritten Mal an, »bitte hör mir zu. Es ist wichtig.«

Mit glasigem Blick sah Sophie auf.

Sofort legte Lili besorgt ihre Hand auf die Stirn ihrer Mutter, doch die war nur warm, nicht heiß. Dennoch beschloss sie, nachher Fieber zu messen und zu versuchen, Doktor Caspari zu erreichen. Es wäre gut, wenn er in ihrer Abwesenheit morgen nach Sophie sehen könnte. Im nächsten Moment dachte sie, wie albern von ihr, sich wegen eines Tagesausflugs an die Ostsee verrückt zu machen. Ihr Interzonenpass war nicht ewig gültig, sie würde Hamburg in absehbarer Zeit verlassen müssen, und bis dahin war ihre Mutter nicht genesen – sofern kein Wunder geschah. Was würde sie dann tun?

Mit einem leisen Seufzer ließ sie sich auf dem Bettrand nieder. »So kann es doch nicht weitergehen, Mama.« Es war einer der seltenen Momente, in denen sie nicht *Mutti* sagte, wie

Hilde es ihr vorgesprochen hatte, als sie ein kleines Kind war. »Ich wünschte, du würdest wenigstens mit mir reden. Wie soll ich denn ohne dich zurechtkommen? Ich brauche deine Hilfe.« Sie plauderte einfach vor sich hin, ohne sonderlich darüber nachzudenken, was sie sagte. Im Grunde sprach sie aus ihrem Herzen, nicht mit dem Verstand, und als sie in sich hineinhorchte, fand sie, dass es stimmte: Sie brauchte Sophie, um Fragen zu klären, die sie mehr beschäftigten, als sie vielleicht sogar sich selbst gegenüber zuzugeben bereit war. Zum Beispiel, welche Verbindung zwischen Sophie und Leon Caspari bestand. Und dann war da noch das Kino. Wenn Lili keine Lösung für den Erhalt des Filmtheaters fand, würde Hans bald die letzte Rolle einlegen. Und Peter Westphal würde sich die Technik unter den Nagel reißen. Lili stöhnte leise.

Zuerst nahm sie die Bewegung unter der Bettdecke gar nicht wahr. Doch dann spürte sie, wie ihre Mutter langsam den Arm darunter hervorzog. Ihre Hand legte sich auf Lilis Hand. Sie fühlte sich kraftlos an, eigentlich nur wie Haut und Knochen, weich und etwas schwammig über Knorpeln und Gelenken. Doch die zärtliche Geste war für Lili wie eine Antwort. Vielleicht sogar wie ein Versprechen. Ein sonderbares Glücksgefühl strömte durch ihren Körper und machte ihr Mut.

Da ihre Mutter ohnehin nicht sprach, würde sie ganz zwangsläufig für sich behalten, was Lili sonst niemandem in ihrer Familie anvertrauen wollte: »Ich fahre morgen früh weg, aber ich komme am Abend wieder. Es geht um Negative eines Ufa-Streifens, die vielleicht doch nicht verloren sind. Ich versuche, den letzten Film zu finden, den Thea von Middendorff gedreht hat. Der, der nie aufgeführt wurde und bei dem ihr Mann tödlich verunglückte.«

Erstaunt registrierte Lili das leichte Stirnrunzeln ihrer Mutter.

»Leon Caspari war der Regisseur«, fuhr sie in beiläufigem Ton fort. »Ich habe ihn neulich kennengelernt. Er dreht gerade hier in Hamburg.«

Sophies Augen wanderten durch das Zimmer, als suche sie etwas – oder jemanden. Ihr Blick veränderte sich, aber er blieb so verschwommen, dass Lili nicht darin lesen konnte. Immerhin wurde eine gewisse Unruhe im Verhalten ihrer Mutter deutlich. Pure Verwunderung über Lilis Begegnung war es nicht.

Sie überlegte, ob sie von Gesas Ambitionen erzählen sollte, unterließ es aber. Stattdessen sagte sie: »Leon Caspari ist ins Kino gekommen. Er behauptete, dass er dich kennt. Das hat mich überrascht. Vor allem, weil ... weil ...«, sie zögerte, dann: »Er klang geheimnisvoll, aber die Sache schien ihm sehr wichtig zu sein. Ich wünschte, ich wüsste, was er meinte. Er lässt dich übrigens grüßen.«

Zu Lilis größter Überraschung schüttelte Sophie den Kopf. »Du kennst ihn also gar nicht?«, fragte Lili.

Sophie nahm ihre Hand fort und legte sie sich über die Augen, als wollte sie sie vor etwas – oder jemandem – verschließen. Eine Geste, die Lilis erste Schlussfolgerung ins Wanken brachte. Kannte Sophie den Regisseur doch? Die Frage war allerdings: Warum wirkte Sophie plötzlich so verzweifelt?

»Mama«, begann Lili eindringlich, »ich weiß nicht, woher ihr euch kennt und warum ich es offenbar nicht erfahren soll. Er hat es mir jedenfalls nicht verraten, und Hans Seifert schweigt auch dazu.«

Ein zartes Nicken folgte auf Lilis Monolog. Sogar ein kleines Lächeln spielte um Sophies Mundwinkel.

Lili runzelte die Stirn. »Warum soll ich nicht erfahren, was los ist? Ich mache mir Sorgen.«

Wieder dieses Kopfschütteln. »Nein«, stieß Sophie hervor.

Es klang wie ein Krächzen, wie das Gurren einer Krähe, war aber deutlich zu verstehen.

Zum ersten Mal seit Langem hörte Lili die Stimme ihrer Mutter.

»Ach, Mama«, seufzte sie. Mehr sagte sie nicht. Was hätte sie auch sagen sollen? Ihre Mutter zu drängen war zwecklos, das war ihr klar. Dennoch sorgte Sophies Mimik nicht dafür, dass Lili das Thema vergessen wollte. Im Gegenteil. Dieser Wechsel von Verzweiflung zu einem Lächeln und schließlich zu dem kurzen Ausruf verstärkte nur ihre Neugier. Was immer Sophie und Leon Caspari gemeinsam hatten, Lili wollte unbedingt herausfinden, welche Art von Bekanntschaft sie verband. Mehr als je zuvor wollte sie es wissen.

Lübeck-Travemünde

1

Die dreispurige Autobahn in Richtung Ostsee war mit Schlaglöchern übersät. Anscheinend hatten an diesem stürmischen Novembermorgen nur wenige Kraftfahrer Waren zu transportieren, Patrouille zu fahren oder private Besorgungen zu machen, sodass kaum Verkehr herrschte. John Fontaine konnte deshalb auf der mittleren Spur, die aus beiden Richtungen eigentlich zum Überholen genutzt werden sollte, den besonders tiefen Straßenschäden auch mit geringer Geschwindigkeit ausweichen. Hier schlug ihm der Wind heftig entgegen, er musste das Steuerrad fest umklammert halten, damit der Käfer seines Freundes Talbott-Smythe die Spur hielt. Er blickte stumm und konzentriert auf die Straße, als müsste er eine Fahrprüfung absolvieren.

Lili war es recht so. Der Motor knatterte ziemlich laut, und sie verspürte ohnehin keine Lust auf ein Gespräch. Ihre Gedanken kreisten um Leon Caspari, dessen Werdegang sie bislang am Rande beobachtet hatte und der plötzlich nicht nur ihre Gedanken, sondern auch durch seine Bekanntschaft mit ihrer Mutter auf gewisse Weise ihre Geschichte zu beherrschen schien. Sie war sich beinahe sicher, dass das Geheimnis aus der Vergangenheit auch sie selbst betraf – oder zumindest ihren Vater und damit letztlich das Bild, das sie von ihren Eltern besaß. Konnte es sein, dass Sophie eine Affäre mit Leon Caspari gehabt hatte? Es wäre eine Erklärung für ihr Verhalten. Allerdings war sie viel zu alt für ihn. Aber war das Thea von Middendorff nicht auch? Lili kannte die Geburtsdaten des Filmstars nicht – wahrscheinlich wusste die außer ihr niemand –, aber der Altersunterschied zu Caspari war sicher nicht so groß wie zu ihrer Mutter. Was ging in diesem Mann wohl vor, dass er sich zu reiferen Frauen hingezogen fühlte? Lili widerstrebte es, sich vorzustellen, wie ihre Mutter den eigenen Ehemann mit einem Jüngeren betrog.

»Ist Ihnen kalt?« Fontaine schrie sie fast an.

»Immer.« In dem kleinen Ofen, der vor dem Armaturenbrett angebracht war, glimmte zwar ein Feuer, aber das war zu schwach, um den Innenraum des Wagens gut zu heizen, außerdem zog es durch irgendwelche Ritzen in der Karosserie. Lili wischte über die beschlagene Scheibe des Seitenfensters – und fror gleich noch ein wenig mehr, weil sich das Glas sehr kalt anfühlte.

»Und wahrscheinlich haben Sie auch immer Hunger«, erwiderte Fontaine.

»Ja.« Sie sah ihn von der Seite an. »Ist Ihnen nicht zu kalt?«

»Ich trage Handschuhe.«

Sie zwang sich, nicht auf seine Finger zu sehen, die das Lenkrad fest umschlossen, aus Furcht, ihm begehrliche Blicke zuzuwerfen. Seine Handschuhe waren ihr schon aufgefallen, als er sie abholte. Feines schwarzes Leder, wahrscheinlich gefüttert und so warm, wie sie es schon lange nicht mehr erlebt hatte. Reiner Luxus. Ein Traum. Die Haut an ihren Händen war trocken und rissig von der Kälte, über den Wurzelknochen war sie rot wie bei einer Wäscherin. Die Hände einer jungen Dame sahen anders aus. Aber wer interessierte sich heutzutage noch dafür? Niemand …

»Soll ich rechts ranfahren und sie Ihnen geben?«

»Was?« Sie klang verstört, weil sie nicht wusste, was er meinte.

»Meine Handschuhe«, erklärte er. »Möchten Sie meine Handschuhe haben? Ich leihe sie Ihnen.«

Ihre Irritation wuchs. Wollte er charmant sein? Flirtete er mit ihr? Beides erschien ihr fehl am Platz und ziemlich albern. »Vielen Dank für Ihre Ritterlichkeit, aber ich möchte Ihnen nichts wegnehmen. Vor allem lässt sich der Wagen mit kalten Fingern bestimmt nicht gut lenken.«

Er schmunzelte. »Ich bin nicht ritterlich, sondern denke praktisch. Wenn Sie mir hier erfrieren, wird es schwieriger mit der Suche nach dem Negativ.«

»Vielen Dank«, wiederholte sie. »Aber Sie brauchen meinetwegen nicht anzuhalten. So weit ist es ja nun nicht.«

»Draußen ist es mit Sicherheit nicht wärmer als hier drinnen, und an der See dürfte ein eisiger Wind wehen. Es ist also durchaus eigennützig, wenn ich dafür sorgen möchte, dass es Ihnen gut geht.« Er nahm eine Hand vom Steuer und deutete hinter sich. »Da liegt eine Decke. Nehmen Sie sie.«

Lili drehte sich um und beugte sich in den Fond. Auf dem Rücksitz lag eine Reisetasche, darauf eine zusammengerollte karierte Wolldecke, als plante Fontaine ein Picknick. Als sie das Plaid zu sich heranzog, bemerkte sie das Werkzeug auf der Rückbank. »Haben Sie eine Gärtnerei beschlagnahmt?«

»Ich dachte, Spaten und Hacke wären sinnvoll, wenn wir am Strand nach den Filmrollen graben müssen.«

»Soweit ich weiß, sollten wir am Hafen suchen. Davon, Sandburgen zu bauen, war nicht die Rede.« Sie setzte sich wieder gerade und legte die Decke um sich.

Er lachte. »Waren Sie als Kind oft am Meer?«

»Manchmal ...« Ihre Gedanken wanderten zwanzig Jahre zurück, als es das Kino noch nicht gab, diese große Gemeinsamkeit ihrer Eltern. Damals arbeitete ihr Vater ständig in seinem Kontor, in jener Zeit hatte sich die wirtschaftliche Lage im Deutschen Reich endlich gebessert, und er wollte am Aufschwung teilhaben. Sie hatte sich niemals Gedanken darüber gemacht, wie vernachlässigt sich ihre Mutter gefühlt haben musste von einem Gatten, der fast nie da war. Sophies erster Mann war nur wenige Jahre nach der Hochzeit freiwillig in den Krieg gezogen, der zweite ging entweder ins Büro oder auf Geschäftsreise, das war natürlich weniger lebensbedrohlich, aber deshalb war er trotzdem fort. Hatte Robert Wartenberg das Filmtheater eröffnet, um seiner Frau einen Zeitvertreib zu verschaffen? Sophie hatte sich vom ersten Tag an in die Leitung eingebracht, bei der Filmauswahl spielte sie eine entscheidende Rolle. Später wurde dieses Konstrukt sehr wichtig, es erwies sich bei der Gleichschaltung der Lichtspielhäuser nach der Machtergreifung als vorteilhaft wie auch unter der britischen Besatzung. Lilis Mutter war politisch unverdächtig, ihre Besuche bei ihrer Tochter Hilde und sogar das Zusammentreffen mit dem damaligen Gauleiter Kaufmann hatten ihr wohl nicht geschadet. Oder doch? Hatte sie die Sprache nicht nur verloren, weil ihr geliebter Gemahl gefallen war? Gab es womöglich andere Gründe?

Ich erkenne sie nicht mehr, fuhr es Lili durch den Kopf. Ich weiß nicht mehr, wer meine Mutter wirklich ist.

Plötzlich wurde ihr bewusst, dass Fontaine schweigend darauf wartete, dass sie etwas von sich erzählte. Sie räusperte sich. »Manchmal fuhren wir an die Ostsee. Nicht immer nach Travemünde, aber gelegentlich auch. Es waren schöne Sommer.« Wenn nicht Hilde gewesen wäre, die sich ständig über die dünne, ungelenke kleine Schwester mit den zu langen Armen und Beinen lustig gemacht hätte.

Es war angenehmer gewesen, als sich Fontaine nicht unterhalten wollte. Jedes Gesprächsthema schien in traurige Erinnerungen zu münden oder fatale Fragen aufzuwerfen. Sie kuschelte sich in die Decke ein. So war es wohlig warm. Bevor sie begriff, wie ihr geschah, sanken ihre Lider herab. Lili spürte nicht, wie schnell sie einschlief.

2

»Travemünde ist wie überflutet von Flüchtlingen und Verwundeten. Das wurde mir schon gesagt, aber ich hatte nicht erwartet, dass es so deutlich ist.«

Lili rieb sich die Augen. Sie war nicht von Fontaines Stimme aufgewacht, sondern von dem veränderten Motorengeräusch, als er langsamer zu fahren begann. Durch die Wimpern beobachtete sie, wie er von der Autobahn abfuhr, an Feldern vorbei und dann die Küstenstraße entlang. Sie hatte sich schlafend gestellt, weil es so gemütlich war, unter der Decke zu dösen. Als der Ortskern auftauchte, sah sie auf. Nun tuckerte der Käfer an den alten hanseatischen Backsteinbauten der Vorderreihe vorbei, auf der anderen Straßenseite bewegten sich sanft die Masten einiger Kutter an den Anlegestellen im Wind, der über die Trave strich, dazwischen ein britisches Patrouillenboot und ein großes, ziemlich unansehnliches Marinewohnschiff. Die Bürgersteige und auch die Promenade waren schwarz vor Menschen. Wie in einer Prozession bewegten sich die Leute in die eine oder andere Richtung, dicht gedrängt, Schulter an Schulter, zwischen den Beinen der Erwachsenen tappten Kinder, alle schienen dieselben Schals, Tücher und Mäntel zu tragen, Böen zerrten an Kopftüchern und Hüten. Manche Männer stützten sich auf Krücken, andere trugen Verbände um den Kopf gewickelt oder an den Extremitäten. Alles wirkte so trostlos und grau wie der Himmel, der die Szenerie überspannte. Von dem bunten Badebetrieb, den Lili in Erinnerung hatte, waren nur noch die Fassaden geblieben – und die Massen.

»Wie zur Hochsaison«, entfuhr es ihr.

»So kann man es auch sehen«, stimmte Fontaine trocken zu. Unterhalb des aus Backsteinen errichteten Leuchtturms bremste er ab und lenkte den Käfer auf die freie Fläche mitten auf einer verwilderten Wiese, auf der bereits zwei britische Armeefahrzeuge parkten. Der Motor erstarb.

Fontaine wandte sich zu Lili um. »Ich frage mich die ganze Zeit, ob es richtig ist, am helllichten Tag vor den Augen dieser vielen Menschen nach den Negativen zu suchen.«

»Zur Ausgangssperre darf ich …«

»Doch, doch«, unterbrach er ihren Einwand, »Sie dürfen sich auch während der Ausgangssperre frei bewegen. Jedenfalls an meiner Seite.« Er zupfte mit einem leichten Grinsen an seinem Militärmantel, als wollte er ihn in Form bringen.

Sie war nicht darauf eingerichtet, länger als bis zum Nachmittag in Travemünde zu bleiben. Der Gedanke, heute Abend nicht in Hamburg zu sein, brachte all ihre Pläne durcheinander. Deshalb widersprach sie: »Ich habe keine Papiere, Captain Fontaine, die es mir erlauben, mich frei zu bewegen.« Sie imitierte seinen Tonfall und fügte dann mit normaler Stimme hinzu: »Und wir wollen doch beide nicht auffallen.«

»Ich glaube, in diesem Gewühl hier fällt erst einmal niemand wirklich auf. Nur wenn wir anfangen herumzustöbern, dürften wir die Aufmerksamkeit auf uns ziehen.«

»Dann können wir uns ja jetzt gleich auf die Suche machen.« Sie öffnete die Beifahrertür. »Kommen Sie. Schauen wir uns um. Das kann trotz der vielen Leute nicht schaden.« Mit einem Nicken in Richtung Rücksitz fügte sie hinzu: »Aber Ihr Spielzeug lassen Sie vorläufig besser im Wagen.«

»Ich hatte nichts anderes vor.«

Ohne darauf zu achten, ob er ihr folgte, ging sie langsam den unbefestigten Weg zur Promenade vor. Es waren nur ein paar

Schritte, und der Leuchtturm mit dem davor angelegten Hafen befanden sich im Schutz der Travemündung, sie lief deshalb nicht auf das offene Meer zu, dennoch wehte ihr ein eisiger Sturm entgegen. Sie musste sich dagegenstemmen, schlang die Arme schützend um ihren Oberkörper und zog den Kopf ein, als würde sie unter einer niedrigen Brücke hindurchmarschieren. Die Kälte prickelte wie Nadelstiche auf ihrer Haut. Doch das unfreundliche Wetter nahm sie kaum wahr. Ihre Blicke wanderten über die Schiffe, die am Ufer dümpelten, auf der Suche nach einer Bestätigung der Hinweise, die sie erhalten hatte.

Die meisten Filmschaffenden hatten versucht, sich aus dem Kriegsgeschehen herauszuhalten, so gut es eben ging. Die Listen der unabkömmlich gestellten Künstler waren selbst im letzten Kriegsjahr erstaunlich umfangreich. Wenn ein Mann trotzdem eingezogen wurde, halfen häufig Freunde und Kollegen mit Anträgen beim Propagandaministerium aus. Lili wusste von einem Textdichter, der zu einer Transporteinheit der Wehrmacht abkommandiert worden war und beauftragt wurde, für den Kulissenbau benötigtes Werkzeug an einen Drehort nach Bayern zu fahren; das Arbeitsmaterial gab es nicht, und auch der Film wurde nie beendet, aber der Mann musste nicht an die Front und konnte vor der heranrückenden Roten Armee fliehen. Regisseure forderten Schauspieler oder Drehbuchautoren und Kameramänner an für Produktionen, die niemals konzipiert wurden. Ob auf Hausbooten oder in Waldhäusern oder Berghütten, überall arbeiteten irgendwelche namhaften Vertreter der alten Ufa sehr angestrengt an einer Zukunft, von der alle wussten, dass es sie nicht gab. Es war wie eine illustre Welle von Flüchtlingen, die sich nach Westen bewegte. Wer in Berlin blieb, kam entweder nicht weg, war politisch verblendet oder tatsächlich so unpolitisch, dass man sich unangreifbar fühlte, oftmals mit tragischen Folgen. Immer brodelte die Gerüchteküche – und gerade die Geschichten über den letzten Film Thea von Middendorffs blieben trotz der historischen Ereignisse in aller Munde. Natürlich spielten die Faktoren Monumentalwerk in Agfacolor, die Stellung eines Ufa-Stars und der Skandal beziehungsweise das Geheimnis um den Tod ihres Ehemannes eine Rolle. Niemand konnte genau sagen, was wirklich in den Kulissen geschehen war, als sich Manfred von Middendorff erschoss. Die Pistole sollte weder geladen sein noch unbeaufsichtigt in der Dekoration liegen. Ein spektakulärer Suizid, ein tragischer Unfall, hervorgerufen durch einen Herzinfarkt, der sein Reaktionsvermögen lähmte, vielleicht sogar Mord – selbst für die Mitwirkenden war es unmöglich, der schrecklichen Geschichte einen Sinn zu verleihen. Es gab Gerede um eine Affäre der Schauspielerin mit ihrem jungen Regisseur, das genährt wurde, weil beide praktisch gleichzeitig von der Bildfläche verschwanden. Später hörte Lili, dass Leon Caspari sich in die Gegend um Hamburg hatte absetzen können; angeblich arbeitete er schon damals an einem neuen Film. Vielleicht war es der, den er jetzt drehte. Jedenfalls hatte ein Atelierbote aus Babelsberg behauptet, er sei nach Travemünde beordert worden, um die Negative zu ihrem Schöpfer zu bringen, habe Caspari aber nicht angetroffen und die Filmdosen an Bord eines Hausboots im Hafen versteckt. Der Kurier war nach Berlin zurückgekehrt, hatte sich als Kommunist ausgegeben und zur rechten Zeit bei der DEFA angeheuert, wo Lili ihm zufällig begegnete.

Lili schaute, kniff die Lider zusammen, um schärfer zu sehen, riss die Augen auf. Der Anblick des kleinen Hafens änderte sich nicht.

Da lagen die von Rotoren angetriebene Fähre über die Trave zum Priwall, ein britisches Marineschiff, zwei Fischerboote und eine herrenlos wirkende Yacht aus morschem Holz, deren

Bug so verwittert aussah, als würde es jeden Moment zusammenbrechen. Ein Hausboot war weit und breit nicht zu erkennen.

»Na?« Fontaine war neben Lili getreten. »Wo wollen wir uns an Bord schleichen?«

Sie schüttelte den Kopf. »Das Boot, das mir beschrieben wurde, ist nicht hier.«

»Der Skipper muss ja ziemlich wetterfest sein, um bei diesem Sturm auszufahren.«

»Hatte ich nicht erwähnt, dass es sich um eine Art Schwimmhaus handelt? Die fahren normalerweise nicht herum, sondern sind an der Liegestelle fest vertäut.«

Sie war viel zu verärgert über das Fehlen des Wohnschiffs, dass sie sich erst ein paar Atemzüge später klarmachte, wie dumm sie war. Sie hatte dem Geschwätz eines Mannes geglaubt, der sich womöglich nur wichtig machen wollte. Der prahlte. Genauso wie mit seiner wechselnden politischen Einstellung. Dabei hatte alles so plausibel geklungen, dass sie damals am liebsten sofort aufgebrochen wäre, um dieses angebliche Meisterwerk von einem Film aufzuspüren und zusammenzusetzen. War sie dennoch einem Schwindler aufgesessen?

»Vielleicht schwimmen im Krieg ja auch Häuser«, meinte Fontaine gedankenverloren. »Sind Sie sicher, dass es nicht an einem anderen Hafen in der Gegend angelegt hat? Hier scheint es mir ziemlich viele verschiedene Liegestellen zu geben.«

»Der Leuchtturm war erwähnt worden«, murmelte sie, ohne den englischen Offizier anzusehen.

»Hm.«

Die Situation war ihr unendlich peinlich. Sie fühlte sich als Versagerin, weil ihre Angaben so offensichtlich nicht stimmten. Zugegeben, es war fast zu einfach gewesen, die vergrabenen Negative im Volkspark Wilmersdorf in Berlin zu finden.

Dies und die weiteren Informationen hatten sie beflügelt, sie annehmen lassen, sie könnte die Retterin der verschwundenen Filme werden. War sie größenwahnsinnig geworden? Lili schüttelte über sich selbst den Kopf. Einen Atemzug später wurde ihr bewusst, dass Fontaine annehmen könnte, sie habe sich die Reise nach Hamburg absichtlich mit einer falschen Behauptung ergaunert. Er musste sie für eine Lügnerin halten.

Sie wandte sich zu ihm um, ihre Augen suchten durch die Brille seinen Blick. »Es tut mir leid«, sagte sie und hoffte, dass ihre Stimme fest genug war, um glaubwürdig zu klingen.

»Ja. Mir auch. Ja«, gab er zurück.

Er war verärgert. Das spürte sie deutlich. Ihr Herz sackte herab. »Es tut mir wirklich sehr leid, dass wir uns umsonst auf den Weg gemacht haben«, wiederholte sie. »Lassen Sie uns zurückfahren, bitte.«

Kein Kommentar. Seine einzige Antwort war, dass er stumm an ihr vorbei über die Travemündung blickte, schließlich die Brille abnahm und gedankenverloren seine Nasenwurzel massierte.

»Ich weiß, was Sie jetzt denken, aber glauben Sie mir, ich war überzeugt davon, dass die Negative hier im Hafen versteckt sind. Ich wollte Sie nicht benutzen und betrügen.«

Er setzte seine Brille wieder auf, sah sie durch die Gläser scharf an. »Mir tut leid, dass Sie sich so schnell entmutigen lassen, Lili Paal. Das hatte ich nicht erwartet.«

Sprachlos vor Staunen öffnete sie den Mund, klappte ihn aber wieder zu.

»Sehen Sie mal, da drüben auf der anderen Seite des Flusses«, er deutete in die Richtung, »das sieht auch wie ein Hafen aus. Wissen Sie, was das ist?«

»Der Priwall«, antwortete sie automatisch.

»Aha. Der Priwall also. Nun, ja. Der Name bringt mich nicht

weiter. So oder so, dort befinden sich anscheinend ebenfalls Liegestellen. Und die wiederum sind nicht nur in Sichtweite des Leuchtturms, sondern praktisch genau gegenüber. Vielleicht ist der Hafen dort gemeint.«

»Meinen Sie?« Lili zögerte. »In meiner Kindheit war der Priwall bekannt für den schönen Sandstrand, aber später war das Gebiet ein Testgelände der Luftwaffe, und auf der Werft wurden U-Boote gebaut oder erprobt, keine Ahnung, was genau. Ich glaube nicht, dass jemand in diese Sperrzone durfte, um Negative zu verstecken.«

»Ihr Filmleute hattet unter Goebbels Narrenfreiheit. Jedenfalls die meisten. Bei einem Streifen, der als wichtig eingestuft wurde, war sicher alles möglich.« Fontaine nahm Lilis Arm. »Kommen Sie. Die Fähre legt gleich ab.«

Seine Berührung verwirrte sie. Sie erinnerte sich, dass er sie am Bahnhof Zoo an der Hand hielt, als sie zum Zug rannten. Jene Geste hatte allerdings nicht annähernd so viel Vertrautheit an sich wie dieses Unterhaken. Ihr erster Impuls war, ihn abzuschütteln. Doch dann wurde ihr bewusst, dass er ihre Reaktion als ausgesprochen unfreundlichen Akt auffassen könnte. Die Intimität, die sie spontan fühlte, war womöglich nur einseitig. Wahrscheinlich wollte er nur fordernd und nicht freundschaftlich agieren. Ja, so war es wohl. Sie sollte endlich aufhören anzunehmen, dass er mit ihr flirtete. In gewisser Weise waren sie Geschäftspartner – mehr nicht.

Während sie aus den Augenwinkeln auf den Arm schielte, der sich unter den ihren geschoben hatte, ging sie an seiner Seite zu dem nur wenige Meter entfernten Fähranleger. Der Steuermann stand in seiner schäbigen Uniform, an der Tressen und Schulterstücke fehlten, an der Zugangsbrücke zu seinem Boot. Er unterhielt sich mit einem britischen Soldaten, hatte aber dennoch die Fahrgäste im Auge, die an Bord drängten.

Das waren vorwiegend Männer in Arbeitskleidung und einige wenige Mitglieder der Besatzungstruppen.

Fontaine reihte sich mit Lili in die Schlange ein. Als er an der Reihe war und mit der freien Hand den Mantel aufknöpfte, weil er in seiner Hosentasche anscheinend nach Kleingeld kramen wollte, wehrte der Seefahrer ab: »Lassen Sie man! Britische Offiziere nehme ich kostenlos mit. Und Ihre *Deern* auch.«

Nun schüttelte Lili Fontaines Arm doch ab. Sie hoffte, dass ihm der Grund für ihre Ruppigkeit nicht gleich auffiel, da sie ohnehin nicht nebeneinander an Bord gehen konnten. Dennoch: Mit einem *Tommy-Liebchen* wollte sie nicht verwechselt werden. Sie ging voraus, stieg mit glühenden Wangen an Deck.

Der Wind schlug ihr eisig entgegen, trieb ihr die Haarsträhnen in die Augen, die unter dem nachlässig aus ihrem Schal gebundenen Turban hervorlugten. Es roch nach Meer, nach Algen, Teer, Diesel und Fischabfällen, über dem aufgewühlten Wasser zogen die Möwen ihre Kreise. Seltsam, dass die Vögel nicht nach Süden gezogen waren. Waren Möwen überhaupt Zugvögel? Lili wusste es nicht. Sie fror, aber es machte ihr nichts aus, denn sie genoss den Augenblick, als sie sich eins mit der Natur fühlte. Einen Moment lang kam es ihr vor, als wäre sie ganz allein auf dem Schiff. Ein herrlicher Gedanke nach den quälenden Stunden mit meist fremden Leuten in Luftschutzkellern und Bunkern und der inzwischen friedlichen, aber beengten Wohnungssituation. Zwar durfte sie nach den furchtbaren Bombennächten jetzt schon den zweiten Spätherbst durchschlafen, doch die Erfüllung ihres Wunsches, ein Zimmer endlich wieder für sich allein zu haben, lag in weiter Ferne. Unwillkürlich dachte sie an Sophie, mit der sie zurzeit sogar das Bett teilte, und fragte sich wieder, ob ihre Mutter ihren Vater betrogen hatte. Es war ein schrecklicher, zerstörerischer Gedanke. Das Hochgefühl, das sie kurz erfasst hatte, versank in den Wellen, in die sie jetzt blickte. Ein Frösteln durchfuhr ihren Körper, das nichts mit der Witterung zu tun hatte.

»Sie zittern ja«, stellte John Fontaine neben ihr fest. »Ich würde Ihnen gern meinen Mantel anbieten, aber ich fürchte, das ist in der Öffentlichkeit nicht opportun. Er gehört dem König. Leider bin ich nicht als Privatmann hier.«

»Wenn Sie mir Ihren Mantel gäben, würden Sie frieren. Das will ich nicht.« Sie schenkte ihm ein kleines Lächeln, von dem sie hoffte, dass es freundlich, aber distanziert war, und keinesfalls als Reaktion auf seine charmanten Worte aufgefasst werden konnte. »Und im Übrigen befinden wir uns in einer geschäftlichen Beziehung. Als Privatmann sind Sie tatsächlich nicht hier.«

»Aye, aye, Mrs Paal!«

Machte er sich lustig über sie? Lili wagte nicht, ihm in die Augen zu sehen. Sie wollte weder sein Lachen darin lesen noch die gespielte Ernsthaftigkeit, mit der er auf ihren Familienstand hinwies. Irgendetwas war daran nicht in Ordnung.

Das Boot setzte sich in Bewegung, schaukelte leicht, als es dem Wellengang vergeblich zu trotzen versuchte. Lili hielt sich an der Reling fest und belastete ihre Beine gleichmäßig, um nicht hinzufallen. Ihr leerer Magen knurrte, leichte Übelkeit stieg in ihr auf. Früher war sie gern mit ihren Freunden über die Alster oder die Elbe gesegelt, jetzt wurde sie schon auf einer Fähre seekrank. Wenn sie das geahnt hätte, wäre sie lieber am Leuchtturm an Land geblieben.

»Warten Sie bitte einen Moment auf mich, ich bin gleich wieder da«, sagte Fontaine. Er berührte sanft ihre Schulter. »Aber fallen Sie nicht über Bord.«

Sie sah ihm nach, wie er sich an den Passagieren, die es ebenfalls an Deck getrieben hatte, vorbei zur Tür der Kajüte drängte. Was hatte er vor? Sicher hatte er ihr angesehen, dass ihr die Überfahrt nicht bekam. Vielleicht lief er davon, bevor sie sich übergeben würde. Verdenken konnte sie ihm das nicht. Sie lehnte sich über die Reling, hob den Kopf und versuchte, auf den Horizont zu schauen. Gleichzeitig bemühte sie sich, ruhig zu atmen. Durch die Nase ein und den Mund wieder aus. Und schön gleichmäßig mit den Bewegungen des Schiffs, rief sie sich einen alten Ratschlag ins Gedächtnis. Doch ihr Magen rebellierte weiter.

Fontaine hatte ihr sicher angesehen, dass es ihr schlecht ging. Ob er ihr ein Glas Wasser oder gar eine Kleinigkeit zu essen besorgen wollte? Beides gehörte an Bord bestimmt zu den Luxusgütern, aber als britischem Offizier standen ihm Quellen offen, die vor ihr als Deutscher verborgen wurden. Schon wieder benahm er sich äußerst ritterlich. Eigentlich war er ein toller Mann. Sie waren sich nur zum falschen Zeitpunkt unter den falschen Voraussetzungen begegnet. Während Lili über ihre komplizierte Beziehung zu John Fontaine nachdachte, kroch eine seltsame Gänsehaut über ihren Rücken und ihre Arme. Wie ein Schüttelfrost. Ihr Unwohlsein begann sich zu legen und wich einer tiefen Verwirrung.

Beim Anlegemanöver war der Engländer noch nicht zurückgekehrt. Spätestens an Land würden sie sich wiedersehen. Die Vorstellung, bald wieder festen Boden unter den Füßen zu haben, erleichterte sie. Lili holte tief Luft. Endlich tat es ihr wohl, ihre Lunge mit der salzigen Frische zu füllen, und kein Schaukeln wühlte mehr ihre Eingeweide auf. Sie brauchte nicht mehr zu befürchten, dass sie Gallenflüssigkeit spuckte. Schade einerseits, dass Captain Fontaine nicht an ihrer Seite war. Andererseits nahm sie es ihm nicht krumm, dass er vor ihr geflo-

hen war; seine Reaktion war ja verständlich, aber ... aber ...
Schlag ihn dir aus dem Kopf, schalt sie sich stumm.

Sie folgte den anderen Passagieren zur Laufbrücke. Beinahe
hätte sie Captain Fontaine übersehen. Erst als er ihr wie aus
dem Nichts in den Weg trat, bemerkte sie ihn. »Wo kommen
Sie denn her?«

»Ich habe ein sehr aufschlussreiches Gespräch mit dem
Steuermann geführt.«

»Oh!«

»Was dachten Sie?« Er wirkte aufrichtig erstaunt. »So ein
alter Matrose kennt sich in den Häfen doch besser aus als jeder
andere.«

»Ja, da haben Sie recht«, murmelte sie halbherzig. Auch wenn
er es wahrscheinlich nicht einmal ahnte, es war ihr zutiefst
unangenehm, angenommen zu haben, er würde sich um sie
kümmern wollen und nicht die Filmnegative als vordring-
lichste Aufgabe ansehen. Ein Glas Wasser oder etwas zu
essen – pah! Offensichtlich hatte John Fontaine nicht die Absicht, seine Ritterlichkeit zu übertreiben. Lili presste die Lippen aufeinander und fragte sich, ob sie mit dieser Entwicklung
zufrieden sein sollte, entsprach es doch ihrem gemeinsamen
Ziel. Und besser war es so allemal.

Schweigend gingen sie von Bord und über den Landungssteg.
Als der Boden unter ihren Füßen nicht mehr schwankte,
war Lili überzeugt, dass auch ihre Gefühle wieder gefestigt
waren.

»Der Steuermann hat mir erzählt, dass im April '45 Bomben
auf den U-Boot-Hafen und den Flugplatz fielen. Relativ bald
nach Kriegsende haben wir Briten die militärischen Anlagen
dann demontiert, allerdings durfte die Schlichting-Werft ihren
Betrieb rasch wieder aufnehmen. Dort werden ehemalige

deutsche Marineschiffe in Kutter umgebaut, die zur Fischerei und als Minensuchboote eingesetzt werden können ...«

Lili hörte Fontaines Ausführungen schweigend zu, aber ihre Gedanken schweiften ab, weil sie nicht verstand, was die Geschichte des Priwalls mit ihrer Suche zu tun hatte. Sie kletterte neben ihm über die Steine, die einen Streifen vertrocknetes, vom Raureif silbrig schimmerndes Gras von den gegen das Ufer schlappenden Wellen trennten. Ihr Begleiter hatte diesen Weg eingeschlagen, um nicht den Arbeitern zu folgen, die offenbar zur Werft wollten. Die übrigen Passagiere der Fähre zerstreuten sich in alle Richtungen, sodass sie schließlich wie auf einem Spaziergang ungestört unterwegs waren. Auf der anderen Seite der Trave stand der Leuchtturm, links davon schienen die hanseatischen Kaufmannshäuser mit ihren Stufengiebeln fast zum Greifen nah.

»Hallo?«

Lili riss sich von der Aussicht los. »Ja?«, fragte sie.

»Hören Sie mir überhaupt zu?«

Sie versuchte, sich an seine Ausführungen zu erinnern, doch waren nur noch Fragmente der neueren Priwall-Geschichte in ihrem Gehirn abrufbar. »Ja«, wiederholte sie deshalb einfach.

»Aha.« Fontaine legte eine Kunstpause ein und fuhr dann fort: »Es könnte demnach sein, dass Ihr Hausboot nach einer wechselvollen Geschichte gerade auf Fischfang geschickt wird.«

»Was?« Sie blieb verblüfft stehen. »Wie das?«

»Sie haben mir nicht zugehört«, stellte Fontaine fest. Er wirkte ein wenig beleidigt, erklärte jedoch geduldig: »Da die deutschen Marineschiffe zu Kuttern umgebaut werden, könnte dem Boot, nach dem wir suchen, dasselbe Schicksal widerfahren sein.«

Lili schüttelte den Kopf. »Nein, nein, nein. Die Rede war von einem Hausboot.«

»Es könnte sich aber auch um ein Marinewohnschiff gehandelt haben. Sozusagen ein Schwimmhaus für die Mannschaften der Seestreitkräfte der Wehrmacht. Warum nicht?« Er blieb stehen, deutete auf die wenigen Segler und Kutter, die ein paar Meter entfernt ankerten. »Die Auswahl an Modellen ist nicht sehr groß, nicht wahr?«

Die Vorstellung, dass die Filmrollen mitsamt dem fraglichen Boot abgewrackt worden waren, erschütterte Lili. Es war weniger peinlich als eine falsche Fährte, aber der Verlust war noch größer, weil unter diesen Umständen keine Hoffnung mehr bestand, den Streifen zum Leben zu erwecken. Allerdings: Am Leuchtturm gab es nun einmal kein Hausboot. »Warum haben Sie den Steuermann nicht konkret nach dem Kahn gefragt, den wir suchen? Ich meine, vielleicht weiß er etwas über eine Veränderung der Liegeplätze im Hafen auf der anderen Seite der Trave.«

»Wenn Sie aufhören würden, mich für einen Volltrottel zu halten, wäre uns beiden gedient.« Fontaine stöhnte.

Lili errötete. »Tut mir leid.«

»Ich habe ihn natürlich danach gefragt«, erklärte er seufzend, »aber unser Freund kann sich an kein Hausboot erinnern. Jedenfalls an keines, das im letzten Kriegsjahr am Leuchtturm festgemacht war. Wir sind auf der falschen Spur, aber ...«

»Ich kann das nicht glauben«, begehrte sie auf.

Fontaine lächelte. »Ich auch nicht. Die Begriffe Travemünde und Hausboot sind so eindeutig, dass ich mir sicher bin, die Negative waren hier – und sind es noch, wenn sie nicht auf einem Wohnschiff lagerten, das inzwischen umgebaut worden ist. Dann haben wir allerdings Pech.«

»Es gibt aber kein Haus ...«, Lili unterbrach sich, als ihr Blick das feldgraue Marinewohnschiff gegenüber fixierte. Als würde sie die Schärfe bei einem Objektiv einstellen, verwandelte sich ihre Betrachtung des Dampfers, der alles andere als Heimeligkeit ausstrahlte. Eine Miniaturkaserne auf dem Wasser mit kleinen Fenstern, schmalen Türen und einem Schornstein, der in seiner Schlichtheit weit entfernt von den stolzen Wahrzeichen der einstigen Handelsflotte war. »Wie können wir die Kabinen durchsuchen? Es wird schwierig werden, dorthin Zugang zu bekommen.« Sie klang, als würde sie ein Selbstgespräch führen.

»Meine Güte, Lili, ich bin britischer Offizier. Ich darf so ziemlich alles.«

Sie sah ihn so verdutzt an, als habe sie vergessen, wer er war. Dabei fand sie es eigentlich nur überraschend, dass er sie bei ihrem Vornamen nannte. Und er wiederholte ihn auch noch, als er fortfuhr: »Lili, die Knurrhahn wurde anfangs als Behausung für die Flüchtlinge aus Ostpreußen genutzt, wie ich hörte, dann war sie Lazarett und Hospital. Inzwischen untersteht das Wohnschiff ausschließlich der Besatzungsmacht.«

»Das heißt«, resümierte Lili langsam, »Sie dürfen an Bord, ich nicht.«

»Wahrscheinlich. Ja. So wird es sein. Aber ich hoffe, dass Sie auf mich warten.« Seine letzten Worte begleitete er mit einem breiten Grinsen, sodass sie bei anderer Gelegenheit durchaus zweideutig gewirkt hätten.

Doch dieses Mal war Lili immun gegen seinen Charme. Entschlossen machte sie kehrt. »Dann kommen Sie. Schnell. Wir müssen zurück zur Fähre.«

»Nein …«

»Wie bitte?« Sie blieb so abrupt stehen, dass sich durch die hektische Bewegung ein paar Steinchen lösten, polternd über die Befestigung fielen und mit einem Plopp im Wasser versanken.

»Ihr Eifer in allen Ehren, aber so schnell geht es nicht. Auch ein britischer Offizier kann sich nicht ungehindert auf seinem Territorium umsehen. Ich muss erst einmal den Kommandanten sprechen und darum bitten, an Bord gehen und nach den Negativen suchen zu dürfen. Vorher sollten wir beide aber etwas essen.«

Trotz ihres Magenknurrens antwortete Lili:»Wenn wir die Zeit vertrödeln, sind wir heute Abend nicht wieder in Hamburg.«

»Damit werden Sie wohl rechnen müssen«, konstatierte er emotionslos.»Die Wege von Befehlen sind unerforschlich und manchmal recht lang. Deshalb wage ich zu bezweifeln, dass ich heute noch auf die Knurrhahn darf. Wir müssen uns wohl oder übel eine Unterkunft suchen. Aber vorher möchte ich wirklich gern erst zu Mittag essen. Der Steuermann hat mir die Strandperle empfohlen, angeblich gibt es heute frischen Fisch.«

»Ich muss nach Hause.« Ihr Ausruf klang wie der Todesschrei eines waidwunden Tieres. Der Gedanke an ein richtiges Mittagessen, an frischen Fisch machte sie schwindelig. Aber da war die Pflicht, die sie ihrer Mutter gegenüber empfand. Doktor Caspari hatte ihr eingeschärft, dass Sophie sich regelmäßig aufsetzen musste, sonst bestand weiterhin die Gefahr einer Lungenentzündung. Wenn sich Gesa nicht gegen ihre Großmutter behaupten konnte, waren die Folgen nicht abzusehen. Und nur, weil Lili eine Nacht in Travemünde bleiben musste. Wollte. Tatsächlich war sie nicht abgeneigt, wieder von den Freiheiten zu kosten, die ein britischer Offizier besaß.

Fontaine schüttelte den Kopf.»Ohne Ihre Hilfe finde ich die Negative nicht. Das wissen Sie. Auch wenn Sie mir nicht direkt zur Hand gehen können, brauche ich jede Information, die Ihnen einfällt, und vielleicht müssen Sie meinen Fund unverzüglich identifizieren.«

165

Sie schwieg. Was sollte sie auch gegen seine Logik einwenden?

»Außerdem kann ich Ihnen keine andere Fahrgelegenheit nach Hamburg anbieten als meine Chauffeursdienste. Sie bleiben also bei mir, Lili Paal. Das ist ein Befehl.«

Sie hatte es nicht anders erwartet, und wenn sie in sich hineinhorchte, befolgte sie seine Order sogar gern. Frischer Fisch! Ihre Mutter würde verstehen, dass sie die Heimfahrt dafür verschob. Sicher kam Gesa allein mit ihr zurecht. Die war ein tapferes, kluges Mädchen. Und hatte es bis zu Lilis Ankunft ja auch geschafft.

»Der Steuermann sprach von Dorsch«, fuhr Fontaine im Plauderton fort, während sie vom Uferweg abbogen. »Das soll der am weitesten verbreitete Fisch in der Ostsee sein. Die Fangquote sei gerade recht gut, hörte ich ...«

3

Auf jedem Teller lagen tatsächlich je eine Scheibe gebratener Dorsch und zwei mehr oder weniger große Salzkartoffeln, Captain Fontaine bekam die größeren. Er war es auch, der mit der Wirtin an der Theke über den Preis des Mittagessens verhandelte, während Lili an dem einfach gedeckten Tisch saß und aus dem Fenster auf den verlassenen Strand blickte. Noch bevor sie die Mahlzeit vorgesetzt bekam, war ihr klar, dass ihre Lebensmittelkarte nicht dafür ausreichte. Fontaine hatte zwar gesagt, er wolle sie einladen, doch sie betrachtete das nicht als Selbstverständlichkeit und zerbrach sich den Kopf darüber, wie sie sich revanchieren könnte. Als das Fischgericht serviert wurde, starrte sie mit offenem Mund darauf, als wäre es eine Sinnestäuschung. Der Duft des Fetts stieg ihr in die Nase, und sie atmete mehrmals tief ein und aus, um ihren Appetit darauf zu verlängern.

Während sie aß, sprach Lili kein Wort. Sie konzentrierte sich so stark auf ihr Tun, dass sie ihre Umgebung völlig vergaß. Sie nahm nichts mehr wahr – außer dem Teller und was sich darauf befand. Erst als der letzte Krümel verspeist und der letzte Tropfen Margarine abgewischt war, sah Lili auf.

»Ich hatte schon befürchtet, Sie würden die Gräten essen«, bemerkte Fontaine amüsiert.

»Es war köstlich.« Lili warf einen bedauernden Blick auf die Reste des Fisches, die am Rand ihres Tellers lagen. »Und, ja, ich hatte daran gedacht.« Ein klägliches Lächeln huschte über ihr Gesicht.

Fontaine zog aus einer Tasche seines Uniformrocks ein

Päckchen amerikanische Zigaretten und Streichholzer. Er hielt die Chesterfield höflich in ihre Richtung.

Einen Moment lang überlegte Lili, ob sie eine Zigarette einstecken sollte, schüttelte dann jedoch den Kopf.»Danke, ich rauche nicht.«

Fontaine sah sie nachdenklich an.»Jede andere Frau hätte mein Angebot angenommen, ob sie nun selbst raucht oder etwas zum Tauschen braucht. Sie tun nichts davon. Das ist ziemlich bemerkenswert.«

»Oder dumm«, antwortete sie lächelnd.

»Zerstören Sie bitte nicht meine Illusion von einer ganz besonderen Person.« Er bediente sich selbst, das Streichholz flammte auf, Rauch verhüllte sein Gesicht.

Schweigend beobachtete ihn Lili. Dabei überlegte sie, ob er nett, freundlich oder bewusst charmant sein wollte.

Nach einem tiefen Zug an seiner Zigarette lehnte er sich auf dem Stuhl zurück und verkündete mit fast erschütternder Nüchternheit:»Jetzt müssen wir aber wieder an die Arbeit. Erzählen Sie mir bitte noch einmal alles, was Sie über das angebliche Versteck der Negative erfahren haben. Vielleicht haben wir ja ein Detail übersehen.«

Das war es dann, fuhr es Lili durch den Kopf, aus der Traum. Der zauberhafte Satz über die *besondere Person* war kein Kompliment, sondern nur etwas, das er irgendwie dahingesagt hatte. Wie ärgerlich, dass sie für derartige Sprüche aus seinem Mund anfällig geworden war.

Sie versuchte, sich auf das wesentlichere Thema zu konzentrieren, obwohl sie von dem ungewohnt vielen Essen schläfrig wurde. Langsam und mit wohlgesetzten Worten begann sie zu erzählen, wie der einstige Bürobote geschwätzig geworden war und ihr – unter der Hand – erzählte, was aus den Negativen zu Thea von Middendorffs letzter Produktion geworden war. Sie rief sich die Szene ins Gedächtnis zurück, erwähnte alten Kantinenklatsch, den sie längst vergessen zu haben glaubte, und setzte ein Puzzlesteinchen ans andere.

Schließlich meinte sie: »Vielleicht haben Sie recht, die Filmrollen könnten tatsächlich auf dem Marinewohnschiff sein. Wer weiß, was in jenem letzten Kriegswinter alles versteckt, vergraben und verschoben wurde. Und vor allem, wo. Ein Blick über den Tellerrand hinaus kann nicht schaden.«

Wie auf ein Stichwort schielte sie sehnsüchtig in Richtung Küche, wo das von den Gästen benutzte und inzwischen abgeräumte Porzellan vermutlich längst im Abwasch stand. Hatte sie wirklich jede Faser Fischfleisch von den Gräten gelutscht oder ein Fitzelchen übersehen? Ihre Gedanken schweiften ab. Sie hörte Fontaine kaum zu, der darüber spekulierte, wie das Schwimmhaus wohl von innen aussehen und wo sich das beste Versteck befinden mochte.

Ein jazziges Klaviersolo störte Lilis Träume von einem gut geheizten Schlafzimmer für sie allein und einem Steppbett, dessen Federn nicht von Alter und Feuchtigkeit verklumpt waren. Sie riss die Augen auf. »Was ist das denn?«, wunderte sie sich und wandte sich zu der Musik um.

In einer Ecke des Lokals hatten eine Handvoll Musiker ihre Plätze bezogen. Allesamt junge Soldaten in britischer Uniform. Das Pianino, an dem einer von ihnen jetzt in die Tasten haute, war Lili zuvor aufgefallen, aber sie hatte nicht damit gerechnet, dass diesem altersschwach wirkenden Instrument noch so schmissige Töne entlockt werden konnten. Die Trompete setzte ein, und eine Gruppe junger Leute, die um einen Tisch herum vor der improvisierten Bühne saßen, applaudierten begeistert. Es handelte sich ebenfalls um Besatzer, doch jeder hatte eine Freundin an seiner Seite, die ganz offensichtlich keine Engländerin war. Unwillkürlich lächelte Lili. Die Fans der Band waren nur unwesentlich älter als sie damals bei den heißesten Swing-partys. Das war vor dem Krieg gewesen. Und nun war es nach dem Krieg. Aber die Schlager klangen genauso wie damals.

»Möchten Sie tanzen?«, fragte Fontaine.

Aus ihren Erinnerungen gerissen, sah sie ihn verblüfft an.

»Warum sollte ich?«

Grinsend erhob er sich von seinem Stuhl. »Weil Sie heimlich eine Schrittfolge ausprobieren und der Tisch deshalb wackelt. Außerdem ist Ihr sehnsüchtiger Blick kaum zu ertragen.«

»Es ist erst Nachmittag, und ich bin nicht richtig ange-zogen«, protestierte sie.

»Wegen der Sperrstunde sind die Tanzveranstaltungen alle um diese Uhrzeit. Wussten Sie das nicht?« Er streckte ihr seine Hand entgegen. »An Ihrer Kleidung können wir nichts ändern, es wird schon gehen.«

Sie hatte nicht bemerkt, wie sie die Kontrolle über ihre Füße verlor. Aber als sie unter den Tisch sah, fiel ihr auf, dass ihre Fersen exakt die Spitze eines V bildeten. Ihr war gar nicht auf-gefallen, dass die Musik sie derart mitriss. John Fontaine war ein scharfer Beobachter. Sie kam sich vor wie ein junges Mäd-chen, das am Rand der Tanzfläche steht und darauf wartet, endlich aufgefordert zu werden. Das war ihr ebenso peinlich wie früher einmal in der gleichen Situation.

»Darf ich bitten?«

Es wäre nicht nur unhöflich, sondern unverzeihlich, ihn stehen zu lassen. Sie musste mit ihm tanzen, redete sich Lili im Stillen ein, ob sie wollte oder nicht. Er forderte sie ja nur aus Mitleid auf. Als sie seine Hand ergriff und sich hochziehen ließ, sah sie aus den Augenwinkeln, dass sich auch andere Paare zu der viereckigen Fläche zwischen den Tischreihen begaben. Wenigstens würden sie inmitten der anderen nicht so auffal-len, dachte sie erleichtert.

John Fontaine bewegte sich anfangs ein wenig steif, als befänden sie sich in einer Tanzschule, doch er führte gut. Sie sah ihm sein Erstaunen darüber an, wie selbstverständlich sie zum Lindy Hop herumwirbelte, und er machte zunehmend leichtfüßiger mit. Seine Verwunderung spornte sie an, sie drehte sich noch schneller an seiner Hand und tappte auf den dicken Sohlen ihrer Stiefel herum, als wären es Pumps. Es bereitete ihr nicht nur eine fast kindliche Freude, ihn zu verwirren. Sie hatte unbändigen Spaß, ließ sich vom Swing in eine andere Welt befördern, in der sie von der Musik in andere Sphären gehoben wurde. Nichts war plötzlich mehr schwer, kalt und entbehrungsreich.

Nachdem der Titel geendet hatte, stand sie um Atem ringend da. Mit leuchtenden Augen sah sie ihren Tanzpartner an und dankte ihm still, dass er ihr die Möglichkeit geschenkt hatte, sich frei zu fühlen.

»Meine Güte!«, rief Fontaine anerkennend aus. »Und ich hatte angenommen, die deutschen Mädels kennen nur den Walzerschritt.«

»Dann wissen Sie jetzt, was ein echtes Hamburger Swinggirl ist.«

Er nahm seine Brille ab, betrachtete eingehend die Gläser. »Ich habe von der Swingjugend aus der BBC erfahren. Thomas Mann sprach im Londoner Rundfunk über den Ungehorsam der jungen Hamburger, die teilweise mit schrecklichen Strafen rechnen mussten. Ich hätte nie für möglich gehalten, mit einem Mädchen zu tanzen, das dazugehörte.« Er schob die Brille wieder an Ort und Stelle und sah sie nachdenklich, wie ihr schien, sogar bewundernd an.

Die Musik setzte von Neuem ein. Diesmal spielte die Band einen langsamen Foxtrott. Lili hatte einmal gehört, dass dies eine sehr britische Variante der zum Jazz passenden Tänze war, und tatsächlich machte Fontaine seiner Lehrerin, wer immer dies gewesen war, alle Ehre. Er legte den Arm um Lili, umschloss ihre Hand und begann, sie nach den ersten Trommelschlägen auf den Takt genau mit ruhigen Schritten über die Tanzfläche zu schieben. Diesmal war sie die Angespannte, doch irgendwann passte sich ihr Bewegungsablauf wie selbstverständlich dem seinen an. Sie fragte sich nicht mehr stumm, was sie hier eigentlich taten, sondern ließ sich fallen. In seine Führung, in den Rhythmus, die Melodie. Die Band spielte »Night and Day« von Cole Porter, und Lili gab es auf, sich zu überlegen, ob das der richtige Hit für einen an sich gewöhnlichen Novembernachmittag in einem nicht einmal besonders schicken Lokal war.

Als Fontaine scheinbar plötzlich stehen blieb, stolperte sie und fiel gegen seine Brust.

»Hoppla!« Er hielt sie fest umschlungen.

Mit einiger Verzögerung begriff sie, dass er innegehalten hatte, weil der Tanz zu Ende war.

Sie spürte seinen raschen Herzschlag, den rauen Stoff seiner Uniform an ihrer Wange, atmete seinen Duft ein. Ihr wurde schwindelig und gleichzeitig leicht zumute. Es waren wundervolle Sekunden, bevor ihr Verstand einsetzte, der sie zwang, sich vorsichtig von ihm zu lösen.

»Ich glaube, es ist jetzt genug.« Ihre Stimme klang seltsam tonlos und so, als meinte sie nicht, was sie sagte. Um ihren Wunsch zu bekräftigen, trat sie einen Schritt von ihm fort.

»Schade«, erwiderte er, wies ihr aber mit ausgesuchter Höflichkeit den Weg zu ihrem Tisch. Im Hintergrund spielte die Band weiter, und die anderen Paare tanzten.

Lili versuchte, ihre Verlegenheit hinunterzuschlucken, was ihr jedoch nicht gelang. Still setzte sie sich auf ihren Platz. Wenn John Fontaine niemals erwartet hatte, ein Swinggirl in seinen Armen zu halten, so hatte sie nicht für möglich gehalten, dass die schwungvolle Musik und die Nähe zu einem attraktiven Mann sie dermaßen durcheinanderbringen könnte. Ihr letzter Tanz war schon lange her, von dem Austausch von Zärtlichkeiten ganz zu schweigen. Da Tanzveranstaltungen zu der Zeit weitgehend verboten waren, hatte sie sich nicht einmal bei ihrer Hochzeit zu einem Brautwalzer gedreht – und Albert war angesichts seiner unmittelbar bevorstehenden Einberufung wohl auch nicht sonderlich traurig darüber. Zudem war er – wie die meisten Musiker – vermutlich kein guter und schon gar kein begeisterter Tänzer. Ihre Hochzeitsnacht hatten sie im Hotel Esplanade verbracht, ihr Mann war schnell zur Sache gekommen und ebenso schnell fertig; sie fühlte sich gehemmt, als würde der Hoteldirektor, ihr Schwager, jeden Moment zur Tür hereinkommen. Es war keine besonders glückliche Nacht gewesen.

Sie biss sich auf die Unterlippe, als hätte sie laut über ihren Ehemann gesprochen. Eigenartig, dass sie ausgerechnet jetzt an ihr Zusammensein mit Albert Paal dachte.

Um zwischen sich und Captain Fontaine wieder ein bisschen Distanz zu schaffen, plapperte sie mit erzwungener Munterkeit drauflos: »Wenn Sie geglaubt haben, dass alle deutschen Mädels nur im Dreivierteltakt herumschweben können, wundern Sie sich bestimmt, dass ich die Schlager kenne, die die Band spielt. Auch im Krieg gab es Möglichkeiten, an verbotene Musik zu kommen, aber das hier waren ja etwas ältere Melodien. Außerdem ließen sich die Kapellen etwas einfallen, um den Kontrolleuren der Reichsmusikkammer zu entgehen. Englischsprachige Titel wurden einfach eingedeutscht, und wenn die Noten dann vorgelegt werden mussten, hieß etwa *A-Tisket, A-Tasket* ...«

»Lili«, fiel er ihr sanft ins Wort.

»Laterne, Laterne«, schloss sie ihren Monolog.

Er lachte. »Das haben die Inspektoren nicht gemerkt?«

»Nein. Ich meine, ja. Das ist erstaunlich, nicht wahr? Ich habe mich auch immer gefragt, warum das so lange gut ging. Offenbar kannten diese verblendeten Schnüffler nicht eine einzige Swingmelodie. Es kursierten damals ganze Listen mit den sogenannten Tarntiteln ...« Sie unterbrach sich, weil sie schon wieder zu viel redete. Verlegen senkte sie die Lider. »Entschuldigung, Sie wollten etwas sagen.«

»Wir sollten jetzt aufbrechen. Es wird Zeit.« Seine Stimme klang erstaunlich neutral.

Sie nickte. Er hatte recht. Für einen Moment hatte sie das Gefühl, zu weit gegangen zu sein. Und er auch. Zwischen ihnen beiden war etwas geschehen, vor dem sie vielleicht die Augen verschließen, das sie aber ganz sicher nicht vergessen konnte. Aber es durfte nicht sein. Und wenn sie mit dem Vergessen sofort anfing, war es am besten. Schließlich stand ihnen noch eine Nacht an der Ostsee bevor.

Hamburg

1

Gesa konnte es nicht lassen. Sie wusste, dass sie alle Verbote und gut gemeinten Ratschläge missachtete, aber es war wie Magie. Sie konnte nicht aufhören, an die Dreharbeiten von Leon Caspari zu denken. Natürlich war ihr klar, dass sie nicht mehr dort auftauchen durfte. So verblendet war sie dann doch nicht. Aber sie lief noch einmal an den Ruinen vorbei, wo sie das Set vermutete, wenn auch auf der anderen Straßenseite. Leider musste sie erkennen, dass die Filmleute weitergezogen waren.

Deshalb stürzte sie sich wieder auf die Aushänge der Tageszeitungen, um etwas über Leon Casparis Produktion zu erfahren. Doch sie fand keine neuen Nachrichten über die Arbeit des Regisseurs, nicht einmal Meldungen über seine Schauspieler. Statt über Bettina Unger las sie von einer Schwedin namens Ingrid Bergman, die in Hollywood als Nachfolgerin von Greta Garbo gefeiert wurde. Unter »Vermischtes« stand etwas über die erste Hochzeit einer Deutschen mit einem Angehörigen der US-Streitkräfte, die Berlinerin reiste derzeit mit dem Schiff in seine Heimat. Und der Trabrennfahrer Hänschen Frömming gewann den Großen Preis von Berlin mit einem Hengst, der *Kampfflieger* hieß. Gesa lachte und dachte, dass das Pferd seinem Namen wohl alle Ehre gemacht hatte.

Obwohl sie sich für Politik viel weniger interessierte als für den Gesellschaftsteil, blieben ihre Augen an der Überschrift »Kriegsgefangene sollen in die Heimat entlassen werden« hängen. Der Bericht behandelte die Forderung des amerikanischen Außenministers James Francis Byrnes, die von den Vereinigten Staaten an Frankreich übergebenen deutschen Kriegsgefangenen so schnell wie möglich nach Hause zu schicken. Das waren gute Nachrichten, fand Gesa, sie würde ihrer Tante davon erzählen, sobald die zurückgekommen war. Wenn Lilis Ehemann, den Gesa kaum kannte, weil sie ihn nur bei der Trauung gesehen hatte – wenn also dieser Ehemann nach Hamburg heimkehren durfte, würde Lili sicher in der Stadt bleiben und nicht mehr fortgehen. Obwohl sie mit ihr geschimpft hatte, erschien Gesa das Zusammenleben mit ihren Eltern viel leichter, seit Lili in Hamburg war. In ihr hatte sie eine erfahrene Freundin, das war so unendlich viel wert.

Unter dem Artikel über Mister Byrnes war ein Leserbrief abgedruckt:

Liebe Redaktion! Wir sind hier mehrere Kriegsgefangene aus Hamburg im Alter von 19 bis 22 Jahren auf einem einsamen Kommando in den Bergen Südostfrankreichs. Trotz Stacheldraht und schwerer Arbeit haben wir den Glauben an eine sonnige Zukunft noch nicht verloren, doch dazu gehört ein liebes Mädel aus unserer Heimat. Ob uns wohl jemand schreiben will?

Darunter standen ein Name, die Gefangenennummer und die Adresse eines Lagers im Département Isère, von dem Gesa keine Ahnung hatte, wo es sich befand. Dennoch zog sie ihren Rucksack von den Schultern und suchte darin nach Zettel und Stift. Ihre Mutter würde es als Verschwendung betrachten, etwas so Wertvolles wie Papier und eine Mine zu verwenden, um die Anschrift fremder Leute aus einer Zeitung zu notieren. Doch Gesa fühlte sich von den Zeilen sonderbar angezogen. Sie wollte den Männern schreiben. Natürlich war sie noch ein wenig jung, aber sie wollte ja keinen davon heiraten, auch wenn der Text natürlich ziemlich eindeutig klang. Auf die weite Entfernung spielten aber weder die Zukunft noch das Alter eine Rolle, und von dem Neunzehnjährigen trennten sie nur drei Jahre. Sie könnte sich außerdem älter machen, ein bisschen schauspielern. Ja, das könnte sie tun.

Auf ihrem Heimweg dachte sie darüber nach, was sie den jungen Männern schreiben würde. Nach einer Weile stellte sie fest, dass dies eine gute Gelegenheit war, ihre Träume zu teilen. Sie könnte von ihrem Wunsch erzählen, Schauspielerin zu werden, und darüber hinaus von den Dreharbeiten berichten, in die sie hineingeraten war. Sich Fremden mitzuteilen, war schwierig, wenn man sich ins Gesicht sah, aber auf die Distanz war das etwas ganz anderes, da konnte ein Unbekannter ein zuverlässiger und verschwiegener Gesprächspartner sein, dessen unvoreingenommener Ratschlag durchaus überdenkenswert wäre.

Vor der Wohnungstür lungerten wieder ein paar *Gäste* herum, die sicher Geschäfte mit ihrem Vater machen wollten. Gesa drängte sich grußlos an den Leuten vorbei. Das Gefühl beschlich sie, dass die Menschen hier im Treppenhaus eine andere Klientel waren als die üblichen Schwarzmarkthändler, sie wirkten krimineller als die An- und Verkäufer, die sich bei Tageslicht auf öffentlichen Plätzen herumtrieben. Wie zur Bestätigung spürte sie plötzlich eine Hand auf ihrer Schulter.

»Na, *mien Deern*, wo willst du denn so eilig hin?«

Dicke Finger drückten sich durch den Mantel in ihren Oberarm.

Was sollte sie tun?

Gesa blickte in finstere Gesichter, die halb verdeckt von tief heruntergezogenen Hüten waren. Männer umgaben sie, eine ältere Frau hielt sich im Hintergrund, aber die wirkte auch nicht vertrauenerweckender.

Beruhige dich!, mahnte eine innere Stimme. Du stehst nur wenige Stufen vor deinem Zuhause.

Es gab wohl tatsächlich keinen Grund zur Aufregung. Aber Gesa mochte es nicht, angefasst zu werden. Die Hand schloss sich jetzt sogar fester um ihren Arm. Gleich würde der Mann sie an sich ziehen ...

»Ich ruf meinen Vater!«, schrie sie.

Gelächter antwortete ihr.

Doch der Griff wurde lockerer. Geistesgegenwärtig nutzte Gesa die Gelegenheit, um sich der Zudringlichkeit zu erwehren. Sie wand sich und stürzte die Treppe hinauf. Den Mann, der sich ihr in den Weg stellen wollte, schubste sie energisch zur Seite – und wunderte sich einen Atemzug später über die Kraft, die sie dafür aufbrachte. Es polterte. Vielleicht strauchelte er. Es war ihr egal. Tränen schossen ihr in die Augen, und fast blind erreichte sie die Wohnungstür. Gott sei Dank war die nicht abgeschlossen.

Sie begab sich weder in die Räume ihrer Mutter oder ihres Vaters, um sich über die Kundschaft zu beschweren, sondern marschierte geradewegs zum Zimmer ihrer Großmutter. Ihr Herz pochte dabei so laut, dass sie meinte, es würde ihre Schritte übertönen.

Wie fast immer lag Sophie apathisch im Bett. Sie schlief jedoch nicht, sondern starrte blicklos an die Decke. Als Gesa zu ihr hintrat, drehte sie jedoch den Kopf.

Über Gesas Wangen liefen Tränen. Sie wusste nicht, ob sie weinte, weil der Mann im Treppenhaus sie geängstigt hatte. Sicher war noch ein bisschen schlimmer, dass die Filmleute verschwunden waren und sie ohnehin nicht bei den Dreharbeiten zuschauen durfte. Womöglich rührte sie auch das Heimweh der Kriegsgefangenen. Und dann war da noch ihre geliebte Oma, die nicht mehr mit ihr sprach. Gesa schluchzte.

Sophie hob eine zitternde Hand.

»Ach, Oma«, flüsterte Gesa. Sie warf den Rucksack auf den Boden und kniete sich neben das Lager. Dann umfasste sie die schwache Hand und hob sie an ihre feuchte Wange.

Zuerst war es nur ein Krächzen, ein unverständliches Murmeln. Schließlich formulierte Sophie die Worte »alles« und »gut«, das Verb »wird« dazwischen ging unter oder sie hatte es einfach vergessen. Ihre Sprache war verschwommen, jedoch verständlich.

Gesa war so verblüfft über die Töne, die Sophies Lippen verließen, dass sie zu weinen aufhörte. Sie schniefte. Dann sagte sie leise: »Danke.« Und fügte hinzu: »Ich habe dich lieb, Oma.«

Ein Lächeln war die Antwort. Sogar Sophies milchige Augen leuchteten auf.

»Damit alles gut wird, stehst du jetzt bitte auf«, forderte Gesa. Sie zog leicht an Sophies Hand.

Die schüttelte den Kopf.

»Nur weil Lili nicht da ist, bedeutet das nicht, dass du wieder einfach nur liegen darfst. Bitte, Oma, steh auf. Setz dich in den Sessel. Für mich.« Wie eine rigorose Krankenschwester griff Gesa unter die Achseln der Patientin, um ihr dabei zu helfen, sich aufzurichten. Dabei entwickelte sie schon zum zweiten Mal an diesem Nachmittag enorme Kräfte.

Sophie war nicht in der Lage zu widersprechen. Sie ließ geschehen, was ihre Enkeltochter verlangte.

Eine gute halbe Stunde später war Gesa erschöpft, aber ihre Großmutter saß nach einer Katzenwäsche mit gekämmten Haaren im Sessel. Gesa hüllte sie in eine Decke ein, schürte das

Feuer in der Brennhexe. Ungeachtet der Rauchschwaden, die wohl von feuchtem Holz oder einem falschen Brennmittel herrührten, setzte sie den Kessel auf. Während das Wasser darin kochte, schüttelte Gesa das Bett auf und räumte auf. Ihre Tante war zwar ordentlich, aber offenbar so kopflos aufgebrochen, dass noch Kleidungsstücke und Bücher herumlagen. Und zwei Briefe, die Gesa ganz hinten auf dem Tisch vorfand. Es sah aus, als würden die Umschläge jeden Moment zwischen Wand und Tischplatte rutschen.

Damit sie nicht herunterfielen, nahm Gesa die Schreiben an sich. Ohne darüber nachzudenken, ob sie eine Indiskretion beging, sah sie auf den Empfänger. Eigentlich wollte sie die Kuverts sichtbar auf den Tisch legen, damit Lili sich selbst um den Versand kümmerte. Doch dann las sie die Adresse:

Herrn Albert Paal, Gefangener Nr. 1 202 052 052
Postfach 142
Barraux, Isère, Frankreich

Offensichtlich waren es Briefe von Lili an ihren Mann im Kriegsgefangenenlager. An dieselbe Anschrift, unter der auch die jungen Männer erreichbar waren, deren Leserbrief Gesa so berührt hatte. Was für eine seltsame Duplizität. Im nächsten Moment fragte sich Gesa, wieso Lili ihre Post noch nicht aufgegeben hatte. Bestimmt wartete Albert Paal genauso auf Nachrichten von zu Hause wie die jüngeren Soldaten, die ein *liebes Mädel* suchten. Da es sich gleich um zwei Schreiben handelte, wusste Lilis Mann vielleicht noch nicht einmal, dass sie sich in Hamburg befand. Gesa schüttelte gedankenverloren den Kopf. Sicher war Tante Lili überfordert. Das waren Erwachsene manchmal. Die Krankenpflege, das Kino, ihr Beruf – da blieb wohl nicht viel Zeit, um an den eigenen Gatten zu denken. Gesa meinte zwar, dass ihr das nie passieren würde, aber sie wollte sich um Lilis Briefe kümmern, genauso, wie sie sich um Lilis Mutter kümmerte.

Der Wasserkessel pfiff leise vor sich hin.

Rasch schob Gesa die Kuverts in ihre Tasche. Sie würde sie später zur Post bringen. Aber erst einmal würde sie der Oma einen Tee aus ihren im Sommer an der Alster gesammelten und später getrockneten Kräutern bereiten. *Gesammelt* war vielleicht das falsche Wort. Gesa hatte sie aus dem Küchengarten einer Villa geklaut. Aber Mundraub wurde heutzutage sogar von der Kirche erlaubt. Darüber hatte der Pastor im Religionsunterricht referiert.

Gesa kicherte. Es war ein schönes Gefühl, etwas für andere zu tun, dachte sie wie so oft in letzter Zeit. Ganz egal, ob es sich um das Verteilen von Suppe an arme Kinder handelte, um den Diebstahl von einigen Stängeln Minze, Salbei, Thymian und Melisse oder um ein paar Briefe, die sie an ein Kriegsgefangenenlager in Frankreich schicken wollte.

2

»Ich war selten so baff«, gestand John Fontaine schmunzelnd.

»Ja«, Lili klopfte auf die beiden flachen Blechdosen, die auf ihren Knien lagen, »ich bedauere sehr, dass ich nicht dabei war, als der Kommandeur des Marinewohnschiffs Ihnen diese Rollen aushändigte.«

»Mein Gesichtsausdruck war sicher sehenswert«, stimmte Fontaine zu.

Lili betrachtete ihn von der Seite und dachte, dass es sehr sympathisch war, ihn so losgelöst und fröhlich zu erleben, allerdings irgendwie fehl am Platz. Sie saßen wieder im Auto und befanden sich auf dem Rückweg nach Hamburg, und heute hielt Fontaine das Lenkrad nicht so verbissen umklammert, was wohl nicht nur an dem milderen Wetter lag. Die Materialien aufgefunden zu haben bedeutete einen kleinen Sieg. Wenn auch nur einen Etappensieg. »Das ist aber noch nicht alles«, sagte sie. »Ein neunzig Minuten langer Spielfilm besteht aus durchschnittlich bis zu zweitausend Metern Zelluloid. Das sind mehr als zwei Dosen.«

»Dann suchen wir eben weiter.« Sein Lächeln wurde breiter. »Ich könnte mich daran gewöhnen, mit Ihnen unterwegs zu sein.«

Und ich gewöhne mich gerade viel zu sehr an deinen Charme, dachte Lili.

Sie wandte den Kopf und sah aus dem Fenster, wo das spätherbstliche norddeutsche Flachland an ihr vorüberzog. Das bunte Laub war längst abgefallen und einem trostlosen Grau gewichen, die regenschweren Wolken hingen so tief, dass Lili befürchtete, sie würden auf das gewölbte Dach des Käfers fallen. Gewissermaßen drückte dieses Bild ihre Gefühle aus. Das Wissen um ihre Empfindungen gestern während des Tanzes lag wie eine bleierne Last über ihr. Sie durfte sich nicht verlieben. Du lieber Himmel, sie war verheiratet, und auch wenn ihre Ehe nicht aus Liebe geschlossen worden war, so schuldete sie Albert wenigstens Loyalität. Was immer die Zukunft brachte, so zu tun, als gäbe es ihn nicht, war unter den herrschenden Umständen mehr als nur Untreue, es war definitiv Verrat.

Die halbe Nacht hatte sie sich gefragt, ob John Fontaine heimlich einen Hotelflur entlang zu ihrem Zimmer geschlichen wäre und leise geklopft hätte, wenn die Wohnsituation in Travemünde der in Vorkriegszeiten entspräche. Der eine oder andere luxuriöse Aufenthalt mit ihren Eltern im Kurhaus-Hotel war ihr noch deutlich im Gedächtnis. Doch außer der Fassade im Stil der Bäderarchitektur des vorigen Jahrhunderts und einem schwachen Abglanz der Holzvertäfelungen in Halle und Treppenaufgang war wenig wie damals. Das Gebäude war ein Wohnheim für Angehörige des britischen Militärs, im angrenzenden Kurhaus waren Flüchtlinge und Verwundete untergebracht, ebenso in den Räumen des ehemaligen Casinos etwas weiter an der Promenade. Fontaine hatte sich durchfragen müssen, um eine Schlafgelegenheit für sich und Lili zu finden. Vor diesem Hintergrund verblasste jede leidenschaftliche Ambition. Schließlich war er auf dem Sofa eines Offiziers untergekommen, für sie hatte er das Notbett im Zimmer einer englischen Marinehelferin requiriert. Da die andere Frau einen guten Schlaf besaß, den ihr tiefes Schnarchen begleitete, tat Lili kaum ein Auge zu. Deshalb hatten sich ihre Gedanken auf einem ziemlich gefährlichen Terrain bewegt.

»Der Kommandeur gab mir so mir nichts, dir nichts die Dosen, als hätte er nur darauf gewartet, dass sich endlich jemand dafür interessiert. Ich hatte keine Chance, auf die Suche nach weiteren Materialien zu gehen. Genau genommen wüsste ich auch gar nicht, wo ich den Rest hätte finden sollen. Die Architektur eines Marinewohnschiffs ist mir leider völlig fremd.«

Sie zwang sich dazu, sich statt auf seine Anziehungskraft auf das einzige Thema zu konzentrieren, das sie verband. »Ich habe ja auch keine Ahnung«, sagte sie, »aber ich wette, demjenigen, der die Negative versteckt hat, geht es nicht anders. Ärgerlich nur, dass ich nicht dabei war und Sie darauf aufmerksam machen konnte, dass Ihr Fund nicht dem vollen Umfang eines Spielfilms entspricht.«

»Es wäre unhöflich gewesen, dem Kommandeur mitzuteilen, dass mir nicht reicht, was er freiwillig herausgegeben hat.«

»Was hat denn das mit Höflichkeit zu tun?«

»Es hat vor allem etwas mit meinem Dienstgrad zu tun.«

»Ein *Captain* ist in der British Army ein Hauptmann, nicht wahr?« Ohne seine Antwort abzuwarten, fügte sie hinzu: »Sie haben es also ziemlich weit gebracht.«

Er lachte. »Ja. Danke. Ja. So kann man es auch sehen. Aber ein *Commander* darf mir Befehle erteilen und nicht umgekehrt. Ich habe ihn allerdings gebeten, sich bei mir zu melden, falls er noch etwas auftreibt.«

»Großartig«, schnarrte sie.

»Ach, kommen Sie, Lili, das ist kein Grund, verärgert zu sein. Ich habe schon bemerkt, dass Sie gern alle Fäden selbst in der Hand halten. Aber manche Dinge lassen sich nun einmal nur unter Männern regeln.«

Das war natürlich richtig, sie wusste es. Genauso, wie ihr klar war, dass sie ein Marinewohnschiff der britischen Besatzer nicht betreten durfte. Weder als Frau noch als Deutsche. Aber so wunderbar es war, wenigstens einen großen Teil der

Materialien aufgetrieben zu haben, es fehlte noch der Rest – und sie hatte nicht die geringste Ahnung, wo sie danach suchen sollte. Das machte sie traurig. Und auch ein bisschen wütend.

»Wenn sich noch etwas auf dem Kahn befindet, wird es der Kommandeur finden«, fuhr Fontaine mit einem selbstzufriedenen Lächeln fort. »Ich habe ihn neugierig gemacht. Jetzt ist er erst einmal beschäftigt, und wir wissen, dass es nichts an Bord gibt, was wir wollen, wenn seine Leute nicht fündig werden.«

»Das ist ein durchaus diplomatischer Schachzug«, lobte sie. Aus einer Eingebung heraus wollte sie einen Atemzug später wissen: »Haben Sie eigentlich in der Truppe gekämpft?«

Er ließ sich mit seiner Antwort Zeit. »Nein«, erwiderte er mit einem spöttischen Unterton, »das Kriegsministerium schätzte meine diplomatischen Fähigkeiten mehr.« Als sie darauf nichts sagte, fügte er ohne jede Ironie hinzu: »Ich bin zu blind für die vorderste Front.«

»Ich verstehe«, murmelte sie, weil sie nicht wusste, ob er seine mangelhafte Diensttauglichkeit als Glück empfand. Sie hatte gehört, dass viele Briten freiwillig in den Krieg gezogen waren, um Europa vom Faschismus zu befreien. Ihr fiel ein, was sein Freund Talbott-Smythe über die gemeinsame Studienzeit gesagt hatte, und bevor sie sich zurückhalten konnte, war schon die Frage über ihre Lippen: »Hatten Sie vielleicht auch Schwierigkeiten bei der Army, weil Ihre Eltern aus Deutschland eingewandert waren?«

»Sie wollen es jetzt aber ganz genau wissen«, gab er zurück. Er beschleunigte den Käfer, das knatternde Motorengeräusch wurde lauter. Doch nachdem er das Militärfahrzeug überholt hatte und wieder auf die rechte Spur eingeschert war, nahm er die Geschwindigkeit nicht zurück. Ganz offensichtlich diente sein Manöver dazu, ihrer Frage auszuweichen.

Dann eben nicht, fuhr es Lili durch den Kopf. Dann eben keine private Unterhaltung. Verliebte erzählten sich gegenseitig aus ihrem Leben – sie waren Geschäftspartner, da galten andere Regeln. Dabei wusste er ziemlich viel über sie, aber vielleicht interessierte ihn das gar nicht.

Plötzlich wurde der Käfer langsamer.

»Meine Mutter stammt aus einer jüdischen Familie«, begann John Fontaine so langsam wie bei einem Vortrag. »Ihre Leute waren nicht sehr gläubig, deshalb durfte sie einen *Goi* heiraten, und ihr Sohn wurde protestantisch getauft. Ihre Sicht auf ihre Religion veränderte sich allerdings mit dem Erstarken des Nationalsozialismus. Nachdem sie beim Verlassen der Synagoge von einem SA-Knilch abgepasst und geschlagen worden war, fand mein Vater es an der Zeit, das Deutsche Reich zu verlassen. Das war zwei Jahre vor der Machtergreifung Hitlers, und über Spanien, das damals ein Land mit wechselnden Militärdiktaturen und noch nicht von Franco beherrscht war, kamen wir nach London.«

Ihr fehlten die Worte, um ihr Mitgefühl und ihre Bewunderung für seine Eltern auszudrücken. In den Ateliers in Babelsberg hatte spätestens nach dem Selbstmord des Schauspielers Joachim Gottschalk jeder – vom Pförtner bis zum Star – gewusst, welches Risiko ein Mann einging, der mit einer Jüdin verheiratet war. Das war '41 gewesen. Aber sie hatte schon vorher von ihren Freunden, die auf Heimaturlaub von der Ostfront kamen, von Erschießungskommandos erfahren. Die Swingboys nahmen kein Blatt vor den Mund. Doch zu dieser Zeit war sie bereits in ihrer eigenen kleinen Welt am Schneidetisch versunken. Nach dem Krieg hatte sie von Nachbarn in Berlin gehört, die eine jüdische Familie hatten verstecken können, und von einem anderen Ehepaar in ihrem Kiez, das aufgeflogen und mitsamt seinen Schützlingen abtransportiert worden war. Die Weitsichtigkeit, die den alten Fontaine bewogen haben musste, seine Heimat zu verlassen, war nicht allen gegeben. Und vielen fehlten vermutlich schlicht die Mittel für die Emigration.

»Was macht Ihr Vater beruflich?«, entfuhr es ihr. Im nächsten Moment befürchtete sie, ihn durch ihre Nachfrage erschreckt zu haben.

Doch John antwortete: »Sie werden es nicht glauben: Mein Vater ist Filmproduzent. Der letzte deutsche Streifen, den er herstellte, war das Debüt Thea von Middendorffs.«

»Ah, deshalb«, resümierte sie und brach in beredtem Schweigen ab.

»Ja. Genau. Deshalb«, bestätigte er.

Mehr brauchte nicht gesagt zu werden. Sie hatten sich ohne viele Worte verstanden.

3

Hans Seifert schüttelte energisch den Kopf. »Ich kann das nicht machen«, wehrte der alte Vorführer ab. »Nein, das mache ich auf keinen Fall. Wirklich nicht. Tut mir leid.«

»Doch«, widersprach Lili, »Sie können uns den Film zeigen.« Nachdrücklich fügte sie hinzu: »Eine bessere Möglichkeit haben wir nicht.«

Er stieß einen Seufzer aus, der seine tief empfundene Qual zum Ausdruck brachte. »Aber, Chefin, Sie wissen doch selbst am besten, dass die Negative kaputtgehen werden. Durch die Maschine können Staubkörnchen auf den Film kommen, aber auch Kratzer und andere Beschädigungen. Wenn Sie mir eine Arbeitskopie geben, lege ich die sofort ein. Aber dieses Material fasse ich nicht an.«

»Woher soll ich denn eine Arbeitskopie nehmen? Dafür gibt es ja nicht einmal ausreichend Rohstoffe ...« Zweifelnd sah Lili zu John Fontaine. »Oder?«

Der Engländer lehnte mit dem Rücken am Türstock des mit Technik vollgestopften Vorführraums im Kino am Jungfernstieg. Hier hatte er die meiste Bewegungsfreiheit. Er schien zu groß, um eintreten zu können und neben Lili und Hans zwischen den beiden Projektoren, dem Verstärker, Tischen und Regalen mit alten Filmdosen und dem Notstromaggregat, das mangels Diesel nicht betrieben wurde, Platz zu finden. Als Lili ihn ansprach, richtete er sich auf.

»Natürlich könnte ich versuchen, die Negative an ein Kopierwerk zu geben. Aber es dürfte bei der allgemeinen Knappheit tatsächlich schwierig sein, Materialien für einen Spielfilm anzufordern, den ich noch nicht einmal in Augenschein nehmen durfte.« Er legte eine Kunstpause ein und ergänzte dann giftig: »Mit Rohstoffen gehen die Sowjets großzügiger um, die haben allerdings auch mehr Möglichkeiten in ihrem Sektor, alle relevanten Kopierwerke befinden sich in der Ostzone.«

Genervt von seinen Spitzen gegen ihre Arbeit für die DEFA verdrehte Lili die Augen.

Fontaine schien ihre Reaktion nicht zu bemerken oder ignorierte sie. »Bevor ich alle mir zur Verfügung stehenden Hebel in Bewegung setze, sollte ich wenigstens wissen, ob der Film hält, was er verspricht. Oder ob in den Dosen tatsächlich das lagert, was wir erwarten.«

»Was?« Lilis Stimme überschlug sich. »Glauben Sie etwa, dass Ihnen in Travemünde Fälschungen angedreht wurden?«

»Entschuldigen Sie, Sir«, meldete sich Hans unterwürfig zu Wort, »die Dosen sind ordnungsgemäß beschriftet.«

»Das stimmt – ja. Aber ich möchte meinem Dienstherrn nicht erklären müssen, warum ich ihm etwa ...«, Fontaine stockte, schien zu überlegen, dann setzte er hinzu: »Warum ich ihm etwa einen falsch datierten Privatfilm von einer Liebesnacht mit Joseph Goebbels und Lída Baarová vorlege und nicht das Meisterwerk von Leon Caspari mit Thea von Middendorff in der Hauptrolle, das ich angekündigt habe.«

Hans stieß zischend die Luft aus. »Ersteres würde wahrscheinlich auch interessieren.«

»Ja, wahrscheinlich. Das war wohl ein schlechtes Beispiel«, gab Fontaine zu.

Lili hatte sich schon während der aktiven Zeit des Propagandaministers nicht am Klatsch über seine Affären mit dunkelhaarigen rassigen Schauspielerinnen beteiligt, sie würde auch jetzt nicht darüber reden. Weniger aus Rücksichtnahme auf die beteiligten Personen, sondern weil sie die Vorstellung des mächtigen Strippenziehers anwiderte, der sich schöne Frauen ins Bett holte. Sie begegnete Fontaines Blick, er wirkte plötzlich verlegen.

»Ich muss mich davon überzeugen, dass alles seine Richtigkeit hat«, rechtfertigte er seinen Wunsch, die kostbaren, fragilen Materialien zu sichten. »Herrje, ich unterstehe einer Rangordnung und vielen Vorschriften. Ein Irrtum steht nicht im Einsatzbuch. Das müsste ein Deutscher doch verstehen.«

Jetzt schwieg Hans betreten.

Lili nickte. »Da ich hier über keinen Schneidetisch verfüge, muss ich auf die Ausstattung zurückgreifen, die da ist«, erklärte sie. »Hans, ich bin in Vertretung meiner Mutter Ihre Chefin. Tun Sie bitte, was ich Ihnen sage.« Ihr Ton war leiser geworden. Sie wies den treuen alten Mitarbeiter nicht gern auf seine untergeordnete Stellung hin.

»Der Film ist britisches Eigentum«, erinnerte Fontaine. Seine Augen hinter der Brille funkelten belustigt. »Deshalb habe *ich* die Entscheidungsgewalt darüber, Frau Chefin.«

Lili verdrehte noch einmal die Augen.

Er klopfte Hans in einer für ihn ungewöhnlich jovialen Geste auf die Schulter. »Ich bin sicher, Sie werden die Rollen so vorsichtig einlegen, dass kein Meter Film verkratzt oder auf andere Weise zerstört wird.«

Der Vorführer bewegte sich wie in Zeitlupe, offensichtlich hin- und hergerissen zwischen seinem Pflichtbewusstsein und der Furcht um die empfindlichen Materialien. Er hantierte an dem Projektor, drehte an Knöpfen, bediente Schalter, als wäre er sehr beschäftigt. Ob seine Handgriffe sinnvoll waren, wusste außer ihm jedoch niemand.

»Ich danke Ihnen sehr für Ihre Mühe«, sagte John Fontaine. Er griff in seine Tasche und zog ein Päckchen Chesterfields heraus, legte die Zigaretten auf den schmalen Tisch unter dem

Guckloch in den Kinosaal. Ohne eine Antwort abzuwarten, wandte er sich kommentarlos zum Gehen. Er zog den Kopf ein und trat in den Flur hinter dem Vorführraum. Dort blieb er stehen.

»Sehr wohl, Captain Fontaine!«, rief Hans ihm nach. Lili folgte John. »Ihre Überredungskünste sind wirklich beeindruckend.« Sie meinte es nicht so flapsig, wie es klang. Hans konnte die Zigaretten gewiss gut gebrauchen, wenn nicht zum Rauchen, dann um sie gegen Lebensmittel oder andere Alltagsgegenstände zu tauschen.

»Das war einfach«, erwiderte Fontaine.

»Na, dann wollen wir mal sehen, ob Leon Casparis Film tatsächlich ein Meisterwerk ist.« Lili lächelte ihn an. »Ich gestehe, dass ich vor Neugier platze.«

Sie machte einen Schritt nach vorn, doch er hielt sie plötzlich zurück. Seine Hand lag sanft auf ihrer Schulter und erinnerte sie schmerzlich an die wundervollen Minuten beim Tanz in der Strandperle auf dem Priwall. Unwillkürlich begann ihr Herz schneller zu schlagen.

»Vielleicht gibt es schon bald ein Kopierwerk in Hamburg«, sein Ton war gedämpft, als dürfe Hans davon noch nichts erfahren. »Die Anträge auf Gründung eines Filmbetriebs sind nicht mehr zu zählen. Wie die Pilze wachsen neue Geschäftsmodelle aus dem Boden. Eines davon ist ein Unternehmen namens Atlantik Film, das eng mit den neuen Alster Studios verbunden ist ...«

»Ich habe keine Ahnung, wovon Sie reden«, warf Lili ein. Sie war ein wenig enttäuscht, weil sich seine Berührung so angenehm anfühlte, seine Worte jedoch ausschließlich professionell waren. »Bislang dachte ich, dass es hier kein einziges Atelier gibt.«

»Noch stimmt das auch«, bestätigte er. »Kürzlich wurde erst

ein Synchronisierungsatelier mit einschlägigen Nebenbetrieben, wie es im Amtsdeutsch heißt, genehmigt. Natürlich hat die *Film Section* ein Interesse daran, dass britische Filme übersetzt und synchronisiert werden und in die deutschen Kinos kommen. Aber es wird eine weitreichendere Lizenz vorbereitet, zumal die Technik aus ehemaligen Beständen von Heer und Luftwaffe requiriert werden konnte. Das heißt, in einem Gasthof in Ohlstedt wird ein Atelierbetrieb entstehen, der Ihnen die Möglichkeit verschafft, in Hamburg als Cutterin zu arbeiten.«

Die vielen Informationen verwirrten sie ebenso wie seine Hand, die noch immer auf ihrer Schulter lag. »Ohlstedt? Wieso Ohlstedt? Da gibt es doch nur viel Wald und wenige Häuser.« Was für ein dämlicher Kommentar, fuhr es ihr einen Atemzug später durch den Kopf.

»Warum sich gerade dieser Gasthof als Studio eignet, wurde mir nicht gesagt. Vielleicht sollten wir gemeinsam hinfahren und uns ansehen, was an dem Lokal so besonders ist. Die Adresse ist Melhopweg.« Er lächelte, das schwache Licht der Flurbeleuchtung brach sich an den Gläsern seiner Brille, sodass sie nicht in seine Augen schauen konnte.

»Ich kenne die Straße nicht«, murmelte sie und ärgerte sich gleich darauf wieder über ihren dümmlichen Kommentar.

Glücklicherweise ignorierte er den Einwand. »Nach unserer erfolgreichen Reise nach Travemünde könnte ein Ausflug nach Ohlstedt ein weiterer Meilenstein in der Geschichte des deutschen Nachkriegsfilms werden.«

»Ach ja?«

Seine Hand sank herab. »Ich würde mich übrigens dafür aussprechen ...«

»Wir können!«, schallte die Stimme von Hans aus dem Vorführraum.

»Tja, dann …«, murmelte John.

»Noch eine Minute«, rief Lili dem Kinomitarbeiter zu. Sie sah erwartungsvoll zu John auf. »Sie wollten noch etwas sagen. Wofür würden Sie sich aussprechen?«

Als müsste er sich sammeln, bevor er den Faden wieder aufnahm, fiel er in ein kurzes nachdenkliches Schweigen. »Eine Schnittmeisterin mit Ihren Qualitäten dürfte hier in wenigen Wochen sehr gefragt sein«, begann er dann. »Ich würde deshalb gern dafür sorgen, dass die Gültigkeit Ihres Interzonenpasses verlängert wird. Bei besonderer Befähigung auf dem Arbeitsmarkt kann sogar eine Zuzugsgenehmigung erteilt werden, sodass Sie ganz in Hamburg bleiben können, wenn Sie möchten.«

Ihr Herz schien einen Schlag lang auszusetzen. War sein Wunsch, dass sie in der Hansestadt blieb, wirklich nur beruflicher Natur? Leider konnte sie noch immer nichts in seinen Augen lesen. Andererseits war es nebensächlich, warum er ihr die nötigen Papiere verschaffen wollte, sie bekam die Möglichkeit, bei ihrer Mutter zu bleiben und gleichzeitig ihrer Arbeit nachzugehen. Das war wunderbar. Vor lauter Furcht, ihren ersten Impuls nicht kontrollieren zu können und ihm aus lauter Dankbarkeit um den Hals zu fallen, sagte sie erst einmal nichts.

Prompt missverstand er sie. »Wenn Sie rasch zurück nach Berlin wollen, ist das auch in Ordnung. Aber Sie müssen sich nicht jetzt sofort entscheiden, Sie können es sich noch überlegen.«

Sie nickte, obwohl es natürlich nichts zu überlegen gab. »Sie sind sehr freundlich.« Sie hörte sich selbst reden und schalt sich insgeheim, weil ihre Worte diesmal nicht nur dumm, sondern hohl klangen. Warum war sie in seiner Gegenwart plötzlich so verklemmt?

Nach einem etwas unangenehmen Schweigen schlug er vor: »Bis Sie mit Ihrer Abwägung fertig sind, sollten wir uns die Materialien ansehen, die wir aufgestöbert haben.«

»Ja. Natürlich. Lassen wir Hans nicht länger warten.« Unversehens fühlte sie sich in ihrer Rolle als Hausherrin des Kinos deutlich sicherer als in ihrer Position zuvor. »Bitte, Captain Fontaine, kommen Sie, es geht hier entlang ...«

Später fragte sie sich, ob sie ein Teufel geritten oder ein Engel geleitet hatte, denn sie fasste, ohne zu überlegen, nach seiner Hand, um ihn in den dunklen Kinosaal und dann zu einer Reihe in der Mitte zu führen, von deren Plätzen aus die Sicht auf die Leinwand besonders gut war.

Widerstandslos begleitete er sie.

Erst als sie ihn losließ, damit er sich setzen konnte, fiel ihr die Selbstverständlichkeit auf, mit der sie sich an den Händen gehalten hatten. Nicht nur sie hatte seine Hand umfasst, er verflocht seine Finger mit den ihren.

Ihr Körper suchte seine Nähe, ihr Verstand zog sie von ihm fort.

Die Vernunft gewann den inneren Kampf. Bei der Wahl ihres Sitzes ließ sie einen Platz zwischen ihnen beiden frei.

»Es kann losgehen«, rief sie.

Während die Kinoleinwand in weißem Licht erstrahlte, fuhr ihr durch den Kopf, dass sie verrückt sein musste, sich an einen Besatzungsoffizier ranzuschmeißen. Eine Frau, deren Ehemann sich in Kriegsgefangenschaft befand und die mit einem Engländer flirtete, kam einem höchst unerfreulichen Klischee gefährlich nahe. Überhaupt machte sie als verheiratete Frau wohl keine besonders gute Figur.

Schmale schwarze Flecke bewegten sich vor ihr, dann Streifen. Ein bräunlicher Klecks verdunkelte das Kinobild, die perforierten Seitenstreifen des Filmmaterials erschienen kurz, dann ein Standbild, das sich in eine Szene verwandelte. Die erste Klappe wurde geschlagen. Lili versuchte, ihre Gedanken zu ordnen, all ihre Sinne auf das Geschehen zu konzentrieren, das über die Wiedergabewand flimmerte. Es gelang ihr nicht gut. Ganz automatisch wollte sie John Fontaine erklären, dass die Angaben des Aufnahmeleiters, der mehrere Nummern nannte, für den Schnitt wichtig waren. So erkannte sie die Reihenfolge der Szenen, die nicht chronologisch nach dem Drehbuch gedreht wurden, und auch Fehleinstellungen fielen auf, die sich noch auf den Rohmaterialien befanden und später Ausschuss sein würden. Gerade rechtzeitig fiel ihr ein, dass er als Sohn eines Filmproduzenten mit dem Prozedere vertraut war, außerdem war er Filmoffizier. Dazu bedurfte es sicher einer gewissen Vorbildung. Sie brauchte ihn also nicht einzuweisen.

Sie war sich seiner Nähe zwar bewusst, aber nach einer Weile machte sie sich keine Gedanken mehr um ihn. Ihre Augen folgten Thea von Middendorff in ihrer Rolle als kranke Luise von Preußen, die ihre letzten Tage auf Schloss Hohenzieritz verbrachte. Die Schauspielerin war wunderbar als sanftmütige kluge Königin, deren Schönheit und Frohsinn zu verblassen begannen. Der Herrschaftssitz, zwischen Neustrelitz und Neubrandenburg in Mecklenburg gelegen, wurde durch die exquisite Kulisse zu einem ebenso eleganten wie farbenfrohen Hintergrund erhoben. Obwohl sie nur einzelne Szenen sah, war Lili die Komplexität des Stoffs rasch klar, ebenso die große Klasse von Drehbuch, Bühnenbild und Kostümen. Kameramann und Regisseur hatten gewaltige Bilder geschaffen. Im Geiste machte Lili bereits Schnitte, die sie für sinnvoll erachtete. Sie versank in ihrer Welt, beugte sich vor, die Ellenbogen auf der Rücklehne des vorderen Kinosessels aufgestützt, angespannt, als wäre sie auf dem Sprung und doch ganz bei der Sache. Selbstvergessen folgte sie den Sequenzen, die in ihrem

Kopf bereits zu einem großen Ganzen wurden. Ein Meisterwerk in Agfacolor.

Die letzten Meter liefen durch das Vorführgerät. Plötzlich leuchtete die Leinwand grellweiß. Stille senkte sich über den Kinosaal.

Nach einer Weile knarzte das Holz in der Bestuhlung leise, als sich John zurücklehnte. »Das kann ein guter Film werden.«

»Das *ist* ein guter Film«, korrigierte Lili. Die Arme noch immer auf der Lehne des Vordersitzes drehte sie sich zu ihm um. Ihr lag auf der Zunge, ihn darauf hinzuweisen, dass er das Päckchen Zigaretten gut angelegt hatte, aber sie wollte nicht, dass Hans sie hörte. Stattdessen fragte sie: »Ist Ihnen etwas aufgefallen?«

»Eine ganze Menge.« Er schmunzelte.

»Es fehlt die tragische Szene, die zum Tod von Thea von Middendorffs Mann führte.«

Sein Lächeln erlosch. »Das ist mir tatsächlich auch aufgefallen.«

Lili richtete sich auf. »Dass die beiden Rollen nicht der ganze Film sein können, war mir klar, aber dass ausgerechnet die Sequenz mit der größten Dramatik fehlt, tut mir irgendwie leid.« In einer nervösen Geste strich sie sich die Haarsträhnen hinter die Ohren und stand auf. »Auf jeden Fall müssen wir nach den restlichen Negativen suchen.«

»Unbedingt«, bestätigte John. »Vielleicht wird der Commander ja fündig und meldet sich bei mir. Ansonsten fahren wir wieder nach Travemünde, sobald ich es einrichten kann.«

»Es wäre sehr schade, wenn dieser Film nicht aufgeführt werden könnte …«, sie unterbrach sich, weil ein Gedanke durch ihr Gehirn huschte. Sie schob sich gerade aus der Stuhlreihe, blieb jedoch stehen und drehte sich mit ernster Miene zu John um. »Und wenn wir die fraglichen Szenen niemals finden?«

»Dann bleiben die Umstände um den Tod des alten von Middendorff für immer ein Geheimnis.«

Seine prompte Antwort verblüffte sie. Dunkel erinnerte sie sich, dass sie Leon Caspari durchaus zugetraut hatte, bestimmte Materialien verschwinden zu lassen. Nachdem sie die Rohfassung nun allerdings gesehen hatte, konnte sie sich nicht vorstellen, dass der Regisseur dazu in der Lage war. »Das auch«, sie machte eine wegwerfende Handbewegung, »aber wir wissen ja gar nicht, ob die Kamera zufällig etwas über die Hintergründe eingefangen hat. Letztlich ist das nur Spekulation. Ich meinte vielmehr, dass es ein großer Verlust wäre, falls der Rest für immer verschollen bliebe.«

»Aus Ihnen spricht die Liebe zum Kintopp. Haben Sie die eigentlich schon in die Wiege gelegt bekommen?«

»Ich war neun Jahre alt, als mein Vater das Lichtspielhaus hier eröffnete.«

Sie wandte sich um, gab ein Zeichen nach oben, das Hans durch das kleine Fenster im Vorführraum bemerken würde. Im nächsten Moment ging das Licht aus, das die Leinwand beleuchtet hatte. Jetzt war es fast ganz dunkel. Sie unterließ es, auch diesmal nach Johns Hand zu tasten. Stattdessen entschuldigte sie sich: »Tut mir leid, wir müssen Strom sparen.«

»Keine Ursache«, kam es zurück. Im nächsten Moment polterte etwas, auf das ein »Au! Verdammt!« folgte. Anscheinend war er gegen eine Armlehne oder die hölzernen Füße der Bestuhlung gestoßen. »Man muss wohl mit diesen Räumlichkeiten aufgewachsen sein, um sich darin blind zurechtzufinden«, knurrte er.

»Warten Sie, ich öffne gleich die Eingangstür, dann fällt ein bisschen Tageslicht herein.«

4

Dass John Fontaine die beiden Filmdosen an sich nahm, war zwar verständlich, zerriss Lili aber fast das Herz. Es kam ihr vor, als würde er ihr ein Geschenk wegnehmen, das er ihr zuvor mit viel Bohei übergeben hatte. Allerdings war es natürlich klar, dass sich die Materialien allein durch den Fundort in britischem Besitz befanden und in seinem Büro wohl tatsächlich am besten aufgehoben waren. Hans wandte zwar kurz ein, das Kino verfüge über geeignete Lagerräume, doch Lili brachte ihn mit ihrem Kopfschütteln zum Schweigen. Sie wollte durch seine Äußerung nicht zu einer Diskussion mit einem Engländer, die sie ohnehin verlieren würde, genötigt sein. Schweren Herzens sah sie zu, wie Fontaine die Rohfilme davontrug. Als er fort war, fühlte sie sich seltsam verlassen.

»Er hätte Sie wenigstens mitnehmen können«, brummte der alte Vorführer.

»Wie bitte?«

»Ach, kommen Sie, ich habe doch bemerkt, wie Sie sich ansehen.« Hans lächelte Lili verständnisvoll an, in seinen Augen blitzte der Schalk auf. »Zu meiner Zeit brachte ein Kavalier seine Dame nach Hause. Aber vielleicht sind die Engländer doch keine so großartigen Gentlemen, wie immer behauptet wird.«

»Er wurde in Deutschland geboren«, entfuhr ihr.

Sie wandte sich ab, weil sie spürte, wie ihr die Röte ins Gesicht schoss. Waren ihre Gefühle tatsächlich so offensichtlich? Sie schämte sich für das, was Hans in ihrem Herzen entdeckt hatte – und John Fontaine wahrscheinlich auch sah. Was mochte der von ihr halten? Alles war so peinlich. Fast ihre ganze Jugend und ihr junges Erwachsenendasein hatte sie gelernt, ihre wahren Gedanken gut zu verbergen. Nun kam es ihr vor, als wäre ein Ventil geöffnet worden, durch das ihre Seele Luft holte; sie konnte sich nicht mehr verstellen. Aber war eine kindische Verliebtheit nicht der dümmste Anlass, Freiheit zu praktizieren?

Mit einer energischen Geste schob sie die Utensilien auf dem schmalen Tisch zur Seite. Ein bisschen ging sie vor, als lägen ihre Gefühle ausgebreitet da – sie wischte sie weg. Dann schwang sie sich auf den freien Platz. Von ihrem etwas erhöhten Sitz aus sah sie zu, wie Hans gleichmütig die Schultern zuckte.

»Bei den Alliierten dienen viel zu viele Deutsche«, redete Hans mehr vor sich hin, als dass er mit ihr sprach. »Das ist nicht gut. Man darf in seinem eigenen Volk nicht den größten Feind vermuten und die besten Köpfe vertreiben, sodass sie zum Gegner überlaufen müssen. Nein, das ist gar nicht gut.« Er schnappte sich das Päckchen Zigaretten, das Lili beinahe mit ihrer Hüfte berührte, und verstaute es in seiner Hosentasche. Ohne eine Pause einzulegen, klönte er weiter: »Wenn das so ist, dreht sich der Spieß irgendwann um, und nur die Idioten bleiben übrig. Das ist die traurigste Erkenntnis der letzten Jahre. Ja, so ist das.«

»Denken Sie nicht so viel über die Vergangenheit nach«, war der einzige Kommentar, der ihr zu seinen philosophischen Ausführungen einfiel, »lassen Sie uns lieber in die Zukunft schauen.«

Er brummte etwas und wandte sich seiner Arbeit zu, seine Krücken tappten über den Boden, während er herumhumpelte und leere Filmdosen geschickt mit einer Hand in ein Regal an der Wand räumte, von dort nahm er einen Stofffetzen auf und wischte damit über seine Maschinen. Lili wusste nicht, ob all das nötig war, oder ob sich Hans nur beschäftigte, während sie sich unterhielten.

Dankbar, dass der Mann, der sie fast ihr ganzes Leben lang kannte, nicht weiter in ihrem Privatleben bohrte, erzählte sie: »Captain Fontaine verriet mir, dass in Hamburg bald mehr Filme gedreht werden können, weil ein Atelierbetrieb eröffnet werden soll. Das sind gute Aussichten auch für unser Kino.«

»Wenn's dann noch besteht«, murmelte Hans.

»Ach, seien Sie nicht so pessimistisch. Wir halten schon durch…«

Er sah kopfschüttelnd zu ihr auf. »Das sieht Ihre Frau Schwester aber anders.«

»Hilde? Was hat die denn damit zu tun?«

»Als Sie unterwegs waren, ist Frau Westphal vorbeigekommen. Sie wusste wohl von Gesa, dass ich am Nachmittag immer hier bin, auch an den Tagen, an denen wir keine Genehmigung zur Filmvorführung haben. Sie hat ein langes Gespräch mit mir geführt.«

Der Tisch, auf dem Lili saß, schien zu schwanken. Sie entsann sich der Unterhaltung zwischen Hilde und Peter, die sie zu Beginn ihres Aufenthalts belauscht hatte. »Was wollte sie denn von Ihnen?«

»Sie fragte mich, ob ich die Maschinen auch gut pflege«, schnaubte Hans. Aus seiner Stimme troffen Zorn und Verachtung. »Als hätte ich die Projektoren und das alles jemals vernachlässigt. Die wären nicht mehr so gut in Schuss, wenn ich mich nicht immer darum gekümmert hätte. Ich habe das Ihrem seligen Herrn Vater aber versprochen. Und meine Versprechen halte ich.«

In Lilis Kopf begann eine Alarmglocke zu läuten. »Sie hat

Ihnen sicher nicht unterstellt, dass Sie Ihre Arbeit nicht gut machen«, wandte sie ein, ohne selbst daran zu glauben, was sie zur Beruhigung sagte.

»Das mag wohl sein. Mir kam es eher so vor, als wollte sie sehen, ob alles intakt ist ...«

»Als wenn sie das feststellen könnte!«

»Stimmt, das kann sie nicht«, räumte Hans ein. Er streichelte zärtlich über das Metallgehäuse des Projektors. »Aber jede Hausfrau sieht, ob ein Wasserkessel verkalkt oder gut geputzt ist. Das ist bei meinen Maschinen nicht anders. Sie sieht, ob das hier alles glänzt und blinkt oder verrottet.«

»Es glänzt und blinkt«, murmelte Lili. Der Ton der Alarmglocke verwandelte sich in das Schrillen einer Sirene.

Hans schluckte. Sich schwer auf die Krücken stützend stand er vor ihr. »Ihre Frau Schwester nahm kein Blatt vor den Mund. Sie sagte ganz klar, dass die Technik mehr wert wäre als der Kinosaal und demnächst abgeholt würde. Sobald Sie Hamburg wieder verlassen haben, Frau Lili, würde das Filmtheater geschlossen. Das hat sie gesagt. Ich sollte schon mal zusehen, anderswo Arbeit zu finden.«

»Das wird nicht nötig sein.« Hätte sie nicht bereits in dem Moment gewusst, in dem John Fontaine ihr anbot, ihre Aufenthaltserlaubnis verlängern zu lassen, dass sie in Hamburg bleiben wollte, wäre dies der Augenblick gewesen, eine endgültige Entscheidung zugunsten ihrer Heimatstadt, ihrer Mutter und des Kinos am Jungfernstieg zu treffen. Sie rutschte von dem Tisch herunter, trat auf Hans zu und legte ihm die Hand auf den Arm. »Machen Sie sich keine Sorgen. Wenn Hilde die Schließung des Lichtspielhauses von meiner Anwesenheit abhängig macht, wird sie noch eine Weile warten müssen. Ich bleibe nämlich hier.«

Ein Grinsen erhellte die eben noch bekümmerten Züge des

Vorführers. »Hat das etwas mit Captain Fontaine zu tun?«, fragte er verschmitzt.

Diesmal nahm ihm Lili die Anzüglichkeit nicht übel. Sie lächelte zurück. »Auf gewisse Weise – ja.«

»Trotzdem hätte er Sie nach Hause bringen müssen. So gehört sich das.«

Lili zog seufzend die Augenbrauen hoch. »Ich bin verheiratet, Hans, haben Sie das vergessen?«

»Nein. Das habe ich nicht. Aber Ihr Mann ist nicht da, und deshalb ist es gut, wenn jemand anderer auf Sie aufpasst. Die Zeiten sind nicht ungefährlich, Frau Lili. Offiziell herrscht Frieden, aber der Krieg wird anderswo weitergeführt.«

In der Wohnung meiner Schwester und meines Schwagers, dachte Lili. Aber das sagte sie Hans natürlich nicht. Sie wusste nur, dass sie sich für ihre Heimkehr und für ein Gespräch mit Hilde würde rüsten müssen. Ja, Hans hatte recht, sie zog auf gewisse Weise ins Feld. Aber davor konnten weder Albert Paal noch John Fontaine sie beschützen.

5

Auf dem Weg nach Hause wurde Lili klar, dass sie erst mit Hilde sprechen durfte, wenn ihre Papiere in Ordnung waren. Ein ungestümes Vorpreschen konnte unklug, sogar voller Risiko sein. Sie ging zwar davon aus, dass Fontaines Einfluss in der Besatzungsbehörde groß genug war, um für eine Verlängerung ihres Aufenthaltsstatus zu sorgen, wenn er es versprach. Doch falls das – wider Erwarten – nicht der Fall war, machte sie sich vor ihrer Halbschwester und deren Ehemann lächerlich, wenn nicht noch Schlimmeres.

Sie ging zu Fuß, obwohl ihre Schuhe einer neuen Sohle bedurften, die sie im Moment nicht auftreiben konnte. Sie hätte die Straßenbahn nehmen können, die heute anscheinend pünktlich zwischen notdürftig geflickten Schienen und Oberleitungen ratterte, aber sie brauchte ein wenig Zeit zum Nachdenken und wollte die Aussicht genießen. Wenigstens die Alster war unversehrt, was angesichts der vielen Trümmer in der Stadt ausgesprochen tröstlich war. Sogar ein paar Möwen flatterten nach Essbarem herum, und unwillkürlich fragte sich Lili, ob die genauso hungerten wie die Menschen am Ufer. Sie nahm einen Umweg, um länger am Wasser laufen zu können, obwohl es mit zunehmendem Wind eisiger wurde. Fast wie an der Elbe, dachte sie und zog den Schal fester um ihren Kopf.

Ihr fiel auf, dass sie seit ihrer Rückkehr nach Hamburg nicht am Hafen gewesen war, früher eines ihrer ersten Ziele. Aber was sollte sie dort? Sie hatte gehört, dass die Hafenanlagen zerstört waren und Stahlhändler aus der ganzen Welt ihr Glück versuchten, um die im Strom versenkten Schiffe zu bergen und zu verschrotten. Die Sehnsucht nach Weite konnte der Blick darauf sicher nicht mehr befriedigen. Stattdessen ging sie nun an der Binnenalster entlang, an Stümpfen von Bäumen vorbei, die wohl in eisigen Kriegswintern oder danach abgeholzt und verheizt worden waren. Für diese Saison war nichts mehr da. Mit düsteren Gedanken blickte sie über das graue Wasser und erinnerte sich schwach an das schöne Schwanenhaus in der Mitte, das in ihrer frühen Kindheit auf einem Ponton gestanden hatte und irgendwann abgerissen worden war. Einige Jahre, bevor ihr Vater das Kino am Jungfernstieg eröffnete. Jenen Tag hatte sie sich tief eingeprägt, und sie glaubte, jetzt sogar den Geschmack des Kakaos auf ihrer Zunge zu spüren, den sie damals im Alsterpavillon trinken durfte. Doch auch dieses Gebäude war nur noch eine Ruine. Ebenso zerstört wie das Leben ihrer Eltern.

Denk nicht so viel über die Vergangenheit nach, wiederholte eine innere Stimme die Worte, die sie vorhin an Hans gerichtet hatte, *schau lieber in die Zukunft.*

Eigentlich war ihre Situation gar nicht so schlecht. Das sollte sie anerkennen. Abgesehen davon, dass ihre Mutter sich aufgab und ihre raffgierige Schwester und ihr krimineller Schwager die Kinotechnik beanspruchten, ging es ihr sehr gut. Sie war gesund und besaß ein Talent, das ihr Arbeit verschaffte. Fontaine hatte ja sogar behauptet, als Cutterin sei sie in Hamburg bald gefragt. Und sie hatte vorhin einen Film gesehen, der selbst in der Rohfassung ein Diamant war. Wenn sie den Rest ausfindig machen und erreichen könnte, dass die Uraufführung im Lichtspielhaus ihrer Familie stattfand, wäre dies eine Sensation.

Mit einem Lächeln auf den Lippen wandte sie sich um. Ihr Blick streifte die schöne Fassade des Hotels Vier Jahreszeiten. Die Luxusherberge war weniger zerstört als die anderen Gebäude in der Nähe, vor dem Portal patrouillierten Soldaten in britischer Uniform, über den Aufgang schritten nur Männer und einige wenige Frauen, die Angehörige der Armeen des Königs waren. Ein Wagen hielt vor einem Seiteneingang linkerhand, und eine Entourage an Offizieren stieg aus, nickte den Wachhabenden kurz zu und verschwand durch die Tür. Hans hatte ihr neulich erklärt, dass der rechte Trakt des Hotels für die britischen Soldaten reserviert war, die im ehemaligen Restaurant ein Pub betrieben, der linke dagegen für die ranghöheren Männer. Der »Four Seasons Club« war wohl entsprechend feudaler und knüpfte an die Eleganz Londoner Einrichtungen dieser Art an.

Einmal wieder richtig ausgehen, dachte Lili unvermittelt, das wäre etwas.

Wie aufs Stichwort hielt ein ihr wohlbekannter Käfer vor dem Hotel. Sie sah zu dem Auto, wollte gerade die Hand heben, um zu winken …

Der Wagen parkte am Straßenrand, und ihm entstiegen Talbott-Smythe, John Fontaine – und zwei junge Frauen, ebenfalls in britischen Uniformen. Lachend hakten sich die Marinehelferinnen bei den Männern unter, im Gleichschritt marschierten die vier zum Club, eine vertraut wirkende Gruppe junger Leute beim Bummeln. Oder auf dem Weg zu einem Feierabenddrink vor einem gemeinsamen Essen und anschließendem Tanz, der vielleicht Hoffnungen erfüllte oder neue Träume weckte.

Tränen rannen über Lilis Wangen.

Wie hatte sie annehmen können, dass Captain John Fontaine nur auf sie ein Auge geworfen hatte? Einem Universitätsprofessor sagte man nicht zwingend Treue nach – und einem attraktiven jungen Mann, der ein bisschen zerstreut wirkte, erst recht nicht. Was war schon die Strandperle gegen den Four Seasons

Club? Was war eine leidenschaftlich für ihr Handwerk lebende Deutsche gegen eine vielleicht vornehme Engländerin, die wie er an einer Eliteuniversität studiert hatte? Warum sollte er sich für ein hässliches Entlein interessieren, dessen Zeiten als Schwan weit zurücklagen? Ganz sicher war er weniger ausgehungert nach Aufmerksamkeit und Zärtlichkeit als sie. Für ihn hatte der Frieden längst begonnen – und mit ihm das Vergnügen. Einschließlich der Freiheit, mit einer Deutschen zu flirten, die sich ihm bereitwillig in die Arme warf. Glücklicherweise nur beim Tanzen. Wenn sie vorhin im Kinosaal doch nur nicht seine Hand genommen hätte …!

»Du dumme, dumme Gans!«, schalt sie sich laut. Ihre Stimme überschlug sich.

Ein Passant drehte sich nach ihr um, sah sie erstaunt an. Doch Lili presste die Lippen zusammen und erwiderte trotzig seinen Blick, bis er sich kopfschüttelnd umdrehte und seines Wegs hastete.

Lili wischte sich über die Augen. Dummerweise musste sie John Fontaine wiedersehen. Ohne ihn bekam sie keine Zuzugsgenehmigung, jedenfalls nicht so rasch, wie sie diese angesichts von Hildes Gespräch mit Hans brauchte. Es würde ihr nicht leichtfallen, nach ihrer Beobachtung eben in die Filmabteilung zu gehen. Aber sie musste schleunigst vergessen, was sie in ihm gesehen hatte, und sich darauf konzentrieren zu bekommen, was sie brauchte. Dafür taugte ihr Stolz.

Entschlossenen Schrittes setzte sie ihren Spaziergang nach Hause fort.

Eine Weile lang ging sie noch an der Binnenalster entlang, dann bog sie links ab in die Esplanade. Einst als Hamburgs Unter den Linden gefeiert war diese Straße ein Trümmerfeld wie die meisten anderen auch. Die Bäume auf dem Grasstreifen in der Mitte waren gefällt, viele der ehemaligen Prunkvillen und Kontorhäuser zerstört. Das Eckhaus am Stephansplatz war weitgehend unversehrt geblieben. Es war das Hotel Esplanade, in dem Peter Westphal Direktor war. Lili überlegte, ob sie auf die andere Straßenseite wechseln sollte, entschied sich jedoch dagegen. Wenn sie ihren Schwager zufällig traf – na und? Sie hatte nichts zu verbergen.

Seltsamerweise war sie in den vergangenen Wochen auch hier niemals langgegangen. Daher wusste sie nichts von den britischen Posten, die vor dem Eingang standen. Dieses Hotel war also beschlagnahmt worden. Deshalb war Peter so oft zu Hause. Doch anscheinend wurde diese einstige Luxusherberge von weit weniger vornehmer Kundschaft besucht als das Vier Jahreszeiten. Durch den säulenbewehrten Eingang schob sich Schritt für Schritt eine Menschenschlange, die einige beachtliche Meter zurückreichte. Es waren jene abgerissenen Gestalten, die Lili überall begegneten, ganz normale Einwohner der Hansestadt, die sich eine bessere Garderobe nicht mehr leisten konnten. Sie dachte an Peters Schwarzmarkthandel und überlegte, ob im Foyer vielleicht ein besonderer Warenaustausch stattfand.

Neugier packte sie. Ohne sonderlich darüber nachzudenken, trat sie zu einer Frau, die in der Reihe weiter hinten stand. »Was ist hier los?«

Die Frau sah sie verständnislos an. »Wo kommen Sie denn her, dass Sie das nicht wissen?«

»Ich bin zu Besuch aus Berlin.«

»Ach so.« Die Frau schnaubte. »Hier befindet sich die Entnazifizierungsstelle. Es ist der Sitz des Staatskommissars für die Ausschaltung des Nationalsozialismus.«

Lili starrte die Frau mit offenem Mund an.

»Gibt es das in Berlin nicht?«, wunderte sich ihre Gesprächspartnerin. »Einhunderteinunddreißig Fragen stellen die einem, und wenn man alles richtig beantwortet hat, wie die Engländer das wollen, erhält man einen Persilschein. Wenn man Pech hat, geht es andersherum, und man bekommt sogar schlechtere Lebensmittelkarten.«

Ausgerechnet in dem Haus, in dem Peter Direktor war, sollte der Nationalsozialismus ausgerottet werden. Anscheinend fühlte er sich im Auge des Sturms am wohlsten. Lili fragte sich, wie dieser Wendehals es schaffte, den Ballsaal für sein geplantes Kino zu beanspruchen. Auf gewisse Weise war sein Vorhaben genial. Und absurd. Meine Güte, Peter war ein guter Bekannter des Gauleiters gewesen!

In Anbetracht seiner politischen Vergangenheit brach Lili in schallendes Gelächter aus.

Ronco sopra Ascona

Unerwünscht.

Thea von Middendorff kam es vor, als würde ihr dieses eine Wort aus der Mitteilung entgegenspringen und ihr die Augen verätzen.

Doch sie konnte nichts dagegen tun – es stand dort schwarz auf weiß. Böse. Unnachsichtig. Katastrophal. Deutlich wie ein Kainsmal.

Unerwünscht.

Ihre Bitte um eine Reisegenehmigung nach Hamburg wurde von den britischen Behörden mit dem knappen Hinweis beantwortet, dass sie in der britischen Zone unerwünscht sei. Irgendjemand, dessen armseliges Leben hinter einem hässlichen Schreibtisch stattfand, erlaubte sich, sie, den großen Star der Ufa, als unerwünscht zu bezeichnen.

Eine unerwünschte Person. Sie. Thea von Middendorff. Es war unerhört.

Aufgeregt lief sie in ihrem Boudoir herum, das Telegramm in der Hand. Sie würdigte keines der elfenbeinweiß lackierten Möbelstücke im Barockstil, die in Italien eigens für sie angefertigt worden waren, nicht das Bild von Paul Klee, das Farbe in die monotone Einrichtung brachte, nicht die Aussicht auf den vom Dunst verschleiert wirkenden Lago und die Berge dahinter, deren Gipfel vom Schnee wie mit Puderzucker bestreut waren. Es war ein wundervolles Panorama, die perfekte Kulisse für einen Dezembermorgen. Doch Thea nahm nichts von alldem wahr.

Die Seide ihres langen Morgengewands flog um ihre nackten Beine. Ein an sich schmeichelndes Gefühl, das sie jetzt nervte. Sie ließ sich auf die Kante der mit cremefarbenem Samt bezogenen Chaiselongue nieder, stand jedoch im nächsten Moment wieder auf, weil sie nicht still sitzen konnte. Ihr wurde heiß, und sie trat ans Fenster, um es zu öffnen. Kalte Winterluft schlug ihr entgegen. Sie begann zu frösteln und schloss das Fenster wieder. Die Post, die ihr die Sekretärin vor ein paar Minuten überreicht hatte, brachte ihr Blut in Aufruhr, wie es nicht einmal hormonbedingte Hitzewallungen schafften.

»Diese verdammten Engländer«, fluchte Thea.

Ihr verstorbener Mann hatte die Briten über alle Maßen geschätzt. Er imitierte in der Öffentlichkeit gern den legendären Typus des Gentleman, obwohl Thea seine Hinwendung aufgesetzt und albern fand. Schließlich benahm er sich in ihrem Zusammenleben weit weniger höflich, als er sich nach außen zu geben versuchte. Als mit dem Beginn des Krieges alles Englische aus der Mode kam, verwandelte er sich in eine Art preußischen Rittergutsbesitzer, dessen Stil vermutlich nicht weit entfernt war von dem eines Heathcliff auf dem Gutshof Wuthering Heights im Hochmoor von Yorkshire. Sein Charakter ähnelte ebenfalls dem des Protagonisten in Emily Brontës berühmtem Roman *Sturmhöhe*: Er nahm sich brutal, was er beanspruchte, und sann auf Rache, wenn er es nicht bekam; gleichzeitig war er attraktiv, konnte charmant sein und besaß ziemlich viel Geld. Wenn Thea es recht bedachte, starb er, ebenso wie Heathcliff, weil sein Kampfgeist erschöpft war.

»Hoffentlich schmoren sie alle in der Hölle«, brach es aus Thea heraus.

Sie stand noch immer am Fenster, ihre Knie zitterten, ihr Körper war wie zum Zerreißen angespannt. Hatte Heathcliff sich nicht nach draußen gestürzt? Es dem Romanhelden gleichzutun war für sie keine Option, obwohl auch ihre Kraft nachließ. Um nicht doch in die Versuchung zu geraten, trat sie vom Fenster weg. Natürlich wäre es spektakulär, mit dem verhängnisvollen Telegramm in der Hand zu sterben, das ihr den Weg in die Heimat verbaute. Aber auch wenn es eine Möglichkeit war, noch einmal die Schlagzeilen der Weltpresse zu beherrschen, würde sie sich nicht umbringen. Zumindest jetzt nicht. Und eigentlich schon allein deshalb nicht, weil sie posthum keinen der Artikel lesen könnte, die endlich wieder über sie erscheinen würden.

Was stattdessen tun?

Ihre Sekretärin hatte recht schnell herausgefunden, dass Leon Caspari in Hamburg einen ersten Nachkriegsfilm drehte. Ohne Thea von Middendorff in einer der tragenden Rollen. Das war unerhört. Für einen weiterdenkenden Regisseur ebenso wie für einen ehemaligen Liebhaber. Sie konnte die Fehlbesetzung mit Bettina Unger nicht mit dem Einreiseverbot erklären, denn es hatte ja nicht einmal eine Anfrage von Leon gegeben.

Ein Gedanke blitzte in Theas Kopf auf. Sie hielt im wieder aufgenommenen Herumlaufen inne und blieb mitten in ihrem Zimmer stehen.

Vielleicht hatte Leon seinen Besetzungsplan frühzeitig in der britischen Filmabteilung vorlegen müssen und auf diese Weise lange vor ihr erfahren, dass sie zur unerwünschten Person erklärt worden war. Übrigens wegen einiger Fotos mit Goebbels. Lächerlich. Als würde jeder, der sich mit seinem Chef fotografieren ließ, dessen Schandtaten ebenfalls begehen. Wobei sie zugegebenermaßen mit dem Propagandaminister geflirtet hatte. Man wusste schließlich nie, wann gewisse Beziehungen nützlich sein würden, und wenn er wollte, konnte er auch recht charmant sein, wären da nicht sein schrecklicher rheinischer Akzent und diese Besessenheit in den Augen gewesen. Für eine echte Beziehung war er ihr zu klein und zu alt, aber das spielte damals ohnehin keine Rolle, weil sie sich jederzeit bequem auf ihren Status als verheiratete Frau zurückziehen konnte. Tatsächlich halfen ihr die guten Verbindungen, dass die Tragödie am Rand der Dreharbeiten zu ihrem letzten Film weitgehend vertuscht oder zumindest offiziell nicht großartig untersucht wurde, aber dann fiel sie eben doch in Ungnade. Zuerst bei den Nazis – und nun bei den Briten.

Wer mochte sie eigentlich noch?

Thea horchte auf, als hätte ihr ein Vögelchen etwas ins Ohr gezwitschert. Es gab da jemanden, der ihr etwas schuldete. Na ja, nicht wirklich ihr, eher ihrem Mann. Aber als dessen Witwe und Erbin könnte sie immerhin behaupten, dass mit dem Geld, das Middendorff dem einstigen Freund gegeben hatte, um ihm und seiner Familie zur Emigration zu verhelfen, ein Betrug zusammenhing. Das stimmte zwar nicht, aber der Zweck heiligte die Mittel, also war ihr die Wahrheit egal. Sie würde noch darüber nachdenken, welche Anschuldigung am wirkungsvollsten war, damit man in London alle Hebel in Bewegung setzte, um ihr eine Reise nach Hamburg zu ermöglichen.

Sie hatte die Laufbahn des Mannes, der wohl das Leben seiner Frau und seines Sohnes allein Middendorff verdankte, von der Ferne aus verfolgt. Das war nicht schwierig gewesen, weil sie sich in denselben Kreisen bewegten, wenn auch in anderen Ländern. Daher wusste sie, dass er in der Emigration ziemlich erfolgreich geworden war, woraus sie schloss, der seinerzeit Unterstützte müsse inzwischen über einen gewissen Einfluss verfügen – oder zumindest verfügt haben. Andernfalls würde er bestimmt jemanden kennen, der jemanden kannte und ihr behilflich sein würde. Ja, so wollte sie es machen. Und wenn er ihr nicht freiwillig half, würde sie auf die kleine Erpressung zurückgreifen, die sie erwog. Ja, das war die Lösung für ihr Problem.

Auf dem Sekretär in dem Erker stand ein Haustelefon. Thea hob den Hörer ab, einen Moment später meldete sich ihre Sekretärin.

»Besorgen Sie mir die telefonische Verbindung mit einem Mann namens Jonathan Fontaine«, wies sie ihre Mitarbeiterin atemlos an. »Seine Anschrift finden Sie in den Unterlagen meines Gatten. Fontaine wohnt in London, und er ist oder war Filmproduzent.«

Als sie auflegte, bemerkte sie, dass ihre Beine nicht mehr zitterten.

Hamburg

1

Obwohl sie sich natürlich baldmöglichst um ihre Papiere kümmern musste, ließ sich Lili Zeit mit ihrem Besuch in der Filmabteilung. Sie war zu verletzt, um John Fontaine mit einem harmlos-freundlichen Lächeln gegenüberzutreten, als wäre nichts geschehen. In Wirklichkeit war ja auch nichts geschehen, was sie ihm zum Vorwurf machen konnte, außer in ihrer Fantasie. Aber genau das konnte sie ebenso wenig vergessen wie das Bild der unbeschwert lachenden jungen Frau an seinem Arm, an deren Stelle sie so gern gewesen wäre.

Ihre Gedanken kreisten um Fontaine, wenn sie sich um ihre Mutter kümmerte, wenn sie durch den leichten Schneefall ins Kino marschierte oder beim Bäcker in einer schier endlosen Schlange nach Brot anstand, das ausverkauft war, bevor sie an die Reihe kam. Ihre Ersparnisse, die sie bei der Abreise aus Berlin in ihren Strümpfen versteckt hatte, waren langsam aufgebraucht. Doch sie bat lieber Doktor Caspari um einen Zahlungsaufschub als Hilde um Lebensmittel aus Peters üppigem Bestand, den er im Dienstmädchenzimmer hortete. Manchmal dachte sie, dass es am besten wäre, ihren Schwager anzuzeigen. Anonym. Aber sie kannte seine neuen Verbindungen nicht, und da war dann wieder die Furcht, dass man Sophie zusammen mit ihr aus der Wohnung werfen könnte. Oder sie würde nach Berlin geschickt, da ihr Interzonenpass demnächst ablief. Beides war gleich schlimm, aber zumindest eines konnte sie tun – sich um die Zuzugsgenehmigung kümmern. Es wurde Zeit, dass sie Captain Fontaine wiedersah. Ob sie wollte oder nicht.

Morgen, sagte sie sich. Morgen gehe ich zu ihm.

Vorher würde sie sich die Haare waschen, auch wenn sie noch keine Ahnung hatte, wo sie sie trocknen sollte. Sie würde versuchen, sich einigermaßen adrett anzuziehen, und hoffen, dass sie nicht ganz so heruntergekommen wirkte, wie sie sich gerade fühlte. Sicher sah sie in diesem Moment tatsächlich furchtbar aus, da sie ihre bessere Garderobe schonte, wenn sie zu Hause war, und es sich bequem machte.

Sie stand an der Brennhexe, um ein wenig einzuheizen. Während sie die Klappe öffnete, klopfte es an die Zimmertür.

»Herein«, rief sie über die Schulter.

Sie achtete nicht darauf, ob Gesa oder Hilde eintrat – einen anderen Besucher erwartete sie nicht –, und stocherte mit einer Gabel in der Glut herum, was gefährlich für ihre Hände und ziemlich heiß war, aber eine Brandwunde stellte unter den gegebenen Bedingungen das geringste Problem dar. Sie legte ein Holzstück nach. Es war zu feucht, denn sofort entwickelte sich beißender Rauch und zog ihr in die Augen. Ohne dass sie etwas dagegen tun konnte, begannen ihr Tränen über die Wangen zu laufen. Sie schniefte, wischte sich mit den vom Ruß verschmutzten Fingern über die Haut.

Ihre Mutter gab einen ungewöhnlichen Laut von sich. Es klang wie ein kleiner Schrei.

Als sie sich umwandte, erstarrte Lili. Eine Schrecksekunde lang sah sie sich selbst zu, wie sie vor dem Ofen kniete, angezogen mit einer dicken Wollstrumpfhose und einem alten Pullover ihres Vaters, der so ausgeleiert war, dass er ihr bis über die Oberschenkel reichte, die Haare zu einem Pferde-schwanz zusammengenommen, das Gesicht verschmiert von der Asche und ihren Tränen. Den entsetzten Blick hatte sie auf den Türrahmen gerichtet, den John Fontaines hochgewachsene Gestalt ausfüllte. Es schien ihr, als bliebe ihr das Herz stehen.

»Was machen Sie hier?«, herrschte sie ihn an.

»Entschuldigung. Ich wurde von Ihrer Schwester herein-gelassen und zu diesem Zimmer geschickt. Da habe ich ge-klopft und …«, er brach ab, hob die Hand, rückte seine Brille zurecht. Die Verlegenheit war ihm deutlich anzusehen. Aber er rührte sich nicht vom Fleck.

Lili schloss die Klappe und richtete sich langsam auf. Ihr war bewusst, dass sie die denkbar schlechteste Figur machte. In ihrem Aufzug trat man nicht einmal dem eigenen Ehemann gegenüber. Ihre Gedanken flogen sekundenschnell zu Albert Paal, dem sie vor Wochen geschrieben hatte, aber sie erinnerte sich nicht, die Briefe abgeschickt zu haben. Egal, dachte sie. Trotzig blickte sie zu ihrem ungebetenen Gast.

»Könnten Sie bitte auf dem Flur warten? Sie sehen ja, dass wir gerade nicht auf Besuch eingerichtet sind.«

Es dampfte aus den Öffnungen der Brennhexe, der Qualm stieg nach oben. Der Tränenfluss aus Lilis Augen setzte wieder ein.

»Sie sollten das Fenster öffnen, bevor Sie ersticken oder das Haus in die Luft jagen.«

Durch den Schleier aus Rauch und Tränen fiel ihr auf, dass er ihre Beine anstarrte, während er sprach.

Vom Bett kam das röchelnde Husten eines Kettenrauchers. Sophie, die niemals eine Zigarette angerührt hatte, hustete, würgte, rang um Atem.

Um Himmels willen, fuhr es Lili durch den Kopf. Sie hatte

für einen Moment ihre Mutter vergessen. Fontaines Blick hatte sie in eine andere Welt befördert. Mit zwei Schritten war sie am Bett, beugte sich hinunter, um Sophie zu stützen.

»Machen Sie endlich das Fenster auf.« Er wartete nicht ab, dass sie seine Anweisung befolgte, sondern schloss die Tür hinter sich, durchquerte eilig das Zimmer. Dann löste er den Riegel und ließ die frische kalte Nachmittagsluft herein. Ein paar Schneeflocken verflogen sich und landeten auf dem Abzugsrohr der Brennhexe, wo sie sofort tauten. Die verdampfende Flüssigkeit zischte leise.

Sophies Finger bohrten sich in die Bettdecke. Nur noch Haut und Knochen, wirkten sie wie Krallen. Gleichzeitig hustend und japsend bemühte sie sich schamhaft, sich bis zum Hals zuzudecken. Lili versuchte, sie aufzurichten, was nicht gelang, weil sich Sophie dann nicht hätte bedecken können. Für einen Moment schien es, als wollten sich Mutter und Tochter ein Handgemenge liefern. Bei der Bewegung rutschte Lilis Pullover hoch.

»Ich bin dann draußen«, drang Johns Stimme zu ihr durch. Er klang rau, als mache auch ihm der Qualm zu schaffen. »Auf Wiedersehen, gnädige Frau«, rief er noch. Dann klappte die Tür.

Erschöpft sackte Sophie in sich zusammen. Sie ließ die Decke los, tastete nach Lilis Hand.

Erst jetzt wurde Lili bewusst, dass sich der Saum ihres Pullovers nur eine Handbreit unterhalb ihrer Hüften befand.

»Es tut mir leid, dass Sie warten mussten«, sagte Lili, trat in den Flur und schloss die Tür hinter sich. »Ich musste mich erst noch vollständig anziehen.«

John musterte sie von ihrem ungekämmten, mit einem Band zusammengehaltenen Haar bis zu den Spitzen ihrer Schuhe.

Seine Blicke blieben einen Moment länger als nötig an ihren weiten Hosen hängen. »Das ist gut so«, gab er lächelnd zurück, »Ihre Beine können selbst den vernünftigsten Mann um den Verstand bringen, sogar in Wollstrümpfen.«

Ihr Herz machte einen freudigen Satz – und sie hasste sich dafür. Sie reckte ihr Kinn, um möglichst wenig beeindruckt und wie eine Herrin der Situation zu wirken. »Was führt Sie zu mir?«

Sein Lächeln wurde breiter. »Ich wollte Sie auf den Weihnachtsmarkt einladen.«

»Auf den – was?«

»Auf den Weihnachtsmarkt. Es ist Dezember. Da gibt es in Friedenszeiten eben Weihnachtsmärkte. Das ist eine der besseren Traditionen in Deutschland, wie ich finde.«

Sie hatte natürlich gesehen, dass unterhalb des Rundbunkers auf der Moorweide Buden und Fahrgeschäfte aufgestellt worden waren. Auf ihrem Weg zum Jungfernstieg ging sie fast täglich an der Parkanlage vorbei, auf der in ihrer Jugend Kundgebungen der Partei stattgefunden hatten. Später gab es hier Sammelstellen für Juden, die abtransportiert wurden. Lili hatte diese Transporte nie mit eigenen Augen gesehen, sie war ja zu selten zu Besuch in Hamburg, aber Albert hatte ihr davon berichtet. Und nun eröffnete an derselben Stelle offenbar ein Weihnachtsmarkt. Als wäre die Adventszeit in dem Chaos, das herrschte, irgendwie von Bedeutung.

»Ein Weihnachtsmarkt«, wiederholte sie wenig begeistert. »Ich glaube, dieses Weihnachten wäre für jeden das schönste Geschenk ein Baum zum Verheizen. Wozu braucht man da einen Weihnachtsmarkt?«

»Also gut«, er stöhnte gequält auf, »dann vergessen Sie die romantische Stimmung.«

»Tut mir leid. Sie haben ja gesehen, was hier los ist.«

Er nickte deutlich ernster. »Ehrlich gesagt, dachte ich, es würde Sie interessieren, Leon Caspari kennenzulernen. Er dreht gerade auf dem ... ehmmm ... auf der Moorweide.«

»Ich hatte bereits das Vergnügen.«

»Tatsächlich?« Er sah sie überrascht an. »Da habe ich wohl etwas missverstanden.«

Hatte sie ihm nicht von ihrer ersten unerfreulichen Begegnung mit dem Regisseur erzählt? Na gut, dann hatte sie es eben vergessen. Oder er wusste nicht mehr, dass sie ihm davon berichtet hatte. »Ach, das ist egal.« Sie zuckte gleichgültig mit den Schultern. »Warum meinen Sie, dass ich ihn kennenlernen sollte?«

»Weil wir einen Teil seines Meisterwerks gefunden haben und nicht wissen, wo sich der Rest befindet. Der Kommandeur der Knurrhahn hat sich bei mir gemeldet und versichert, dass keine weiteren Filmdosen an Bord sind. Er hat alles durchsuchen lassen. Das bedeutet, dass die Negative irgendwo anders sein müssen. Möglicherweise hat Caspari eine Idee – oder die Materialien sogar bereits selbst an sich genommen. Wer weiß?« Er machte eine kurze Pause, fügte dann hinzu: »Ich denke, es ist an der Zeit, ihm zu sagen, was wir in Händen halten.«

Sie hob die Augenbrauen. »Wir? Sie!«

»Von mir aus können wir es anders formulieren und ihm von der wundervollen Rohfassung erzählen, die wir in Ihrem Kino angesehen haben.«

»Oh. Ja. Natürlich. Das wollen Sie alles mit ihm auf dem Weihnachtsmarkt während seiner Dreharbeiten diskutieren? Da haben Sie sich aber viel vorgenommen.«

Sein charmantes Lächeln erhellte wieder seine Züge und erwärmte unverzüglich ihr Herz. »Vielleicht ergibt sich das Gespräch. Vielleicht auch nicht«, räumte er ein. »Vor allem aber möchte ich Sie zu einem Becher Glühwein einladen.«

Hat Ihre Freundin heute keine Zeit?, fuhr es ihr durch den Kopf.

In ihrem Innersten begann erneut, der Kampf zwischen Wunsch und Vernunft zu toben. Zweifellos war es eine reizende Idee von ihm, aber sich breitschlagen zu lassen bedeutete, eine weitere Grenze zu überschreiten. Allerdings könnte sie eine Zusage mit der Neugier auf Leon Casparis Dreharbeiten rechtfertigen. An ihrer Verletzlichkeit änderte das jedoch nichts.

Um die Entscheidung noch ein bisschen hinauszuschieben, wechselte sie das Thema: »Ich wollte Sie in den nächsten Tagen in Ihrem Büro aufsuchen, weil mein Pass bald abläuft.«

»Stimmt. Das ist mir auch aufgefallen. Ich meine, mir ist bewusst, dass Sie theoretisch sehr bald nach Berlin zurückmüssen. Daran etwas zu ändern hatte ich Ihnen bereits angeboten, nicht wahr? Das ist kein Problem.« Er sah ihr in die Augen. »Nun, machen Sie mir die Freude und trinken einen Wein mit mir?«

Die Erinnerung an den unvergessenen Duft von gebrannten Mandeln und Zuckerwatte, den magischen Lichterglanz und die klimpernde Musik eines Karussells waren stärker als alle Bedenken. Lili war sich bewusst, dass der erste Nachkriegsweihnachtsmarkt nicht einmal annähernd so sein würde wie die Weihnachtsmärkte der Vorkriegszeit, aber war nicht allein der Aufbau ein Zeichen von Hoffnung und Neuanfang? Stand nicht gerade dieses Sinnbild für die Adventszeit? Plötzlich glitt ein Gedanke durch ihren Kopf. »Darf ich meine Nichte mitnehmen?«, fragte sie. Gesa wäre begeistert, wenn sie auf den Weihnachtsmarkt dürfte und dabei auch noch die Gelegenheit bekäme, Leon Caspari unter etwas günstigeren Umständen kennenzulernen.

John stutzte. »Ja. Ja, sehr gern«, stimmte er schließlich zu.

Dabei sah sie ihm an, dass ihm die zusätzliche Person nicht gerade Begeisterungsstürme entlockte. Aber er gab sich Mühe, seine Enttäuschung zu verbergen, und das rechnete Lili ihm hoch an.

2

»Na, wenn das mal keine Überraschung ist«, rief Leon Caspari aus. »Das doppelte Paalchen!«

Gesa lief puterrot an. Was hatte sie nur getrieben mitzugehen, als Lili in ihr Zimmer kam und fragte, ob sie auf den Weihnachtsmarkt an der Moorweide mitkommen wolle? In dem Augenblick fand sie es eine schöne Idee. Sie hatte ja nicht damit gerechnet, dass im Flur der Engländer wartete, der den Schuss am Drehort neulich abgefeuert hatte. Diese Begegnung hätte sie bereits warnen sollen, dass es noch schlimmer kommen könnte.

»Wir sind uns bereits einmal begegnet«, sagte der Mann, den Lili ihr als Captain Fontaine vorstellte, und streckte Gesa die Hand zur Begrüßung entgegen.

»Das war kein guter Anlass«, erwiderte Gesa betreten. Ihre Augen flogen von ihrer Tante zu dem Offizier, und Verwunderung erfasste sie. Die beiden wirkten auf seltsame Art vertraut.

»Ach was«, wehrte Fontaine schmunzelnd ab, »so schlimm war es nun auch wieder nicht. Es ist doch verständlich, dass sich ein junges Mädchen für den neuen Film interessiert.« Sein Lächeln war hinreißend, fand Gesa.

»Du wirst Gelegenheit haben, wieder bei den Dreharbeiten zuzuschauen«, erklärte Lili im Hinausgehen.

Eigentlich wusste Gesa in dem Moment, in dem die Wohnungstür hinter ihr zufiel, dass sie womöglich einen Fehler beging. Aber sie wollte auf die warnende Stimme in ihrem Inneren nicht hören. Wie schon bei den beiden anderen Gelegenheiten, als sie am Set für Aufsehen gesorgt hatte und doch eigentlich nichts anderes wollte, als ein bisschen bei der Arbeit des Filmteams zuzusehen. In Lilis Begleitung fühlte sie sich sicher – und letztlich auch in Gesellschaft des Engländers. Wenn sie Gast eines Besatzungsoffiziers war, würde Leon Caspari sie gewiss nicht so heftig anschnauzen.

Ein Teil des Weihnachtsmarkts war für die Dreharbeiten reserviert. An den Absperrungen sammelten sich Schaulustige, die Polizisten, die sich wahrscheinlich darum kümmern sollten, dass niemand unbefugt in die Szene rauschte, sahen nicht minder interessiert zu. Scheinwerfer tauchten ein altes Pferdekarussell in so helles Licht, dass die Farbabsplitterungen an den Holztieren deutlich sichtbar wurden. Ein fast schmerzlicher Hinweis auf Verfall und Mangel. Doch Bettina Unger sprang auf das sich langsam drehende Fahrgeschäft wie der Inbegriff von Lebensfreude. Und Egon Fritsch lief ihr nach.

Gesa klappte das Kinn herunter. Egon Fritsch war hier. Der Schwarm aller Mädchen- und Frauenherzen zwischen acht und achtzig Jahren drehte nur ein paar hundert Meter von ihrem Zuhause einen Film. Unfassbar. Davon hatte gar nichts in den Zeitungen gestanden. Angesichts dieser Sensation vergaß sie sogar zu frieren.

»Und Schnitt!«, brüllte Caspari. Er klatschte in die Hände und wirkte dabei ausgesprochen gut gelaunt. »Danke, meine Herrschaften, das war sehr gut. Für heute können wir Schluss machen.«

Das Karussell hielt an, eine Frau rannte auf Bettina Unger zu und legte ihr einen Mantel um die Schultern, während sich der männliche Filmstar eine Zigarette anzündete.

Schluss machen ...

Die Worte hallten in Gesas Kopf nach und schienen sich als riesige Enttäuschung in ihrem ganzen Körper auszubreiten.

Captain Fontaine nickte den Wachmännern zu, lüftete kurz seine Offiziersmütze und hob dann das Seil, um Lili und Gesa hindurchkriechen zu lassen. Anschließend stieg er mit seinen langen Beinen über die Absperrung.

»Na, wenn das mal keine Überraschung ist«, rief Caspari aus, als er des Engländers und seiner Begleiterinnen gewahr wurde. »Das doppelte Paalchen!« Spott troff aus seiner Stimme. Am liebsten wäre Gesa im Boden versunken. Doch die Wiese, die zu dem Park an der Moorweide gehörte, war steinhart gefroren. Leider war auch Lilis Rücken nicht breit genug, um als Versteck zu dienen. Die Enttäuschung über das Ende der heutigen Dreharbeiten wich einem nicht minder großen Anteil von Verlegenheit in ihren mächtig durcheinandergeratenen Gefühlen.

Ohne Gesa oder Lili weiter zu beachten, wandte sich Caspari an Captain Fontaine: »Sind Sie unter die Spione gegangen?«

»Auf gewisse Weise«, erwiderte der Besatzungsoffizier. »Aber das würde ich Ihnen gern in Ruhe erzählen. Was halten Sie von einem Glühwein?«

»Ich fürchte, dafür taugt meine Lebensmittelkarte nicht.«

»Dann betrachten Sie sich als eingeladen.«

»Hat er Sie mit derselben Einladung hergelockt?«, wandte sich Caspari an Lili. »Ein guter Burgunder erwartet Sie da ganz bestimmt nicht.« Mit einer weit ausholenden Geste deutete er auf einen von zahllosen Menschen umringten Stand, aus dessen Schlot sich Rauch nach oben ringelte.

Gesas Blick folgte seinem Arm. Sie war so auf das Filmset konzentriert gewesen, dass sie noch gar nicht richtig auf den Weihnachtsmarkt geachtet hatte. Auf die vielen Buden, in denen alle erdenklichen Waren angeboten wurden, überwiegend wohl gebrauchte Sachen, da die letzten Lieferungen von Neuware vor Kriegsende aus den Lagern geholt und sicher längst verkauft waren, vielleicht auch Handarbeiten, mit denen sich Flüchtlingsfrauen ein wenig Geld verdienten. Die größten

Attraktionen waren für die Kinder aber eine Eisenbahn und das Karussell, das als Kulisse für Leon Casparis Film gedient hatte. Es duftete schwach nach gerösteten Nüssen und Maronen, Gesa erkannte in den Händen einer glückselig strahlenden jungen Frau einen Stab mit Zuckerwatte, und das Wasser lief ihr im Munde zusammen. Ganz egal, ob die Basis tatsächlich Feinzucker, Zuckerrübensirup oder ein anderer Ersatz war. Es war lange her, dass sie auch nur eine annähernd vergleichbare Schleckerei kosten durfte.

»Ich höre immer Glühwein und Burgunder«, mischte sich Egon Fritsch ein. Er trat zu der kleinen Gruppe und direkt neben Gesa, der er ein flüchtiges Lächeln schenkte. Unwillkürlich fürchtete sie jäh, in Ohnmacht zu fallen. Dann streckte er auch noch Lili die Hand entgegen und stellte sich vor.

»Lili Paal«, machte Leon Caspari bekannt.

»Nein«, widersprach sie und schüttelte die Hand des Schauspielers. »Lili Wartenberg, sehr erfreut.«

Gesa hätte ihre Tante gern gefragt, warum sie ihren Mädchennamen benutzte, aber sie hielt den Mund, um nichts Falsches zu sagen.

Erstaunt runzelte Egon Fritsch die Stirn. »Sind Sie die Cutterin Lili Wartenberg?«

»Ihr Ruf eilt Ihnen voraus und anscheinend an mir vorbei«, bemerkte Caspari.

»Wieso, Leon?« Die Verwunderung des Schauspielers wuchs.

»Weißt du denn nicht, was Lili Wartenberg geleistet hat? Sie hat verschollene Negative aufgetrieben und zu einem Film zusammengesetzt. Ihre Arbeit soll eine Glanzleistung sein. Davon müssen Sie uns erzählen, Fräulein Wartenberg.«

»Tausend Dank, aber im Moment«, Lili schlang fröstelnd die Arme um sich, »wäre mir mehr nach einem heißen Getränk, das nicht nach Wasser oder Muckefuck schmeckt.«

»Versuchen wir den Glühwein«, schlug Fontaine vor. Zu Gesas größter Überraschung nahm er nicht ihre Tante, sondern sie am Arm. »Und was kann ich dir kredenzen?«

Gesa wusste nicht, wohin sie zuerst schauen sollte. Zu Egon Fritsch, der Lili voller Hochachtung betrachtete, zu Leon Caspari, der heute anscheinend ziemlich gnädig gestimmt war, oder zu Lili, die ihr amüsiert zuzwinkerte. Meine Güte, der Besuch des Weihnachtsmarkts entwickelte sich so ganz anders als befürchtet – und schrecklich aufregend!

»Ich hätte gern Zuckerwatte, wenn es möglich wäre«, bat sie wohlerzogen.

»Das ist es, Gesa.« Fontaine schenkte ihr wieder dieses hinreißende Lächeln. »Das ist auf jeden Fall möglich.«

»Stürzen Sie sich erst einmal ins Getümmel. Ich treffe Sie am Stand mit dem Glühwein, sobald hier alles abgebaut ist.« Der Regisseur schlang sich in einer fast dramatischen Abschiedsgeste den Schal um den Hals. »Egon, dich brauche ich noch kurz wegen einer Terminänderung morgen, dann bist du auch an die Bar entlassen.« Caspari wandte sich ab, ohne sich davon zu überzeugen, dass Egon Fritsch ihm folgte. Dieser trottete hinter ihm her.

»Und schon sind wir von Gott und der Welt verlassen«, murmelte Fontaine.

»Es würde Leon Caspari gewiss gefallen, dass Sie ihn für Gott halten«, warf Lili ein.

»Hatte ich schon erwähnt, dass ich Ihren Humor mag?«

Bevor sich Gesa fehl am Platz fühlen konnte, wandte er sich jedoch wieder an sie und konstatierte: »Wir machen uns erst einmal auf die Suche nach Zuckerwatte für dich. Ein Rummel ohne ist nur das halbe Vergnügen, nicht wahr?«

»Hallo!« Eine aufgeregte Jungenstimme folgte Gesa. »Hallo, Fräulein, erinnern Sie sich noch an mich?«

Sie konnte nicht verhindern, dass sie schon wieder puterrot anlief. Sie wandte sich zu dem jungen Aufnahmeleiter um, der mit ebenfalls geröteten Wangen hinter ihr stand. »Klar erinnere ich mich noch.«

Fontaines Arm sank herab.

»Ich ... ich ...«, stammelte Klaus in einer Mischung aus Atemlosigkeit und Schüchternheit, »ich wollte fragen, ob ich Ihnen den Weihnachtsmarkt zeigen darf. Wir drehen hier schon ein paar Tage, und ich kenne mich aus.« Die letzten Worte sagte er mit offenbar wiedergewonnenem Selbstbewusstsein.

»O ja«, brach es aus Gesa heraus, bevor sie sich bewusst wurde, dass sie ein wenig voreilig zustimmte. Verlegen blickte sie zu Lili, doch die zuckte wenig hilfreich mit den Schultern. »Darf ich, Tante Lili?«

Fontaine schlug den Mantel zurück und griff in seine Hosentasche. »Kaufen Sie der jungen Dame in meinem Auftrag Zuckerwatte«, sagte er und drückte Klaus einen Geldschein in die Hand. »Das sollte für zwei Portionen ohne Lebensmittelkarte reichen.«

»Oh! Danke, Sir, vielen Dank.« Klaus steckte die Zuwendung rasch ein. Dann verbeugte er sich formvollendet vor Gesa. »Ich habe den Chef gefragt und darf Feierabend machen. Wenn Sie mich begleiten wollten, würden Sie mir eine große Ehre erweisen.«

3

Während sich die beiden jungen Leute trollten und er ihnen nachsah, bemerkte John Fontaine belustigt:»Man müsste noch einmal achtzehn sein …«

»Ich glaube, der junge Mann hat die falschen Filme gesehen«, erwiderte Lili kichernd.»Sein Benehmen spricht für Kostümfilme.«

»Wie angenehm, dass Sie nicht auch von mir einen Katzbuckel erwarten.«

Sie lächelte John an.»Danke, dass Sie so nett zu Gesa waren.«

»Keine Ursache«, wehrte er ab.»Sie ist ein liebes Mädchen. Außerdem wollte ich bei Ihnen ein bisschen Eindruck schinden.«

»Das ist Ihnen gelungen«, erwiderte sie leise.

Tatsächlich fand sie es großartig, wie unverkrampft er mit einem Backfisch wie Gesa umging. Sie hätte ihn gern gefragt, ob er jüngere Geschwister besaß, aber sie konnte sich gerade noch bremsen. Keine Fragen nach seinem Privatleben, riet sie sich insgeheim. Das geht dich nichts an, und dann ist da ja auch noch diese Marinehelferin. Du bist ein Zeitvertreib für ihn, mehr nicht! Wenn nur nicht schon wieder diese Magie zwischen ihnen beiden wäre, die sie ebenso deutlich spürte wie den kalten Wind und die Schneeflocken, die die Böen über die Moorweide wehten.

Er sah sie schweigend an, und sie wünschte, sie könnte durch die leicht beschlagenen Brillengläser in seinen Augen lesen.

»Tja«, Lili räusperte sich,»wollen wir schon mal an den

Glühweinstand gehen? Herr Caspari wird doch sicher gleich nachkommen, oder?«

»Davon bin ich überzeugt.« Er lächelte. »Allerdings wäre ich ihm heute nicht böse, wenn er uns versetzt.«

Am liebsten hätte sie ihm geantwortet, dass er seinen Charme nicht an sie zu verschwenden brauchte. Aber natürlich sagte sie nichts dergleichen. Sie schlenderte an seiner Seite über die schmalen Wege zwischen den Buden, die nun von Passanten dicht bevölkert waren. Es war nicht mehr lange bis zur Sperrstunde, die Dämmerung hatte längst eingesetzt, und es herrschte jenes vorweihnachtliche stimmungsvolle Licht, das jedes Herz über kurz oder lang berührte. An den Ständen, an denen geröstete Kastanien, Äpfel, Nüsse oder andere seltene Leckereien verkauft wurden, standen die Besucher des Weihnachtsmarkts Schlange. Lebensmittelkarten wurden eingesetzt, Geldscheine und Zigaretten wechselten den Besitzer, an manchen Ständen hing ein Schild mit der Aufschrift »Markenfreies Angebot«. Lili nahm an, dass der Tauschhandel hier genauso florierte wie auf dem schwarzen Markt.

Neben dem Stand, auf dessen vorgezogenes Holzdach mit verschiedenen Farben *Glühwein* geschrieben war, hatte sich eine Gruppe von Musikern in den blauen Uniformen der Heilsarmee aufgestellt. Lili kannte die Vertreter dieser christlichen Bewegung aus ihrer Kindheit, damals hatte es viele Mitglieder in Hamburg gegeben, die musizierten und dabei Geld für Arme sammelten. Später waren diese Menschen aus dem Stadtbild verschwunden. Wie so viele andere. Sie blieb unwillkürlich vor der Band stehen und hörte zu, wie die beiden älteren Männer und eine Frau ein englischsprachiges wehmütig klingendes Lied sagen, das sie nicht kannte. Sie verstand nur die sich wiederholenden Worte »white Christmas«.

John legte seinen Arm um ihre Schultern.

Sie erstarrte, aber sie schüttelte ihn nicht ab. »Das Lied klingt hübsch«, sagte sie.

»Das ist ein Schlager zu Weihnachten, wie ihn sich Hollywood vorstellt, und daher ein Riesenerfolg«, erwiderte er. »Die amerikanische Version einer Weihnachtsschnulze. Wahrscheinlich kam der Titel zu spät auf den Markt, um auch ein Hamburger Swinggirl zu erreichen.«

»Immerhin etwas anderes als *Stille Nacht* und *O Tannenbaum*.«

»So kann man es natürlich auch sehen.« Er schob sie sanft weiter. »Kommen Sie, die Schlange zum Glühwein ist gar nicht so lang. Die meisten Leute, die hier herumstehen, sind wohl keine Käufer, sondern neugierig und atmen den Alkohol nur ein. Davon kann man allerdings auch schon betrunken werden. Riechen Sie es?«

Lachend krauste sie die Nase.

»Lili! Hallo! Huhu!«

Sie fuhr herum und schüttelte dabei Johns Arm ab.

Aus den Wartenden vor dem Glühweinstand löste sich eine wohlbekannte Gestalt. Michael Roolfs trat mit verwirrter Miene auf sie zu, einen dampfenden Becher in der Hand, und blickte erstaunt von ihr zu ihrem Begleiter. Offensichtlich hatte er wahrgenommen, wie sie eng an den britischen Offizier gelehnt stand. »Schön, dich zu sehen«, sagte er gedehnt. »Schon wieder so ein Zufall.«

»Ich freue mich auch«, antwortete sie artig.

Michael Roolfs musterte den Engländer mit deutlichem Interesse, nickte kurz und bot Lili dann, ohne ein weiteres Wort an den anderen zu richten, sein Getränk an. »Magst du einen Schluck? Soll Schwarzriesling sein, schmeckt aber nur nach heißem Fusel.«

»Ich hole uns zwei Becher«, wandte John ein.

»Verzeihung, ich sollte Sie vorstellen«, beeilte sich Lili. Sie wusste nicht, ob sie nicht wollte, dass John sie mit Michael Roolfs allein ließ oder dass er überhaupt ging. »Das ist Captain John Fontaine von der *Film Section*. Und das ist Michael Roolfs, Drehbuchautor und künftiger Filmproduzent.« Sie sah ihren alten Bekannten herausfordernd an. »Richtig?«

»Wenn Sie mir die Lizenz erteilen, Captain Fontaine, stimmt das wohl.« Roolfs hob das Trinkgefäß in seiner Hand. »Auf die Filmabteilung und die Atelierbetriebe, die in und um Hamburg entstehen werden. Prost!« Er trank – und verbrannte sich anscheinend die Zunge. Prustend beugte er sich nach vorn und spuckte den Wein aus.

»Ihre Reaktion spricht nicht für den Glühwein«, bemerkte John trocken. »Vielleicht sollten wir zur Feier des Tages lieber auf Zuckerwatte zurückgreifen.«

»Nein, nein. Das Zeug ist nur zu heiß und zu alkoholhaltig. Ich sollte nicht so viel saufen.«

Lili lachte. »Wer sagte noch mal, ›im Rausch hat er die besten Ideen‹?« Sie sah John vielsagend an. »Michael Roolfs hat das Drehbuch zu dem letzten Film von Thea von Middendorff geschrieben.«

»*Königin Luises letzte Tage*«, knurrte der Autor. »Erinnere mich nicht daran, ich wünschte, ich hätte mich niemals auf diese Geschichte eingelassen.«

John wechselte einen Blick mit Lili, bevor er die Brille abnahm und beiläufig fragte: »Warum das denn nicht? Es soll doch ein großartiger Film geworden sein, wie ich hörte.«

»Ach, hörten Sie das?« Roolfs schüttelte bekümmert den Kopf. »Dann wissen Sie anscheinend nicht, was während der Dreharbeiten passiert ist. Na ja, Schwamm drüber, ich will es auch nicht mehr wissen.« Er setzte den Becher noch einmal an, und diesmal nahm er einen großen Schluck, ohne dass irgendetwas passierte. »Leon geht es genauso. Hast du gesehen, dass am Rande des Weihnachtsmarkts gedreht wird, Lili?«

Bevor sie etwas antworten konnte, warf John ein: »Natürlich habe ich auch von der Tragödie um Herrn von Middendorff gehört …«

»Tragödie?«, brauste Roolfs auf. »Es war eine Katastrophe. Hätte uns beinahe alle den Kopf gekostet. Der Film hat uns nur Unglück gebracht. Ich bin froh, dass die Negative auf dem Weg zu Thea von Middendorffs Yacht verschollen sind.«

»Thea von Middendorffs Yacht?«, wiederholten Lili und John wie aus einem Munde.

Sie sahen sich an, lächelten sich zu, bevor die beiden Augenpaare erwartungsvoll zu Roolfs blickten.

Der wollte gerade wieder von seinem Wein trinken, ließ die Hand mit dem Becher aber sinken. »Warum nicht? Viele Rohfilme wurden in den letzten Monaten des tausendjährigen Reichs weggeschafft. Manche, um sie als sogenannte Durchhaltefilme zu verbergen, andere, weil man sie vor den Russen in Sicherheit bringen wollte. Unsere Negative gehörten zur zweiten Gruppe. Anscheinend kam irgendjemand auf die Idee, dieses Kajütboot im Hafen von Travemünde auszuwählen, das Thea als eine Art Ferienhaus benutzt hatte. Dabei war sie zu dem Zeitpunkt längst in die Schweiz abgehauen. Und wenn der Kahn nicht inzwischen auf Grund gebombt wurde, hat ihn bestimmt einer der ganz bösen Jungs geklaut und ist damit ab nach Schweden.«

Vor Lilis geistiges Auge trat die Szenerie, die sie am Hafen von Travemünde erlebt hatte. Das Fährschiff, die Fischerboote, das schwimmende Marinewohnheim – und die verwitterte Yacht, die so verlassen und vernachlässigt wirkte, als würde sie jeden Moment untergehen. Das sogenannte Ferienhaus Thea von Middendorffs. Ein Hausboot am Leuchtturm. Für einen

Menschen, der sich nicht gut mit dem Verkehr zur See auskannte, mochte das alles tatsächlich dasselbe sein.

»Ich weine dem Film jedenfalls keine Träne nach«, schloss
Roolfs seinen Bericht. »Das ist Schnee von gestern. Aber ver-
rate das bitte nicht Leon, Lili. Der hält diese Produktion noch
immer und trotz allem für sein Meisterwerk.«

»Wir werden schweigen wie ein Grab«, versicherte John
rasch.

»Ich glaube, ich hätte jetzt gern einen Glühwein«, sagte Lili.
Roolfs hielt ihr seinen Becher hin, doch sie schüttelte den
Kopf.

John berührte leicht ihren Arm. »Ich bin gleich wieder da.«
Dann drängte er sich an den Leuten vorbei, die am Glühweinstand Schlange standen oder einfach nur zuschauen wollten,
wer sich das Getränk leisten konnte.

Schweigend sahen sie ihm nach, dann erkundigte sich
Roolfs: »Gehst du mit ihm aus?«

Sie hoffte, nicht zu erröten. »Nein. Das tue ich nicht. Nein.
Wir sind nur gute Bekannte.«

»Aha.« Es war deutlich, dass er ihr nicht glaubte.

»Meine Güte«, fuhr sie auf, »Captain Fontaine ist Filmoffizier. Und ich betreibe ein Kino.«

Gedankenverloren nippte Roolfs an seinem Getränk. »Ich
dachte, du besuchst deine Mutter.«

»Meiner Mutter gehört das Kino am Jungfernstieg«, versetzte sie entnervt.

Plötzlich hellte sich sein Gesicht auf. »Das klingt gut. Ich
verspreche dir, dass ich den ersten Film, den ich in Bendestorf
produzieren kann, in deinem Lichtspielhaus uraufführen werde. Sofern mir die Leute von deinem Filmoffizier endlich die
Lizenz erteilen. Wir können da jeden Tag anfangen, Studios zu
bauen. Und ich kenne einen Fleischfabrikanten, der sein Geld

investieren möchte. Das ist eine ganz sichere Sache. Genau wie Weihnachten.« Er lachte über seinen eigenen Scherz.

»Der Fleischfabrikant wäre aktuell meine Priorität«, meinte sie.

In diesem Moment tauchten Leon Caspari und Egon Fritsch auf, die Michael Roolfs mit großem Hallo begrüßten. Die Männer schlugen einander auf die Schultern, interne Witzeleien wurden ausgetauscht. Lili entnahm dem Empfang, dass Caspari und Roolfs hier verabredet gewesen waren. Während sie überlegte, ob John in dieser Gesellschaft mit dem Regisseur über die Negative reden würde, kehrte er zurück, in jeder Hand einen Becher mit der dampfenden Flüssigkeit.

»Der Topf ist fast leer«, verkündete er und reichte Caspari eine der beiden Portionen. »Sie können meinen Glühwein haben. Ich trinke bei Lili mit.«

Sie sah ihn überrascht an. »Ach ja?«

»Bei den Pfadfindern haben wir auch geteilt«, gab er zurück.

»Apropos teilen, Captain Fontaine«, warf der Regisseur ein, »haben Sie eine Ahnung, wann wir mit der nächsten Materiallieferung rechnen können? Könnte ich Anfang nächster Woche vorbeikommen?«

»Tut mir leid«, erwiderte John freundlich, »ich kann Ihnen nichts versprechen. Ich plane eine kurze Geschäftsreise und werde daher nächste Woche nicht ständig verfügbar sein.« Er warf Lili einen Blick zu, dann sah er Leon Caspari an. »Ich muss für einen oder zwei Tage an die Küste. Aber danach können Sie mich jederzeit wieder ansprechen.«

Lübeck-Travemünde

1

Es dauerte noch eine Woche, bis sich John von seinen Dienstverpflichtungen für die Reise an die Ostsee frei machen konnte. Er erzählte Lili auf ihrer Fahrt im Auto dorthin, wie viel Zeit er damit verbrachte, die Anträge auf seinem Schreibtisch zu bearbeiten. »Die Aktenberge werden täglich höher, und es bedarf größter Vorsicht, bei der herrschenden Goldgräbermentalität nicht dem falschen Personenkreis Genehmigungen zu erteilen.«

»Wenn Sie versuchen, ehemalige Parteimitglieder auszusortieren, dürften Sie in der Tat sehr beschäftigt sein«, meinte sie lakonisch.

»Es geht nicht nur um die Zugehörigkeit zur Partei. Nehmen Sie den Sensationsdarsteller Harry Piel. Der war ein Star und wurde von Goebbels gefördert. Mit diesem Nimbus steht er natürlich nicht allein da, und nicht nur er ist schon früh in die NSDAP eingetreten. Aber Piel war darüber hinaus auch noch förderndes Mitglied der SS. So weit sind nicht alle gegangen. Sein Antrag zur Gründung einer Produktionsfirma wurde jedenfalls abgelehnt, er darf sich auf fünf Jahre nicht im Filmgeschäft betätigen.«

»Auch damit ist er vermutlich nicht allein.«

»Sicher, die Eingaben politisch belasteter Filmleute werden besonders geprüft. Das macht unfassbar viel Arbeit. Manchmal wünschte ich, ich säße in der Zensurstelle. Da könnte ich den ganzen Tag lang Filme ansehen und müsste mich nicht durch Akten lesen.«

»Was wollen Sie werden, wenn Ihre Dienstzeit vorbei ist?«, entfuhr es ihr. »Kinobesucher oder Schreibtischhengst?«

Einen Atemzug später hoffte sie, das Geräusch des Motors hätte ihre zwar belustigten, aber doch sehr persönlichen Bemerkungen geschluckt. Sie wollte jedes private Interesse vermeiden. Nach außen hin wenigstens. Wie es in ihrem Inneren aussah, spielte keine Rolle. Aber sie wollte keinesfalls, dass noch jemandem auffiel, wie es um sie stand. Michael Roolfs' Anzüglichkeit auf dem Weihnachtsmarkt hatte ihr einen Stich versetzt.

Doch John hatte sie gehört. »Wäre der Krieg nicht gewesen, wäre ich Journalist geworden«, gab er bereitwillig Auskunft. »Filmkritiker, genau genommen. Einen Job in dieser Art plane ich auch für die Zukunft.«

»Also Kinobesucher«, resümierte sie.

»So kann man es auch nennen.« Er lächelte. »Da trifft es sich doch gut, dass Sie aus einer Familie von Filmtheaterbesitzern stammen, nicht wahr?«

Lili hielt den Atem an, weil sie keinen Zusammenhang zwischen seinen Zukunftsplänen und dem Besitz ihrer Familie sah. Oder nicht sehen wollte.

»Ihr Schwager will im Ballsaal des Esplanade ein Lichtspielhaus eröffnen«, fuhr John fort. »Wussten Sie das? Der Antrag liegt vor.« Als sie nichts sagte, fügte er hinzu: »Peter Westphal ist doch Ihr Schwager, oder?«

Sie blickte aus dem Fenster auf die karge Landschaft. Eine dünne Schicht Schnee, die über Nacht zu Eis erstarrt war, bedeckte die Felder und Wiesen. John fuhr im Gegensatz zu ihrer letzten gemeinsamen Fahrt langsam und sehr vorsichtig, da der gräulich schimmernde Straßenbelag auf glatte Stellen hinwies. Unwillkürlich überlegte sie, ob es richtig war, sich mit ihm zu unterhalten und damit seine Aufmerksamkeit womöglich abzulenken. Als ihr bewusst wurde, dass er auf ihre Antwort wartete, sagte sie: »Ja. Er ist mein Schwager. Und ja, ich weiß davon. Er baut auf den Untergang des Kinos am Jungfernstieg: Mit der Technik will er seinen neuen Betrieb gründen.«

»Verstehe.« John schwieg eine Weile, konzentriert auf ein Überholmanöver. Nach einer Weile fragte er: »Wie geht es Ihrem Kino?«

»Was meinen Sie damit?« Sie wartete seine Reaktion jedoch nicht ab, sondern schluckte und sagte: »Es geht ihm nicht gut.« Ihre Stimme klang dermaßen verbittert, dass sie selbst erschrak. Sie wollte kein Mitleid erregen, sondern sich nur mit der Wahrheit auseinandersetzen, sachlich bleiben. Aber Traurigkeit und Groll waren offenbar nicht zu verbergen.

John wandte den Kopf, blickte sie erstaunt an. Dann: »Ich dachte, die Hamburger rennen den Lichtspielhäusern die Türen ein.«

»Im Waterloo am Dammtor und in der Passage an der Mönckebergstraße ist das so, und es trifft wohl auch auf das Lessing-Theater am Gänsemarkt zu, das ehemalige Premierenkino der Ufa ...«

»Das *White Knight Cinema* ist unser Truppenkino, das ist etwas anderes«, unterbrach er sie.

»Stimmt, das Lessing-Theater ist in britischer Hand«, räumte sie ein. Sie verbiss sich den Kommentar, dass dieses Lichtspielhaus bestimmt besser beheizt wurde als alle anderen noch bestehenden Filmtheater in Hamburg, zu anderen Uhrzeiten öffnen durfte und natürlich auch die besten Produktionen zeigte. Tatsächlich hatten Deutsche aber keinen Zugang dorthin. Da sie ihn nicht verärgern wollte, fügte sie versöhnlich hinzu: »Ich habe automatisch die Häuser aufgezählt, die sich in der Nähe zum Kino am Jungfernstieg befinden und damit eine gewisse Konkurrenz darstellen.«

»Wenn ich richtig informiert bin, hat das Waterloo rund eintausend Plätze, Ihr Kino aber nur etwa dreihundert. Wie können mehr als dreimal so viele Karten anscheinend problemlos verkauft werden, während Sie es so schwer haben?«

Sie fühlte sich unwohl. Warum bohrte er so nach? Es ging ihn nichts an, wie sie zurechtkam. Ihre Mutter hatte bald nach Kriegsende die Erlaubnis erhalten, ihr Haus zu bespielen, Hans Seifert hatte ihr erzählt, dass es niemals Beschwerden vonseiten der Besatzungsbehörde oder einer anderen Institution gab. Sie nahm an, dass man das Lichtspielhaus inzwischen irgendwie vergessen hatte. War Johns Interesse also persönlicher Natur? Für pure Höflichkeit hielt er ein wenig zu lange an dem Thema fest, wie sie fand. Schließlich entschied sie sich für die sachlich korrekte, ungeschönte Antwort: »Bei uns ist es zu kalt. Ich habe nicht genug Heizmaterial zur Verfügung.«

»Warum beantragen Sie nicht mehr?«, kam es wie aus der Pistole geschossen.

Lili lachte kurz und bitter auf. »Wahrscheinlich ist das einer der Anträge, die noch unbearbeitet auf Ihrem oder dem Schreibtisch eines Ihrer Kollegen liegen.«

»Tut mir leid«, sagte er sofort. »Ich wollte Ihnen nicht unterstellen, dass Sie zu wenig für Ihr Kino tun.«

»Schon gut«, murmelte sie. Seine Höflichkeit berührte sie.

»Wie wäre es, wenn Sie die Zuschauer bitten, Heizmaterial für die Vorstellungen mitzubringen. Das machen viele kleine Lichtspielhäuser und auch manche Theater.«

»Dafür sind unsere Filmzuteilungen nicht gut genug.« Ohne darüber nachzudenken, warum sie ihm das eigentlich erzählte, redete sie nach einem kurzen Zögern weiter: »Vorige Woche durften wir *Ich hab' von dir geträumt* zeigen, eine zwei oder drei Jahre alte Komödie, eine der letzten, die noch in Berlin fertiggestellt wurden. Ich setzte große Hoffnungen in die Vorführung. Der Regisseur war Wolfgang Staudte, und ich dachte, weil jetzt sein neuer Film *Die Mörder sind unter uns* viel diskutiert wird, interessiert sich das Publikum auch für seine ältere Arbeit. Doch außer einer Handvoll hartgesottener Cineasten kam niemand.« Erschöpft vor Resignation lehnte sie ihren Kopf gegen das Seitenfenster.

John schwieg, und Lili war ihm dankbar, dass er sie nicht mit Floskeln oder Versprechungen abspeiste, die entweder nicht ernst gemeint waren oder die er nicht halten konnte, weil es ihm dafür an Einfluss fehlte.

Ihre Lider wurden schwer. Diesmal hatte sie sich auf sein Anraten hin gleich bei der Abfahrt in die Wolldecke vom Rücksitz eingehüllt, es war ihr warm, und seine ruhige Fahrweise wirkte einschläfernd. Vielleicht träumte sie es nur, aber möglicherweise sagte er tatsächlich leise: »Alles wird gut. Ganz bestimmt.« Obwohl sie sich fest vorgenommen hatte, diesmal nicht einzudösen, sackte sie in einen tiefen Schlaf.

2

Die Szenerie am Hafen unterhalb des Leuchtturms unterschied sich kaum von dem Bild, das Lili von ihrem vorherigen Besuch in Erinnerung hatte. Der Wind war eisig, der Himmel bedeckt und grau, zwei Fischerboote dümpelten neben der alten verrottenden Jacht, nur der Anlegeplatz der Fähre war leer, da diese gerade in Richtung Priwall dampfte. Ein leichter Schneeregen setzte ein, der auch die letzten Passanten vom Uferweg vertrieb. Es wirkte stiller als neulich, auf gewisse Weise einsam, der Hafen schien fast ebenso verlassen wie Thea von Middendorffs Schiff.

»Schauen Sie mal«, sagte John und deutete auf den verblichenen Schriftzug am Bug des Kajütboots, »das hätte uns eigentlich auffallen müssen, als wir neulich hier standen: Die Jacht trägt den beziehungsreichen Namen *Babelsberg II*.«

»Ich habe nach einer anderen Bauart gesucht«, antwortete sie kleinlaut. Sie fühlte sich noch immer schuldig, weil sie sich hatte in die Irre führen lassen, obwohl sie niemals behauptet hatte, dass ihre Informationen absolut korrekt waren. Doch es stimmte natürlich, bei einem Schiff, das den Namen der Filmstadt trug, lag es nahe, dass es sich um den gesuchten Ort handelte, auch wenn es nicht unbedingt dem Bild eines Hausboots entsprach. Das hätte sie tatsächlich nicht übersehen dürfen. Aber bei ihrem ersten Besuch in Travemünde war sie von all ihren Gefühlen dermaßen überwältigt worden, dass sie sogar im Rückblick verstand, warum sie so blind gewesen war.

»Machen Sie sich keine Gedanken, ich habe denselben Fehler begangen«, sagte er sanft.

Eine Weile lang standen sie stumm da und betrachteten die einst stolze weiße Segeljacht, von der die Farbe abblätterte wie von einem alten, dem Sturm und der See ausgesetzten Haus. Lili fragte sich, wie der Ufa-Star es geschafft hatte, den Besitz dieses Schiffs geheim zu halten. Irgendein Reporter hätte gewiss eine skandalträchtige Story gewittert, wenn die Eigentümerin und der Verwendungszweck des Feriendomizils bekannt gewesen wären. Lili war sicher, dass das Thema auch den Kantinenklatsch nicht erreicht hatte. Anscheinend wussten nur ein paar Eingeweihte wie etwa Michael Roolfs davon. Oder hatte die Zensur des Propagandaministeriums ganze Arbeit geleistet? Dann wäre zwar hinter vorgehaltener Hand getuschelt, aber im Großen und Ganzen Stillschweigen bewahrt worden. Allerdings nur, falls die erzwungene Verschwiegenheit im Interesse höchster Kreise war.

»Meinen Sie, Thea von Middendorff hatte ein Verhältnis mit Goebbels?«

John schnappte nach Luft. »Donnerwetter, was für eine Idee! Möglich ist natürlich alles, aber nach allem, was ich hörte, war er ihr wohl zu alt, sie mochte eher jüngere Männer. Warum fragen Sie?«

»Ich habe gerade überlegt, ob dieses Schiff wohl ihr Liebesnest war.«

»Dann sollten wir mal nachschauen, was wir hier alles finden. Gehen wir an Bord, Doktor Watson.«

Sie spielte mit. »Aye, aye, Sherlock Holmes.«

John begann, leise ein Lied zu pfeifen, das Lili als den Schlager »Jawoll, meine Herr'n« erkannte, den Hans Albers und Heinz Rühmann in dem erfolgreichen Vorkriegsfilm *Der Mann, der Sherlock Holmes war* sangen. Die Geschichte handelte von zwei Hobbydetektiven, die sich als Sherlock Holmes und Dr. Watson ausgaben.

Es erstaunte sie, dass er so viel Ahnung vom deutschen Film hatte, selbst für den Sohn eines ehemaligen deutschen Filmproduzenten war er bestens informiert, aber sie sprach ihn nicht darauf an. Seine Darbietung entlockte ihr ein Schmunzeln, zumal er ziemlich musikalisch zu sein schien. Anerkennung kam hinzu, als sie ihm dabei zusah, wie er elegant auf die Planken sprang. Das durch die Bewegung gegen den Kiel klatschende Wasser unterbrach sein Solo.

Er beugte sich vor und streckte die Hand nach ihr aus. »Kommen Sie.«

Ohne zu zögern, legte sie ihre Rechte in die seine. Auf diese Weise stützte sie sich ab, als sie über die Reling kletterte. Er zog sie zu sich, ein in dieser Situation selbstverständlicher Griff. Doch so landete sie zwangsläufig nicht nur auf dem Boot, sondern in seinen Armen.

Er hielt sie fest, rührte sich nicht, tat nichts, um sie loszulassen.

Atemlos und mit klopfendem Herzen wartete sie ab. Ihre Hand lag in seiner Hand, sein Arm umfasste ihren Körper, ihr Blick ruhte auf dem Wollstoff seines Armeemantels, seine Schulter war so nah, dass sie ihre Wange einfach hätte dagegenlehnen können, ohne sich groß zu bewegen. Durch eine leichte Drehung ihres Kopfs hätte sie wahrscheinlich seinen Atem auf ihrem Gesicht gespürt. Und ihr Mund wäre dem seinen gefährlich nahe gekommen. Einen köstlichen Moment lang überlegte sie, wie es wohl wäre, von ihm geküsst zu werden. Dann fiel ihr ein, dass sie auf einem Boot standen, weithin sichtbar in einer Umarmung gefangen. Und vielleicht auch in ihren Sehnsüchten nach Frieden, Freiheit und Normalität. Ein Mann und eine Frau. Ein britischer Offizier und eine verheiratete Deutsche.

Lili versteifte sich. »Danke«, sagte sie, »ich stehe jetzt sicher auf meinen beiden Beinen.«

»Gut. Das ist gut.« Er ließ sie los und trat tief durchatmend einen Schritt zurück.

Unwillkürlich schwankte sie. Der Wellengang ließ die Jacht schaukeln, und Lili wünschte, sie hätte sich an seiner Hand festhalten können. Doch sie verlagerte ihr Gewicht gleichmäßig, sodass sie nicht noch einmal gegen ihn fiel.

Er machte eine Bewegung nach vorn, versuchte sie wohl wieder zu halten. Doch sein Arm schwebte nur in der Luft. Einen Moment später sah er sich demonstrativ um. Ihr kam es vor, als vermeide er den Blickkontakt mit ihr. Dennoch sprach er sie direkt an: »Haben Sie eine Ahnung, wo das beste Versteck auf einem Schiff wie diesem ist?«

Der Wind frischte auf, ließ die Takelage klappern, als wollte ihr die Natur ein Zeichen geben. Lili deutete auf den Mast. »Vielleicht dort, wo die Segelsäcke verstaut sind. Die Segellast befindet sich vorn im Bug. Ich glaube, ein hochseetaugliches Boot wie dieses hat normalerweise mindestens zwei Satz Segel an Bord. Wenn etwa die Persenning entfernt wurde, sollte ausreichend Platz für die Filmdosen sein.«

»Oh.« Endlich sah John sie wieder an. Er grinste. »Eine Fachfrau. Ich hatte ja keine Ahnung, dass Sie segeln können.«

»Ich war früher ein paar Mal mit Freunden auf der Alster unterwegs.«

»Na, dann kann uns hier ja nichts passieren.« Er sah sich noch einmal um. »Ich kümmere mich um die Segel, sehen Sie sich doch mal in den Holzkästen um, die fest montiert herumstehen.«

»Das sind Backskisten«, erklärte sie schmunzelnd.

»Mir ist egal, wie die Dinger heißen. Hauptsache, sie enthalten, wonach wir suchen.«

»Man benutzt sie meistens zum Verstauen von Vorräten und Werkzeugen oder etwas in der Art.«

»Wenn Sie eine Flasche Schnaps finden, liefern Sie die bitte sofort bei mir ab.« Wieder erschien dieses einnehmende unbeschwerte Grinsen auf seinem Gesicht.

»Ahoi«, sie salutierte fröhlich. Doch dann fiel ihr etwas ein. Ihre Hand sank herab. »Es ist helllichter Tag. Wir könnten beobachtet werden ...«, in beredtem Schweigen brach sie ab.

Er drückte seine Mütze fester auf den Kopf. »Na und? Wenn meine Uniform und mein Dienstgrad für etwas gut sind, dann ganz sicher für das, was wir hier tun. Ich glaube nicht, dass irgendjemand wagt, einen britischen Hauptmann davon abzuhalten, ein deutsches Boot zu durchsuchen.«

»Ja«, stimmte sie zu. »Ja, da haben Sie wohl recht. Also, dann ...« Sie wandte sich ihrer Aufgabe zu.

In der nächsten halben Stunde durchsuchte Lili jeden Winkel an Deck, öffnete eine Backskiste nach der anderen und fand – nichts. Die Behältnisse waren allesamt leer. Anscheinend war alles, was die Eigentümerin der Jacht hier verstaut haben mochte, längst gestohlen worden. Es war eine desillusionierende, frustrierende Beschäftigung. Sie beobachtete John, der anscheinend ebenso erfolglos mit der Segellast hantierte. Schließlich rief sie ihm zu: »Ich schau mich in der Plicht um.«

»Was für eine Pflicht?«, wunderte er sich.

Sie lachte. »Plicht nennt man das Cockpit, also den Steuerstand.«

»Auch recht. Ich hoffe, Sie finden endlich etwas.«

»Warum finden Sie denn nichts?«, gab sie albern zurück.

»Ich kämpfe hier Meter um Meter mit endlos langen und breiten Stoffbahnen. Wie können Menschen nur ein Vergnügen darin finden, mit Segeln zu arbeiten? Aber sagten Sie nicht, dass Thea von Middendorff ihr Schiff als Hausboot verwendete? Wahrscheinlich segelte sie gar nicht aus der Bucht. Ich kann sie verstehen.«

Lili kicherte. »Meinen Sie nicht, dass ein Ufa-Star Personal beschäftigte? Ich bin sicher, die Schwerstarbeit überließ sie ihrer Crew. Nun denn: Mast und Schotbruch, Captain Fontaine.«

»Ebenfalls.«

Während sie sich in der Plicht umsah, bewunderte sie nicht nur die edle Teakholzausstattung, sondern dachte auch, wie angenehm es war, sich Seite an Seite mit John Fontaine sinnvoll zu beschäftigen. Eine Arbeit war das ja wohl nicht, aber immerhin eine wichtige Tätigkeit, die ihnen beiden Freude bereitete oder zumindest in ihrer beider Interesse war. Ein ähnliches Empfinden hatte sie bereits im Kinosaal beseelt, als sie neben ihm saß und die Materialien begutachtete, die er auf dem Marinewohnschiff gefunden hatte. Sie hatten eine gemeinsame Aufgabe – und das war sehr viel mehr als das, was sie mit ihrem Ehemann verband.

Verdammt, fluchte sie in Gedanken, hör auf, an Albert zu denken. Sie sollte endlich ein Lebenszeichen an ihn schicken, aber sie fand die Briefe nicht mehr, die sie an jenen einsamen, verzweifelten Abenden zu Beginn ihres Aufenthalts in Hamburg geschrieben hatte. Letztlich war einerlei, wohin sie sie verlegt hatte. Sie sollte sich ohnehin lieber bemühen, irgendetwas zu finden, was sie ihm zu Weihnachten schicken konnte. Ein Stück Seife vielleicht oder einen Kamm. Hatte er sich nicht einen Kamm gewünscht? Sie erinnerte sich nicht mehr. Schlimmer noch. Sie erinnerte sich nicht einmal mehr genau an sein Haar.

In dem kleinen Steuerstand gab es kaum einen Ort, wo man Filmdosen für einen längeren Zeitraum aufbewahren konnte. Jedenfalls wurde Lili nicht fündig. Demnach blieben nur noch die unter Deck liegenden Räume. Die Vorstellung, in die Kajüte hinabzusteigen, in der seit rund zwei Jahren wohl kein Mensch mehr gewesen war, jagte ihr Schauer über den Rücken. Wahrscheinlich hatten längst Ratten Thea von Middendorffs Einrichtung in Besitz genommen. Auf keinen Fall wollte Lili dort allein nach dem Rechten sehen. Den ersten Schritt sollte John unternehmen. Trotzdem drückte sie die Klinke an der niedrigen Klapptüre herab. Nichts rührte sich. Die Tür war verschlossen.

Sie schob ihren Kopf aus der Verglasung der Plicht. Sofort zerrte der Wind an den Haarsträhnen, die aus ihrer Mütze gerutscht waren, und wehte sie ihr in die Augen. »Hier ist auch nichts«, rief sie John zu. »Wollen wir unter Deck weitersuchen?«

»Ich dachte schon, Sie würden mich nie von den Segeln wegholen.«

Als er bei ihr auftauchte, stellte sie fest, dass sie zuvor übersehen hatte, wie eng es in dem Steuerstand war. Eigentlich war dieses Cockpit nicht nur zum Steuern der Jacht gedacht, sondern auch als Aufenthaltsraum tagsüber für den Kapitän und die Mannschaft. Doch tatsächlich war der Unterstand so klein, dass sich zwei Menschen nicht bewegen konnten, ohne einander zu berühren. Oder zumindest keine junge Frau, die es tunlichst vermied, dem Mann an ihrer Seite in irgendeiner Weise zu nahe zu kommen. Lili presste sich seitlich gegen das Steuerrad, während John an der Klapptür rüttelte.

»Abgeschlossen«, stellte er fest.

»Ich weiß«, murmelte sie.

»Warum haben Sie mir das nicht gleich gesagt? Dann hätte ich den Werkzeugkasten aus dem Auto geholt.«

Sie sah ihn erstaunt an. »Was wollen Sie denn tun? Wollen Sie das Schloss etwa aufbrechen?«

»Haben Sie einen besseren Vorschlag?«

»Nein«, gab sie zu. »Nein, ich habe keine Ahnung. Aber können Sie denn so etwas? Ich meine, ein Schloss aufbrechen.«
»Eigentlich nicht. Ich bin normalerweise kein Dieb.«
»Vielleicht sollten wir im Leuchtturm nachfragen«, schlug sie vor. »Meines Wissens werden die Schlüssel zu Booten häufig beim Hafenmeister hinterlegt.«
»Deutscher Ordnungssinn, der auch im Chaos eines Krieges funktioniert. Großartig«, kommentierte er grimmig.
»Also nicht zum Hafenmeister. Dann bleibt wohl nur …«, sie unterbrach sich, weil sie sich nicht auszusprechen traute, was ihr durch den Kopf spukte.
»Was?«, fragte John.
Sie zögerte, dann: »Nun, ja, in den Filmen, die ich bislang geschnitten habe, gab es zuweilen auch verschlossene Türen. In den fraglichen Szenen haben die Helden die Türen immer sehr elegant und kraftvoll eingetreten. Meinen Sie nicht, dass Sie das auch versuchen sollten?
»Nein. Das meine ich nicht.« Er sah sie scharf an. »Ich dachte eigentlich, jemand wie Sie würde den Unterschied zwischen Film und Wirklichkeit kennen.«
So weit entfernt sind die Träume in Zelluloid von der Realität auch nicht immer, dachte sie. Trotzig schob sie ihr Kinn vor. »Ich glaube, Hans Albers arbeitet ohne Double.«
Er stöhnte gequält auf. »Sie kosten mich meine letzten Nerven, Lili Wartenberg-Paal.«
Scheinbar gleichgültig zuckte sie die Schultern.
»*O my God* …«, murmelte er. Dann trat er einen Schritt zurück, wobei er sie anrempelte. Die zärtliche Berührung, die sie gleichsam erhofft und gefürchtet hatte, war das nicht. »Gehen Sie zur Seite«, herrschte er sie an, »ich brauche Platz.«
Stumm tat sie, wie ihr geheißen, sie trat an ihm vorbei und verließ den Steuerstand. Abseits der schützenden Überdachung

war es stürmischer, sie hob die Hand, schob sich die Haare aus den Augen, blickte mit einer Mischung aus Aufregung, Spott und Neugier auf John.

Er trat so weit von der Klapptür weg, wie er konnte. Einen Moment lang stand er still da, schien sich zu sammeln. Dann stürzte er seitlich voran, die Schulter vorgeschoben.

Lili hielt den Atem an.

Es war ein Geräusch wie auf einer Baustelle, wenn ein Kran seine Last verlor. Ohrenbetäubend laut. Holz splitterte, Metall krachte. Ein Poltern, als falle etwas eine Treppe hinunter. Durch die heftige Bewegung an Bord begann das Boot zu schwanken. Die Taue rasselten, Wasser klatschte gegen die Holzwände. Über der Szenerie kreischten die hungrigen Möwen. Dann war es still.

»Au! Verdammt!«, kam es dumpf aus dem Inneren der Kajüte.

Vorsichtig trat Lili näher.

Die aufgebrochene Klapptür hing schief in den Angeln, schaukelte sanft an den Zapfen im Rhythmus des Wellengangs hin und her. Der Niedergang führte in eine Kabine, die Lili durch die schmale Luke und bei der herrschenden Beleuchtung kaum erkennen konnte. Es war dämmrig, fast finster.

»John?!«, rief sie nach unten. Sie war sich bewusst, dass sie ihn zum ersten Mal mit seinem Vornamen ansprach, aber unter den gegebenen Umständen fand sie den angemessener als seinen militärischen Rang.

»Warum haben Sie mir nicht gesagt, dass gleich hinter der Tür eine Treppe ist?« Seine Stimme klang wütend.

Sie fühlte sich ein wenig schuldig, weil ihr die übliche Architektur eines Schiffs durchaus bekannt war. Dennoch entgegnete sie: »Woher soll ich das denn wissen?«

»Ach, vergessen Sie es!«, knurrte er. »Kommen Sie runter.«

Während sie sich fragte, ob er sich wohl schwerer verletzt hatte, drehte sie sich um und kletterte den Niedergang geschickt hinunter. Modergeruch schlug ihr entgegen und verursachte ihr Übelkeit. Als sie den Fuß auf die Bodenbretter setzte, erhellte jedoch ein Lichtschein die Kajüte, und der ölige Geruch von Petroleum stieg ihr in die Nase. Bei dem Anblick einer in blauen Tönen zu rötlich schimmernden Mahagonihölzern und einst wohl poliertem, jetzt grünspanigem Messing gehaltenen praktischen, aber geschmackvollen Einrichtung auf kleinstem Raum vergaß Lili den Gestank.

Die Kajüte bestand aus einer Art Wohnzimmer, einer Kombüse und einer Koje. Der Wohnbereich wies ein erstaunlich breites Ecksofa auf und einen offenbar ausklappbaren Tisch, der jetzt jedoch an die Wand montiert war. Daneben führte eine Tür wahrscheinlich ins Badezimmer, ein anderer offener Durchbruch ließ moderne Küchenschränke erahnen. Abgetrennt von einem offenen Regal, in dem ein paar Bücher vor sich hinschimmelten und zwei, drei Buddelschiffe eine kleine Sammlung darstellten, befand sich die Koje, ein nicht sonderlich breites, aber für zwei Personen durchaus ausreichendes Bett, das mit einer Tagesdecke ordentlich gemacht war. Alles wirkte, als habe hier eine hilfreiche Hand dafür gesorgt, dass die Eignerin jederzeit zurückkehren und eine gewisse saubere Behaglichkeit vorfinden würde. Offenbar war aber auch die Hauswartsfrau schon seit langer Zeit nicht mehr hier gewesen.

John blies das Streichholz zwischen seinen Fingern aus, mit dem er eine der Wandlampen entzündet hatte. »Hübsch«, stellte er sachlich fest. »Sowohl als Liebesnest wie auch als Feriendomizil.«

»Thea von Middendorff hat hier gewiss angenehme Stunden verbracht«, stimmte Lili zu. Sie war durchaus beeindruckt. Die Einrichtung wirkte auf sie, als handele es sich um eine Filmkulisse. Vielleicht hatte sich die Schauspielerin von einem Bühnenbildner beraten lassen, möglicherweise hatte die Ufa die Kosten übernommen. Das waren früher die Vorteile eines Stars. Vor allem eines Stars, der vom Propagandaminister gefördert wurde. Was mochte wohl geschehen sein, dass Thea von Middendorff auf ihre Privilegien und dieses Refugium freiwillig verzichtet hatte?

»Nur nicht neidisch werden«, unterbrach John ihre Gedanken.

»Hätten Sie nicht gern so eine Segeljacht?«

»Wahrscheinlich schon«, gab er zu, »aber ich fürchte, Thea von Middendorff hat sich diesen Besitz mit ihrer Seele erkaufen müssen. Dieser Preis wäre mir definitiv zu hoch.«

»Im Krieg haben wir wohl fast alle auf die eine oder andere Weise unsere Seele verkauft.«

Er sah sie mit aufwühlender Intensität an. »Sie auch?«

»Keine Ahnung«, erwiderte sie leichthin, obwohl sie sich nicht so verwegen fühlte, wie sie vorgab zu sein. »Aber ich denke schon, dass auch ich manchmal nahe dran war. Irgendwie. Anders überlebt man nicht, oder?«

»Vielleicht – ja.« Gedankenverloren nahm er seine Brille ab und massierte mit der freien Hand seine Nasenwurzel.

»Ich bin keine Heilige«, sagte sie leise. »Ich habe niemanden verraten oder denunziert, natürlich nicht, aber ich habe mitgemacht. Ich habe mich in der Traumfabrik versteckt und versucht, die Realität – so gut es eben ging – auszublenden, anstatt etwas wirklich Wichtiges zu tun und den Widerstand zu unterstützen.«

Er setzte seine Brille wieder auf. »Sie gehen ja härter mit sich ins Gericht als von der Entnazifizierungskommission verlangt. Nicht jeder war in der Lage, sich aktiv gegen Hitler zu stellen.«

»Jeder nicht«, räumte sie ein, »aber ich schon.«

Es war das erste Mal, dass sie über ihr Wissen um den bürgerlichen Ungehorsam sprach, der im Laufe der Jahre tatsächlich zum Widerstand gegen das Regime angewachsen war. Und es kam ihr vor, als redete sie sich einen Schmerz vom Herzen, der sie mehr belastet hatte, als sie sogar sich selbst gegenüber zuzugeben bereit gewesen war. In diesem Moment öffneten sich Schleusen, von deren Existenz sie nicht einmal gewusst hatte, weil andere Dinge – etwa der Tod ihres Vaters – sie mehr beschäftigt hatten. Allerdings erfuhr sie von den grausamen Schicksalen einstiger Freunde im Wesentlichen erst nach Kriegsende.

»Im Grunde war jeder Swingboy und jedes Swinggirl gegen das Dritte Reich«, begann sie, anfangs etwas schleppend, dann mit immer festerer Stimme. »Wir lehnten uns gegen die Vorschriften auf, wollten nicht instrumentalisiert und gleichgeschaltet werden, sondern standen für Werte wie Freiheit und Individualität. Viele von uns besuchten die Lichtwarkschule in Winterhude, ich auch, und dort war alles fortschrittlicher, moderner. Glücklicherweise konnte ich noch meine Mittlere Reife machen, bevor '37 die Schließung kam. Das Gedankengut, für das die Schule stand, lebte jedoch weiter. Wer nach Kriegsbeginn nicht bereits verhaftet worden war oder an die Front musste, wandte sich den verschiedenen Kreisen zu, die sich in Hamburg gegen die staatliche Politik formierten. Ich befand mich zu der Zeit in Berlin, aber ich stand noch in Kontakt mit meinen alten Freunden. Es wäre mir möglich gewesen, mich der einen oder anderen Gruppe anzuschließen. Aber ich lebte in meiner kleinen Welt des schönen Scheins.

Unter Filmleuten war vieles anders, verstehen Sie? Natürlich gab es auch leidenschaftliche Parteigänger, aber im Großen und Ganzen ignorierten wir, was außerhalb der Atelierbetriebe passierte. In der *Kameradschaft der deutschen Künstler,* einer

Art Film- und Theaterclub im Berliner Tiergarten, wurde noch Champagner ausgeschenkt, als die Rote Armee bereits vor der Stadt stand und …«, sie stockte, schluckte, »…und in München und Hamburg die letzten Todesurteile gegen Widerstandskämpfer vollstreckt wurden, die in Hamburg studiert hatten oder hier Familie und Freunde besaßen. Ich habe Sekt getrunken, als die Angehörigen meiner alten Freunde ermordet wurden. Ich habe den Untergang gefeiert und wusste nicht, dass mein Vater in diesem Moment starb.« Tränen rollten ihre Wangen hinab.

John nahm seine Mütze ab, drehte sie in der Hand. Schließlich sah er Lili stirnrunzelnd an. »Ist Ihr Vater hingerichtet worden? Verzeihen Sie meine Frage, ich will keine Wunden aufreißen, aber ich wundere mich, nichts davon gehört zu haben.«

»Er wurde …«, sie schniefte wie ein kleines Kind, wischte sich über die feuchten Wangen. »Er wurde wegen Feigheit vor dem Feind standrechtlich erschossen.« Als sie das Schreckliche ausgesprochen hatte, fühlte sie sich erstaunlicherweise deutlich besser. Deshalb fuhr sie fort: »Man versuchte, die Sache zu vertuschen, weil mein Vater nicht mehr jung und ein angesehener Mann in Hamburg gewesen war. Offiziell hieß es, er sei beim Volkssturm mit einem Herzinfarkt zusammengebrochen. Doch dem letzten vernünftigen Brief meiner Mutter entnahm ich, dass mein Vater nicht kämpfen und keine Flugabwehrkanonen an der Alster aufbauen wollte. Sie drückte sich wegen der Zensur sehr vorsichtig aus, aber mir war klar, was geschehen sein musste. Es erklärt natürlich auch ihre bald darauf einsetzende Sprachlosigkeit.«

Für einen Moment war es so still in der Kajüte, dass Lili den Eindruck hatte, die Geräusche wie Johns heftige tiefe Atembewegungen, das leise Klatschen der Wellen und das Ächzen des Holzes besonders deutlich zu hören, als hätte jemand einen Lautsprecherregler hochgedreht. Sie lehnte gegen den Niedergang und wartete auf Johns Reaktion. Noch nie hatte sie einem Menschen dermaßen offen von sich erzählt und ihr Herz ausgeschüttet. Sie hatte Albert neulich von den Geschehnissen geschrieben, um sich endlich einmal auszusprechen. Aber die Briefe würde sie ohnehin nicht abschicken, deshalb spielte es auch keine Rolle.

Da John schwieg, traf Lili der Gedanke, dass sie zu weit gegangen sein könnte. Es verband sie beide ein gemeinsames geschäftliches Projekt, nicht mehr. Sie waren keine Liebenden, nicht einmal Freunde. Und einem Geschäftspartner erzählte man nicht die belastenden Geheimnisse aus dem eigenen Leben.

»Verzeihen Sie«, sagte sie leise, und es fiel ihr ein, dass er sie immer wieder in die Defensive lockte. »Ich hätte nicht so viel reden sollen. Suchen wir lieber nach den Filmdosen. Deshalb sind wir ja hier, nicht wahr?«

Er zögerte, dann nickte er. »Ja. Deshalb sind wir hier. Übernehmen Sie die Koje? Dann sehe ich mich hier vorn um.«

Ohne ein weiteres Wort, ein versöhnliches Lächeln oder einen Hinweis darauf, dass er ihr den Ausflug in ihre persönliche Befindlichkeit nicht übel nahm, wandte er sich der Sitzgelegenheit zu. Die bequemen blauen Polster lagen auf Kästen, die sich als Stauraum eigneten.

Lili war sich nicht sicher, ob sie diesen Übergang zu den notwendigen Handgriffen befürworten oder sich in Ermangelung einer einfühlsameren Geste verletzt fühlen sollte. Sie sah John eine Weile lang zu, doch als er nicht einmal mehr zu ihr aufblickte, schickte sie sich an, wieder ihre eigene Rolle bei der Suche nach den Negativen zu übernehmen.

Es tat gut, sich zu beschäftigen. Die Erinnerungen hatten sie berührt, aber auch Johns Verhalten. Am liebsten wollte sie weder an das eine noch an das andere denken. So richtete sie ihre Aufmerksamkeit ausschließlich auf Thea von Middendorffs Film und die Hoffnung, darin irgendwo die Wahrheit über den Tod von deren Mann zu finden. Eine Kamera fing häufig mehr ein als das menschliche Auge. Eine Reaktion vielleicht, einen Handgriff, den niemand erwartete und nicht wahrnahm. Obwohl sich das Unglück hinter den Kulissen abgespielt hatte, konnte die Szene doch für Aufklärung sorgen. Während Lili die Tagesdecke anhob und die noch immer leicht nach Lavendel, aber genauso stark nach Moder riechende, von der eingedrungenen Feuchtigkeit klamme Bettwäsche zur Seite wischte, fragte sie sich, was sie erwartete. Wollte sie eine Schauspielerin, die sie nicht persönlich kannte, zur Gattenmörderin machen? Oder die Verstrickung des Regisseurs und Liebhabers erkennen? Nachdem sie von dem neuen möglichen Fundort gehört hatten, entschied sich John dagegen, Leon Caspari etwas über die Materialien zu erzählen. Jedenfalls nicht bei ihrem Treffen auf dem Weihnachtsmarkt, und Lili nahm an, dass es auch danach zu keiner Zusammenkunft der beiden Männer gekommen war.

Unter der Koje war nichts, und in dem winzigen Kleiderschrank fand Lili auch keine Filmdosen. Sie tastete die Wandvertäfelung ab, auf der Suche nach einem Paneel, das sich zur Seite schieben ließ, aber alles war fest verbaut. Mit hängenden Schultern wandte sie sich zu John um, der gerade mit eingezogenem Kopf aus dem Badezimmer kam.

»Nichts«, verkündete er knapp. »Und bei Ihnen?«

»Auch nichts. Sonst hätte ich es Ihnen schon gesagt.«

Nervös wippte John mit den Füßen. »Die Hinweise, die Sie erhalten haben, klingen zu plausibel, um nicht der Wahrheit zu entsprechen. Wir haben irgendetwas übersehen. Fassen wir noch einmal zusammen, was wir wissen.« Er wartete nicht auf ihre Antwort, sondern zählte die Punkte an seinen Fingern ab: »Sie hörten, dass die Negative auf einem Hausboot im Hafen von Travemünde am Leuchtturm versteckt wurden. Auf dem Marinewohnschiff wurde ich fündig. Wahrscheinlich gab der Bote die Filmdosen einem Soldaten, der sie an Bord brachte. Vielleicht war der Bote vorher auf dieser Jacht und wurde aus irgendwelchen Gründen gestört. Ein Luftalarm etwa könnte seine Aktion unterbrochen haben. So weit, so gut. Aber welches Versteck hat er hier benutzt?« Das dumpfe Pochen mit seiner Stiefelspitze wurde stärker.

»Ich habe keine Ahnung.« Lili schüttelte bedauernd den Kopf. »Wir haben jeden Winkel durchsucht. Ich wüsste nicht, wo ...«

»Was befindet sich unter dem Fußboden?«, fiel ihr John plötzlich ins Wort.

»Der Schiffsrumpf natürlich.«

»Ja, klar. Aber hören Sie doch mal«, er stampfte auf wie bei einem traditionellen Volkstanz. »Es klingt hohl.«

»Das ist sozusagen der Keller eines Boots. Dort sammelt sich zum Beispiel das Leckwasser, und ich erinnere mich, dass manche Skipper ihre Bierflaschen in der Bilge kühlen. Früher haben die das jedenfalls so gemacht. Bilge ist übrigens das richtige Wort für den Hohlraum über dem Kiel.«

»Und wie kommt man dorthin?« Er verzog sein Gesicht und rieb demonstrativ durch den Mantel seine Schulter. »Sagen Sie bitte nicht, ich muss noch einmal mit Körperkraft irgendwo einbrechen.«

Ein kleines Lächeln erhellte ihre angespannte Miene. »Nein, nein, das brauchen Sie wohl nicht. In die Bilge kommt man durch den Boden. Irgendwo in den Planken müssen Löcher eingestanzt sein. Damit kann man die Bretter anheben.«

Bevor sie geendet hatte, war John bereits in die Knie gegangen und tastete den Boden ab.»*Go on*, Lili«, rief er ihr zu,»da ist jetzt Handarbeit gefragt. Das Licht ist zu schwach, um alles genau in Augenschein zu nehmen, und ich kann gerade leider nicht für mehr Helligkeit sorgen.«

Seite an Seite krochen sie durch die Kajüte. Lili hatte ihre Furcht vor der möglichen Begegnung mit einer Ratte vergessen. Aufregung erfasste sie wie einen Sportler auf der Zielgeraden. Sie störte sich nicht einmal mehr an Johns körperlicher Nähe. Durch seine verhaltene Reaktion auf ihre Geschichte schien das feine Band zerrissen, das damals auf dem Priwall bei ihrem Tanz gewoben worden war. Aber darüber würde sie später nachdenken, wenn sie die Negative gefunden hatten und sich auf dem Rückweg nach Hamburg befanden. Sie zu ihrer Familie, er zu seiner Marinehelferin. Wie hatte sie sich nur einbilden können, zwischen ihnen beiden wäre etwas? Lili beschloss, überhaupt nicht mehr darüber nachzudenken, auch später nicht.

»Hier!«, rief John aus. In seinem Ton schwang ungeahnte Fröhlichkeit.»Das Holzstück lässt sich tatsächlich hochziehen. Und schauen Sie, hier ist noch ein Loch, und die Öffnung wird breiter.«

»Juhu«, antwortete Lili erstaunlich matt. Ihre Euphorie war verflogen, sie fühlte sich erschöpft von der langen Sucherei und wagte nicht, ihrer Hoffnung Glauben zu schenken. Sie kauerte neben ihm und wünschte sich eigentlich an einen gemütlicheren Ort.

Er beugte sich hinunter, lag fast ganz flach hingestreckt auf dem Boden. Seine Hände tasteten in die Öffnung zur Bilge. »Meine Güte, ist das feucht hier«, schimpfte er.»Und der Geruch ist auch nicht der beste.« Er richtete sich auf, sah sie aufmerksam an.»Können die Negative bei diesen Bedingungen überhaupt noch intakt sein? Oder vergeuden wir unsere Zeit?««

»Filmdosen sind normalerweise luftdicht verschlossen, weil die Gefahr zu groß ist, dass das Zelluloid Feuer fängt.«

»Ah, ja, das sagten Sie schon.« Er nickte und wandte sich wieder seiner Suche zu.

Die Zeit verstrich. Lili kamen die Sekunden wie Minuten vor, Minuten dehnten sich zu Stunden. Sie wurde zunehmend desillusionierter. Deshalb wollte sie John schließlich bitten, die Suche einzustellen. Es tat ihr fast körperlich weh, diesen großartigen Film niemals in der Endfertigung zu wissen, aber es reichte ihr. Auch ihre Zähigkeit hatte irgendwo Grenzen.

Ein Klappern ließ sie aufhorchen.

»Ich glaube, hier ist etwas«, stieß John aufgeregt hervor.

Lili hielt den Atem an.

Einen Moment später setzte er sich auf, eine Filmdose in den Händen. Offenbar ebenso erstaunt wie sie, strich er über das fleckige Metall, schrieb mit dem Finger die unleserliche, verwaschene Schrift darauf nach.

»Da haben wir, wonach wir suchen«, sagte er. Sein Ton war fast andächtig. Er nahm die Brille ab und rieb über sein Gesicht.

Lili sah von ihm zu der Filmdose, dann wieder zu ihm. Sie brauchte ihn nicht zu fragen, ob er sich sicher war. Wenn sich die Materialien nicht darin befänden, hätte er es am Gewicht gespürt. Es war unfassbar, dass sie doch noch Erfolg hatten. Und sie hätte beinahe aufgegeben!

Dankbarkeit für sein beharrliches Bemühen erfasste sie. Gleichzeitig war sie unendlich erleichtert. Deshalb reagierte sie, ohne nachzudenken.

Sie fiel John um den Hals. Ungestüm, fröhlich, einfach nur glücklich.

Er ließ die Filmdose los, um sie in seine Arme zu schließen.

3

Lachend legte Lili den Kopf in den Nacken. Ihre Blicke trafen sich. Zum ersten Mal sah sie John direkt in die Augen, ohne dass die Brille dabei störte. Sie stellte fest, dass er leuchtend blaue Augen hatte, die funkelten wie bunte Sterne. Und er besaß erstaunlich lange Wimpern für einen Mann. Diese senkten sich über die blaue Iris. Im nächsten Moment spürte sie seinen Mund auf ihren Lippen.

Sein erster Kuss war so zart wie eine vorsichtige Frage. Eine Bitte vielleicht nur, wie ein Hauch. Lili war so überrascht davon, dass sie völlig reglos blieb. Erst als er sich wieder zurückziehen wollte, hob sie die Hand zu seinem Gesicht. Eine Aufforderung zu mehr.

Es war eine gewaltige Mischung an Gefühlen, die über sie hereinbrach wie der auffrischende Sturm, der draußen an der Takelage rüttelte. Erleichterung, Aufregung und Erschöpfung verbanden sich mit Sehnsucht, Begehren und Leidenschaft zu einer Welle hungrigen Verlangens. Sie küssten sich, als lösten sich in ihnen alle Blockaden, als hätten sie beide viel zu lange darauf warten müssen, dass ihre Wünsche endlich in Erfüllung gingen.

Seine Hände strichen über ihren Rücken, glitten unter ihren Mantel, tasteten über ihren Pullover, schoben ihn endlich hoch. Ohne seine Lippen von den ihren zu nehmen, suchten seine Finger den Weg unter den Kleiderschichten zu ihren Brüsten, fuhren in den Büstenhalter, streichelten die zarte Haut, zogen sich zurück. Lili entfuhr ein atemloses Stöhnen, bis er geschickt mit ihren Brustwarzen zu spielen begann.

Wenn sie sich später daran erinnerte, dachte sie, dass sie wohl Stunden halb sitzend, halb liegend auf den Planken an der Öffnung zur Bilge verbrachten, sich küssend, umarmend und gleichzeitig gegenseitig an Mänteln, Jacken und Hosen zerrend. Er drückte sie sanft nach hinten, sodass sie irgendwann auf den Planken lag, John auf sich. Sie roch Bohnerwachs und Brackwasser und nahm doch nichts anderes als den Duft von Moschus war.

»Es tut mir leid«, flüsterte John.

Ihr kam es vor, als risse er sie aus einem wundervollen Traum. Verstört sah sie zu ihm auf. »Wie bitte?«

»Es tut mir leid, dass ich dich überfallen habe.«

Sie runzelte die Stirn. »Falls du es nicht bemerkt haben solltest, eine Vergewaltigung war das nicht gerade.«

»Ich wünschte, ich wäre ein wenig ausdauernder gewesen«, erwiderte er, während er sich von ihr herunterrollte. Dabei stieß er sich irgendwo an. »Verdammt, ist das eng hier.«

»Vorhin hast du die Einrichtung noch sehr gemütlich gefunden.«

»Ja«, gab er geistesabwesend zu. Er richtete sich auf, war offenbar auf der Suche nach etwas, beugte sich zur Seite, tastete den Boden ab. Schließlich setzte er seine Brille auf. »Ja«, wiederholte er. Endlich lächelte er. »Ja, aber da ahnte ich noch nicht, dass Thea von Middendorffs Liebesnest auch das meine werden würde.«

Lili kicherte. »Ich denke, den Fußboden haben wir beide eingeweiht.«

Nach der Brille suchte und fand er seine Zigaretten. Er bot ihr eine an, aber sie schüttelte den Kopf. Das Streichholz flammte kurz auf. Den Rücken gegen die Polsterbank gelehnt inhalierte er den ersten Zug und genoss ganz offensichtlich, wie sich seine Lunge mit Nikotin füllten. Eine ganze Weile lang saß er stumm sinnierend da, blickte irgendwohin in die Ferne, und Lili wusste, dass er weit weg von ihr war. Ihr war kalt, und die Bretter, auf denen sie lag, waren plötzlich viel zu hart, aber sie rührte sich nicht, weil sie John so lange wie möglich still beobachten wollte. Einen befriedigten und gleichzeitig zutiefst verwirrten Mann. Als wenn es mir anders erginge, dachte sie. Was sollte nun werden?

»Mein letztes Mal ist viel zu lange …«, begann er, unterbrach sich, blickte dem Rauch nach. Als sich die Schwaden verflüchtigten, wandte er sich Lili zu und fuhr fort, ohne seinen ersten Satz zu beenden: »Weißt du, ich gehöre nicht zu den Besatzungsoffizieren, die sich bei Bedarf ein x-beliebiges hübsches Mädchen ins Bett holen.«

Das sagen wahrscheinlich alle, fuhr es ihr durch den Kopf.

»Zu welcher Sorte Besatzungsoffizier gehörst du?«, fragte sie.

Er beugte sich über sie und küsste zart ihre Lippen. »Ich habe darauf gewartet, mich zu verlieben.« Als er sich wieder aufrichtete, fügte er grinsend hinzu: »Allerdings hätte ich dich schon damals, als du in mein Büro in Berlin gestürmt bist, am liebsten sofort auf meinen Schreibtisch geworfen. Du warst hinreißend.«

Den Geschmack seiner Zigarette im Mund, überlegte sie, dass es wundervoll war, wenn ein Mann diese Worte zu einer Frau sagte. Wie aus einem Drehbuch. Im Film wurde aus einer Liaison wie der ihren jedoch seltener eine Komödie mit Happy End, sondern häufiger ein Drama, an dessen Ende meist die Geliebte ins Wasser ging. Die schwedische Schauspielerin Kristina Söderbaum war ziemlich gut in dieser Rolle gewesen, was ihr den Spitznamen »Reichswasserleiche« eintrug. Lili fand das nicht nachahmenswert. Sie konnte sich nicht einmal vorstellen, dass aus ihr und John ein Paar werden würde. Zu groß war der Unterschied ihrer Positionen, die Trennung ihrer Welten. Warum nur hatte sie sich auf ihn eingelassen? Diese Frage zerriss ihr das Herz. Dabei war ihr vorhin alles so richtig erschienen.

Die Leichtigkeit, die sie in seinen Armen erfasst hatte, war wie von dem Sturm verweht, der über Deck fegte und dessen leises Stöhnen bis in die Kajüte drang. Sie fröstelte.

Sie begann, ihr Unterhemd und den Pullover wieder an Ort und Stelle zu ziehen. Dann setzte sie sich auf, um nach ihrem Slip, nach Hose und Strümpfen zu suchen. Dabei sah sie John nicht an, weil ihr sein Anblick plötzlich wehtat. Es stimmte sicher nicht, was er sagte. Schöne Worte, aber nichts dahinter. Sie hatte schließlich Augen im Kopf. »Ich habe dich mit deiner Freundin gesehen.«

»Was?« Unglaube lag in seiner Stimme, vielleicht sogar Entsetzen.

Während sie in die Hosenbeine stieg, sagte sie: »Ich habe dich auf meinem Nachhauseweg vom Kino am Jungfernstieg zufällig vor dem Hotel Vier Jahreszeiten gesehen. Du warst mit einer Marinehelferin zusammen. Offensichtlich hattet ihr viel Spaß.« Sie versuchte, ihrer Stimme einen möglichst neutralen Ton zu verleihen, als machte es ihr nichts aus, dass sie wohl genau das x-beliebige Vergnügen für ihn war, von dem er behauptete, dass er es nicht wollte.

Einen Moment war es still. Nur das Heulen des Windes und das Knarren des sich sanft bewegenden Schiffs war zu hören. John schien sich an die Situation erinnern zu müssen. Dann brach er in schallendes Gelächter aus. »Ach, Lili, da war doch nichts. Talbott-Smythe hat die beiden Frauen aufgegabelt, er wollte unbedingt in den Club, und ich bin aus Freundlichkeit mitgegangen. Wenn du es genau wissen willst, ich erinnere mich nicht einmal mehr an ihre Namen.«

Sie hätte einwenden können, dass die Vierergruppe ziemlich vertraut gewirkt hatte, doch sie biss sich auf die Lippen. Nicht zickig werden, warnte sie sich stumm. Und ihre Eifersucht sollte sie auch rasch vergessen. Schließlich war *sie* verheiratet. Ihre Beziehung hatte keine Zukunft. Es war ein wunderschöner Augenblick gewesen. Den konnte sie, solange sie wollte, in ihrem Herzen bewahren. Aber mehr nicht, auch wenn sie schon lange davon geträumt hatte. Es war eben nur ein Traum.

Bevor sie etwas sagte, stand er neben ihr, seine Finger fuhren zärtlich durch ihr verwuscheltes Haar. »Mach dir nicht so viele Gedanken. Lass uns einfach glücklich sein. Nach diesem schrecklichen Krieg ist das die beste Art von Frieden, den wir haben.«

Mit einem kleinen wehmütigen Lächeln sah sie zu ihm auf. »So etwas Ähnliches ging mir auch gerade durch den Kopf.«

Er küsste sie noch einmal, diesmal nicht so zart, sondern verheißungsvoll und leidenschaftlich. Als er sich von ihr löste, um Atem zu holen, murmelte er: »Wenn wir nicht schleunigst von diesem Schiff runterkommen, halte ich dich fest und gehe nicht mehr fort.« Dann küsste er sie wieder und führte seine eigenen Worte damit deutlich ad absurdum.

»John«, mahnte sie an seinen Lippen und legte die Hände gegen seine Hemdbrust, stieß ihn jedoch nicht von sich, »wir können nicht hierbleiben. Wir sind Einbrecher.«

»Ich werde das Schiff beschlagnahmen lassen.« Er hörte nicht auf, ihren Mund auf köstlichste Weise verschlingen zu wollen.

Lili wurde schwindelig. Vor Seligkeit und vor Verlangen. War sie jemals so unbeherrscht geküsst worden? Er brachte eine Saite in ihr zum Klingen, von deren Existenz sie zwar gewusst hatte, die jedoch schon lange ein stummes Dasein führte, wenn sie denn jemals erweckt worden war. Was spielte es da für eine Rolle, ob sie in ihrem Alltag eine gemeinsame Zukunft hatten, wenn das Besondere so voller Magie war? Ein Traum, eine unbeschwerte Liebe, zwei Körper, die sich zueinander hingezogen fühlten, die wieder verschmelzen und eins werden wollten. Immer wieder aufs Neue.

»Hallo! Ist da jemand?«

Lili und John fuhren auseinander.

»Hallo?!« Die Männerstimme klang rau, aber dröhnend und kam anscheinend aus der Plicht oberhalb des Niedergangs.

John machte den Mund auf, bewegte sich in Richtung Treppe, doch Lili hielt ihn zurück. Einer spontanen Eingebung folgend, legte sie einen Finger an ihre Lippen und schüttelte den Kopf. Er war noch nicht fertig angezogen, seine Krawatte hing ungebunden vom Kragen, das Hemd nachlässig aus der Hose. Sein Aussehen war ein wenig peinlich, zu zerzaust, um für den Part des souveränen Besatzungsoffiziers zu taugen. Sie hingegen war fast fertig angezogen, nur ihr Mantel lag noch auf dem Boden. Danach konnte sie zwar nicht so schnell greifen, aber sie versuchte, ihr Haar einigermaßen glatt zu streichen.

Mit ungeahnter Energie stieg sie den Niedergang hoch, blieb auf halber Höhe stehen. Ihr Körper verdeckte den Blick in die Kajüte, aber sie reckte den Hals und sah nach oben.

Im Steuerstand befand sich ein Mann mittleren Alters. Er trug Arbeitskleidung und einen dunkelblauen Armeemantel, der ihn als ehemaligen Angehörigen der Marine auswies, auf dem Kopf trug er jedoch eine Fliegerkappe mit Ohrschützern. Letztere schob er hoch, als er ihrer gewahr wurde.

»Wer sind Sie *dann*?«, wollte er wissen.

Weil ihr nichts Besseres einfiel, antwortete sie: »Ich … ich bin die Putzfrau.« Erst einen Moment später fiel ihr ein, dass sie bei der Wahrheit hätte bleiben und sich als Filmfrau und alte Freundin von Thea von Middendorff hätte ausgeben können.

Der Mann sah sie skeptisch an, dann nickte er. »Ach so. Ich dachte schon, es hätte sich hier eine Einquartierung breit gemacht. Das Schiff ist wie verwaist. Da wird es Zeit, dass man wieder jemand nach dem Rechten sieht. Und sehen Sie nur, die Klapptür ist auch kaputt.«

»Das ist mir auch aufgefallen«, versicherte sie ihm eilfertig. »Dabei muss man heutzutage gut aufpassen, dass nichts gestohlen wird.«

»Hm«, machte er. »Die Dame, die sonst nach dem Rechten gesehen hat, war schon lange nicht mehr hier. Seit Kriegsende nicht. Hoffentlich ist ihr nichts passiert. War so eine nette Dame. Bestimmt hat sie Sie geschickt.« Die letzte Bemerkung klang wie eine Feststellung, die den Mann durchaus erfreute.

Obwohl Lili einfach nur hätte zuzustimmen brauchen, trieb die Neugier sie zu der Frage: »Welche Dame denn?« Und um glaubwürdiger zu klingen, fügte sie rasch hinzu: »Ich bin von Frau von Middendorff persönlich beauftragt worden, an Bord sauber zu machen.«

»Na, die Dame aus Hamburg. Kennen Sie die denn nicht? Sie kam früher regelmäßig hierher. Dann ist ihr vielleicht doch etwas passiert. Traurig. Wirklich sehr traurig.«

»Man muss ja nicht gleich das Schlimmste annehmen«, versicherte ihm Lili mit aufrichtiger Freundlichkeit. »Vielleicht kenne ich sie ja.«

»Warten Sie, ich erinnere mich gleich wieder an den Namen.« Er klopfte mit seinen Fingerknöcheln durch die Lederkappe gegen seinen Schädel. Plötzlich strahlte er. »Ah, jetzt weiß ich es wieder. Wie konnte ich den Namen nur vergessen? Ist doch ganz einfach. Die nette Dame heißt Wartenberg. Es war Frau Wartenberg.«

Lili starrte ihn an. Sie klappte ihren Mund auf und zu, doch kein Ton kam heraus. Alles schwankte um sie her, doch das lag nicht am Seegang. Sie schloss die Hände so fest wie in einem Krampf um den Treppenlauf, um nicht das Gleichgewicht zu verlieren und nach hinten zu fallen.

4

Johns Gesicht war so weiß wie die Bordwand von Thea von Middendorffs Jacht in ihren besten Zeiten. Seine Miene spiegelte seine Wut wider, seine Enttäuschung und zornige Verletzlichkeit. Aufgewühlt blickte er durch die von den Graupelschauern beschlagene Windschutzscheibe, nahm den Fuß nicht vom Gas und raste mit viel zu hoher Geschwindigkeit über die Autobahn. »Du hast mich benutzt«, schimpfte er wieder und wieder. Dieselbe Anschuldigung stieß er alle paar Minuten hervor, seit er und Lili in dem Käfer eingepfercht Travemünde verlassen hatten.

Wie bei einer hängen gebliebenen Schallplatte entgegnete sie noch einmal: »Das stimmt nicht. Ich wusste doch gar nicht, dass meine Mutter das Boot kennt.«

Sie war wie erstarrt, hin- und hergerissen zwischen ihrer Überraschung und den Folgen der neuen Information, trotzdem noch gefangen in ihren Emotionen vor dem Auftauchen des fremden Mannes. Der hatte sich als Hilfskraft des Leuchtturmwärters herausgestellt. Nachdrücklich hatte sich John noch einmal bei ihm nach dem Namen der Dame erkundigt, die im Auftrag der Eignerin auf dem Schiff nach dem Rechten sah, und der Mann hatte geredet wie ein Buch, wahrscheinlich eingeschüchtert durch das unerwartete Auftauchen eines britischen Offiziers – oder einfach nur daran gewöhnt, einem anderen in Uniform und höherer Position Auskunft zu erteilen. Am Ende erinnerte er sich sogar an den Vornamen der Dame. Sophie Wartenberg hieß sie. Und sie kam aus Hamburg. Es bestand kein Zweifel, um wen es sich handelte.

Lili hätte gern geweint, aber ihr Stolz verbot ihr, auch nur eine Träne zu vergeuden. Es war ungeheuerlich, dass John ihr unterstellte, die Unwahrheit zu sagen. Welches Interesse hätte sie daran haben sollen, ihn auf die Jacht zu locken, auf die sie durch ihre Mutter vermutlich problemlos allein gekommen wäre? Aber kaum hatte sie ihm diese Frage vorhin an den Kopf geworfen, widersprach er mit dem durchaus schlüssigen Argument, dass Sophies Erkrankung eben genau das verhinderte. Lili biss sich auf die Lippen, auf denen sie noch seinen leidenschaftlichen Mund spürte, und rutschte auf dem Beifahrersitz nach unten, als würde es irgendwie helfen, sich kleiner zu machen.

»Du hattest es von Anfang an nur auf diese Filmrollen abgesehen«, wetterte John, »und ich Idiot habe in deine blauen Augen gesehen und mein Gehirn komplett ausgeschaltet. Verdammt noch mal.« Er drosch mit der Faust gegen das Lenkrad und traf das Volkswagen-Emblem in der Mitte.

Die Hupe stieß einen Laut aus, der so kläglich klang, als käme er direkt aus Lilis Seele.

Obwohl die Straße geradeaus führte, kam es Lili vor, als würde John eine Kurve nach der anderen nehmen. Lag das an der Geschwindigkeit? Hielt er nicht mehr die Spur? Ihr leerer Magen begann zu rebellieren, ihr wurde schwindelig, und die mattgraue Fahrbahn flimmerte vor ihren Augen. »Kannst du bitte langsamer fahren?«

»Von dir lasse ich mir nichts mehr sagen.« Er wandte den Kopf, sah sie an und polterte: »Du hast mit meinen Gefühlen gespielt, als wäre ich deine Marionette.«

Auf der Mittelfahrbahn tauchte ein entgegenkommendes Fahrzeug auf. Scheinwerfer blendeten sie. Der andere Wagen versuchte, einen Traktor zu überholen. Warum tuckert ein Ackerschlepper im Dezember über die Schnellstraße?, dachte

Lili. Sie sah, dass John auf dem Mittelstreifen zwischen der rechten und der mittleren Fahrbahn fuhr. »Pass auf!«

Er konzentrierte sich auf sie und nicht auf das Auto.

»Warum, Lili, warum?«

Der andere Fahrer hupte wild.

»John!«

In diesem Moment wurde ihm die Gefahr bewusst. Er riss das Steuer herum und trat mehrmals hintereinander auf die Bremse. Doch die Reifen griffen nicht. Der Käfer rutschte über die vereiste Straße, schlingerte, gewann dabei noch mehr an Geschwindigkeit, drehte sich im Kreis.

»Halt dich fest!« Mit einem Mal klang Johns Stimme nicht mehr böse.

Eine Frau schrie. War sie das?

Lili wurde gegen die Seitentür geschleudert. Sie spürte den Schmerz in ihrer Schulter, aber sie dachte, dass das nicht so schlimm war, weil sie plötzlich fliegen konnte. Die Welt schien sich auf den Kopf zu drehen, der eisige Sturm war ihr von der Ostsee gefolgt und trug sie davon. Sie fühlte, wie sie aufschlug, vielleicht kam dieses seltsam knackende Geräusch von ihren brechenden Knochen. Aber es tat nicht so weh. Viel schmerzhafter war, dass sie nicht wusste, wie sie John erklären sollte, welchem Missverständnis er zum Opfer gefallen war. Sie musste ihm sagen, dass sie ihn niemals benutzen wollte, dass auch sie sich in ihn verliebt hatte. Ihre Lippen versuchten, seinen Namen zu formen.

Und Schnitt.

Die Worte glitten durch ihren Kopf wie bei Dreharbeiten. Wie auf einem Negativ, das sie bearbeiten sollte und eben auf Anweisung des Regisseurs genau an dieser Stelle schneiden musste. Dabei musste sie sehr gewissenhaft vorgehen, um nicht etwa einen Teil der Szene zu kürzen.

Dann wurde es still. Niemand schrie oder hupte mehr. Der Film war zu Ende.

Vor Lilis Augen war nichts als endlose Dunkelheit.

Hamburg

1

»Das kannst du nicht machen.« Gesa blickte ihre Mutter herausfordernd an. Vor nicht einmal zehn Minuten hatte Doktor Wolfgang Caspari auf Hildes Wunsch hin die Wohnung unverrichteter Dinge verlassen. Er war nicht einmal mehr dazu gekommen, Sophie zu besuchen. Und Gesa hatte alles mitangehört. Entrüstet stand sie nun vor ihrer Mutter im Flur hinter der Tür, durch die der Arzt gerade gegangen war. »Du kannst Herrn Doktor Caspari nicht einfach fortschicken.«

»Natürlich kann ich das«, gab Hilde mit aufreizender Gelassenheit zurück. »Deine Tante hat sich aus dem Staub gemacht, und ich trage jetzt wieder allein die Verantwortung für unsere Mutter. Deshalb kann ich machen, was ich will.«

»Aber Oma braucht doch einen Arzt.«

»Ich bin nicht bereit, dass ehrlich verdiente Geld deines Vaters für einen Hausarzt auszugeben, den Lili irgendwo aufgegabelt hat ...«

»Herr Doktor Caspari ist die Vertretung von Doktor Brinkhaus, der seine Praxis an der Fontenay hat«, begehrte Gesa auf, »und er hat Oma gut behandelt.«

»Unterbrich mich nicht!«, herrschte Hilde ihre Tochter an. »Und rede nicht so einen Unsinn. Ich kenne keinen Doktor Brinkhaus. Außerdem geht es deiner Großmutter nicht besser durch die Behandlung dieses hergelaufenen Mediziners. Wir brauchen ihn nicht. Es kann genauso gut Doktor Fegebank bei Gelegenheit wieder nach ihr sehen.«

Gesa zwang sich, nicht mit dem Fuß aufzustampfen. »Aber Tante Lili …«

»Deine Tante Lili hat sich aus dem Staub gemacht«, schnaubte ihre Mutter empört. »Die ist mit diesem britischen Filmoffizier, der sie mit dem Auto abgeholt hat, auf und davon. Verschwindet einfach ohne ein Wort. Das sieht Lili ähnlich.«

Tatsächlich war Gesas Tante vor ein paar Tagen zu einer Verabredung mit Captain Fontaine aufgebrochen und nicht wieder nach Hause gekommen. Sie war einfach verschwunden. Gesa konnte sich nicht vorstellen, warum Lili nicht wenigstens auf Wiedersehen gesagt hatte. Vielleicht wollte sie Gesas Oma nicht beunruhigen und nicht von Gesas Mutter von ihren Plänen abgehalten werden, diese Gedanken hätte sie ja verstanden, aber dass sich Lili nicht einmal von Gesa verabschiedet und ihr verraten hatte, wohin sie ging, und dass sie nicht mehr heimkehren würde, versetzte die Nichte in tiefste Unruhe. Sie wusste nicht recht, ob sie sich um Lili Sorgen machte oder verärgert war, weil sie sich hintergangen fühlte. Wenn im Krieg die Sirenen heulten und sie etwa in der Schule gewesen war, hatte Gesa sich immer davor gefürchtet, nie mehr nach Hause zu ihren Eltern zu finden. Selbst das Geräusch des Donnergrollens vor einem Gewitter hatte sie in Panik versetzt. Jetzt war eine neue Zeit angebrochen, und obwohl an ein Leben wie vor dem Krieg nicht zu denken war – alles war ja ziemlich chaotisch –, kam jeder nach Hause zurück, der es wollte. Aber wenn Lili es nicht mehr wollte, warum hatte sie Gesa nicht ins Vertrauen gezogen? Sie waren doch Freundinnen.

»Wie sprichst du überhaupt mit mir?«, fragte Hilde in Gesas Gedanken, um einen Atemzug später fortzufahren: »Ich möchte nicht mehr über diese undankbare Frau reden. Meine Schwester ist sie jedenfalls nicht mehr. Und deine Tante auch nicht. Ein für alle Mal. Ich habe genug von ihren Eskapaden und meiner ewigen Rücksichtnahme auf sie.«

»Aber, Mutti, sei doch nicht so streng«, wagte Gesa wider besseres Wissen einzuwerfen.

»Vergiss Lili. Sofort. Sie existiert nicht mehr für uns. Hast du mich verstanden?«

Unendliche Traurigkeit übermannte Gesa. Sie hatte sich noch nie so allein gelassen gefühlt. »Was soll denn aus Oma werden?« Sie sprach ganz leise, als würde ihr Ton es erlauben, dass sie gegen den Willen ihrer Mutter weiter an dem Thema festhielt.

»Woher soll ich das wissen? Bin ich Gott?« Nach dieser Feststellung warf Hilde den Kopf in den Nacken und rauschte an Gesa vorbei in Richtung Küche, wo sie sich wahrscheinlich um das Abendessen kümmern wollte, bevor der Strom abgeschaltet wurde.

Wie sollte Gesa ihrer Großmutter Lilis Fernbleiben erklären? Aber würde sie überhaupt darauf reagieren? Mit hängenden Schultern schlurfte sie zum Gästezimmer.

Die Dämmerung drang schwach von der Straße in den Raum, es war fast dunkel, aber Gesa konnte trotzdem erkennen, dass ihre Oma schlief. Sie zog sich einen Stuhl heran und ließ sich neben dem Bett nieder. Dann legte sie ihren Kopf auf die Matratze und schloss die Augen.

Lili, wo bist du?

Gesa betete still um eine Nachricht von ihrer Tante. Sie flehte den Himmel an, nicht allein für ihre Oma verantwortlich zu sein. Im Gegensatz zu Lili konnte sie nicht einfach einen Arzt rufen oder darauf bestehen, dass ihre Mutter etwas von dem guten Essen abgab. Wie sollte sie erwachsen werden mit dem Gedanken, zu wenig für ihre Großmutter getan zu haben, wenn die starb?

Ihre Tränen tropften auf die Decke.

Gesa verbrachte eine unruhige Nacht. Nachdem sie ihre Oma mittels einer Katzenwäsche gereinigt und ihr Tee eingeflößt hatte, den Nachttopf geleert und geputzt und sich schließlich vergewissert hatte, dass Sophie gut zugedeckt war, ging sie selbst zu Bett – und tat kein Auge zu.

Eigentlich schlief sie schon seit jenem Abend nicht mehr gut, an dem Tante Lili nicht wie vereinbart nach Hause gekommen war. Da Lili nicht zum ersten Mal von einem Ausflug mit Captain Fontaine erst am nächsten Tag zurückkehrte, versuchte Gesa, die aufsteigenden Sorgen zu unterdrücken. Doch dann verging die Zeit, und es wurde klar, dass Lili unerklärlich lange ausblieb. Jetzt konnte Gesa ihre Ängste nicht mehr mit erzwungenen positiven Gedanken verschleiern, und die Last raubte dem jungen Mädchen den Schlaf. Gesa grübelte, wog die schlechte Meinung, die ihre Mutter von Lili hatte, ab gegen die Liebe, die sie ihrer Tante entgegenbrachte. Sie dachte über Vertrauen nach und über den Begriff Familie. Als der Morgen graute, dachte sie, dass Lili vielleicht sie, die Nichte, und Gesas Eltern im Stich ließ, aber ganz sicher würde sie die eigene Mutter nicht so mir nichts, dir nichts verlassen. Schon gar nicht kurz vor Weihnachten.

Bevor sie sich auf den Weg in die Schule machte, kümmerte sich Gesa um ihre Oma. Sie gab Sophie eine Scheibe trockenes Brot und kochte den Rest Kräutertee auf, sie tupfte das Gesicht und die Hände der alten Dame mit einem feuchten Waschlappen ab, der eiskalt und an manchen Stellen steif gefroren war, weil es kein warmes Wasser gab und der Ofen die Nacht über ausgegangen war. Zwischen ihren Handgriffen suchte sie nach einem Hinweis auf Lilis Verschwinden. Vielleicht hatte sie ihr ja einen Brief hinterlassen, irgendeine Notiz, die Gesa bislang verborgen geblieben war, die sie übersehen oder einfach noch nicht gefunden hatte. Doch Gesas Suche blieb erfolglos. Sie rückte den Tisch zur Seite, schüttelte Kissen auf, kroch unter das Bett, sah sogar hinter der Brennhexe nach. Nichts. Sie stellte nur fest, dass Lilis persönliche Sachen wie auch ihr Rucksack zurückgeblieben waren. Aber das hatte sie bereits vor ein paar Tagen gesehen. Wieso hatte ihre Tante das Gepäck, mit dem sie aus Berlin angekommen war, hiergelassen, wenn sie mit Captain Fontaine fortgehen wollte?

Zur Schule schlug Gesa nicht den gewohnten Weg ein, sondern ging in eine andere Richtung. Ihre Füße machten, was sie wollten. Ihr Hirn hinkte hinterher. Erst als sie die Villa auf der anderen Straße mit dem beeindruckenden Säulenportal, der Kastanie und einem britischen Wachsoldaten davor wahrnahm, wurde sie sich ihrer Absicht bewusst. Sie war zwar nur ein junges Mädchen, aber kein Kind mehr, mit etwas Glück würde der Posten sie nicht abwimmeln. Sie schickte ein Stoßgebet zum Himmel, in dem sie um genug Selbstvertrauen bat, ins frühere Ufa-Haus zu marschieren und nach Captain Fontaine zu fragen. Wenn jemand wusste, wo sich Lili aufhielt, dann der Filmoffizier. Da er auf dem Weihnachtsmarkt sehr freundlich zu ihr gewesen war, nahm Gesa an, dass er sie anhören würde. Sie musste nur an der Wache vorbei und ihr Anliegen am Empfang vorbringen.

Gesa straffte die Schultern, reckte das Kinn. Ihre Garderobe, für die sie sich immer etwas schämte, weil die meisten ihrer Mitschülerinnen nicht so gute Kleidung besaßen, war in diesem Fall endlich von Vorteil. Sie fühlte sich wie in einer Rüstung, die zwar nicht golden, aber auch nicht ganz schäbig war. Entschlossen überquerte sie die Rothenbaumchaussee und trat auf die Villa zu, durch deren Seiteneingang gerade eine Gruppe von munter quasselnden jungen Engländerinnen stürmte, die vermutlich als Schreibkräfte für die Filmabteilung arbeiteten. Sie folgte im Windschatten der Frauen, dankbar, nicht aufgehalten zu werden. Hinter der Tür wich sie jedoch unvermittelt zurück. Schweiß rann ihr den Nacken hinab. Sie konnte sich nicht entsinnen, wann sie zuletzt in einem so gut beheizten Raum gewesen war. Von der ungewohnten Wärme eingeschüchtert, zog sie ihre Mütze vom Kopf. Verwundert sah sie sich um.

»Miss?« Ein hochgewachsener breitschultriger Mann versperrte ihr den Blick.

»Ähm ... ja ... ich ... bitte ...«, hob Gesa stockend an. Sie schluckte, nahm all ihren Mut zusammen und sagte: »Ich möchte bitte zu Captain Fontaine.«

Das rosige Gesicht des Soldaten erbleichte. »Das geht nicht, Miss, Captain Fontaine ist nicht da.«

»Wann kommt er denn?«

»Das kann ich nicht sagen.«

War Captain Fontaine wirklich mit Tante Lili durchgebrannt? Dieser Gedanke überstieg Gesas Vorstellungsvermögen, denn es handelte sich ja womöglich nicht nur um die kopflose Flucht eines Liebespaares, sondern auch um unerlaubtes Entfernen eines Offiziers von seiner Truppe. Desertation war eine ziemlich schlimme Verfehlung. War der Soldat deshalb so blass geworden, als sie Captain Fontaines Namen nannte?

Gesa riss sich zusammen. Mit schriller, sich zu einem Crescendo steigernder Stimme rief sie aus: »Ich muss wissen, wo Captain Fontaine ist. Ich muss ihn sprechen. Er hat meine Tante entführt!«

»Was sagst du da?«

Ihr Mut sank. Sie hatte sich wohl doch im Ton vergriffen. Kleinlaut gestand Gesa: »Ich weiß nicht, was passiert ist. Deshalb bin ich ja hier. Meine Tante ist vor ein paar Tagen mit Captain Fontaine weggefahren und nicht zurückgekommen.«

»Deine Tante?« Der Mann runzelte ungläubig die Stirn. »Wer ist deine Tante? Wie heißt sie?«

»Lili. Lili Paal. Aber sie arbeitet als Cutterin unter ihrem Mädchennamen, und der lautet Wartenberg.«

»Eine Deutsche also?«

»Ja, natürlich.« Gesa verstand die Frage nicht.

»Hm.« Der Mann schüttelte den Kopf. »Wie gesagt, ich weiß von nichts.«

Enttäuschung erfasste Gesa. Und Wut auf die Erwachsenenwelt. Sie konnte nicht verhindern, dass eine Träne ihre Wange hinabrann. »Ich muss erfahren, wo Tante Lili ist. Es ist wichtig. Sehr, sehr wichtig. Bitte, kann ich nicht mit jemandem sprechen, der mir Auskunft erteilt? Captain Fontaine ...«

»Nicht schon wieder schreien, junge Dame.« Der gestrenge Ton klang wie der eines Lehrers. »Es ist niemand hier, der dir helfen kann. Die Büros sind noch nicht einmal alle besetzt. Bitte geh jetzt.«

»Aber ...«

Die Hand des Mannes umfasste ihren Oberarm, der sich plötzlich wie in einem Schraubstock anfühlte. »Geh jetzt. Ich möchte dich nicht hinauswerfen müssen.«

Was sollte sie tun? Standhaft bleiben? Sich auf den Boden werfen? Nichts lag Gesa ferner, als eine Szene zu machen. Sie überlegte kurz, wie die Mädchen in Filmen reagierten, wenn eine Situation brenzlig wurde, doch sie war zu verzweifelt, um ihr schauspielerisches Talent ins Spiel zu bringen.

Sie sah den Soldaten aus großen Augen flehend an. Der schüttelte bloß den Kopf.

Gesa nickte. »Ich geh ja schon«, murmelte sie. Mit hängendem Kopf trottete sie davon.

Was konnte sie jetzt noch tun, um Tante Lili zu finden?

2

Hans Seifert pustete den Staub von der zuoberst liegenden Filmdose. »Das war der erste Film, den ich hier in den Projektor eingelegt habe«, sagte er versonnen. In seinen Augen glitzerten ungeweinte Tränen. »Damit haben wir das Kino am Jungfernstieg eröffnet. *Ich küsse Ihre Hand, Madame* war der erste Tonfilm. Das war damals eine Sensation. Aber das kann sich eine *Deern* wie du natürlich nicht vorstellen.«

»Damals war Tante Lili noch ganz klein, nicht wahr?«, gab Gesa traurig zurück.

»Ich glaube, sie war neun oder zehn Jahre alt. Deine Mutter war aber schon erwachsen.«

Gesa hob die Hand, ließ sie jedoch wieder sinken und ballte die Faust. Sie hätte dem alten Vorführer gern über den Arm gestrichen, ihn ihrer Nähe und ihres Verständnisses versichert. Aber das hätte er vermutlich als aufdringlich empfunden. Dabei fühlte sie mit ihm. Sie war genauso erschüttert über die Pläne, die ihre Eltern verkündet hatten. Und sie verstand, wie schwierig es für einen Kriegsversehrten war, der fast zwanzig Jahre lang für eine Familie gearbeitet hatte, sich eine neue Arbeit zu suchen. Viele Invaliden mussten betteln.

»Meine Mutter macht alles kaputt«, sagte sie leise. »Ich verstehe nicht, warum sie das Kino so schnell aufgibt. Tante Lili ist gerade erst eine Woche fort – und schon macht Mutter Nägel mit Köpfen.«

»Alle Filmtheater sind in diesen Tagen gut besucht«, erwiderte Hans. »Seit es immer kälter wird, kommen auch mehr Zuschauer hierher, aber wenn es im Kinosaal kälter ist als draußen vor der Tür, gehen sie wieder. Im Laufen lässt sich besser frieren als im Sitzen. Daran ändert das beste Programm nichts. Die anderen Häuser haben größere Zuteilungen bekommen, hier hat sich eben niemand richtig gekümmert. Frau Lili wollte es wohl, aber was daraus geworden ist, weiß ich nicht. Rein wirtschaftlich betrachtet kann ich verstehen, dass deine Mutter das Kino nicht weiterführen will. Sie wollte ja schon schließen, bevor deine Tante aus Berlin zurückkam.«

»Wenn Oma davon erfährt, wie meine Mutter mit dem Andenken an Großvater umgeht, wird es sie umbringen.« Gesas Stimme klang hitzig vor Zorn auf Hilde. Sie sah sich in dem kleinen Vorführraum um, der nach dem Willen ihrer Eltern seinem ursprünglichen Zweck bald nicht mehr dienen sollte, als wollte sie Abschied davon nehmen.

Hans schüttelte traurig den Kopf. »Wird Frau Wartenberg es denn jemals erfahren?«

»Ich glaube nicht«, stimmte Gesa bedrückt zu. Seit Lili fort war, verschlechterte sich Sophies Zustand. Vermisste sie ihre Tochter? Oder lag es daran, dass Doktor Caspari nicht mehr nach der Patientin sah? Der Hausarzt der Westphals hatte sich noch nicht wieder blicken lassen, und Hilde schnitt Gesa das Wort ab, wenn sie sie an einen dringend notwendigen Besuch von Doktor Fegebank erinnerte. »Es ist so traurig. Ich hätte nie gedacht, dass Tante Lili uns alle dermaßen ins Unglück stürzen würde. Das wollte sie doch bestimmt nicht. Oder …?« In beredtem Schweigen hielt sie zweifelnd inne.

»Nein. Ganz sicher nicht.« Hans verlagerte sein Gewicht von seinem Bein auf die Krücken. Er wirkte, als würde er gleich zu heulen anfangen, und Gesa fragte sich erschrocken, was sie dann tun sollte. Doch nach einer Weile hatte sich der Vorführer wieder gefangen. Er schniefte, schluckte den Kloß, den er sicher im Halse hatte, hinunter. »Ich wüsste genauso gern wie du, was Frau Lili bewogen hat, einfach fortzugehen. Ich habe einen Brief an ihre Adresse in Berlin geschrieben. Vielleicht ist sie dorthin zurück. Aber eigentlich kann ich mir das nicht vorstellen, sie hatte doch gerade erst die Zuzugsgenehmigung nach Hamburg erhalten und sich so darüber gefreut. Na ja, ich habe keine Antwort bekommen, die Zeit ist wohl auch noch zu kurz für die Post.«

»An den Zeitungswänden hängen Suchanzeigen von Leuten, die sich durch die Luftangriffe oder auf der Flucht verloren haben. Sollten wir vielleicht auch eine für Tante Lili aufgeben?« Neuerdings wanderte Gesa wieder die Pressemitteilungen ab, doch hatte sie bislang nirgendwo einen Hinweis gefunden.

»So eine Anzeige kostet Geld, mein *Deern*, auch wenn es nur ein Zettel ist, der an eine Wand genagelt wird. Und ich glaube nicht, dass das etwas bringt. Ich bin sicher, deine Tante weiß ganz genau, wie sehr du und ich sie vermissen. Es muss einen wichtigen Grund für ihr Verschwinden geben. Wenn wir den kennen, erfahren wir, wo sie ist. Davon bin ich überzeugt.«

»Vater sagt, sie ist mit Captain Fontaine durchgebrannt. Er sagt, Tante Lili ist ein undankbarer Charakter, der ihm wochenlang auf der Tasche lag, und es ist nur recht und billig, wenn er sich als Gegenleistung die Technik aus dem Kino holt.«

»Ach, sagt er das?« Wie zur Beantwortung seiner rhetorischen Frage stieß Hans wütend mit der Krücke auf. »Dein Vater ist ...«, unterbrach sich, stutzte und fügte sanfter hinzu: »Ich sag lieber nicht, was ich von ihm halte, er ist immerhin dein Vater.« Dann wandte er sich ab. Entweder wollte er ihr nicht in die Augen sehen, oder er musste tatsächlich seiner Arbeit nachgehen und die von ihm archivierten Filmdosen sortieren, bevor das Lichtspielhaus geschlossen wurde.

Schweigend sah Gesa dem Vorführer zu. Sie stand neben dem Projektor und fühlte sich unglaublich nutzlos. Ihr erster Versuch, Lili zu finden, war gescheitert, und gegen die Schließung des Kinos und Hans' drohende Arbeitslosigkeit konnte sie noch weniger unternehmen. Sie wusste nicht einmal, wie sie ihm jetzt helfen könnte.

Um die Stille zu überbrücken, sagte sie schließlich: »Tante Lili und Captain Fontaine wollten ganz bestimmt nicht zusammen sein. Das ergibt ja gar keinen Sinn, wo sie doch an ihren Mann in die Gefangenschaft geschrieben hat.« Vielleicht hatte sie Albert Paal geschrieben, dass sie sich trennen wollte, fuhr es Gesa durch den Kopf. Bestürzt überlegte sie, dass diese Nachricht nur durch sie nach Frankreich gelangt war. Wenn Lili aber die Briefe absichtlich nicht abgeschickt hatte ... Entsetzt über ihr eigenes Tun schlug sie die Hände vor das Gesicht.

»Nun sei mal nicht so verzweifelt, Gesa.« Hans stand plötzlich neben ihr, legte eine der beiden Krücken zur Seite und den Arm um ihre bebenden Schultern. »Ich glaube auch nicht, dass deine Tante Lili mit Captain Fontaine über die Dörfer wollte. Das passt nicht zu ihr. Sie hatte bestimmt etwas anderes mit ihm vor ...« Er erstarrte.

Gesa spürte die Veränderung. Erstaunt sah sie ihn an. »Was ist? Fällt Ihnen etwas ein?«

»Ich Idiot!« Hans schlug sich mit der Hand gegen die Stirn. »Dass ich daran nicht gedacht habe. Das muss an der Aufregung liegen. Gesa, *Deern*, ich bin wirklich ein Volltrottel.«

»Nein, nein, bestimmt nicht. Was meinen Sie denn?«

»Die beiden waren auf der Suche nach den restlichen Negativen.«

»Was?« Gesa verstand kein Wort.

»Deine Tante hat einen im Krieg verschollen geglaubten wunderbaren Film ausfindig gemacht. Allerdings waren die Materialien nicht komplett. Sie suchte deshalb noch weiter nach einer oder zwei Filmdosen. Captain Fontaine hat sie dabei unterstützt, zumal jeder alte deutsche Film automatisch in den Besitz der Besatzungsmacht fällt, in deren Sektor er gefunden wird. In diesem Fall also in der britischen Zone.«

»Oh.« Gesa brauchte einen Moment, um die Informationen zu verarbeiten. Sie sah Hans zu, der wieder nach seiner Krücke griff und aufgeregt durch den Vorführraum humpelte und dabei wie ein dreibeiniger Tiger im Käfig wirkte. Sie verstand, was der Vorführer ihr erklärte, aber sie begriff trotzdem nicht, warum Lili nicht nach Hause zurückgekommen war. Diese Frage stellte sie ihm schließlich auch.

»Stimmt«, gab Hans zu. Er blieb vor ihr stehen. »Da ist etwas faul. Offenbar sitzt ja auch Captain Fontaine nicht wieder an seinem Schreibtisch. Es muss jemanden geben, der Bescheid weiß ...« Nachdem er eine Weile gegrübelt hatte und dabei von Gesa aufmerksam beobachtet worden war, meinte er: »Mir fällt nur der Regisseur ein. Leon Caspari weiß vielleicht etwas, das uns auf die Spur von deiner Tante und Captain Fontaine führt.«

»Oh«, machte Gesa noch einmal. Ihre Gedanken waren bereits losgestürmt, doch sie stand ganz ruhig neben dem Projektor, den ihr Vater gleich nach Weihnachten abbauen wollte.

»Tja, an den Caspari kommen wir nicht ran ...«

»Doch«, fiel Gesa dem Vorführer strahlend ins Wort, »ich kenne seinen zweiten Aufnahmeleiter. Klaus kann Herrn Caspari fragen.« Von ihrer persönlichen Abneigung gegen den Regisseur erzählte sie Hans nichts. Das tat nichts zur Sache. Immerhin hatte sich Caspari auf dem Weihnachtsmarkt ja auch relativ freundlich ihr gegenüber gezeigt. Und sie brauchte gar nicht mit ihm selbst zu reden, das konnte sein Mitarbeiter übernehmen. Der nette Klaus, der sie gefragt hatte, ob sie in Ermangelung von Schlittschuhen auf der zugefrorenen Alster mit ihm spazieren gehen wollte. Er hatte ja keine Ahnung, dass sie mit einem Mal nichts lieber tat als das.

Hampstead, London

Der Winter in England war grau, feucht und kalt – und Rachel Fontaine hasste ihn. Seit sie hierhergekommen war, wünschte sie sich nach Spanien zurück, wo das Klima angenehmer war und das Leben für eine kurze Zeit leichter schien. Doch sie sprach niemals mit ihrem Gatten über ihre Sehnsüchte. Es war für ihn eine große Chance gewesen, nach London zu gehen und wieder für den Film arbeiten zu können. Eine Chance, die er gut genutzt hatte. Rückblickend war es ohnehin besser, in England zu leben als im Spanischen Bürgerkrieg vielleicht zu sterben, obwohl General Franco zumindest keine Juden verfolgt hatte. Inzwischen war Jonathan Fontaine wieder ein angesehener Mann in den Studios, fast so wie damals in Berlin, und außer ihr weinte wohl keiner den Monaten im sonnenverwöhnten Süden eine Träne nach.

Rachel stand am Fenster ihres Wohnzimmers in dem edwardianischen Reihenhaus, das sie fast seit Anbeginn ihres Aufenthalts in Großbritannien in unmittelbarer Nachbarschaft zu bekannten Künstlern aus allen Bereichen des Kulturlebens bewohnten, und blickte hinaus in den von Nebelschwaden verschleierten Vorgarten. Von der Straße drang die Musik einer Kapelle von Mitgliedern der Heilsarmee herein, die Weihnachtslieder sangen und an den Türen sammelten. In den vergangenen Jahren hatte Rachel bei jeder Sammlung etwas gegeben. Heute würde sie ihre Tür verschlossen halten.

Sie war wütend. Verzweifelt. Weil Gott ihr nun, so viele Monate nach dem Ende dieses schrecklichen Krieges, doch noch den Sohn zu nehmen drohte. Fast jede Familie, die sie kannte, hatte mindestens einen Sohn, Bruder oder Vater im Krieg verloren. Sie war so dankbar gewesen, dass ihr dieses Schicksal erspart blieb. Dafür war sie an der Seite ihres Mannes in die Kirche gegangen und allein in die Synagoge. Fünfeinhalb Jahre lang hatte sie für das Überleben ihres Kindes gebetet. Dass John wegen seiner starken Kurzsichtigkeit nicht an vorderster Front dienen musste, hatte ihr zwar die größten Sorgen genommen, aber ganz ohne Furcht war sie nie. Wie glücklich war sie gewesen, als Hitler endlich besiegt war. Sie hatte so ausgelassen gefeiert wie nicht einmal bei ihrer eigenen Hochzeit. Doch die Hoffnung auf eine friedliche Zukunft hatte sie getrogen. Ob John, ihr einziger Sohn, ihr geliebtes Kind, jemals vom europäischen Festland zurückkehren würde, stand in den Sternen. Oder vielleicht nicht einmal dort.

Die Nachricht von seinem Autounfall hatte ihre Welt ins Wanken gebracht, wie es ein feindlicher Luftangriff nicht hätte schlimmer machen können. Er lag im britischen Lazarett in Hamburg und kämpfte um sein Leben. Gewiss wurden ihm alle medizinischen Mittel und Möglichkeiten zuteil, vielleicht würde auch ein Gebet helfen, doch Rachel besaß keine Kraft mehr für Gottes unerforschliche Wege. Wieso lag ein junger Mann, der den Krieg überlebt hatte, nun nach einem Autounfall im Sterben? Wie konnte Gott so etwas zulassen? Wie konnte ER ihr das antun? In diesem Fall spielte es keine Rolle, ob es der christliche oder der jüdische Gott war, sie wusste, dass sie ihren Glauben gänzlich verlor, falls John es nicht schaffte.

Als sich die Zimmertür öffnete, wehte ein kalter Luftzug herein. Das Feuer im Kamin zischte leicht. Rachel drehte sich nicht nach Jonathans vertrauten Schritten um, sie wusste, dass er hinter sie treten würde. Seine Hände auf ihren Schultern taten ihr wohl. Sie lehnte sich leicht an ihn.

»War das Ferngespräch ein Anruf aus dem Lazarett?«, fragte sie. Im selben Moment fürchtete sie die Antwort.

»Nein. Mach dir keine Sorgen.« Jonathan küsste sie zärtlich auf das Haar. »Nein. Thea von Middendorff hat sich wieder gemeldet.«

Rachel fuhr zu ihm herum. »Was will diese verrückte Person denn nun schon wieder? Ich dachte, du hättest ihr klargemacht, dass niemand von uns in der Position ist, ihr eine Einreise nach Deutschland zu ermöglichen. Weiß der Himmel, was sie da überhaupt will.«

»Ich habe ihr dasselbe gesagt wie bei ihrem letzten Anruf. Und dem davor.«

»Warum bringst du so viel Geduld für sie auf?« Es war nicht das erste Mal, dass sie ihm diese Frage stellte, und er antwortete mit fast denselben Worten wie bei den anderen Gelegenheiten zuvor: »Ihr Mann war mein Freund. Sie hat ihn zur Weißglut gebracht und zu einem anderen, nicht unbedingt besseren Menschen gemacht, aber er war mein Freund. Ich bin ihm über den Tod hinaus zutiefst dankbar. Wenn er mir nicht das Geld für die Emigration gegeben hätte, weiß ich nicht, was aus uns geworden wäre.«

Im Gegensatz zu ihren früheren Diskussionen hielt Rachel an diesem Punkt jetzt nicht den Mund. »Durch diese unsinnigen Telefongespräche ist die Leitung belegt, wenn ein Notfall aus Hamburg gemeldet werden sollte«, schnappte sie.

»Liebes«, unterbrach Jonathan sanft, »wir können nicht unseren Alltag ausblenden, weil uns möglicherweise schlechte Nachrichten erreichen. Wir müssen irgendwie weitermachen. Schon allein, weil wir gar nicht daran glauben, dass John es nicht schaffen könnte. Er ist ein zäher Junge. Er wird wieder gesund, davon bin ich überzeugt. Immerhin wird für ihn sicher besser gesorgt als für die junge Frau, mit der er unterwegs war.«

»Er war mit einer jungen Frau unterwegs?« Rachel sah mit offenem Mund zu ihrem Mann auf. Sie rang um Atem, ihre Hand flog an ihren Hals zu der Perlenkette, die ihr Jonathan vor vielen Jahren zur Silberhochzeit geschenkt hatte. »Woher weißt du, dass er nicht allein im Auto saß? Ich dachte …«, sie brach ab, weil es sinnlos war, Jonathan daran zu erinnern, dass es in den ersten Nachrichten aus dem War Office in Whitehall geheißen hatte, Captain Fontaine sei ohne Begleitung unterwegs gewesen; er kannte den Wortlaut genauso gut wie sie.

»Talbott-Smythe hat mich informiert«, erwiderte Jonathan steif. Er wandte sich ab und trat zu dem Beistelltisch mit dem silbernen Tablett, den Kristallkaraffen und Gläsern. Nach einem leichten Zögern goss er sich einen Fingerbreit Whisky ein, den er eigentlich nicht gern mochte, aber Cognac war so gut wie gar nicht mehr zu bekommen. »Möchtest du auch einen Schluck?«, fragte er Rachel.

»Brauche ich denn einen?«

»Ich habe keine Ahnung.« Jonathan trank das Glas in einem Zug aus. »John ist ein junger Mann in den besten Jahren – warum sollte er das Leben in Deutschland nicht genießen und mitnehmen, was sich ihm bietet?«

»Weil hier in London die beste Frau auf ihn wartet, die er sich wünschen kann.«

»Ich bitte dich, er ist noch nicht einmal offiziell mit Catherine verlobt.«

Männer, dachte Rachel. Sie nehmen einander immer in Schutz. Laut sagte sie: »Was hat es mit dieser Frau auf sich? Ich nehme an, dass es sich um eine Deutsche handelt.« Wie zu sich selbst fügte sie hinzu: »Als hätte ich ihn nicht vor den deutschen Mädels gewarnt.«

»Natürlich handelt es sich um eine Deutsche – sonst wäre das ja alles kein Problem. Er ist mit einem britischen Armeefahrzeug verunglückt, in dem die junge Frau wohl nicht so ohne Weiteres hätte mitfahren dürfen. In der Regel wird es zwar inzwischen bei der Fraternisierung nicht mehr so genau genommen, aber eigentlich dürfen Deutsche bei offiziellen Fahrten nicht in die Wagen der alliierten Besatzungsmächte einsteigen. Deshalb sollte ihre Anwesenheit vertuscht werden. John braucht jetzt keinen zusätzlichen Ärger.«

»Das wohl nicht«, murmelte sie.

Jonathan schenkte sich noch einen Whisky ein. »Tatsächlich hat die von einem Unfallzeugen gerufene Polizei John auch allein im Auto gefunden, die Frau ist vom Beifahrersitz hinausgeschleudert worden.«

»Ist sie – tot?«

»Meine Güte, Rachel, woher soll ich das wissen?« Diesmal trank er nicht alles auf einmal aus. »Ich habe nicht danach gefragt, und wahrscheinlich weiß das Talbott-Smythe auch nicht. Als britischer Militärangehöriger wurde John in das nächstgelegene Lazarett gebracht, das ist das übliche Prozedere, und die Deutsche kam wahrscheinlich in irgendein Krankenhaus, sofern sie noch am Leben war.«

Im ersten Moment hatte Rachel sich darüber geärgert, dass John sich in Hamburg mit einer anderen Frau vergnügt haben könnte, während die tugendhafte Catherine in London seit Langem geduldig auf ihn wartete. Die ehrenwerte Miss Lancester arbeitete für ein Frauenjournal und besaß alle Attribute, die sich eine Mutter für ihren Sohn wünschen konnte: Sie war schön, charmant, humorvoll und klug, darüber hinaus schien sie ganz vernarrt in John zu sein. Allerdings wollte Rachel nicht einfach ignorieren, dass da eine andere war, die John in den möglicherweise letzten Stunden seines Lebens etwas bedeutet haben könnte. Denn leichtfertig hatte er die Deutsche bestimmt nicht im Wagen mitgenommen, wenn

dies eigentlich nicht erlaubt war. Dafür war er zu pflicht-
bewusst.

»Jedenfalls ist es in Johns Interesse«, sagte Jonathan in ihre
Gedanken, »dass wir diese Beifahrerin vergessen. Talbott-
Smythe hat dafür gesorgt, dass sie in dem Unfallbericht nicht
erwähnt wird. Es tut mir leid, dass ich diese Sache überhaupt
angeschnitten habe. Theas Anruf zehrt wohl doch mehr an
meinen Nerven, als ich zugeben möchte.«

Rachel spielte nervös mit ihrer Perlenkette. Vielleicht mache
ich einen Fehler, dachte sie, vielleicht aber tue ich ein gutes
Werk, das letztlich auch John hilft. »Ich möchte wissen, wie es
dieser Deutschen geht.«

»Wie bitte? Das ist unmöglich. Wir kennen doch nicht einmal ihren Namen.«

»Aber wahrscheinlich weiß Charles Talbott-Smythe mehr,
als er dir gesagt hat.«

Jonathan setzte sein Glas an und trank den Rest aus. »Was
bringt es dir zu erfahren, was mit ihr passiert ist?«

»Vielleicht möchte ich es John einmal sagen können, wenn
seine Kameraden aus militärischen Gründen schweigen müssen.«

Es dauerte eine Weile, bis ihr Mann begriff. »Du fürchtest,
er könnte sich Vorwürfe machen, weil seine Beifahrerin tödlich verletzt wurde? Oder weil dann in dem in Deutschland
herrschenden Chaos nicht einmal herauszufinden sein dürfte,
ob dem so ist oder sie quicklebendig durch Hamburg läuft?
Ihr Befinden könnte in der Tat wichtig für Johns Seelenheil
sein.«

Rachel nickte.

»Ich werde es versuchen«, versprach Jonathan Fontaine.
»Und ich hoffe, dass Talbott-Smythe tatsächlich etwas über
ihre Identität weiß und ihre Spur nicht längst verloren hat.«

Später an diesem Abend fiel Rachel auf, dass sie sich in den vergangenen Stunden mehr mit Johns Affäre, wie sie es nun nannte, beschäftigt hatte als mit ihrer Angst vor der Nachricht, dass ihr Sohn verstorben war.

Hamburg

1

Das Klingeln an der Wohnungstür unterbrach Hildes Tätigkeit. Sie war damit beschäftigt, den etwas windschiefen, aber durchaus als Tanne erkennbaren Christbaum zu schmücken, den der *Lieferant* auf dem Flügel im Wohnzimmer nach ihren Vorstellungen platziert hatte. Eigentlich war egal, wie der Baum aussah und wie lange er hielt, sie würde ihn ohnehin nach den Feiertagen verheizen. Wichtig war einzig, dass sie Peter den Eindruck eines vollkommenen Weihnachtsfests vermittelte. Sie war sogar sehr stolz auf sich, weil sie ohne Peters Unterstützung und Wissen auf dem schwarzen Markt fündig geworden war. Dass der Baum wahrscheinlich widerrechtlich am Rand des Stadtparks geschlagen worden war, spielte für Hilde keine Rolle. Oder nur insofern, dass sie es besser fand, etwas Sinnvolles mit dem Baum anzufangen, als wenn diese elenden Flüchtlinge, die im Stadtpark in Nissenhütten hausten, sich jedes Brennmaterial unter den Nagel rissen, das eigentlich einem anständigen Hamburger zustand. Zugegeben, es war sehr kalt draußen, die Temperaturen lagen weit unter null, aber eine gepflegte Rangordnung hatte noch niemandem geschadet.

Hilde befestigte die Christbaumkugel, die sie in den Händen hielt, ruhig an einem Ast, bevor sie sich anschickte, in den Flur zu gehen. Sie hatte es nicht eilig, da sie keine Gäste erwartete. Wahrscheinlich hatte Gesa wieder einmal ihren Schlüssel vergessen. Hilde konnte sich zwar nicht erinnern, wann das zum letzten Mal vorgekommen war, aber irgendwann war es gewiss so gewesen und damit zweifellos einmal zu oft. Deshalb sollte Gesa ruhig warten. Wo trieb sich das Mädchen überhaupt herum? Sie hatte etwas von Schlittschuhlaufen gesagt, aber sie besaß doch gar keine Schlittschuhe. Na ja, sicher hatte Gesa mal wieder Unsinn geredet, und sie, die Mutter, hatte auch nicht richtig zugehört. Wie meist.

Da läutete die Glocke noch einmal.

Die Tür zum Arbeitszimmer flog auf. »Warum öffnet denn niemand?«, brüllte Peter und steckte seinen Kopf heraus. »Bei dem Lärm kann sich ja kein Mensch konzentrieren.«

»Entschuldige bitte«, flötete Hilde.

»Ich arbeite nur für dich«, entgegnete ihr Mann in einem mürrischen Tonfall, der weder zum heutigen Heiligabend noch zu Hildes strahlender Miene passte, mit der sie ihn ansah. »Gerade gebe ich mir noch die größte Mühe, um alles für dein Geschenk vorzubereiten. Die Übernahme des Kinos am Jungfernstieg und die Einrichtung des Filmpalasts im Esplanade erfordern meine ganze Kraft. Also sei gefälligst so gut und komme wenigstens deinen Hausfrauenpflichten nach.« Mit einem wütenden Laut fiel die Tür ins Schloss.

Erstaunt sah Hilde auf die mit einem Ornamentglas geschmückte Tür, hinter der Peters Kopf wieder verschwunden war. So schlechte Laune zeigte er in der Regel nur, wenn etwas nicht nach seinen Wünschen verlief. War es vielleicht doch schwieriger, das Lichtspieltheater auf ihren Namen überschreiben zu lassen, als angenommen? Hans Seifert, dieser einbeinige Trottel, hatte sich doch gestern erdreistet, eine von ihrer Mutter unterzeichnete Vollmacht zu verlangen, andernfalls würde er die Technik nicht rausgeben. Dabei wusste er genau, dass Sophie nicht in der Lage dazu war, ihren Namen unter ein

Schriftstück zu setzen. Er erdreistete sich sogar, etwas von Polizei zu faseln. Was Peter letztlich beeindruckt hatte, wusste Hilde nicht, aber er nahm ihren Arm und verließ das Kino wutschnaubend. Seitdem sprach er wenig und verbrachte viel Zeit hinter seinem Schreibtisch. Und Hilde fragte sich, was in diesen Vorführer gefahren sein mochte, der sich zuvor wenig begeistert von ihren Plänen, aber immerhin duldsam gezeigt hatte.

Es klingelte ein drittes Mal.

Hilde riss das Eingangsportal auf, einen zornigen Ausruf auf den Lippen. Doch die Worte blieben ihr im Hals stecken.

»Es tut mir leid, wenn ich aufdringlich bin, aber ich hörte Stimmen und war mir sicher, dass jemand zu Hause sein müsste.«

Mit offenem Mund starrte sie Doktor Wolfgang Caspari an.

»Ich möchte Frau Wartenberg einen Weihnachtsbesuch abstatten.« Er hob ein Päckchen hoch, das in Zeitungspapier gewickelt war. »Ich habe ein Geschenk für sie.«

Hilde schluckte. »Haben Sie mich neulich nicht verstanden? Wir verzichten auf Ihre Dienste, Herr Doktor.«

»Das weiß ich wohl, Frau Westphal. Ich bin jedoch nicht als Arzt hier, sondern als Freund«, erwiderte er gelassen.

»Was für ein Freund?«

»Ein alter Freund.« Er schenkte ihr ein entwaffnendes Lächeln.

»Ja, ich ...«, hob Hilde an, brach dann aber ab. Was sollte sie sagen? Dass ihre Mutter keine Freunde mehr besaß? Ihr fiel ein, dass sie schon lange nicht mehr nach Sophie gesehen hatte. Heute Morgen hatte sich Gesa um ihre Oma gekümmert, aber danach niemand mehr. Warum nicht die Arbeit mit der Kranken dem Arzt überlassen? An Weihnachten hatte eine Hausfrau schließlich genug anderes zu tun.

»Wie geht es eigentlich Ihrer Schwester?«, riss Doktor Caspari sie aus ihren Überlegungen. »Ist Frau Paal noch immer vereist?«

»Lili ist nicht zurückgekommen«, entfuhr es Hilde, die mit ihren Gedanken noch bei ihrer Mutter war.

»Nicht einmal Heiligabend«, resümierte Doktor Caspari. »So achtlos hätte ich sie gar nicht eingeschätzt. Wie man sich doch in einem Menschen täuschen kann.«

»Ja. Allerdings. Ja.« Hilde trat von der Tür fort. Schon allein, weil sie keine Diskussion mit Doktor Caspari in der offenen Wohnungstür führen wollte und Schritte auf der Treppe hörte. Wie sah es denn aus, wenn eine Nachbarin sie auf der Schwelle mit dem Arzt vorfand, über ihre Halbschwester herziehend? »Sie kennen ja den Weg«, sagte sie lahm und schloss hinter dem ungebetenen Gast ab.

»Vielen Dank.«

Sie sah ihm nach, wie er mit federnden Schritten den Flur entlangging. Dabei fragte sie sich, wie sie ihrem Mann erklären sollte, dass sie Doktor Caspari hereinließ, obwohl sie ihn auf Peters Wunsch hin neulich hinausgeworfen hatte. Peter würde toben, wenn er von diesem Weihnachtsbesuch erfuhr.

2

»Herr Caspari findet es auch seltsam, dass deine Tante und Captain Fontaine gleichzeitig verschwunden sind«, berichtete Klaus.

Aus unerfindlichen Gründen errötete Gesa. Dass ihr neuer Freund es tatsächlich geschafft hatte, mit dem Regisseur über ihr Anliegen zu sprechen, beeindruckte sie. Als sie Klaus bei ihrem Treffen vorige Woche erzählt hatte, dass sie Lili vermisste, war er wenig geneigt gewesen, darüber mit Leon Caspari zu reden. Gesa verstand, dass Klaus seinen Chef fürchtete, aber sie hatte auf seinen Mut gehofft. Dass sich Caspari jedoch anscheinend sogar auf ein Gespräch eingelassen und seine eigene Meinung geäußert hatte, war mehr als erhofft.

Sie lehnte sich über das Geländer der Krugkoppelbrücke und blickte hinunter auf die zugefrorene Wasseroberfläche der Alster. Drei Tage vor Weihnachten war das Thermometer auf minus einundzwanzig Grad gefallen und hatte für eine dicke glitzernde Eisschicht gesorgt, aber über die Feiertage setzte ein leichtes Tauwetter ein, sodass das Eis nicht mehr gefahrlos betreten werden konnte. Außerdem hatte Gesa bemerkt, dass Klaus' Schuhe ein Loch an der Spitze aufwiesen, aus dem die Wollfäden eines dunkelblauen Sockens lugten. Wahrscheinlich waren die Sohlen auch längst durchgelaufen. Daher wollte sie ihm ohnehin nicht zumuten, mit dem kaputten Schuhwerk noch einmal Schlittschuh ohne Eisen zu laufen. Der Straßenbelag war zwar nur unwesentlich wärmer, aber die Kälte zog nicht ganz so erbärmlich nach oben.

Darüber hinaus war jetzt die falsche Uhrzeit. Am Nachmittag waren die Alster sowie die öffentlich zugänglichen Anlagen am östlichen Ufer den britischen Besatzern vorbehalten und für deutsche Spaziergänger gesperrt. Am Alstervorland auf der westlichen Seite reichten die privaten Gärten der alten Landhausvillen wie etwa der Besitz der Reederfamilie Dornhain fast überall bis an das Wasser, aber die waren für die Öffentlichkeit noch nie zugänglich gewesen und inzwischen von den Briten beschlagnahmt. Gesa und Klaus waren durch die kleinen Straßen von Harvestehude geschlendert, die durchaus auch malerisch aussahen, weil hier weniger Trümmer und Ruinen an die grausame Wirklichkeit erinnerten als in anderen Vierteln.

»Also glaubt mir Herr Caspari auch mal etwas«, murmelte sie in sich hinein. Es war nur ein Gedanke, und sie war über sich selbst erschrocken, weil sie ihn laut aussprach.

Klaus lächelte in einer Mischung aus Verlegenheit, leichter Überheblichkeit und Stolz auf seine Informationen. »Herr Caspari hatte sich schon nach Captain Fontaine erkundigt und erfahren, dass er zurzeit nicht in der Filmabteilung arbeitet und für längere Zeit fehlen wird. Als ich dann von deiner Tante erzählte, horchte er auf. Die Sache zieht weite Kreise, verstehst du?« Bei dieser Frage fehlte nur noch die geschwellte Brust. Aber vielleicht hatte er die auch und Gesa sah sie nur nicht durch die zwei Jacken, die er übereinandertrug.

»Nein«, versetzte sie. »Nein, das verstehe ich nicht.«

»Der Fritsch mischte sich auch ein«, erzählte Klaus in einem Ton, als wäre dies für einen weltgewandten jungen Mann wie ihn die selbstverständlichste Sache der Welt. »Egon Fritsch hörte, wie Herr Caspari mit mir über Captain Fontaine und deine Tante Lili sprach.«

»Oh!« Gesa stieß erwartungsgemäß anerkennend die Luft aus. »Und was hat Herr Fritsch gesagt?«

»Er war zufällig Zeuge eines Gesprächs, das Captain Fontaine und deine Tante auf dem Weihnachtsmarkt mit Michael Roolfs führten, dem Drehbuchautor. Es ging wohl um ein Filmnegativ.«

Das fand Gesa nun nicht so aufregend. »Meine Tante hat bereits in der sowjetischen Zone nach alten Negativen gesucht und die zusammengesetzt«, erklärte sie. »Lili ist eben eine sehr gute Schnittmeisterin und rettet gern Filme.« Diesmal lächelte sie vor Stolz.

»Ja. Klar.« Klaus klang ein wenig beleidigt und gleichzeitig entnervt. »Das ist ja auch nicht der Punkt. Herr Caspari erinnerte sich plötzlich, dass Captain Fontaine von einer Reise an die Küste gesprochen hatte …«

»Lili war schon einmal vor ein paar Wochen mit Captain Fontaine an der Ostsee«, warf Gesa ein. Da hatte sie sich schon gefragt, was die beiden um diese Jahreszeit wohl dort wollten.

»Warte doch mal. Ich bin noch nicht fertig. Dann ist nämlich etwas passiert.« Klaus stellte sich in Pose und griff sich in einer dramatischen Geste an den Kopf. »Genau so hat Herr Caspari gemacht. Ihm ging plötzlich ein Licht auf, verstehst du?«

»Vielleicht hatte er einfach nur Kopfschmerzen.«

»Quatsch.« Klaus stöhnte auf, als würde er gequält werden. »Er ist nämlich auch noch ganz bleich geworden.«

»Das spricht doch für einen Migräneanfall.«

Er drehte sich um, lehnte sich mit dem Rücken gegen das Geländer, stützte die Ellenbogen auf und blickte Gesa triumphierend an. »Ich soll dir etwas ausrichten.« Nach einer Kunstpause fügte er hinzu: »Herr Caspari möchte mit deiner Großmutter sprechen.«

Über die Brücke ratterte ein Militärfahrzeug. Gesa glaubte, in dem Motorenlärm nicht richtig verstanden zu haben. Sie wartete, bis der Lastwagen vorübergefahren war, dann meinte sie: »Das muss ein Irrtum sein. Woher sollte Leon Caspari denn meine Oma kennen?«

»Keine Ahnung. Das hat er nicht gesagt.« Klaus zuckte grinsend mit den Schultern. »Aber er hat mich gefragt, ob du tatsächlich die Enkeltochter von Frau Sophie Wartenberg bist, der Besitzerin vom Kino am Jungfernstieg. Und das bist du doch, oder?«

Gesa nickte. Dann schüttelte sie den Kopf.

»Bist du's etwa nicht?«, rief Klaus erschrocken aus.

»Doch. Natürlich bin ich die Enkelin von Sophie Wartenberg vom Kino am Jungfernstieg. Ich hab's dir doch erzählt. Glaubst du, ich schwindele bei so etwas?«

»Nö. Deshalb ...« Klaus machte eine wegwerfende Handbewegung, die ihn sehr erwachsen und überlegen wirken ließ. »Ist ja auch egal. Also, was ist nun? Wann kann Herr Caspari deine Großmutter sprechen?«

Gesa fragte sich, was das alles mit dem Verschwinden von Captain Fontaine und ihrer Tante Lili zu tun hatte. Aber darüber würde sie sich später Gedanken machen. Zunächst einmal musste sie klären, was Leon Caspari von ihrer Großmutter wollte. Nur – wie sollte sie das erfahren? Sie holte tief Luft, spürte, wie die Kälte ihre Lunge füllte – und hustete.

Nachdem sie sich beruhigt hatte, erklärte sie: »Es tut mir leid, aber Herr Caspari kann meine Oma nicht sprechen. Sie spricht mit niemandem mehr.«

Ronco sopra Ascona

Die Glocken läuteten, durch ihr Haus zog der Duft eines Gänsebratens, doch Thea von Middendorff war nicht danach, Weihnachten zu feiern. Sie saß am Flügel im Herrenzimmer und versuchte, sich an die Melodien zu erinnern, die bei Trauergottesdiensten gespielt wurden. Da sie üblicherweise nicht auf Beerdigungen ging, kannte sie sich da nicht aus. Mozart, Bach, Brahms, vielleicht hatte auch Wagner ein kompositorisches Meisterwerk zu einem solchen Anlass beigetragen. Sie wusste es nicht.

Auf der einzigen Beisetzung, die sie in den vergangenen Jahren besucht hatte, war sie so damit beschäftigt gewesen, die trauernde Witwe zu spielen, dass sie auf den Ablauf nicht achtete. Allerdings hatte ihr Mann es vorgezogen, in jenem Herbst zu sterben, als die feudalen Begräbnisse den großen Kriegsherren vorbehalten waren. Während etwa zur selben Zeit der Abschied von Generalfeldmarschall Erwin Rommel mit einem Staatsakt in Ulm gefeiert wurde, ging es bei Manfred von Middendorffs Trauerfeier in der St.-Annen-Kirche im vornehmen Berliner Stadtteil Dahlem deutlich ruhiger zu, nur die Anteilnahme der Presse war vermutlich fast gleich groß. Aber darauf kam es Thea an. Wenn sie ihre Fans von ihrem unsäglichen Verlust überzeugte, glaubten ihr wohl auch die Sicherheitsbehörden. Für die Rahmenbedingungen hatten ihre Sekretärin und die Propagandaabteilung der Ufa gesorgt, den Rest schaffte sie.

Ihre Hände glitten von der Tastatur in ihren Schoß. Sie hatte doch wirklich alles richtig gemacht. Was erlaubten sich die Briten, ihr eine Einreise in die britische Zone zu verweigern? Da Großbritannien und die USA die besetzten Gebiete ab dem ersten Januar zu einer gemeinsamen Zone zusammenschließen wollten, brauchte sie bei den Amerikanern nicht nachzufragen, ob man ihr ein Visum erteilen würde. Noch eine Niederlage in Form der Absage eines lächerlichen Schreibtischhengsts wollte sie nicht erleben. So masochistisch veranlagt war sie nicht. Da gab sie lieber ganz auf.

Dass ihr allerdings nicht einmal Jonathan Fontaine Hoffnungen auf seine wie auch immer gelagerte Unterstützung machte, ärgerte sie sehr. Der Filmproduzent hatte damals enorm von der Mildtätigkeit ihres verstorbenen Gemahls profitiert. Ohne von Middendorff hätte er in London nicht so rasch und erfolgreich Fuß fassen können. Ganz abgesehen von der Karriere seines Sohnes, der nur deshalb auf die besten Privatschulen hatte gehen können, weil von Middendorff eine Zeit lang die Gebühren über eine Schweizer Bank bezahlte. John, tatsächlich auf diesen englischen, aber durchaus auch im Norddeutschen gebräuchlichen Namen getauft, war sein Patenkind gewesen. Thea nahm an, dass ihr Mann mit seiner Großzügigkeit kompensierte, keinen eigenen Sohn gezeugt zu haben, wovor Gott und ihre frühe Sterilisation sie glücklicherweise bewahrt hatten. Dass er den persönlichen Kontakt zu Jonathan Fontaine nach dessen Emigration abbrach, war wohl eher seiner Feigheit zuzuschreiben. Middendorff fürchtete, bei den Nazibehörden aufzufallen, wenn bekannt wurde, dass er an der Freundschaft zu einem Mann festhielt, der nicht nur mit einer Jüdin verheiratet war, sondern lieber das Land verließ, anstatt sich scheiden zu lassen, wie es sich für einen anständigen Deutschen gehörte. Zugegeben, Thea bewunderte ihn auf gewisse Weise für seine Weitsicht. Manch andere waren offen loyaler gewesen und hatten dafür bezahlt, weil sie bei den zuständigen Stellen in Ungnade fielen.

Inzwischen wusste sie jedoch, dass John nicht der einzige Ersatz für ihre Kinderlosigkeit war. In den Unterlagen ihres Gatten, die sie vor Kurzem mehr aus Langeweile denn aus wirklichem Interesse durchgesehen hatte, fand sie mehrere uralte Zahlungsanweisungen an eine Frau in Hamburg. Die Belege, ebenfalls von seiner Hausbank in der Schweiz ausgefertigt, stammten aus den Jahren vor und nach dem Großen Krieg. Offenbar handelte es sich um generöse Unterhaltszahlungen für ein kleines Mädchen. Thea hätte die Sache beinahe zu den Akten gelegt, weil doch alles dreißig Jahre und mehr zurücklag und es sie ihrer Ansicht nach nichts anging, mit wem sich Manfred von Middendorff lange vor ihrer Zeit fortgepflanzt hatte, ohne der Frau die Ehe anzutragen oder sich später anders als nur finanziell um die gemeinsame Tochter zu kümmern. Doch der letzte der abgehefteten Abschnitte hatte sie fast vom Stuhl geworfen.

Die Empfängerin des Betrags war Thea wohlbekannt – Sophie Wartenberg. Als Verwendungszweck war »Zur Hochzeit« angegeben.

Bei dieser Erinnerung flogen ihre Finger plötzlich ziellos über die auf der Klaviatur links liegenden Tasten mit den tiefen Tönen. Ein dissonaler Akkord erklang. Ein jäher Ausdruck ihres Zorns über den unfassbaren Verrat, den die Frau, die sie früher als Freundin bezeichnete, an ihr begangen hatte.

Thea wusste nichts Genaues. Aber sie wusste, dass sie Sophie Wartenberg nichts Gutes mehr in diesem Leben wünschte.

Hamburg

Januar 1947

1

»Hast du etwas von deinem Freund Klaus gehört?«, wollte Hans wissen.

»Das ist nicht mein Freund«, gab Gesa patzig zurück.

»Oha.« Hans schmunzelte. »Dann hast du also nichts von ihm gehört.«

Gesa holte kräftig aus, um mit dem Besen unter der Bestuhlung zu kehren. Sie half dem Vorführer nicht nur beim Kartenverkauf, sondern auch nach der Vorstellung beim Saubermachen. Letzteres machte sie inzwischen sogar lieber, weil ihr durch die körperliche Arbeit warm wurde. Die extreme Kälte, die an den Feiertagen ein wenig abgeklungen war, kehrte mit unerbittlicher Härte zurück. In den Nächten herrschten Temperaturen von minus zwanzig Grad, und tagsüber wurde es meist nicht wärmer als minus siebzehn Grad. Über die Trümmerlandschaft wehte zudem ein scharfer Wind von Osten, wodurch sich das Wetter noch eisiger anfühlte, wenn sich Gesa auf ihrem Weg zur Schule, ins Kino oder zur Schwedenspeisung gegen den Sturm stemmte. Die Straßenbahnen funktionierten kaum noch, weil die Gleise vereist waren, und die Hochbahn fuhr selten, weil die Stromversorgung immer mehr nachließ. Neuerdings musste sogar in der Wohnung ihrer

Eltern an Heizmaterial, Kerzen und Elektrizität gespart werden. Ihr Vater schimpfte auf die Briten, die trotz der Witterung ein Umspannungswerk demontierten, und ihre Mutter tröstete sich damit, dass angeblich Henry Vaughan Berry, der Zivilgouverneur, in seiner Behörde als Zeichen der Solidarität die Heizungen und jede zweite Glühbirne ausdrehen ließ. »Nehmen wir an«, sagte Hilde, »wir verzichten auch freiwillig. Damit stehen wir auf derselben gesellschaftlichen Ebene wie einer der höchsten Vertreter der Besatzungsmacht.« Mit diesem Gedanken fiel es ihr anscheinend leichter zu frieren.

»Und von Captain Fontaine hast du wohl auch nichts gehört«, stellte Hans weiter fest.

»Von Lili auch nicht.«

Das Lächeln erlosch auf dem von Sorgenfalten zerfurchten Gesicht des Vorführers. »Ein *Kumpan* hat mir geraten, die Technik nur rauszurücken, wenn deine Eltern eine Vollmacht von deiner Großmutter vorlegen. Das können sie nicht, und dein Vater war ziemlich wütend deswegen. Ich weiß aber nicht, wie lange ich ihn noch hinhalten kann.«

Gesa stützte sich auf den Besen und sah Hans verzweifelt an. »Im Moment ist er sehr zornig. Wahrscheinlich klappt nichts von dem, wie er es sich vorstellt.«

»Er möchte aus dem Kino einen Tanzsaal machen.«

»Das wusste ich nicht.« Gesa strich nachdenklich über die hölzerne Einfassung der Kinosessel. Einen Raum, in dem Musik gemacht und getanzt wurde, fand sie gar nicht so schlecht. Das war immerhin besser, als wenn hier ein Büro einzöge oder ein Geschäft. Zu Hans sagte sie dennoch: »Ich wünschte, es würde alles beim Alten bleiben.«

»Ja, ich auch, aber wenn deine Tante nicht bald wieder auftaucht, sehe ich schwarz«, erwiderte Hans seufzend. »Was können wir bloß noch tun, um herauszufinden, wo sie steckt?«

Sie ahnte, dass er mit seiner Frage eigentlich meinte, was sie tun könnten, um von Leon Caspari mehr zu erfahren. Klaus hatte Gesa erzählt, dass der Regisseur auf den Hinweis, er könne Sophie Wartenberg wegen einer Erkrankung leider nicht treffen, nur mit einem verstimmten, gedankenverlorenen Nicken geantwortet hatte. Dann führte Klaus an, dass Leon Caspari im neuen Jahr sehr beschäftigt sei und auf das Thema nicht mehr angesprochen werden wolle. Ein gewisser Erich Pommer komme nach Hamburg und beanspruche die Zeit des gesamten Filmteams. Deshalb war Klaus vorläufig auch nicht mehr für Gesa erreichbar.

»Auf Leon Casparis Hilfe können wir jedenfalls nicht zählen«, stieß Gesa hervor, und in jedem Wort schwang der Unterton eines »Ich wusste es ja!« mit. »Ich habe keine Ahnung, wer das ist, aber mit einem Mal hat er nur Zeit für einen Herrn Prommer, Pommer oder so.«

Hans starrte sie an. »Meinst du etwa Erich Pommer?«

»Ja …«

Hans pfiff leise durch die Zähne.

Sie hatte angefangen, weiter mit dem Besen herumzuwischen, hörte jedoch wieder auf mit ihrer Arbeit. »Wer ist das?«

»Bevor die Nazis kamen, war das der oberste Chef der Ufa. Er produzierte die besten Filme, *Das Cabinet des Dr. Caligari*, *Metropolis*, *Der blaue Engel* – das sind alles Streifen, die Pommer möglich gemacht hat. Der Mann ist ein ganz Großer, Gesa, der Größte.« Hans schniefte, als habe er sich erkältet. »Pommer verließ Berlin in Richtung Hollywood und kam voriges Jahr als amerikanischer Filmoffizier zurück. Ich habe darüber gelesen. Dass er sich jetzt in Hamburg nach der aktuellen Produktion erkundigt, rührt mich.« Hans klemmte eine Krücke unter den Arm und wischte sich mit der Hand über die Augen. »Deine Tante wäre begeistert.«

»Hm«, machte Gesa wenig beeindruckt. »Ich mag ihn nicht. Der hält Leon Caspari davon ab, mit mir über Tante Lili und Captain Fontaine zu reden.«

»Wenn du das so siehst, ist es bitter, aber ich kann Caspari verstehen. Jeder ist sich nun einmal selbst der Nächste.«

Schweigend ging Gesa ihrer Arbeit nach. Sie fühlte sich von Hans im Stich gelassen, weil der Verständnis für Caspari aufbrachte. Für sie war das Verschwinden ihrer Tante und des britischen Filmoffiziers vorrangig. Vor allem, da schlimme Gerüchte die Hansestadt erschütterten. In den Trümmern hatte man zwei Leichen gefunden, sie waren nicht erfroren, sondern ermordet worden.

Die unbekannten Toten waren eine Frau in Lilis Alter und ein Mann, der aber wohl wesentlich älter als Captain Fontaine war. Gesa hatte ihre Eltern über den Fall reden hören und auch darüber, dass die Zahl der Gewaltverbrechen stieg. »Unter Hitler gab es so etwas nicht«, polterte Gesas Vater. Hilde hatte eingeworfen, dass sie sich bei der Polizei melden und eine Vermisstenanzeige aufgeben wolle, vielleicht handele es sich bei dem weiblichen Opfer ja um Lili. Doch Gesas Vater schnitt ihr das Wort ab: »Du wirst nichts dergleichen tun! Ich wünsche nicht, dass du dich in Sachen einmischst, die dich nichts angehen. Außerdem will ich nicht, dass die Schupos auf uns aufmerksam werden. Das kommt gar nicht infrage.« Zu ihrer größten Überraschung hörte Gesa ihre Mutter später weinen. Aber sie ging nicht zu ihr, um sie zu trösten, zu sehr mit sich selbst beschäftigt und mit der Furcht, die sie umtrieb.

»Wie geht es deiner Großmutter?«

Gesa fuhr – aus ihren Überlegungen gerissen – herum. »Was?«

»Wie geht es deiner Großmutter?«, wiederholte Hans.

»Nicht gut. Doktor Caspari schaut wieder nach ihr …«

»Ach!«, rief Hans überrascht aus. »Wie ist das denn möglich? Ich dachte, deine Mutter hat ihn rausgeworfen.«

»Nun lässt sie ihn wieder herein. So ist Mutti eben. Aber Doktor Caspari sagt, er kommt als Freund, nicht als Arzt. Deshalb will er kein Geld.«

»Das ist aber mal ein großzügiger Mann«, warf Hans ein. »Kann er Frau Wartenberg helfen?«

Betrübt schüttelte Gesa den Kopf. »Ich glaube nicht. Lili fehlt Oma. Sie sagt natürlich nichts, aber ich sehe an ihren Augen, wie verzweifelt sie ist. Ich habe ihr gesagt, dass Tante Lili verreisen musste, aber ich weiß nicht, ob sie mir das glaubt. Wie konnte nur alles so schlimm werden?«

Eine Weile lang blieb Hans still. Er stützte sich auf seine Krücken und starrte blicklos auf die Leinwand an der Stirnseite des Kinosaals.

Gesa ging weiter ihrer Arbeit nach, die eigentlich gar nicht nötig wäre. Die Zuschauer brachten keine Naschereien ins Kino mit und ließen das Bonbonpapier auch nicht unter die Stühle fallen so wie früher. Es gab kaum Süßigkeiten, und jeder Fetzen Papier war zu wertvoll, um ihn einfach fortzuwerfen. Gesa hatte hier früher nicht sauber machen müssen, aber sie erinnerte sich lebhaft an die besseren Zeiten des Filmtheaters.

»Da hinten in der Ecke brauchst du nicht zu fegen«, sagte Hans plötzlich. »Ich habe dort schon geputzt. Da schlafe ich nämlich.«

»Was? Sie schlafen hier im Kino?«

»Ja«, erwiderte er einfach. »Tu ich.«

»Aber Ihr Zuhause …«

»Hier habe ich es wärmer«, behauptete Hans. »Und gemütlicher. Eigentlich ist das hier alles ja viel mehr mein Zuhause als irgendein überteuertes möbliertes Zimmer.«

Zum ersten Mal wurde Gesa bewusst, dass der Vorführer

ohne Gehalt arbeitete. Lili, die ihn bezahlt hatte, war nicht da, und Gesas Eltern wollten das Kino so schnell wie möglich schließen, hatten also gar kein Interesse daran, ihren Angestellten zu entlohnen. Das bedeutete, dass Hans nicht mehr zu essen hatte als das bisschen, das es für die von den Ämtern ausgegebenen Lebensmittelmarken gab. Es bedeutete auch, dass er keine Miete mehr bezahlen konnte. Der arme Mann, fuhr es ihr durch den Kopf, der arme, arme Mann.

Das Schweigen zwischen ihnen wurde bedrückend.

Gesa zermarterte sich ihr Hirn, was sie Hans sagen könnte, aber ihr fiel kein Trost ein. Seine Situation war schrecklich, obwohl es ihm immer noch besser ging als vielen anderen Hamburgern, Flüchtlingen oder ehemaligen Gefangenen, die ohne Obdach in der Stadt lebten. Gesa erschrak. Meine Güte, was für ein unsinniger Vergleich! Jetzt dachte sie ja fast schon wie ihr Vater.

»Ich werde ins Stadthaus gehen«, entschied Hans mit erstaunlich fester Stimme. »Ich bin zwar kein Familienmitglied, aber deine Tante ist meine Chefin. Deshalb kann ich auch eine Vermisstenanzeige bei der Polizei aufgeben.«

Gesa riss die Augen auf. »Wirklich? Das wollen Sie tun?«

»Hätt ich längst machen sollen. Hab's nur nicht gemacht, weil ich dachte, deine Eltern hätten wenigstens das erledigt. Aber das haben sie ja wohl nicht ...« In seinen Worten klang sehr deutlich ein unausgesprochener Vorwurf nach.

Gesa schüttelte den Kopf.

»Nicht, dass ich glauben würde, eine Vermisstenanzeige bringt etwas bei den vielen Leuten, die ohne Heimat herumlaufen. Aber wir sollten nichts unversucht lassen.«

»Kann ich mitkommen?«, entfuhr es Gesa, bevor sie sich darüber klar war, dass Hans zu begleiten genau das war, was sie sich wünschte. Irgendetwas für das Auffinden von Lili tun zu können, egal, was es war, versetzte sie in Hochstimmung. Erst mit einiger Verzögerung begriff sie, dass das Einschalten der Polizei auch bedeutete, mit dem Schlimmsten rechnen zu müssen.

»Geh nach Hause, und pass auf deine Großmutter auf. Du bist noch ein Kind, Gesa, leider kannst du im Moment nichts anderes machen als zu warten.«

2

Das ehemals größte Standortlazarett der Wehrmacht in Wandsbek wurde seit Kriegsende von den britischen Besatzern als Lazarett genutzt. Die Gebäude waren zwar teilweise bei Luftangriffen zerstört worden, doch erlaubten es die noch vorhandenen Strukturen, ein hohes Maß an medizinischer Versorgung zu gewährleisten. Charles Talbott-Smythe stellte bei seinen Besuchen fest, dass er die Klinik recht angenehm fand. Er war inzwischen so sehr an alles Militärische gewöhnt, kannte letztlich durch die Internatserziehung und später das Studentenheim wenig anderes als den Alltag in einer Gemeinschaft, sodass er sich ein Leben außerhalb seiner Dienstverpflichtung kaum noch vorstellen konnte. Deshalb lag ihm der zackige Ton auf den Fluren des Lazaretts. Sein Freund John Fontaine sah das jedoch gewiss anders, aber der war ja auch kein richtiger Engländer und darüber hinaus in einem liebevollen Elternhaus aufgewachsen, während der ehrenwerte Sir Talbott-Smythe seine diplomatische Karriere in Diensten des Königs in Indien vorantrieb und dorthin von seiner Gattin und nicht von seinen Kindern begleitet wurde.

Der Gedanke an seine Mutter ließ Charles schmunzeln. Bei ihren Cocktailpartys in Delhi war sie gewiss besser aufgehoben als im kriegszerstörten London, wo eine Rationierung der wichtigsten Güter herrschte. Die Knappheit war nicht annähernd vergleichbar mit der Not in Deutschland, aber doch einschneidend. Dass Jonathan Fontaine unter diesen Umständen einen großzügigen Scheck für die Behandlung einer Frau schickte, die er nicht einmal kannte, beeindruckte Charles. Was immer Johns Eltern mit der Zahlung zu erreichen versuchten, sie half gewiss, Lili Paal wieder auf die Beine zu bringen. Eine Garantie gab es für sie jedoch auch mit dem vielen Geld nicht. John lag in seinem Klinikbett und war weiß wie die Wand und die Verbände, die seinen Körper stabil hielten. Er wirkte etwas frischer als bei Charles' letztem Besuch. Allerdings erhielt der Patient wohl täglich größere Mengen an Schmerzmitteln. Als Charles eintrat, drehte er sogar den Kopf zur Tür.

»Oh! Hallo! Du bist es.« Er klang enttäuscht und sah wieder fort.

»Wen hattest du erwartet?«, fragte Charles mit aufgesetzt guter Laune.

»Für die Crème de la Crème der deutschen Filmwirtschaft bin ich wohl noch nicht fit genug«, murrte John.

Charles nickte dem zweiten Patienten im Raum höflich zu, einem älteren Offizier, dessen Lungenentzündung stationär behandelt wurde, wie er gehört hatte. »Wie geht es Ihnen heute, Sir?«

Doch der andere winkte nur matt ab.

»Sei froh, dass du überhaupt in der Lage sein wirst, irgendwann wieder in der Filmabteilung zu arbeiten«, wandte sich Charles an seinen Freund. »Eine Weile lang stand es ziemlich schlecht um dich, mein Junge.«

»Ich wüsste nicht, was jetzt so bedeutend besser ist …«

»Du wirst überleben«, warf Charles ein.

»Aber wie? Die Ärzte haben mir gesagt, dass ich durch die Wirbelsäulenverletzung möglicherweise nicht mehr werde laufen können. Nach dieser Eröffnung haben sie mir so viel Morphium gegeben, dass ich mich erst einmal übergeben habe wie eine seekranke Jungfrau bei Sturm. Jetzt fühle ich mich wie volltrunken, aber der Ernst der Lage ist mir trotzdem bewusst.«

Die Vorstellung, John eines Tages im Rollstuhl aus diesem

Lazarett zu schieben, versetzte Charles einen Stich. Er presste die Lippen aufeinander, damit ihm keine unpassende Bemerkung entfuhr. Was sagte man einem Freund, der gerade erst dreißig war, den schlimmsten Krieg seit Menschengedenken auf zwei Beinen stehend überlebt hatte und vielleicht für den Rest seines Lebens gelähmt blieb, weil er mit überhöhter Geschwindigkeit über eine vereiste Autobahn gerast war? Ich hätte ihm eine Flasche Schnaps mitbringen sollen, dachte Charles, Alkohol ist die wohlschmeckendere Droge.

Ihm fiel sein Dienstwagen ein, der nur noch ein Schrotthaufen war. Sein musste. Er wusste es nicht. Ein Militärpolizist hatte Charles gefragt, ob er das Fahrzeug sehen wollte, doch er hatte abgelehnt, weil er keinen Sinn darin sah, verbeultem Blech nachzutrauern. Der junge Sergeant zeigte Verständnis und fragte nicht nach. Ebenso einsichtig reagierte er, als Charles um die Tasche der jungen Frau bat, die aus dem Auto geschleudert worden war. Seitdem hielt er Lilis Ausweis unter Verschluss. Mit John hatte er bei keinem seiner Besuche darüber gesprochen. Bislang war sein Freund aber auch nicht zu irgendeinem längeren Gespräch fähig gewesen, seine Redseligkeit war neu.

Prompt fuhr John lallend fort: »Wusstest du übrigens, dass die Lenksäule beim Käfer ein Teufelszeug ist? Ich bin dafür, dass das Volkswagen-Werk in Braunschweig enteignet wird. Jawohl. Beschlagnahmt haben wir die Fabrik ja längst. Der Käfer ist eine typische Erfindung der Nazis und gehört nicht wieder aufs Band. Irgendwann kriegen sie uns eben doch ran. Wenn ich Pech habe, kann ich zwar eines Tages wider Erwarten laufen, aber die wirklich wichtigen Dinge funktionieren trotzdem nicht, weil ich von der Teleskopstange durchbohrt wurde. Soll übrigens bei Unfällen mit diesem Fahrzeug nicht ungewöhnlich sein.« Er kicherte verschlagen. »Ein Auto zur

Geburtenkontrolle, so etwas können sich wirklich nur Nazis ausdenken.«

»Deine Stimmbänder funktionieren jedenfalls einwandfrei«, stellte Charles lakonisch fest.

»Das liegt an dem Zeug, das die mir hier einflößen. Ich rede sonst den ganzen Tag nicht. Schweige, als wäre ich längst im Grab. Stimmt's, Sir?«

Ein Röcheln antwortete.

Charles wusste, dass Stimmungsschwankungen ein Ausdruck des Rauschgifts waren. Deshalb wunderte er sich nicht, als John plötzlich sehr ernst einwarf: »Hast du in Erfahrung bringen können, was mit Lili ist?« Es war die Frage, die Charles am meisten fürchtete.

»Nein«, log er. Er stützte sich mit den Händen auf dem Fußteil des Bettes ab und beugte sich vor, als könne er sich so der Konzentration seines fast bewegungslosen Freundes versichern. Außerdem war er John auf diese Weise näher, der andere konnte ihn schlichtweg besser sehen. »Bist du in der Lage, mir zuzuhören?«

»Hm.«

Charles räusperte sich. »Vergiss diese Frau. In London wartet die bezauberndste Lady der Fleet Street auf dich. Alles andere ist nicht so wichtig.«

»Wo ist sie?«, kam es dumpf aus den Tiefen des Bettzeugs. »Auf dem Friedhof?«

»Nein«, erwiderte Charles. »Das nicht.«

John ballte die Hand zur Faust und hieb damit erstaunlich kräftig auf die Matratze. Im nächsten Moment stöhnte er unter den Schmerzen auf, die er sich durch die Erschütterung selbst zugefügt hatte.

»Es ist alles schwer genug«, keuchte er. »Aber wenn ich sie totgefahren hätte, könnte ich nicht mehr weitermachen.«

Wie groß mochte die Schuld sein, die sein Freund auf sich geladen hatte? Charles wusste aus dem Polizeibericht, dass John zu schnell und unachtsam unterwegs gewesen war, eine Vollbremsung auf der vereisten Autobahn hatte zur Katastrophe geführt. Er hatte es jedoch geschafft, das entgegenkommende Fahrzeug nicht einmal zu touchieren. Außer John und Lili war niemand verletzt worden. Die unbeteiligten Verkehrsteilnehmer hatten sogar schnell Hilfe holen können, was durchaus Leben rettete. Auch das von Lili Paal. Als deutsche Zivilistin war sie natürlich nicht in das britische Lazarett eingeliefert worden, sie wurde vermutlich auch nicht so gut behandelt wie ein Offizier des Königs. Aber sie lebte. Damit sollte es doch nun einmal gut sein. Inzwischen vermutete Charles jedoch, dass irgendetwas zwischen den beiden vor dem Unglück vorgefallen war. Er jedenfalls fand Johns Sorge um die Frau nicht ganz selbstverständlich. Und dass Jonathan Fontaine darum gebeten hatte, Charles möge sich des Wohls von Johns Beifahrerin annehmen, machte den Unfall noch rätselhafter.

»Sie lebt«, versicherte Charles, den der Krankenbesuch zunehmend bedrückte. »Du brauchst dir keine Sorgen zu machen und kannst dich ganz darauf konzentrieren, wieder gesund zu werden.«

»Gesund!«, schnaubte John, diesmal ärgerlich. »Was man eben so darunter versteht, nicht wahr?«

»Ach, komm, alter Junge, wirf die Flinte nicht ins Korn«, widersprach Charles, um Leutseligkeit bemüht. »Wenn du erst transportfähig bist und nach London geflogen werden kannst, wird dich Catherine Lancaster mit Hingabe pflegen, bis du wieder in Ordnung bist, dessen bin ich mir sicher. Sie war schon auf der Universität vernarrt in dich. Ihr werdet das wunderbarste Ehepaar sein, das man sich vorstellen kann. Ich bin schon jetzt neidisch, wenn ich nur daran denke, als Trauzeuge an deiner Seite zu stehen.«

»Ich habe nicht die Absicht, im Rollstuhl zu heiraten, wenn überhaupt.« Mit einem Mal klang Johns Stimme ganz klar. »Genau genommen habe ich schon seit einer Weile vor, Catherine freizugeben. Ich wollte es ihr nur nicht ausgerechnet vor Weihnachten schreiben.«

Dann kam der Unfall, fuhr es Charles durch den Kopf. Deshalb weiß Catherine von nichts.

Die Gelegenheiten, bei denen er John im eher privaten Umfeld in Hamburg gesehen hatte, zogen vor seinem inneren Auge vorbei wie Sequenzen in einem Spielfilm. Als er ihn bei seiner Ankunft am Hauptbahnhof abgeholt hatte, wirkte John ziemlich gelöst, ein britischer Offizier wie von einem Werbebild der Armee: attraktiv, souverän, charmant. Und mit dieser Lili Paal im Schlepptau. Später fiel Charles auf, dass John zwar ein guter Gesellschafter bei allen Clubbesuchen war, er hatte auch seinen Spaß mit den Marinehelferinnen, mit denen Charles ständig flirtete, aber für John gab es Grenzen, die sein Freund gern überschritt. Wozu war der Frieden da, wenn nicht, um über die Stränge zu schlagen? Charles hatte geglaubt, Johns Zurückhaltung läge an Catherine, aber offenbar war das ein Irrtum.

Er beugte sich noch etwas weiter vor, sah John in die glasigen Augen. »Liebst du sie? Ich meine, liebst du diese Deutsche?«

»Genau das werde ich nun nie mehr herausfinden können.«

Charles wartete, dass John noch etwas sagte, doch sein Freund blieb stumm. Als habe ihn das viele Reden angestrengt. Charles zögerte, überlegte sich Banalitäten, mit denen er John aufheitern könnte. Vielleicht eine Pointe über das Wetter, obwohl der Frost gar nicht lustig war. Aber einem Engländer fällt immer etwas zum Wetter ein, dachte er. Gleichzeitig fragte er sich, ob er John in seinem Morphinrausch überhaupt erreichte. Womit auch immer. Ob mit dem Wetter oder einem anderen Thema. Wahrscheinlich würde er im Stadium der Nüchternheit sogar vergessen haben, dass Charles überhaupt an seinem Bett gestanden hatte.

Der überlegte sich gerade eine launige Bemerkung. Doch da sah er, dass Johns Wangen feucht waren.

Sein Freund weinte.

Verlegen blickte Charles zum Fenster.

Wenig später verließ er das Krankenzimmer. In ein paar Tagen würde er wiederkommen und bis dahin hoffen, dass sich John gefangen und sich diese Deutsche aus dem Kopf geschlagen hatte. Er war fest entschlossen, dem Patienten bei seinem nächsten Besuch mindestens eine Flasche Gin mitzubringen, wenn nicht gleich zwei. Charles war sicher, dass sogar der Arzt es begrüßen würde. Immerhin sparte der auf diese Weise mindestens eine Gabe Morphium ein.

Vielleicht konnte er ihm aber auch etwas noch Wirksameres mitbringen. Ein Gedanke blitzte in Charles' Kopf auf und vervollständigte sich zu einem Feuerwerk. Catherine Lancaster war Journalistin. Mit einer entsprechenden Akkreditierung hatte sie die Möglichkeit, nach Deutschland zu fahren. Im vergangenen Jahr schienen Heerscharen an Journalisten aus aller Welt durch das Land gereist zu sein, um über ein geschlagenes und gedemütigtes, vormals brutal und hochmütig agierendes Volk zu berichten. Die Ströme der Reporter rissen nicht ab. Wenn sich Catherine in diese einreihte, würde sie John aufrichten und nach Hause begleiten können. Dass sie eigentlich für ein Frauenjournal arbeitete, spielte für Charles keine Rolle. Die Lebensmittelknappheit einte deutsche und britische Hausfrauen, vielleicht wollten die ja Kochrezepte austauschen.

Im Geist schlug sich Charles auf die Schulter für seine vortreffliche Idee, Johns langjährige Freundin heimlich nach Hamburg zu holen. Dass sich John vor dem Unfall von ihr trennen wollte, machte nichts. Sie wusste es nicht – und er brauchte unbedingt liebevolle Unterstützung, sonst hatte Charles größte Bedenken für seine Genesung.

3

Seit die Schule wegen der herrschenden Kälte geschlossen war, gelang es Gesa, die Post in Empfang zu nehmen, bevor ihr Vater oder ihre Mutter kontrollieren konnten, an wen die eingehenden Briefe adressiert waren, oder alle erst einmal öffneten, bevor sie sie weitergaben. Gesa war sich nicht sicher, ob einer der beiden nicht längst die Antwort eines der jungen Kriegsgefangenen an sie konfisziert hatte. Gründe dafür fanden sich gewiss jede Menge. Und Respekt vor Gesas Post besaßen ihre Eltern sowieso nicht. Doch würde ihr unbekannter Brieffreund noch einmal schreiben, nachdem sie auf seinen ersten Brief nicht geantwortet hatte? Gesa wusste es nicht, aber sie hoffte, dass er Verständnis für die nicht immer zuverlässige Zustellung zeigte, auch auf die Gefahr hin, aufdringlich zu wirken. Vielleicht aber war noch keine Nachricht an sie angekommen, weil die Postwagen eingefroren waren und nichts ausliefern konnten.

Im ersten Moment erschien es ihr wie ein Wunder, als sie den Umschlag aus billigem Papier annahm, der eine französische Briefmarke – das barocke Porträt eines Herrn mit Perücke in zinnoberroter Zeichnung – nebst Stempel trug. Endlich. Die lang erwartete Antwort. Ein einsamer junger Mann schrieb ihr und hob sie damit in den Stand einer Erwachsenen. Sie besaß einen Freund. Gesa fühlte sich mit einem Mal sehr groß.

Auf leisen Sohlen lief sie den Korridor entlang in Richtung Gästezimmer. Ihre Mutter hantierte in der Küche und hörte nicht, wie sie vorbeihuschte. Dabei klopfte Gesas Herz so laut, dass sie meinte, Hilde müsse das Wummern unbedingt hören.

Doch ohne aufgehalten zu werden, erreichte sie den Raum, den ihre Großmutter bewohnte. Hier fühlte sie sich sicher, sicherer sogar als in ihrem eigenen Zimmer. Ihre Mutter kam schließlich so gut wie niemals herein.

Sophie lag im Bett, die Augen blicklos zur Decke gerichtet. Sie war bis zum Kinn zugedeckt, ihre Wangen wirkten über dem weißen Betttuch so rosig wie frische Sommeräpfel.

Oma hat Fieber, erkannte Gesa. Panik ergriff sie, aber dann sagte sie sich, dass heute der Tag war, an dem Doktor Caspari vorbeikommen wollte. Sie sollte sich keine allzu großen Sorgen machen, der Arzt würde wissen, was zu tun war. Aber die Patientin musste etwas trinken. Gesa steckte das Kuvert in ihre Jackentasche, griff nach dem Wasserglas auf dem Nachttisch und schob ihre andere Hand unter Sophies Kopf.

»Bitte trink etwas«, forderte sie Sophie auf.

Die schüttelte den Kopf, ihre Lider flatterten.

»Bitte«, insistierte Gesa.

Ein kleiner Schluck, noch einer, dann presste Sophie die Lippen aufeinander.

Später vielleicht, dachte Gesa. Mit dem Brief in der Tasche ließ sie sich nicht so leicht erschüttern. Ergeben stellte sie das Glas, in dem vielleicht nur ein Fingerbreit Flüssigkeit fehlte, zurück auf den Nachttisch.

»Stell dir vor, Oma«, hob sie an, während sie zärtlich über das erhitzte Gesicht strich, »ich habe Post bekommen. Ich werde dir den Brief nachher vorlesen, aber zuerst muss ich selbst nachsehen, was drinsteht.«

Gesa setzte sich in den Sessel am Fenster, in dem Sophie inzwischen nur noch höchst unregelmäßig ein paar Stunden verbrachte. Im Licht des fahlen Wintertags, das hereinfiel, riss sie das Kuvert auf. Sie hatte nicht erwartet, dass ihr Herz noch ein wenig schneller schlagen konnte, und holte tief Luft, bevor sie ein ordentlich gefaltetes Blatt Papier herauszog und zu lesen begann: *Liebe Lili …*

Verblüfft hob Gesa den Kopf. Wieso denn diese Anrede? Sie hatte den Brief an die Kriegsgefangenen doch mit ihrem eigenen Namen unterschrieben. Oder nicht? Hatte sie sich versehentlich wieder bei ihrer Tante bedient? Sie griff nach dem Umschlag, der ihr in den Schoß gefallen war.

Da erst bemerkte sie, dass das Schreiben nicht an *Fräulein Gesa Westphal*, sondern an *Frau Lili Paal bei Westphal* gerichtet war. Der Brief war gar nicht für sie. Irgendjemand hatte seine Zeilen in Frankreich an ihre Tante gerichtet.

Aber Lili war verschwunden.

In einer Mischung aus Enttäuschung, Neugier und Hoffnung überlegte Gesa, dass es am besten wäre, sie sähe nach, was der Unbekannte geschrieben hatte. Immerhin könnte der Inhalt einerseits Aufschluss über Lilis Aufenthaltsort geben. Andererseits hätte er seine Nachricht nicht an diese Adresse geschickt, wenn er wüsste, wo sich Lili befand. Egal, dachte Gesa, jetzt ist das Kuvert ohnehin offen, also kann ich den Brief auch lesen.

Liebe Lili,
Du weißt nicht, wie sehr mir Deine Zeilen geholfen haben. Nicht nur, dass ich schon lange auf ein Wort von Dir wartete. Selbstverständlich verstehe ich, dass Du viel zu tun hast, jetzt, wo wieder Filme in Deutschland hergestellt werden. Aber meine Situation war nicht besonders gut und meine Hoffnungslosigkeit groß. So ergeht es den meisten Kriegsgefangenen, nachdem bekannt wurde, dass die Amerikaner eine Repatriierung aus Frankreich fordern, der französische Staat das aber ablehnt. Wer in Großbritannien einsitzt, hat wohl mehr Glück und kommt früher nach Hause. Wenn diese Zei-

len von der französischen Zensur nicht geschwärzt wurden, hast Du viel erfahren, und ich kann mich glücklich schätzen für die Großzügigkeit, die mir hier zuteil wird.

Tatsächlich hat sich meine Lage deutlich verbessert. Deine beiden Briefe aus Hamburg haben mir enorm geholfen. Sie lesen sich wie eine Aufzeichnung Deiner Gedanken, als wären sie gar nicht für mich bestimmt. Du beschreibst darin ausführlich die Geschichte der Swingjugend und unsere Rolle dabei. Außerdem erwähnst Du den Tod Deines Vaters. Ich wusste nichts von den Umständen und kann Dir nur sagen, wie leid es mir tut. Aber diesen Ausführungen werde ich meine Freiheit verdanken. Auf Druck der USA gibt es hier plötzlich eine Bevorzugung von deutschen Soldaten, die politisch nicht belastet sind. Dein neuer Wohnort Hamburg verbessert meine Aussichten zudem, denn er untermauert letztlich das, was Du schreibst. Berlin wäre da wohl ein wenig schwieriger gewesen, zumal ich auch nie dort gelebt habe (Du wohntest ja nicht einmal im französischen Sektor).

Ich wurde einer Gruppe Kriegsgefangener zugeteilt, die als Erste nach Hause entlassen werden. Wie es aussieht, werde ich schon bald nach Hamburg abfahren dürfen. Ich kann es kaum abwarten – und gleichzeitig kaum glauben. Endlich kommt der Frieden auch zu mir.

Ich sende Dir eine Umarmung, Lili, und freue mich aus ganzem Herzen auf unser Wiedersehen. Lass uns von vorn anfangen. Wir haben bislang nur eine Ehe auf dem Papier führen können, ich warte ungeduldig darauf, Dich richtig kennenzulernen. Du bist das Beste, was mir in diesem Leben passiert ist.

Dein Ehemann Albert

Gesa starrte auf die steile Handschrift. Fragen schossen ihr durch den Kopf, Überlegungen, Schlussfolgerungen. Sie begriff, dass sie mit dem Absenden der Briefe ein gutes Werk getan hatte. Aber sie verstand nicht, warum Tante Lili das vergessen haben konnte. Das Schlimmste war, dass sich Albert Paal hoffnungsfroh auf den Weg nach Hamburg machte – und dass seine Frau nicht da war. Wie würde ihre Mutter reagieren, wenn er plötzlich vor der Tür stand? Wo sollte er wohnen? Was würde aus ihm, wenn Lili tatsächlich mit Captain Fontaine durchgebrannt war, wie Gesas Vater behauptete?

Ihre Blicke glitten zum Bett ihrer Oma. Wenn die ihr doch nur helfen, einen Rat geben könnte. Doch Sophie war bereits wieder weggedämmert.

4

Die Polizei kam zwei Tage später. Ein Beamter in Zivil und ein Uniformierter klingelten, die sich als Kriminalkommissar Michelsen und Polizeimeister Ohlenfürst vorstellten.

Hilde, die geöffnet hatte, schlug sich erschrocken die Hand vor den Mund. Sie wagte einen Blick über die Schulter des nur mittelgroßen Schupos auf die Treppe, dort befand sich jedoch sonst niemand. Kein Nachbar und – noch wichtiger – keiner von Peters üblichen Geschäftspartnern, die er *Gäste* nannte. Allerdings war ihr Mann nicht zu Hause, sie brauchte nicht zu befürchten, dass sein Schwarzmarkthandel aufflog. Das bedeutete aber auch, dass sie sich allein der Übermacht des Gesetzes stellen musste.

Sie setzte ein freundliches Lächeln auf, konnte aber nicht verhindern, dass ihre Stimme unnatürlich schrill klang: »Was kann ich für Sie tun, meine Herren?«

»Frau Westphal?«, fragte Kriminalkommissar Michelsen.

Sie nickte.

»Wir würden Sie gern sprechen.« Als sie nicht sofort reagierte, fügte er hinzu: »Es geht um Ihre Schwester, Frau Paal.«

»Meine Halbschwester«, erwiderte Hilde automatisch, bevor sie endlich zur Seite trat und die beiden Männer einließ.

Was hatte Lili angestellt, dass sich die Polizei hierherbemühte? War sie tot? Wer überbrachte heutzutage überhaupt derartige Nachrichten? Ein Kriminalkommissar? Hatte der nichts Wichtigeres zu tun? In Hildes Magen sammelten sich viele kleine Steine zu einem Klumpen. Sie wusste nicht, warum, aber ihr wurde übel.

Hin- und hergerissen zwischen ihrer Rolle als Gastgeberin, den Warnungen vor Fremden, die Peter ihr einbläute, dem plötzlichen Zittern ihrer Beine und dem Wunsch, sich hinzusetzen, stand Hilde unschlüssig im Flur vor den beiden Beamten. Der Kommissar war nicht mehr jung, wohl in dem Alter, in dem Robert Wartenberg gewesen wäre, nur dass dieser Mann den Volkssturm überlebt hatte. Aber da hörte der Vergleich auch schon auf: Michelsens Haar war schlecht geschnitten, seine Garderobe abgetragen, so wäre ihr Stiefvater nicht einmal in den schlimmsten Zeiten herumgelaufen. Der Uniformierte indes sah wenig besser aus, war nur etwas jünger, und eine lange Narbe verunzierte sein Gesicht. Verwundung im Einsatz, Kriegsverletzung oder die Folgen eines übergriffigen Lageraufsehers – Hilde schob diesen Gedanken rasch beiseite, sie wollte es nicht wissen.

Sie rieb ihre Hände. Aus Nervosität und weil ihr kalt war. Dann presste sie sie auf ihre grummelnde Mitte.

»Was kann ich für Sie tun?«, wiederholte sie.

Polizeimeister Ohlenfürst sah sich unschlüssig um, als erwarte er, dass er in ein Zimmer gebeten wurde. Da ihm Hilde diesen Gefallen nicht erwies, griff er in seine Rocktasche und zog ein kleines abgegriffenes Notizbuch heraus. »Stimmt es, dass Ihre Schwester ... äh ... Halbschwester ... seit kurz vor Weihnachten verschwunden ist?«

Hilde stieß ein bitteres Lachen aus. »O nein, so würde ich das nicht nennen. Lili hat sich aus dem Staub gemacht. Mein Mann meint, sie sei mit einem britischen Offizier durchgebrannt.« Sie biss sich auf die Unterlippe. Warum redete sie so viel? Und warum klang sie dabei wie ein verdammtes Waschweib? Wahrscheinlich lockerte der Ärger über Lili ihre Zunge. Es ging die Polizei jedoch nichts an, welche Gedanken sich Peter über Lilis Verfehlungen machte.

»Können wir Ihren Mann wohl sprechen?«, bat Kommissar Michelsen.

»Er ist nicht da«, stieß Hilde gepresst hervor. Ihr Stolz auf Peters gesellschaftliche Position flammte auf, und sie fügte hinzu:»Mein Gatte ist Direktor des Hotels Esplanade und um diese Uhrzeit natürlich bei der Arbeit.«

»Ach?« Kommissar Michelsen sah sie zweifelnd an.

»Oh«, machte sein Kollege.

Erstaunt blickte Hilde von einem zum anderen. Was sollte das denn? Glaubte man ihr etwa nicht?»Mein Gatte ist ein rechtschaffener Bürger, der sich noch niemals etwas hat zuschulden kommen lassen«, versicherte sie und gestand sich ein, dass sie mehr wünschte, Peter würde ihre Verteidigung hören, als dass die Beamten ihr glaubten.

»Gewiss hat Ihr Mann viel zu tun«, räumte Kommissar Michelsen ein.»Vielleicht müssen wir noch einmal mit ihm sprechen, aber in dieser Sache können Sie uns sicher am besten helfen, Frau Westphal.« Er legte eine Kunstpause ein, die Hilde verunsicherte, dann:»Hat sich Frau Paal bei Ihnen abgemeldet, bevor sie verschwand?«

Trotzig antwortete Hilde:»Wenn sich jemand einfach aus dem Staub macht, gibt er vorher nicht Bescheid, oder?«

»Haben Sie irgendwelche Hinweise, die Ihre Vermutung bestätigen?«

»Dieser Captain Fontaine von der *Film Section* hat sie abgeholt. Sie ist mit ihm fortgefahren und bis heute nicht zurückgekommen. Das ist doch sehr deutlich.« Um Zustimmung heischend blickte sie die beiden Besucher an.

Polizeimeister Ohlenfürst notierte sich etwas mit einem Bleistift, der nicht länger als sein kleiner Finger war.

»Frau Paal hatte also Gepäck dabei …«, begann Kommissar Michelsen, doch Hilde fiel ihm ins Wort:»Nein, nein, ihr altes

Zeug hat sie hier zurückgelassen. Sie ist mit ihrer Handtasche gegangen. Mehr hatte sie nicht dabei. Aber wozu auch? In England kann sie sich doch bestimmt alles neu kaufen, was sie braucht.«

Kommissar Michelsen sah sie eindringlich an. »Sie haben also keine Veranlassung anzunehmen, Frau Paal habe wieder nach Hause kommen wollen?«

»Ich kann sie verstehen«, gestand sie leise, und das entsprach tatsächlich der Wahrheit. »Mir wird auch oft alles zu viel. Unsere Mutter ist schwer krank, und ihre Pflege nimmt mir alle Kraft. Lili hat sich kurz gekümmert, aber sie ist eben kein so verantwortungsbewusster Mensch wie ich.«

»Wer wohnt alles in dieser Wohnung?«, fragte Polizeimeister Ohlenfürst, den Bleistift erwartungsvoll zwischen seinen Fingern drehend.

»Mein Gatte, unsere Tochter und meine Mutter. Bis vor Kurzem auch noch Lili. Aber das wissen Sie ja.«

»Und?«, forschte Kommissar Michelsen nach.

»Was meinen Sie?«

»Wer wohnt sonst noch hier?«

»Natürlich niemand«, antwortete Hilde entrüstet.

»Sie haben keine Einquartierung?«

»Ich kann Ihnen versichern, dass meine Mutter allein so viel Platz, Zeit und Kraft in Anspruch nimmt wie eine ganze Großfamilie.«

Polizeimeister Ohlenfürst notierte wieder etwas.

Hilde hatte das Gefühl, ihre Beine würden bald nachgeben. Ihre Knie zitterten, der Klumpen in ihrem Magen zog sie hinunter. Sie musste sich dringend ein wenig ausruhen. Der Besuch der Polizisten überforderte sie, den beiden Männern sachlich zu begegnen und Haltung zu bewahren kostete sie enorme Anstrengung. Irgendetwas lief hier falsch, das spürte sie genau, entweder bei den Fragen oder ihren Antworten, obwohl sie nicht die geringste Ahnung hatte, was sie anders machen sollte.

»Sie haben also keine Veranlassung anzunehmen, dass Frau Paal nicht mit Absicht ausgeblieben ist?« Die Stimme von Kommissar Michelsen klang plötzlich scharf.

»Was sollte denn sonst geschehen sein?«

Nach einem kurzen Blickwechsel zwischen den beiden Beamten erklärte der Polizeimeister: »In den Stadtteilen Hamm, Hammerbrook, Rothenburgsort und Eimsbüttel wurden auf Trümmergrundstücken mehrere Leichen gefunden, darunter zwei tote Frauen, deren Alter und Beschreibung auf Frau Paal passen. Beide waren Ende zwanzig, höchstens Anfang dreißig, bevor sie einem Gewaltverbrechen zum Opfer fielen, schlank, mittelblond, gepflegt. Vielleicht haben Sie darüber gelesen oder davon im Rundfunk gehört.«

Der Magenschmerz fuhr wie mit einem Messer durch Hildes Leib. Sie streckte die Hand aus, um sich an der Wand abzustützen. »Ja. Natürlich habe ich das mitbekommen. Hat die Polizei nicht für Informationen zu den Fällen fünftausend Reichsmark und eintausend Zigaretten Belohnung ausgesetzt?« Sie wusste das, weil sich Peter enorm aufgeregt hatte. Sowohl über die Morde als auch über die seiner Ansicht nach schlampige Polizeiarbeit und die Höhe der Gegenleistung für sachdienliche Hinweise. »Unter Hitler«, sagte er immer wieder, »unter Hitler gab es so etwas nicht.«

»Haben Sie sich denn niemals Gedanken darüber gemacht, dass es sich bei einer der Toten um ihre verschwundene Halbschwester handeln könnte?«

Die Frage von Kommissar Michelsen traf Hilde völlig unvorbereitet. Sie hatte die Morde tatsächlich nicht mit einer Frau aus ihrem engeren Umkreis in Verbindung gebracht, nicht einmal mit Lili. Die Fundorte befanden sich vor allem in den von dem Feuersturm im Sommer '43 zerstörten Arbeitergegenden, in die Hilde noch nie einen Fuß gesetzt hatte. Sie war sich sicher, das traf auf ihre Halbschwester ebenso zu.

»Nein«, sagte sie. »Wie kommen Sie nur darauf?« Und kaum hatte sie ihrer Verwunderung Ausdruck gegeben, fiel ihr endlich auf, was seit Beginn des Gesprächs nicht stimmte: »Herr Kommissar, woher wissen Sie, dass meine Halbschwester verschwunden ist?«

Michelsen nickte seinem Untergebenen zu, der daraufhin berichtete: »Auf der Polizeiwache im Stadthaus wurde eine Vermisstenanzeige aufgegeben. Wir konnten dem Herrn, der die Anzeige erstattete, keine großen Hoffnungen machen. Aber durch das Auffinden der Toten hat sich das geändert, wir müssen jedem Hinweis nachgehen. Die Frauen hatten nichts bei sich, sie waren vollständig entkleidet.«

Nackt, dachte Hilde entsetzt. Eine nackte Tote, den Körper allen Blicken zur Schau gestellt. Wie peinlich, wenn es sich dabei um Lili handeln würde. Dann begriff sie etwas, das der Schupo gesagt hatte. »Von wem erhielten Sie eine Vermisstenanzeige? Mein Gatte war nicht bei der Polizei.«

»Das ist uns leider bewusst, Frau Westphal«, bemerkte Kommissar Michelsen trocken.

Polizeimeister Ohlenfürst blätterte in seinem Notizbuch. »Die Anzeige wurde von einem Herrn Seifert aufgegeben. Hans Seifert. Er arbeitet im Kino am Jungfernstieg und behauptet, Frau Paal sei seine Chefin.« Er sah Hilde an. »Stimmt das etwa nicht?«

Hilde schnappte nach Luft. Der Klumpen tanzte in ihrem Magen.

Wie kam dieser einbeinige Idiot dazu, ihr die Polizei auf den Hals zu hetzen? Wahrscheinlich hatte er es nur auf die eintausend Zigaretten abgesehen. Leute wie der gehörten ins

Lager und für immer weggesperrt. Sie würde mit Peter darüber reden, und dem würde schon einfallen, wie sie diesen Denunzianten ein für alle Mal loswurden.

»Frau Westphal«, unterbrach Kommissar Michelsen ihre Gedanken, »kennen Sie Herrn Seifert?«

Sie schluckte die Galle hinunter, die bis in ihren Hals gestiegen war. »Ja. Ja. Ja. Das Kino gehört meiner Mutter, und er ist dort Vorführer. Aber nicht mehr lange, das kann ich Ihnen versichern.«

Die beiden Polizeibeamten schwiegen. Je länger die Stille dauerte, desto unsicherer wurde Hilde. Es war kaum auszuhalten. »Was wollen Sie denn noch von mir?«, brach es schließlich aus ihr heraus.

»Wir möchten Sie bitten«, erwiderte Kommissar Michelsen, »sich die Frauenleichen anzusehen. Wenn Ihre Halbschwester ermordet wurde, können Sie sie identifizieren.«

Im ersten Moment hielt sie sein Ansinnen für einen Scherz. Doch bevor sie in schallendes Gelächter ausbrechen konnte, packte sie die Wut. »Was fällt Ihnen ein, so etwas von mir zu verlangen?«, herrschte sie ihn an. »Ich denke nicht daran, irgendwelche ermordete, nackte Frauen in einem Leichenschauhaus anzustarren. Das ist unerhört. Bitte, gehen Sie!«

Kommissar Michelsen nickte seinem Kollegen zu. »Wir kommen noch einmal wieder. Am besten, wenn Ihr Mann zugegen ist.« Noch bevor er die Wohnung verlassen hatte, drückte er sich den Hut auf den Kopf, den er die ganze Zeit in der Hand gehalten hatte. Eine unhöfliche, respektlose Geste, die Hilde sehr wohl verstand.

Sie warf die Tür hinter den beiden Beamten ins Schloss.

Ihr Magen rebellierte, ihre Beine drohten, ihr den Dienst zu versagen. Sie schaffte es gerade noch unter größter Anstrengung ins Badezimmer, wo sie sich ins Waschbecken erbrach.

Reinbek bei Hamburg

Vor ihren Augen türmten sich Wolken zu einer milchig weißen Wand auf. Manchmal ließ ein Licht das Dickicht erstrahlen. Es war wie bei dichtem Nebel, der um ein Schiff waberte, das ein Leuchtturm in den sicheren Hafen leitete. Als Lili von diesem Vergleich getroffen wurde, erinnerte sie sich flüchtig an das Glück, das sie auf einem Boot im fahlen Schein einer Petroleumlampe erfahren hatte. Stärker und länger anhaltend war das Verlustgefühl, das sie kurz darauf ergriff. Ein Gedanke, den sie nicht greifen konnte, bereitete ihr schreckliche Angst. Sie begann, unruhig zu werden, ihre Atmung beschleunigte sich. Doch dann setzten die Schmerzen wieder ein und die Panik, weil es ihr vorkam, als ginge ihr die Luft aus und ihr Körper müsste zerbrechen. In diesem Moment wurde die Helligkeit zu ihrem Feind, und sie wünschte sich zurück in das ruhige Dunkel des Vergessens.

»Ruhig, ganz ruhig atmen, durch die Nase ein- und durch den Mund ausatmen«, drang eine Frauenstimme durch die Watte, mit der Lili glaubte, ihre Ohren verstopft zu haben. »Und nicht so viel bewegen, dann tut es weniger weh.«

Eine Hand legte sich auf ihren Kopf, der so brummte, als würde er gleich platzen. Aber im Grunde verspürte sie überall Schmerzen. Allein jeder Atemzug schien ihren Brustkorb explodieren zu lassen.

»John …« Es war nur ein Flüstern, das mit der Luft aus ihrem Mund wehte. Der Name kam über ihre trockenen aufgerissenen Lippen, ohne dass sie wusste, was er bedeutete. Aber sie fühlte, dass er wichtig war. Ihr Herz schlug schneller. Das tat es sonst meist nur, wenn sie sich zu drehen versuchte und meinte, es würde ein Hammer auf ihren Unterleib einschlagen und sich gleichzeitig ein Riese auf ihrem Brustkorb niederlassen.

Es war das erste Mal, dass sie sich an etwas anderes als ihren eigenen Vornamen erinnerte. Sie wusste, dass sie Lili hieß. Aber das war auch alles. Oder zumindest fast alles. Manchmal tauchten Bilder vor ihrem geistigen Auge auf, Szenen, die kurz aufflackerten, aber rasch wieder verschwanden. Ebenso wenig wie das Glück im Schein einer Petroleumlampe konnte sie die anderen Fragmente greifen, die sie gelegentlich heimsuchten. Überdeckt wurde das alles jedoch von den fast unerträglichen Schmerzen, gegen die es nur selten oder zumindest nur hin und wieder eine Linderung zu geben schien. Der Grund dafür erschloss sich Lili ebenso wenig wie der Sinn der Frage, warum sie sich an diesem Ort befand. Immerhin hatte sie begriffen, dass sie in einem Krankenhaus lag und von katholischen Nonnen betreut wurde, die sich in aufopfernder Güte um sie kümmerten. Jedenfalls kam es ihr so vor, als wären die Frauen im grauen Habit besonders freundlich zu ihr. Warum war das wohl so? Je länger sie über diese und all die anderen Fragen grübelte, desto mehr ließ ihre Geisteskraft nach. Als würde jemand ein Licht ausschalten, fiel sie in die Dunkelheit. Das war erst einmal kein angenehmes Gefühl, denn sie sank ungebremst wie in einem Fahrstuhlschacht hinab. Doch dann glitt sie in einen alles verschleiernden, ihr die Schmerzen nehmenden erlösenden Schlaf.

»Sie haben Besuch.« Die sanfte Frauenstimme holte Lili in das neblige Licht.

»Ist die Patientin die Frau, nach der Sie suchen, Captain?«, fragte ein Mann, dessen Ton Lili seltsamerweise einordnen konnte. Sie erinnerte sich an nichts, was sich außerhalb des Schlafsaals befand, in dem sie lag. Aber sie war sich ganz sicher, dass diese Stimme zu einem Arzt gehörte, der sie behandelte.

»Ja«, kam die steife Antwort. »Ja. Das ist Lili Paal, geborene Wartenberg.«

Sie hörte den Namen und ließ ihn nachklingen. Er bedeutete keine Überraschung. Der zweite Mann, der sie so bezeichnet hatte, hatte recht. So hieß sie. Lili Wartenberg. Das stimmte. Warum, wusste sie nicht, aber es stimmte. Lili Paal klang komisch, aber irgendetwas daran war ebenso richtig.

Lili Wartenberg. Eigentlich ein schöner Name.

Lili Paal. Auch nicht schlecht.

Sie sagte sich die Namen im Stillen immer wieder vor in der Hoffnung, es würde sich eine weitere Erinnerung einstellen. Doch da war nichts.

»Als sie hier eingeliefert wurde, befanden sich in ihrer Handtasche zwar Lebensmittelmarken, die in Hamburg ausgestellt worden sind, aber keine weiteren Papiere«, sagte die Krankenschwester. »Das ist natürlich seltsam, deshalb dachten wir schon, die Lebensmittelmarken wären gefälscht oder gestohlen. Aber letztlich ist das gleichgültig, nicht wahr? Die medizinische Hilfe für jeden, der sie braucht, ist unsere oberste Pflicht. Und diese Frau braucht sie in ganz besonderem Maße.«

»Soviel ich weiß, hatte sie einen schweren Autounfall.«

»Es ist ein Wunder, dass sie mit ihrer Lungenquetschung überlebt hat«, erwiderte der Arzt. »Außerdem hat sie durch den Beckenbruch sehr viel Blut verloren. Da spielen die Rippenbrüche, die Schulterfraktur und die Gehirnerschütterung kaum noch eine Rolle.«

»Wird sie wieder genesen?«

»Mit ein bisschen Glück hat sie das Infektionsrisiko überstanden. Ohne die ausreichende Gabe von Sulfonamiden oder gar Penicillin kann man da aber nie ganz sicher sein. Dann sind da noch der Schock und die Schmerzen, die wir nur notdürftig behandeln können, weil es an den notwendigen Medikamenten fehlt. Aber wenn es keinen Rückschlag in der Heilung gibt, vor allem etwa durch eine Lungenentzündung, stehen ihre Chancen gut.« Der Arzt sprach recht emotionslos, doch die Dringlichkeit seiner Worte erreichte sogar Lili.

Ihr war schon öfter gesagt worden, was ihr fehlte. Auch der Hinweis auf einen Autounfall war nicht neu. Da sie sich jedoch an nichts erinnern konnte, letztlich nicht einmal an die einzelnen Funktionen ihres Körpers, hatte sie bislang alles widerspruchslos hingenommen. Im Grunde war ihr auch egal, woran es lag, dass ihr jede Bewegung wehtat, sie kaum Luft bekam und ihr Brustkorb bei jedem Atemzug schmerzte. Sie dachte nicht gern über ihre Verletzungen nach, denn dann musste sie sich ihrem Vergessen stellen. Irgendetwas sagte ihr, dass das Erinnern noch schlimmer werden würde. Aber dann dachte sie, dass sie doch wissen musste, was geschehen war. Und ihre Gedanken drehten sich wieder im Kreis, bis sie die Kraft dafür verlor.

Bevor sie wieder in die Dunkelheit versank, hörte sie den Mann, der als *Captain* angesprochen worden war, sagen: »Ich werde dafür sorgen, dass Sie Medikamente erhalten, Herr Doktor. Am Geld soll es nicht liegen. Ich habe einen großzügigen Scheck für Frau Paal aus London erhalten. Ich weiß zwar trotzdem nicht, ob ich beschaffen kann, was Sie benötigen, aber ich tue mein Bestes.«

Lili erinnerte sich, dass London in England lag. Und daran, dass sie dort keinen Menschen kannte. Sie wollte dem *Captain* sagen, dass es sich um einen Irrtum handeln musste. Wahrscheinlich war sie doch nicht *Lili Wartenberg* oder *Paal*. Eine

Verwechslung. Sie musste es ihm sagen. Und dem Arzt und der Krankenschwester musste sie auch mitteilen, dass sie einem Missverständnis zum Opfer fielen.

Hektisch schnappte sie nach Luft. Dabei bewegte sie sich. Im selben Moment durchschnitten höllische Schmerzen ihren Leib. Sie konnte nicht anders – sie schrie. Doch je kräftiger sie ihre Lunge füllte, desto schlimmer wurde es. Und genau deshalb konnte sie nicht aufhören.

Bis sie ohnmächtig wurde.

Hamburg

1

Jedes Mal, wenn die Temperaturen nur um wenige Minusgrade anstiegen und die Hoffnung nährten, dass es endlich etwas wärmer würde, fiel das Thermometer anschließend umso tiefer. Seit Wochen gehörten minus zwanzig Grad zum Alltag. Auf Anraten der Hausmeisterin hatte Hilde alle Wasserhähne offen gelassen, damit die Leitungen nicht einfroren. Ihr Mann stöhnte zwar über den Wasserverbrauch, aber er sah ein, dass sie sonst vermutlich kaum noch Trinkwasser erhalten würden. Letztlich handhabten es wohl fast alle Bewohner der Hansestadt so, die Folgen waren unabsehbar. Immerhin floss das Wasser noch. Von der Stromversorgung konnte man das zu Peters Ärger nicht behaupten.

Cafés, Kinos und Theater mussten um siebzehn Uhr schließen, die Wohnungen in jedem Stadtteil wurden abwechselnd zweimal die Woche vom Netz abgeschnitten, der Verkehr der Hochbahn wurde komplett eingestellt, die Straßenbahnen fuhren nur noch, wenn überhaupt, am frühen Morgen und am späten Nachmittag, Ladengeschäfte durften nur bis fünfzehn Uhr geöffnet haben, Büros zwei Stunden länger. Was für den Strom galt, betraf auch die Gaslieferungen an Privathaushalte. Die waren so gering, dass es Hilde nicht jeden Tag möglich war, eine warme Mahlzeit zu kochen. Immer öfter sah sie sich gezwungen, das Essen für Peter im Gästezimmer auf der

Brennhexe zuzubereiten, die im Gegensatz zu ihrem Küchenherd mit Holz beheizt wurde. Aber es fehlte auch an diesem Brennmaterial, und Peters Schwarzmarkthandel verkümmerte, weil es nichts mehr zu schachern gab.

»Ich dachte, der Tommy wollte uns zeigen, was Demokratie ist. Schönes System, das die Bevölkerung hungern und frieren lässt«, murrte Peter grimmig. »Unter Hitler gab es das alles nicht.«

Hilde deutete auf die offene Küchentür. »Sei bitte still, das Kind hört dich.«

Es war nicht das erste Mal, dass sie Widerworte fand. Die Not, die nun auch in ihrem Haushalt Einzug gehalten hatte, ließ sie mutiger werden. Außerdem war da die Furcht vor einem erneuten Besuch durch die Polizei.

Bisher war niemand mehr gekommen und hatte nach Lili gefragt, aber Hilde fühlte, dass die nächste Befragung nicht so friedlich enden würde. Aus irgendeinem Grund machten ihr die seltsamen Reaktionen auf Peters Beschäftigung im Hotel Esplanade Sorgen. Sie war seit Kriegsende nicht mehr dort gewesen, weil sie ihrem Mann nicht das Gefühl geben wollte, ihm nachzuspionieren. Außerdem hatte sie in der Nähe nichts zu tun, zum Kino am Jungfernstieg nahm sie in der Regel einen Weg, der nicht direkt am Hotel vorbeiführte. Aber auch in dem Filmtheater war sie schon eine Weile nicht mehr gewesen. Gesa erzählte, dass es inzwischen ganz gut besucht wurde, trotz der geringen Zuteilung an Kohlen war es im Kinosaal wohl wärmer als in den Wohnungen der meisten Zuschauer. Seit Peter seine Pläne bezüglich des Lichtspielhauses zurückstellen musste, hörte sie ihrer Tochter in dieser Sache nur noch mit halbem Ohr zu. Vielleicht geriet sie deshalb zu Peter in Opposition. Sie war enttäuscht, weil er sein Versprechen gebrochen und ihr das Kino nun doch nicht geschenkt hatte.

Ohne ihn weiter zu beachten, schichtete sie auf eine Porzellanplatte die Würste, die sie vorhin einkochen konnte, als für kurze Zeit ausreichend Gas durch die Leitungen ihres Herds floss. Das Wetter machte es wenigstens möglich, auf den Kühlschrank zu verzichten. Dabei war Hilde auf ihr neumodisches Gerät immer so stolz gewesen. Doch es benötigte Elektrizität, und auf dem Fensterbrett gab es genug Eis.

Peter, der sich sonst fast nie in der Küche bei ihr aufhielt, trat hinter sie. »Was machst du da?«

»Das sind drei verschiedene Brotaufstriche, die ich selbst hergestellt und in Wurstdarm gepresst habe. Das hier ist Wurst aus Bucheckern, die andere ist aus einer Masse aus Zwiebeln, Paniermehl und ein paar Gewürzen und schmeckt wie Leberwurst, und die hier ist aus Zwiebeln, Brotkanten und Maggie.«

Atemlos wandte sie sich zu Peter um. Es kam nicht oft vor, dass er ihre Kochkünste lobte. Das verstand sie, weil er natürlich das Essen in einem hervorragenden Hotelrestaurant gewohnt war. Aber in diesem Moment war sie mächtig stolz auf ihre Qualitäten als Hausfrau.

»Echte Leberwurst wäre mir lieber«, versetzte er, ebenso wenig begeistert über das Nahrungsangebot wie über ihre Kochkünste.

»Mir auch«, gab sie pampig zurück.

Stumm sahen sich die Eheleute an.

Warum besorgst du keine Feinkost?, wollte Hilde ihren Mann fragen. Es ist deine Aufgabe als Haushaltsvorstand, dich darum zu kümmern, dass wir ausreichend zu essen haben. Aber sie sagte nichts davon, sondern begegnete nur trotzig seinem Blick.

In diesem Moment klingelte das Telefon.

Peter wandte sich von ihr ab und trat in die Küchentür.

»Gesa«, brüllte er in den Flur, »geh doch mal ran. Deine Mutter hat keine Zeit.«

Der Apparat hing keine zwei Meter von ihm entfernt an der Wand und schrillte unablässig.

Hilde stöhnte leise auf. Während sie sich die Hände an ihrer Küchenschürze abwischte, marschierte sie an ihrem Mann vorbei. Aus den Augenwinkeln sah sie, wie Gesa aus ihrem Zimmer stürmte, doch Hilde erreichte den Hörer zuerst.

»Westphal«, meldete sie sich.

»Hier ist Schwester Martina vom St.-Adolf-Stift in Reinbek«, sagte eine Frauenstimme am anderen Ende der Leitung. »Spreche ich mit Frau Hilde Westphal?«

»Ja?!«

»Ich gehöre dem Orden der Grauen Schwestern von der heiligen Elisabeth an. Wir sind die Pflegerinnen hier im Krankenhaus.«

Hilde fühlte Peters neugierigen Blick auf sich. Sie drehte sich von ihm weg und rief ins Telefon, verärgert über die Störung: »Wir spenden nichts.«

»Darum geht es nicht. Entschuldigung, dass Sie mich falsch verstanden haben. Ich rufe Sie an, weil Frau Lili Paal bei uns auf Station liegt.«

Ihre Hand begann zu zittern, ihre Stimme drohte zu brechen. »Was heißt das?«

»Schon vor Wochen wurde Frau Paal nach einem Autounfall bei uns eingeliefert. Wir konnten Sie jedoch nicht verständigen, weil wir anfangs ihren Namen nicht kannten. Aber inzwischen haben wir Ihre Adresse und Telefonnummer erfahren. Deshalb kann ich Ihnen endlich Bescheid geben. Sie haben sich bestimmt schon große Sorgen gemacht.«

»Ja. Natürlich. Ja.« Die Worte drangen aus ihrer Kehle, und sie wusste nicht einmal, dass sie sie aussprach. Die Informationen kamen wohl bei ihr an, aber sie brauchte eine Weile, um sie einzuordnen.

Fassungslos hörte Hilde an, was die Nonne berichtete. Sie besaß keine besonders hohe Meinung von Ordensschwestern, aber ihr war bekannt, dass es gute Krankenpflegerinnen waren. »Frau Paal war sehr schwer verletzt, wir haben lange mit dem Schlimmsten rechnen müssen. Glücklicherweise befindet sie sich aber langsam auf dem Weg der Besserung.« Ein kleines Lächeln schwang in der Stimme der Anruferin mit, als sie hinzufügte: »Sie erinnert sich inzwischen sogar wieder an ihren Namen.«

»Lili wusste nicht mehr, wie sie heißt?«, fragte Hilde verwundert und kam sich dabei seltsam dumm vor. Sie war vollkommen durcheinander.

»Gibt es Neuigkeiten von Tante Lili?« Gesa war ganz atemlos vor Aufregung.

Doch Hilde winkte ab.

»Ein schweres Unglück kann alle Erinnerungen auslöschen, Frau Westphal«, sagte Schwester Martina, »das ist nicht ungewöhnlich. Was genau geschehen ist, kann sie uns noch immer nicht sagen. Auch das passiert vielen Unfallopfern. Das Gedächtnis blendet die schrecklichsten Momente einfach aus.«

»Ja. Ja, danke.« Mehr fiel Hilde zu den Ausführungen nicht ein. »Haben Sie vielen Dank.«

»Falls ein Zug fährt und Sie Ihre Angehörige besuchen möchten, sie liegt im St.-Adolf-Stift in Reinbek.«

»Das sagten Sie bereits. Vielen Dank«, wiederholte Hilde.

Offenbar wartete die Ordensschwester auf eine weitere Reaktion. Doch als Hilde stumm blieb, sagte sie: »Alles Gute für Sie und Ihre Familie, Frau Westphal. Auf Wiederhören.«

Entgeistert starrte Hilde auf den Telefonhörer in ihrer Hand. Ein Tuten verriet ihr, dass das Gespräch von der anderen Seite beendet worden war. Aber im Grunde nahm sie das gar nicht wahr. Ihre Gedanken kreisten um das, was sie eben erfahren hatte.

»Mutti, was ist los?«, drängte Gesa. »Was ist mit Tante Lili?« Ohne den Handapparat aufzulegen, murmelte Hilde geistesabwesend: »Lili hatte einen Autounfall. Anscheinend schon vor Wochen. Und seitdem liegt sie in einem Krankenhaus, das von Ordensschwestern geführt wird. Sie war sehr schwer verletzt und hatte ihr Gedächtnis verloren.«

»Lili hatte ihr Gedächtnis verloren?« Peter schüttelte angewidert den Kopf. »Wo gibt es denn so etwas. Das ist wieder einmal der übliche Humbug, den deine Halbschwester sich einfallen lässt, um sich aus der Affäre zu ziehen. Wahrscheinlich war sie nur zu faul, sich bei uns zu melden.«

»So klang es nicht«, widersprach Hilde leise.

Mit zwei Schritten stand Peter neben ihr, nahm ihr den Hörer ab und legte auf. »Nicht, dass wir jetzt auch noch die Kosten für das Gespräch bezahlen müssen«, sagte er dabei.

Als wäre er über seine eigenen Worte erstaunt, sah er auf. Mit erhobenem Zeigefinger bemerkte er: »Apropos Kosten. Wer bezahlt für Lilis Krankenhausaufenthalt? Ist sie überhaupt sozialversichert? Wahrscheinlich bist du nur angerufen worden, weil die Nonnen jemanden suchen, der ihre Rechnungen begleicht. Aber das werde ich so ohne Weiteres nicht tun.«

»Was fehlt Tante Lili?«, warf Gesa ein.

Hilde sah ihre Tochter überrascht an. »Ich weiß es nicht. Das habe ich vergessen zu fragen.«

»Natürlich hast du dich nicht nach dem Wichtigsten erkundigt«, schimpfte Peter. »Die Rechnungen bezahlen wollen, aber nicht wissen, wofür. Das sieht dir ähnlich.«

Ein Klappern, dicht gefolgt von einem Poltern ließ die drei aufmerken.

Hilde fuhr zu dem ungewöhnlichen Geräusch herum. Entsetzen packte sie, als sie ihre Mutter auf der Schwelle zum Gästezimmer sah. Offenbar war Sophie aus eigener Kraft aufgestanden, hatte sich auf den Flur geschleppt und war zusammengebrochen.

Wie dumm, dachte Hilde im ersten Moment.

Und dann wusste sie nur noch, dass sie helfen musste.

»Gesa, ruf Doktor Fegebank…«, Hilde unterbrach sich, korrigierte: »Ruf Doktor Caspari. Er muss so schnell wie möglich kommen.«

Sie lief an ihrem Mann vorbei, der mit offenem Mund an der Küchentür lehnte. Als sie sie erreichte, kniete sie neben ihrer Mutter nieder. Doch Sophie rührte sich nicht mehr.

2

»Die Leute sterben wie die Fliegen«, sagte Wolfgang Caspari bekümmert. »Sie erfrieren, sterben an Lungenentzündung oder Schwindsucht, an Herzinfarkten oder Schlaganfällen, verursacht durch die Mangelernährung und die Kältewelle. Das Gesundheitsamt hat errechnet, dass die Zahl der Toten in diesem Winter fast doppelt so hoch ist wie die der Geburten. Es sind über fünftausend Menschen. Und auf den Friedhöfen ist der Boden so hart gefroren, dass er für die Gräber aufgesprengt werden muss.«

»Könntest du bitte ein freundlicheres Thema anschneiden?« Leon Caspari hob seinen Kopf von dem Volksempfänger auf dem Küchenbuffet, auf dem er die Frequenz des Nordwestdeutschen Rundfunks einzustellen versuchte.

Er hatte sich bei seinem Bruder eingefunden, weil der im Haus seines Onkels größer wohnte als er in einem kleinen Zimmer zur Untermiete. Außerdem war die Zuteilung für den Arzthaushalt etwas besser, sodass er hier angenehmer dem Hörspiel folgen konnte, das um zwanzig Uhr gesendet wurde. *Draußen vor der Tür* des Kriegsheimkehrers Wolfgang Borchert versprach ein großartiges Erlebnis zu werden. Vor allem, da Bettina Unger die Frauenrolle sprach. Sie hatte Leon erzählt, dass das Stück die Gedanken von ihnen allen einfing. Mehr noch als sein Film. Diesen Kommentar hatte er ihr nachgesehen, er war aber auch neugierig geworden.

»Eine Patientin von mir ist gestern verstorben«, erwiderte Wolfgang, während er sich die Hände über dem Feuer der Brennhexe wärmte, die er zum Kochen benutzte, wenn das

Gas abgestellt war. »Sie hätte nicht sterben müssen, weißt du, das ist das Schlimme.«

»Was heißt das schon? Ist das die Logik eines Arztes? Jeder *muss* irgendwann sterben. Du hast mir doch eben selbst aufgezählt, dass die Leute in Massen krepieren.«

»Stimmt. Aber diese Frau ist an keiner Krankheit gestorben, sondern an ihrer verwundeten Seele. Na ja, am Ende bekam sie eine Lungenentzündung, aber das Herzeleid hatte sie schon vorher.«

»Wer in unserer Generation hat keine verwundete Seele?«

»Meine Patientin hinterließ einen ziemlichen Schlamassel.« Wolfgang hatte mit einem Mal das Gefühl, dass er mehr erzählen, dass er sich aussprechen wollte. Gerade diese Geschichte musste er mit seinem Bruder teilen, denn sie ging auch ihn etwas an.

Er hatte sich verleiten lassen, in die Familiengeheimnisse der Wartenbergs einzutauchen – und stand vor der Wahl, ob er die Wahrheit preisgeben oder verschweigen sollte. In jedem Fall würde er Schicksal spielen. Letzteres tat er freilich nicht ungern. Er genoss seine Überlegenheit, wenn er durch seine Arbeit Menschenleben rettete – oder zerstörte. Der eine oder andere hochrangige Parteigenosse hatte eine OP nicht überlebt, wenn Wolfgang Notdienst in der Charité hatte. Eine Unachtsamkeit bei der Narkose reichte meistens schon aus. Er war überzeugt gewesen, die Welt auf diese Weise von einem Übeltäter zu befreien, ein bisschen retten zu können. Inzwischen waren Gerichtsverfahren gegen die Verbrecher eröffnet worden, von denen seinerzeit niemand ahnen konnte, aber viele Nazis wurden trotzdem nicht belangt, weil sie untergetaucht waren, oder durften auf mildere Strafen hoffen. Doch Wolfgang stand nicht mehr im OP. Und er war sich auch nicht sicher, ob er heute noch genauso handeln würde wie damals in Berlin.

»Überlasse es den Erben, mit dem Schlamassel zurechtzukommen«, riet Leon pragmatisch und wandte sich wieder dem Rundfunkgerät zu. »Solange du für deine Dienstleistung bezahlt wirst, gehen dich die finanziellen Angelegenheiten deiner Patienten nichts an.«

»Ich sollte dich als Buchhalter engagieren.«

»Nichts läge mir ferner«, gab Leon lächelnd zurück. »Die Dreharbeiten sind anstrengend, aber es bereitet einen enormen Spaß, fast so arbeiten zu dürfen, wie es mir gefällt. Es kommt mir manchmal vor, als würde uns alle die Hoffnung auf die beste Zeit unseres Lebens schweben lassen. Das ist großartig.«

»Ich kann mich sehr gut daran erinnern, dass du von *der besten Zeit deines Lebens* gesprochen hast, als es mit Thea von Middendorff romantisch wurde.«

Leons Lächeln erlosch. Er fuhr sich mit der Hand durch das dichte dunkle Haar. »Meine Güte, Wolfgang, sie war ein Star. Sie war eine reife Frau. Welcher unerfahrene junge Mann wäre diesen Attributen nicht erlegen? Außerdem besaß sie ziemlich viel Charme und Humor.«

»Und sie besaß einen Ehemann.«

»Erinnere mich bitte nicht daran.«

»Heute ist es egal, aber damals hättest du an Manfred von Middendorff denken sollen.«

In einer theatralischen Geste schlug sich Leon die Hände vor das Gesicht. »Ich will nichts davon hören. Dieser Mann hätte beinahe mein Leben ruiniert.«

»Du tust ihm Unrecht. Meiner Ansicht nach hätte seine Frau beinahe dein Leben zerstört«, versetzte Wolfgang. »Den Anfang hat Thea von Middendorff gemacht, als du ihr Liebhaber wurdest.«

Darauf schwieg Leon, die Hände bedeckten seine Augen. Nach einer Weile ließ er seine Arme sinken und holte tief Luft.

»Warum reden wir eigentlich über diese alten Geschichten? Wen interessiert das noch?«

»Tut mir leid«, antwortete Wolfgang. Er bückte sich nach dem Rumverschnitt, den ihm ein Patient als Honorar überlassen hatte. Während er die Flasche aufschraubte, berichtete er: »Mir ist das alles so präsent, weil meine gestern verstorbene Patientin mit den von Middendorffs befreundet war.«

Leon drehte an dem Suchlauf des Volksempfängers. Plötzlich erfüllte die rauchige Stimme von Evelyn Künneke den Raum: »Der Mond sprach zur Sonne, ich lieb' dich, sag, Sonne, liebst du mich denn auch ...?«, sang sie, und ein swingendes Geigensolo schloss sich der Textzeile an. »Ich glaube, ich habe den richtigen Sender gefunden«, verkündete der Regisseur.

»Willst du nicht wissen, was es mit dieser Geschichte zwischen meiner Patientin und den von Middendorffs auf sich hat?«

»Nein«, antwortete Leon prompt.

»Ich erzähl's dir trotzdem.« Nachdem sein Bruder ordentlich Rum in zwei Becher gegossen hatte, nahm er den Kessel vom Herd und füllte die Gefäße auf. »Die Dame sorgte dafür, dass ich einen Stapel Briefe fand. Sie wollte mir die Briefe unbedingt zur Aufbewahrung geben, und ich kann sie verstehen, bei ihrer Familie hätte ich kaum anders gehandelt.« Er stellte die Getränke auf den Küchentisch, begab sich auf die Suche nach dem Glas mit dem Kunsthonig.

»Das klingt nach einem Melodram«, meinte Leon.

»O ja, es dürfte ein Stoff sein, der dir gefällt, Herr Regisseur. Da ist eine junge Frau, die sich in einen wohlhabenden Abenteurer verliebt und von ihm schwanger wird. Natürlich heiratet der Draufgänger sie nicht, er hat andere Pläne, aber immerhin trägt er zu ihrem Unterhalt bei. Doch ziemlich schnell lernt sie einen anderen kennen, der sie trotz des Kindes heiratet ...«

Leon griff nach einem Becher und nippte daran. »Schmeckt furchtbar, ist aber köstlich.« Er grinste Wolfgang an. »Erzähl weiter. Diese weltbewegende Geschichte war sicher noch nicht alles.«

»Ein paar Jahre später heiratete der Mann eine wunderschöne Schauspielerin, die es jedoch mit der ehelichen Treue nicht so genau nahm. In jener Zeit traf er seine alte Freundin zufällig wieder, weil die inzwischen ein Kino betrieb. Hatte ich erwähnt, dass wir uns in deinem Milieu befinden?«

»Nein. Aber ich habe es fast befürchtet.«

Wolfgang nickte. »Wie es aussieht, flammte die alte Freundschaft wieder auf. Es war wohl keine Liebe, aber eben Freundschaft. Deshalb war die Frau bereit, sich auf eine ... nennen wir es, eine kleine Indiskretion ... einzulassen. Sie freundete sich mit der Ehefrau ihres Kindsvaters an und hielt die Augen offen, um ihn zu informieren, falls seine Angetraute ihm Hörner aufsetzte. Anscheinend konnte sie nicht ertragen, wie er hintergangen wurde. Die Folgen waren fatal. Für alle Beteiligten. Doch nun ist Sophie Wartenberg tot und ich ...«

»Wer?« Leon erbleichte. Seine Hand zitterte so stark, dass etwas von dem heißen Grog über den Becherrand schwappte und seine Finger verbrannte.

»Meine Patientin hieß Sophie Wartenberg.«

Leon stellte sein Getränk mit einem lauten Knall auf dem Küchentisch ab. »Nach dieser Eröffnung solltest du mir mehr Rum einschenken, Verschnitt hin oder her. Ohne Alkohol ertrage ich die Wahrheit nicht.«

Im Hintergrund sang jetzt Bully Buhlan seine gut gelaunte Version des Glenn-Miller-Songs »Chattanooga Choo Choo«. Doch keiner der beiden Männer hatte ein Ohr dafür.

Reinbek bei Hamburg

Mit jedem Tag, den sie weniger Schmerzen hatte, kehrte ein Stück von Lilis Erinnerung zurück. Erst war es nur ihr Name, dann der Gedanke an ihren Beruf, schließlich an ihren Vater und ihre Mutter, aber auch an eine weitere Person in ihrem nächsten Umfeld. Wobei ihr Gedächtnis in diesem Fall wohl vor allem auf den Bericht reagierte, den ihr Schwester Martina von einem Telefongespräch erstattete, das die Nonne mit Hilde geführt hatte. Mit Hilde, Lilis Halbschwester. Gab es da nicht einen Ehemann, ihren Schwager? Einen verlogenen, raffgierigen Menschen. Sein Charakter war ihr präsent, bevor sie wieder wusste, wie er hieß. Aber da war auch noch eine Tochter. Ein unendlich liebes Mädchen. Gesa, fuhr es Lili durch den Kopf. Gesa, Gesa, Gesa.

Nicht nur ihr Geist machte Fortschritte, sondern auch ihr Körper. Ihre Lungenfunktion stabilisierte sich. Die Furcht, dass sie bei der herrschenden Eiseskälte an einer Pneumonie erkranken könnte, blieb zwar, aber immerhin war es kein Problem mehr für sie, tief Luft zu holen. Die Brüche begannen zu heilen, und acht Wochen nach dem Unglück konnte Lili, gestützt von Schwester Martina, die ersten Schritte tun. »Wir haben leider keine Krücken für Sie«, bedauerte die Nonne – und im nächsten Moment wusste Lili, dass sie einen Mann kannte, der sich ohne die Gehhilfen nicht fortbewegen konnte. Mit dem Gedanken an das Kino am Jungfernstieg waren fast alle Fragmente wieder zusammengesetzt, die sie verloren geglaubt hatte.

Dichter Schneefall setzte ein und verwandelte die Außenwelt vor dem Fenster von Lilis Krankenzimmer in eine Märchenlandschaft. Auf dem Fensterbrett sammelten sich die Flocken zu Haufen wie aus Puderzucker. Sie dachte daran, wie sie in ihrer Jugend durch den frisch gefallenen Schnee gelaufen war, sich der Länge nach auf eine Wiese geworfen hatte und anschließend über den Abdruck ihres Körpers lachte. So einen Spaß macht man zu zweit, fuhr es ihr durch den Kopf. Ein Gesicht tauchte vor ihrem geistigen Auge auf, funkelnde blaue Augen und ein Mund, der so gut küsste wie kein anderer.

»Frau Paal«, Schwester Martina steckte den Kopf zur Tür herein, »Sie haben Besuch. Es ist zwar keine Besuchszeit, aber wenn Ihr Mann bei diesem Schietwetter aus Hamburg kommt, können wir ihn ja schlecht abweisen, nicht wahr?«

Mit ihren Gedanken war Lili noch bei ihrer Erinnerung. Der Mann, von dessen Küssen sie träumte, war ihr real erschienen. Befand er sich hier? Ihr Herz klopfte schneller. Sie stellte sich vor, wie er hereinkam und ihre Hände in die seinen nahm. Es war irgendwie selbstverständlich, dass er sie festhielt. Und nie mehr losließ.

Doch es trat ein anderer vor das Bild in ihrem Inneren. Ein großer dürrer Mann in eingefärbter Uniform, der seinen Mantel über den Arm geworfen hatte und sie mit einem verwegenen und gleichsam burschikosen Lächeln ansah. Obwohl er in ihrem Alter war, durchzogen tiefe Falten sein Gesicht, seine bernsteinbraunen Augen strahlten sie an, sein dunkelblondes Haar war feucht vom Schnee.

»Ich hätte dir Blumen mitgebracht, wenn ich wüsste, wo es welche aufzutreiben gibt«, sagte er zur Begrüßung.

»Albert«, antwortete sie nur und wunderte sich im nächsten Moment, dass ihr sein Name einfiel. Sie kannte diesen Mann doch kaum. Und sie wusste mit absoluter Sicherheit, dass sie einen anderen liebte.

Er streckte ihr beide Hände entgegen, die sie sofort umschloss. »Hier bin ich also.«

Ohne sonderlich darüber nachzudenken, betrachtete Lili seine Hände. »Sie sehen unversehrt aus«, stellte sie fest.

»Was?«

»Deine Finger sind nicht gebrochen worden. Das war deine größte Angst, als zu eingezogen wurdest. Du hast befürchtet, dass du nach dem Krieg kein Instrument mehr spielen kannst.«

»Oh.« Albert schluckte. »Dass du dich daran erinnerst ...!«

Lili war selbst überrascht, erwiderte aber mit der größten Selbstverständlichkeit: »Natürlich.«

Sie waren nicht allein in dem voll belegten Krankensaal. Aus den anderen Betten sahen ihnen Augen aus hohlwangigen eingefallenen Gesichtern neugierig entgegen. Lili fühlte sich wie eingesperrt unter den fremden Blicken, aber ihr war bewusst, dass sie den Frauen etwas bieten musste, die hier mit ihr litten. Wie im Kino. Ein bisschen Romantik tat jeder gut. Und was war romantischer als ein Soldat, der aus der Kriegsgefangenschaft direkt an das Krankenlager seiner Frau heimkehrte? Ein Mann, der vor mir niederknien würde und nicht aufhörte, mich zu küssen, dachte sie. Nur war Albert Paal nicht dieser Mann. Und er kniete auch nicht vor ihr nieder, sondern blieb schüchtern stehen.

»Ich bin gestern in Hamburg angekommen«, berichtete er und entzog ihr seine Hände, »und gleich zu der Adresse deiner Schwester gefahren.«

»Meiner Halbschwester«, entfuhr es ihr.

»Ja. Ja. Ich weiß.« Er trat näher, griff noch einmal nach ihr, nahm diesmal aber nur ihre Rechte. »Lili, ich bringe traurige

348

Nachrichten mit. Deine Mutter ist vor einer Woche verstorben. Das tut mir sehr leid.«

Im ersten Moment fragte sich Lili, wieso Sophie so lange gelebt hatte. Ihr Tod überraschte sie nicht. War ihre Mutter nicht schon viel früher gestorben? Ihr zweiter Gedanke war, dass sie sich besser um sie hätte kümmern müssen, vielleicht hätte sie mit ihrer Unterstützung länger im Diesseits sein dürfen. Aber Lilis eigenes Leben hatte dafür zu lange am seidenen Faden gehangen. Dann wurde ihr klar, dass Albert wohl gekommen war, um ihr persönlich zu kondolieren. Wie rücksichtsvoll.

»Warum hat mir Hilde nicht geschrieben?«

»Sie fürchtete, dich zu belasten.«

»Wie albern. Hilde hat sich noch nie Sorgen um mich gemacht.« Lili zwang sich, ihrer Stimme die Härte zu nehmen. Albert konnte ja nichts dafür und hatte es nicht verdient, dass sie ihren Ärger und ihre Trauer an ihm ausließ. »Wie geht es Gesa?«

»Ganz gut. Ich soll dich schön von ihr grüßen. Sobald das Wetter besser wird und ihr Vater es erlaubt, möchte sie dich gern besuchen.«

»Ich hoffe, dass ich vorher nach Hause darf.« Sie lächelte ihn an.

Er erwiderte ihr Lächeln. »Das hoffe ich auch.«

Plötzlich fiel ihr auf, dass sie ihr Leben künftig an Alberts Seite verbringen würde. Er war ihr Ehemann. Sie waren verbunden, hatten sich geschworen, in guten wie in schlechten Zeiten füreinander da zu sein. Lili hatte jedoch immer allein gelebt, abgesehen natürlich von der Einquartierung in Berlin und den Wochen in Hamburg, als sie das Gästezimmer mit ihrer Mutter teilte.

Sie sah zu Albert auf. »Hast du schon Pläne?«

»Dieselben wie du.«

»Ich habe keine«, gestand sie.

Er lachte. »Na, siehst du, da haben wir doch eine Gemeinsamkeit.«

Lili stimmte in sein Lachen ein. Er ist nett, dachte sie, wirklich ganz reizend. Aber er ist der Falsche.

Hamburg

Mai 1947

Lili kam es vor, als gehe ein Aufatmen durch die Hansestadt. Die Schuttberge, die noch immer viele Straßen am Rand der Trümmerwüsten bedeckten, wurden von eifrigen Helferinnen und Helfern jedes Alters weggeräumt, Stein für Stein, hier und da zogen sich Gerüste an Ruinen hoch, und die ersten fensterlosen Gebäude erhielten Glaszuteilungen statt Pappe. Nach dem eisigen Winter und einer überraschend heißen ersten Woche im Mai war die Alster endlich vollständig aufgetaut, die Dampfer der sogenannten weißen Flotte mussten nicht mehr nur frei geschaufelte Fahrrinnen durchpflügen. Die Versorgungslage war zwar nach wie vor schlecht, und vor allem die Hafenarbeiter demonstrierten immer wieder gegen den Mangel an Lebensmitteln, aber langsam wich der Geruch des Todes. Es duftete nach Frühling und Aufbruch. Das Wort *Zukunft* klang nicht mehr nur nach Resignation und Ratlosigkeit.

Als Lili die Villa an der Rothenbaumchaussee betrat, in der sich die britische *Film Section* befand, begann ihr Herz, schneller zu schlagen. Die Erinnerung an ihren Autounfall hatte sich noch nicht wieder eingestellt, in ihrem Gedächtnis war John Fontaine jedoch wieder präsent. Die Gefühle, die sie wochenlang begleitet hatten, waren längst mit einem Gesicht verbunden. Sie wunderte sich zwar, dass niemand mit ihr über den britischen Filmoffizier sprach, aber sie getraute sich nicht, nach ihm zu fragen, zumal sie bei einem ersten Versuch von den Nonnen im St.-Adolf-Stift nur erstaunt angesehen worden war. Die Frage nach seiner Gesundheit bedrückte sie, sie war sich bewusst, dass sie vor dem Unfall mit ihm zusammen gewesen war. War er auch schwer verletzt? Hatte er überlebt? Oder war er gestorben? Falls er lebte, warum meldete er sich nicht bei ihr? Doch diese Überlegungen konnte sie mit niemandem teilen. Wenn sie aus einem Albtraum erwachte, tröstete sie sich damit, dass sie sich ihrer Erinnerungen noch immer nicht ganz sicher sein konnte; vielleicht hatte er ja gar nicht bei ihr im Auto gesessen. Die Erleichterung hielt meist nicht lange an. Wer sollte den Wagen gefahren haben, mit dem sie verunglückt war, wenn nicht er? Und was würde geschehen, wenn er ihr zufällig über den Weg lief? Nichts anderes als eine höfliche Begrüßung würde passieren, sagte sie sich im Stillen.

Sie blickte über ihre Schulter zurück durch die Eingangstür nach draußen. Im Schatten einer Kastanie stand Albert Paal und wartete auf sie. Der Wind zerzauste sein Haar, weil er keinen Hut trug. Er sah sehr viel besser aus als bei ihrer ersten Begegnung im Krankenhaus, der Frieden tat ihm gut.

Während sie sich noch auf dem Weg der Besserung befand, hatte er sich bereits tatkräftig mit der Zukunft beschäftigt. Er suchte und fand eine Reihe hervorragender Swingmusiker, die den Krieg überlebt hatten und nun nichts als spielen wollten. Mit den Gleichgesinnten war er gerade dabei, eine Kapelle zu gründen. Eine *Band*, wie er es jetzt nannte, aus der vielleicht sogar irgendwann eine *Big Band* entstehen könnte. Mit dieser hoffnungsfrohen Formation wollte er das nach Abwechslung gierende Publikum unterhalten. Seine Chancen standen tatsächlich gut, für Lili dennoch kein Anlass zur Freude. Albert hatte sich mit Peter Westphal zusammengetan und war dabei, das Kino am Jungfernstieg in einen Tanzpalast zu verwandeln. Einfach so. Die beiden hatten damit begonnen, als Lili noch im Krankenhaus lag und nichts gegen die Umsetzung ihrer Pläne unternehmen konnte. Nach dem Tod ihrer Mutter, die auch Hildes Mutter gewesen war, und durch die Heimkehr ihres Ehemanns hielt Peter alle Trümpfe in der Hand.

»Madam?«

Aus ihren Gedanken gerissen, fuhr sie zu dem britischen Wachsoldaten herum, der sie angesprochen hatte. »Ich habe eine Verabredung mit Captain Charles Talbott-Smythe.«

»Ihr Name, bitte?«

»Ich heiße Lili Paal.« Seltsam, dachte sie, ihr Mädchenname war mit ihrer Mutter verstorben. Oder nannte sie sich nicht mehr Wartenberg, weil Albert fast zeitgleich an ihre Seite getreten war? Bislang arbeitete sie auch noch nicht wieder als Cutterin, was die Rückkehr zu ihrem alten Namen vielleicht gerechtfertigt hätte. Aber der Neuanfang beinhaltete eben viele Veränderungen.

»*One moment, please.*« Der Soldat drehte sich zu einer Marinehelferin um, die an einem Schreibtisch im Eingangsbereich saß und das Telefon bediente. Er wechselte ein paar leise Worte mit ihr.

Während sie angemeldet wurde, begann Lili, vorsichtig auf und ab zu schreiten. Sie stand noch nicht wieder absolut sicher auf ihren Beinen, aber die Sehnsucht nach Bewegung war fast zwanghaft. Der Beckenbruch hatte ihr lange stark zugesetzt, sie musste einfach laufen, um sich immer wieder neu zu vergewissern, dass sie nicht mehr an ein Krankenbett gefesselt war, nicht einmal mehr eine Gehhilfe benötigte.

»Frau Paal«, rief ihr die uniformierte Empfangsdame zu, »Captain Talbott-Smythe kommt sofort.«

Ein Bild huschte durch Lilis Gehirn: lachende Marinehelferinnen, die vor dem Hotel Vier Jahreszeiten aus einem VW-Käfer stiegen, am Arm von zwei britischen Offizieren. Sie hatte sich die Gesichter der jungen Frauen damals nicht eingeprägt, wusste also nicht, ob es sich bei dieser Mitarbeiterin der Film-abteilung womöglich um eine der beiden handelte. Aber Lili war sich sicher, dass die Frau ihr in einer anderen Sache weiter-helfen könnte.

Mutig machte sie zwei Schritte vorwärts. »Ich habe eine Frage«, begann sie mit fester Stimme, die das Flattern ihres Herzens übertönte: »Ist Captain John Fontaine zufällig in sei-nem Büro?«

»Captain Fontaine?« Die britische Soldatin sah Lili erstaunt an. »Aber der ist doch schon vor Monaten nach Hause geflogen. Seine Verlobte hat ihn abgeholt.«

Lili begegnete dem offenen, freundlichen und gleichsam überraschten Blick. Es war keine Lüge, keine Ausflucht. Natür-lich nicht. Warum auch? Es war die harmlose, ehrliche Antwort einer Mitarbeiterin des Kriegsministeriums Seiner Majestät. Und doch trafen die beiden Sätze der jungen Frau Lilis Herz wie ein Dolchstoß.

Wie oft hatte sie von John geträumt? Von seinen Lippen auf ihrem Mund, seinen Händen auf ihrem Körper. Sie lag neben Albert in dem Bett im Gästezimmer der Westphals und dachte an den anderen, wenn Albert sie vorsichtig berührte, weil ihr Mann fürchtete, ihr wehzutun. John beherrschte ihre Gedan-ken mehr noch als der Wunsch, zu einer gewissen Normalität zurückzukehren, schmerzfrei zu sein, arbeiten zu können und genug Essen zur Verfügung zu haben. Doch letztlich waren alle diese Sehnsüchte nichts als Illusion. Die Lebensmittelversor-gung verbesserte sich nicht, das Alltagsleben hing von den Besatzungsstatuten ab. Sogar Peter musste sich geschlagen geben und eine weitere Einquartierung in seiner Wohnung zulassen, dafür durfte er sich über die Amnestie freuen, die Hunderttausenden von Mitläufern des NS-Regimes in der bri-tischen Zone kürzlich gewährt worden war. Selbst ihre Hoffnung, wieder einen Film schneiden zu dürfen, war nicht unbedingt realistisch. Wenn es hieß, dass sie dafür nach Berlin gehen musste, würde sie Schwierigkeiten mit Albert bekommen, der sich gerade ein neues Leben in Hamburg aufbaute. Nur die Schmerzen waren auch dank der Medikamente, die sie aus einer Spende erhielt, fast verschwunden.

Sie fühlte sich wie durch eine Wanne mit eiskaltem Wasser gezogen. Dennoch bemühte sie sich um ein Lächeln und einen ruhigen Tonfall, als sie sich bei der Marinehelferin für die Auskunft bedankte. »Ich hoffe, es geht Captain Fontaine gut«, fügte sie hinzu.

»O ja, das hoffe ich auch.«

Lili wandte sich ab. Sie wollte nicht, dass die andere sah, wie Tränen in ihre Augen stiegen.

»Wir haben ziemlich viel zu tun«, erzählte Charles Talbott-Smythe, während er Lili durch einen Flur zu seinem Büro führte. Aus den angrenzenden Räumen drang Schreibmaschinengeklapper, Sprachfetzen in Englisch und Deutsch wehten heraus, ein Telefon klingelte, irgendwo schlug eine Uhr die volle Stunde. Es war elf am Vormittag, und der Betrieb lief anscheinend auf Hochtouren.

»Von den zehn Genehmigungen, die in der britischen Zone bis jetzt zur Gründung einer Produktionsgesellschaft ausgegeben wurden«, fuhr Talbott-Smythe leutselig fort, »betreffen allein sieben das Gebiet in und um Hamburg. Wie es aussieht, entsteht hier ein neues Zentrum der Filmwirtschaft.«

Diese Information entlockte ihr ein Strahlen. Sie hatte sich nach dem Hinweis auf Johns Verlobte nur mühsam wieder gefasst, nach außen aber Haltung bewahrt. Jetzt kam das Leuchten jedoch von innen. »Dann kann ich hier ja tatsächlich als Cutterin arbeiten«, stellte sie erfreut fest.

Eine vage Erinnerung traf sie. Hatte nicht John etwas Ähnliches zu ihr gesagt? Die Anträge, die inzwischen bewilligt waren, hatten seinerzeit vermutlich auch auf seinem Schreibtisch gelegen. Es kam Lili vor, als würde ihr John auf ihrem Weg ständig begegnen, schlimmer noch, als würde er sie begleiten. Dabei wusste sie, dass sie ihren persönlichen Frieden erst finden konnte, wenn sie die Gedanken an ihn abschüttelte.

»Ihre Chancen waren nie besser«, behauptete Talbott-Smythe und öffnete eine Zimmertür. »Ich würde Ihnen für eine erste Bewerbung unbedingt die Real-Film empfehlen, die von Walter Koppel und Gyula Trebitsch gegründet wurde. Der eine ein Kommunist, der andere ein ungarischer Jude. Beide saßen in Konzentrationslagern ein. Hervorragendes Gespann, sie produzieren gerade auf einem alten Kahn eine Komödie. Oder Sie nehmen zu Michael Roolfs Kontakt auf, der in Bendestorf die Junge Film-Union vorantreibt ...«

»Den kenne ich«, rief sie aus. »Wir sind sogar alte Freunde.« Das fiel ihr in diesem Moment zum ersten Mal wieder ein.

»Umso besser.« Talbott-Smythe deutete auf den Besucherstuhl an seinem Schreibtisch, der zwar ordentlich wirkte, aber von Papieren überquoll. »Nehmen Sie Platz.«

Lili entdeckte aufgefächert daliegenden Blätter, die wahrscheinlich zu seinem Berufsalltag gehörten: Neben den Tageszeitungen *Die Welt* und *Die Zeit* erkannte sie mehrere Hefte der deutschsprachigen Illustrierten *Hör Zu!*, daneben eine Zeitung namens *Film-Echo* und die englischsprachigen Magazine *Variety* und *Sight & Sound*. Unwillkürlich wünschte sie sich, einen Blick in die Branchennachrichten werfen zu dürfen. Doch das sagte sie ihm nicht. Stumm setzte sie sich, während er um seinen Arbeitsplatz herumging und sich ihr gegenüber unter dem Porträt von King George VI. niederließ.

»Ich freue mich, dass es Ihnen wieder so gut geht«, sagte er mit aufrichtiger Anteilnahme. »Ihr Unfall war eine ziemlich bedrückende Geschichte. Auch für mich. Und ich freue mich, dass Sie mich besuchen.«

Sie verkniff sich die Frage nach der Gesundheit von John Fontaine. Stattdessen nickte sie und kam unumwunden auf den Grund ihres Besuchs zu sprechen: »Es ist damals anscheinend ziemlich viel durcheinandergeraten. Wenn ich mich richtig entsinne, hatte ich mehr als nur meine Handtasche bei mir. Anfangs sah es so aus, als wären sogar meine Papiere verloren gegangen. Seltsamerweise waren meine Lebensmittelmarken da, aber mein Ausweis und die Zuzugsgenehmigung nach Hamburg fehlten …«

Talbott-Smythe faltete die Hände auf der Schreibtischplatte und sah sie ausdruckslos an.

»Die Dokumente sind glücklicherweise irgendwann wieder aufgetaucht. Meine Nichte erzählte mir, dass mein Pass mit normaler Post ankam.« Lili lächelte bei dem Gedanken an Gesa. »Offenbar hat ihn irgendjemand gefunden und an die Adresse geschickt, die dort steht.«

»Ich kenne die Polizeiakte«, erwiderte Talbott-Smythe, »aber ich wüsste nicht, darin etwas über Gepäckstücke gelesen zu haben.«

»Nein, nein, darum geht es auch nicht.« Lili machte eine wegwerfende Handbewegung, als wäre ein Koffer nichts gegen das, was sie wirklich vermisste. Und das stimmte auch. »Es müssen sich noch eine oder zwei Filmdosen im Auto befunden haben. An die Anzahl kann ich mich nicht genau erinnern, aber ich bin sicher, dass ich gut verpackte Materialen in der Hand hielt, als der Unfall geschah.«

»Daran erinnern Sie sich?« fragte er überrascht.

»Seltsamerweise – ja. Ich habe nicht die geringste Ahnung davon, was zu dem Unglück führte oder was dann passiert ist.

Aber ich fühle sogar noch das Blech der Dosen in meinen Händen.« Um ihre Behauptung zu untermauern, hob sie die Arme und bewegte ihre Finger wie auf einer Pianotastatur.

»Was soll ich sagen?« Der Engländer schüttelte den Kopf, dabei wirkte er aufrichtig verwirrt. »Ich müsste mir die Akte noch einmal kommen lassen, aber ich denke, die Polizei hat sich vor allem für Ihre Verletzungen und den Zustand des Wagens interessiert. Sowohl die deutsche Polizei als auch unsere Militärpolizei. Wahrscheinlich wissen die nicht einmal, wie eine Filmrolle aussieht.« Er lachte leise, anscheinend wollte er seine Verlegenheit kaschieren.

Lili war enttäuscht. Sie war sich nicht sicher, was sie erwartet hatte, aber ganz bestimmt nicht, dass sich niemand für die Negative interessierte, die für sie eine große Bedeutung besaßen. Welche, wusste sie nicht mehr. Aber sie erinnerte sich genau, wie vehement sie danach gesucht und wie leidenschaftlich sie das Auffinden gefeiert hatte – mit John. Für einen Moment schloss sie die Augen, doch als in ihrem Geist nur die Bilder von ihrem Geliebten auftauchten, hob sie rasch die Lider und begegnete dem sorgenvollen Blick von Talbott-Smythe.

»Wenn die Rollen wieder auftauchen sollten, würde ich mich freuen, wenn Sie mich informieren«, bat sie und versuchte, so viel Leichtigkeit wie möglich in ihren Ton zu legen. »Es handelt sich um die letzte Produktion, in der Thea von Middendorff die Hauptrolle spielte. Ein großer Teil des Films sollte bereits irgendwo in diesem Gebäude liegen. John ...«, sie räusperte sich, fuhr dann weniger selbstbewusst und zögernd fort: »Also, Captain Fontaine ... Er hatte sie seinerzeit an sich genommen.«

Talbott-Smythe zuckte mit den Achseln, gab sich gleichmütig. »Ich erinnere mich dunkel, dass John darüber sprach. Wahrscheinlich sind die Negative ins Archiv gekommen. So wird üblicherweise nach der Auflösung eines Büros verfahren, in dem sich noch Materialien befinden, die der Krone gehören. Dass eine Filmdose, die irgendwo auf einem Feld bei Reinbek aus einem Wagen fiel, in unserem Keller gelandet ist, wage ich zu bezweifeln.«

Obwohl alles gesagt war, betrieb Lili noch ein wenig höfliche Konversation mit Talbott-Smythe. Er sprach davon, dass der erste Nachkriegsstreifen von Leon Caspari die Zensur der Besatzungsbehörde passiert hatte und ihn als Presseoffizier stark beanspruchte. Die Premiere war für Juni im Waterloo-Kino am Dammtor geplant, berichtete er, worauf Lili ein schmerzhaftes Ziehen in ihrem Leib fühlte, weil ihr eigenes Filmtheater geschlossen war. Das Bedauern über den Verlust der Negative erfasste sie mit derselben Heftigkeit. Ihr schien es, als hätte sie ihre besten Freunde verloren. Sieh nicht zurück, riet ihr eine innere Stimme, die Zukunft beginnt vor dir und nirgendwo sonst. Doch dessen war sie sich nicht sicher.

Eine Viertelstunde später verließ sie das Mollersche Palais, einst das Ufa-Haus und nun die britische Filmbehörde in Hamburg. Sie blickte in den strahlenden Sonnenschein, der laue Wind wehte ihr entgegen und fing sich in ihren Haaren, die sie seit ihrem Krankenhausaufenthalt zu einer Art Bubikopf halblang geschnitten trug. Für einen Moment blieb sie auf der Treppe stehen, eine Erinnerung erfasste sie, doch sie scheuchte sie davon.

Unter der Kastanie wartete ihr Mann, er rauchte eine Zigarette und winkte ihr zu.

Entschlossen machte sie einen Schritt vorwärts. Dann noch einen und einen weiteren. Sie ging immer schneller. Direkt auf Albert zu.

Nachwort

Kein Thema ist mir persönlich so nahe wie die Geschichte über den Aufbau der Filmstadt Hamburg. Nicht nur, dass mein allererstes Buch das erzählende Sachbuch *Traumfabriken made in Germany – die Geschichte des deutschen Nachkriegsfilms 1945–1960* war (edition q, 1993). Mein Vater, der Komponist Michael Jary, war eine der Säulen dieser Neuorientierung der deutschen Filmwirtschaft nach dem Zweiten Weltkrieg. Es ist die Welt meiner Kindheit, in die ich durch diesen Roman eingetaucht bin.

Nun bin ich noch nicht so alt, dass ich aus eigener Anschauung wüsste, wie Hamburg im Herbst 1946 aussah. Die Beschreibung der Trümmerlandschaft habe ich in erster Linie den Aufzeichnungen des schwedischen Journalisten Stig Dagerman entnommen, die in dem Buch *Deutscher Herbst '46* zusammengefasst wurden. Er meinte nach seiner Rundreise durch Deutschland, keine andere Stadt sei so furchtbar zerstört worden wie Hamburg, nicht einmal Berlin oder Köln.

Das Alltagsleben damals ist in anderen Quellen ebenfalls gut dokumentiert, einschließlich der Wetterverhältnisse. Der Winter 1946/47 ging als »Katastrophenwinter« in die Geschichte ein. Die extreme Kältewelle zog über ganz Europa, vor allem aber über Norddeutschland – und dort war Hamburg die Stadt mit den niedrigsten Temperaturen. Von Ende Dezember bis Mitte März herrschten wochenlang bis zu minus zwanzig Grad. Durch die Folgen des Frostes und der Knappheit sowie der Mangelernährung waren am Ende dieses Winters allein in

Hamburg 5684 Tote zu beklagen, Menschen, die überwiegend erfroren oder verhungerten.

Dennoch war die Hoffnung auf eine bessere Zukunft enorm groß. Der Regisseur Helmut Käutner sagte einmal: »Die Jahre 46/47 waren die einzige Zeit, in der ich geglaubt habe, dass morgen etwas besser sein würde als heute und gestern.« Sein Film *In jenen Tagen* war der erste deutsche Nachkriegsfilm, der in einer der Westzonen gedreht wurde, nämlich an den Originalschauplätzen in Hamburg. So wurden Helmut Käutner und sein wundervoller Streifen, den ich jedem Kinofreund nur empfehlen kann, für mich zum Vorbild für die Figur von Leon Caspari und dessen Arbeit in meinem Roman.

Obwohl es bei meiner vorliegenden Geschichte ausnahmslos um eine erfundene Handlung geht, habe ich nicht nur zuweilen reale Namen einfließen lassen, sondern meine Protagonisten orientieren sich auch an tatsächlichen Personen und Begebenheiten. Vor allem stand die Cutterin Alice Ludwig Patin für Lili Paal. Alice Ludwig war ab 1937 Schnittmeisterin bei der Berliner Filmgesellschaft Terra, eine der letzten Produktionen, die sie dort bearbeiten sollte, war die aufwendige Operettenverfilmung *Die Fledermaus* mit Johannes Heesters in der Hauptrolle. In mühsamer Suche fand sie die in den Kriegswirren verschwundenen Negative und setzte die Zelluloidstreifen zu dem Spielfilm zusammen, der 1946 in die Kinos kam. Später ging sie nach Hamburg und arbeitete für die Real-Film, anschließend für das Studio Hamburg. Sie hat sowohl bei der Terra als auch für die Real-Film sehr viele Filme geschnitten, für die mein Vater die Musik komponierte.

Die im Januar 1947 von Walter Koppel und Gyula Trebitsch gegründete Real-Film wurde zu einem der führenden Unternehmen der westdeutschen Filmindustrie. Daraus entwickelten sich in den 1960er-Jahren die Fernsehproduktionen des

Studio Hamburg, das noch heute existiert. Die Junge Film-Union wurde im April 1947 von Rolf Meyer in Bendestorf gegründet, ist aber trotz einer Reihe bekannter Filme heute in Vergessenheit geraten. Diese beiden seinerzeit bedeutendsten Firmen stehen in meinem Roman stellvertretend für die vielen anderen Produktionen jener Anfangsjahre der Filmstadt Hamburg.

Wie ein roter Faden ziehen sich durch meine Handlung Lilis Jugend und ihre Kontakte zur Hamburger Swingjugend sowie zu den Widerstandsbewegungen, die später sogar »Hamburger weiße Rose« genannt wurden. Ich möchte den Frauen und Männern, die für die Freiheit kämpften, eingesperrt, gefoltert und hingerichtet wurden, auf diese Weise ein kleines Denkmal setzen. Leider rücken gerade die Hamburger Studentinnen und Studenten jener Jahre gegenüber dem Schicksal der Geschwister Scholl heute nicht nur in den Hintergrund, sondern sind nahezu vergessen.

Ziemlich am Ende des Romans erwähne ich die sogenannten Trümmermorde. Diese sind seinerzeit tatsächlich geschehen und bis heute nicht aufgeklärt worden.

In den 1950er-Jahren lag übrigens ein Hausboot vor dem alten Leuchtturm in Travemünde. Auf dem wurden zwar keine Negative versteckt, aber es kamen viele Filmschaffende an Bord – und irgendwann ein Baby. Es war das Hausboot meines Vaters, und das kleine Kind war ich.

Ich hoffe, ich habe Sie, liebe Leserinnen und liebe Leser, mit meiner Geschichte *Das Kino am Jungfernstieg* gut unterhalten, und Sie freuen sich – ebenso wie ich – auf die nachfolgenden Bände. Das im Roman erwähnte Filmtheater hat es so nie gegeben. Es ist ebenso wie die Eigentümer rein fiktiv. Das reale Kino »Die Kurbel am Jungfernstieg« wurde erst 1953 eröffnet, 1956 folgte das Streit's am Jungfernstieg. Beide Filmtheater gibt es heute nicht mehr. Dort, wo ich das Kino am Jungfernstieg angesiedelt habe, lädt die Einkaufspassage Hamburger Hof zum Bummeln ein.

Micaela Jary

Danksagung

Die Themen deutscher Nachkriegsfilm und Filmstadt Hamburg begleiten mich, wie gesagt, praktisch mein ganzes Leben lang. Dass daraus heute ein Roman wurde, verdanke ich meiner Verlegerin Grusche Juncker. Und ich möchte mich ausdrücklich dafür bedanken, dass es sogar mehrere Romane werden dürfen.

Ein besonderes Dankeschön gebührt meiner Lieblingslektorin Barbara Heinzius, die mich mit unfassbarem Engagement bei meiner Arbeit unterstützt hat, und ich danke auch meiner Redakteurin Marion Voigt.

Die wichtigste Person in meinem Berufsleben ist aber wie immer meine wunderbare Agentin Petra Hermanns, ohne die das alles sowieso nichts werden würde.

Mein Dank gilt auch meinem Mann Bernd Gabriel, der mir wieder einmal gelegentlich den Rücken freihalten musste. Und ich danke meiner Tochter Jessica, die mir zuweilen kompetenten Rat als Historikerin schenkte.

Vielleicht lesen meine heute noch sehr kleinen Enkelsöhne Maximilian und Alexander einmal die Bücher, in denen ich meine Geschichten über den Nachkriegsfilm und die Filmszene der Fünfzigerjahre erzähle, die eng verbunden mit ihrem Urgroßvater Michael Jary sind. Ich würde mich sehr darüber freuen. Jedenfalls habe ich das alles auch für euch beide geschrieben.

Unsere Leseempfehlung

640 Seiten
Auch als E-Book erhältlich

816 Seiten
Auch als E-Book erhältlich

795 Seiten
Auch als E-Book erhältlich

London 1904: Lady Celia Lytton betört die englische Society mit ihrer Intelligenz und Schönheit zugleich. Sie ist die perfekte Gastgeberin, veröffentlicht im eigenen Verlag einen Bestseller nach dem anderen und genießt ihr junges Familienglück – ein privilegiertes Leben. Doch dramatische Ereignisse kündigen sich an, und als ihr Mann Oliver in den Krieg eingezogen wird, können die Lyttons nicht mehr die Augen vor der Realität verschließen. Die makellose Fassade bekommt erste Risse, und Celia beginnt zu verstehen, dass sie einen Preis zahlen muss, für die Entscheidungen, die sie getroffen hat, und die Geheimnisse, die sie bewahrt …

www.goldmann-verlag.de
www.facebook.com/goldmannverlag

Um die ganze Welt des
GOLDMANN Verlages
kennenzulernen, besuchen Sie uns doch
im Internet unter:

www.goldmann-verlag.de

Dort können Sie
nach weiteren interessanten Büchern *stöbern*,
Näheres über unsere *Autoren* erfahren,
in *Leseproben* blättern, alle *Termine* zu Lesungen und
Events finden und den *Newsletter* mit interessanten
Neuigkeiten, Gewinnspielen etc. abonnieren.

Ein *Gesamtverzeichnis* aller Goldmann Bücher finden
Sie dort ebenfalls.

Sehen Sie sich auch unsere *Videos* auf YouTube an und
werden Sie ein *Facebook*-Fan des Goldmann Verlags!

www.goldmann-verlag.de
www.facebook.com/goldmannverlag